レッド・クイーン 4

暁の嵐

上

ヴィクトリア・エイヴヤード

田内志文 訳

WAR STORM
BY VICTORIA AVEYARD
TRANSLATION BY SIMON TAUCHI

WAR STORM

BY VICTORIA AVEYARD

Map illustrated by Amanda Persky
Japanese translation rights arranged with NEW LEAF LITERARY & MEDIA, INC.
through Japan UNI Agency, Inc.

Published by K.K. HarperCollins Japan, 2020

両親と友人、私、

そして今これを読んでいるあなたに

レイクランド
トライアル
ネロン湖
リージェント川
タリオン湖
シラカス
ロカスタ
コーヴィアム
サマートン
デトラオン
エリス湖
アレジアント川
オリエンプラティス
ヘイヴン
ノルタ
アルケオン
バーン諸島
ピタラス
デルフィー
タック島
キャピタル川
ハーバー・ベイ
オハイアス川
紛争地域
ピードモント
0 50 100mi
0 50 100km

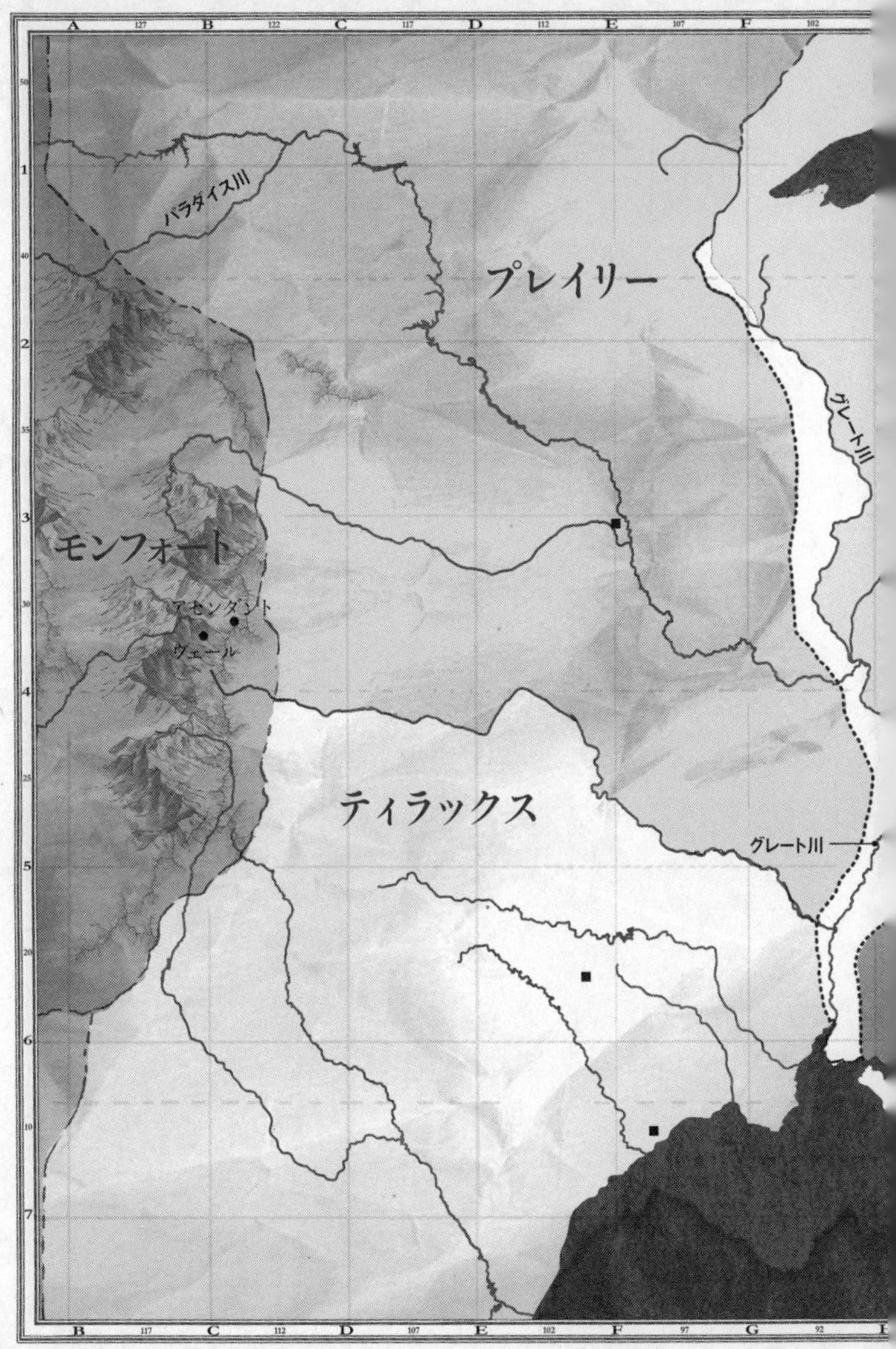

パラダイス川
プレイリー
グレート川
モンフォート
アセンダント
ヴェール
ティラックス
グレート川

イラストレーション　清原 紘

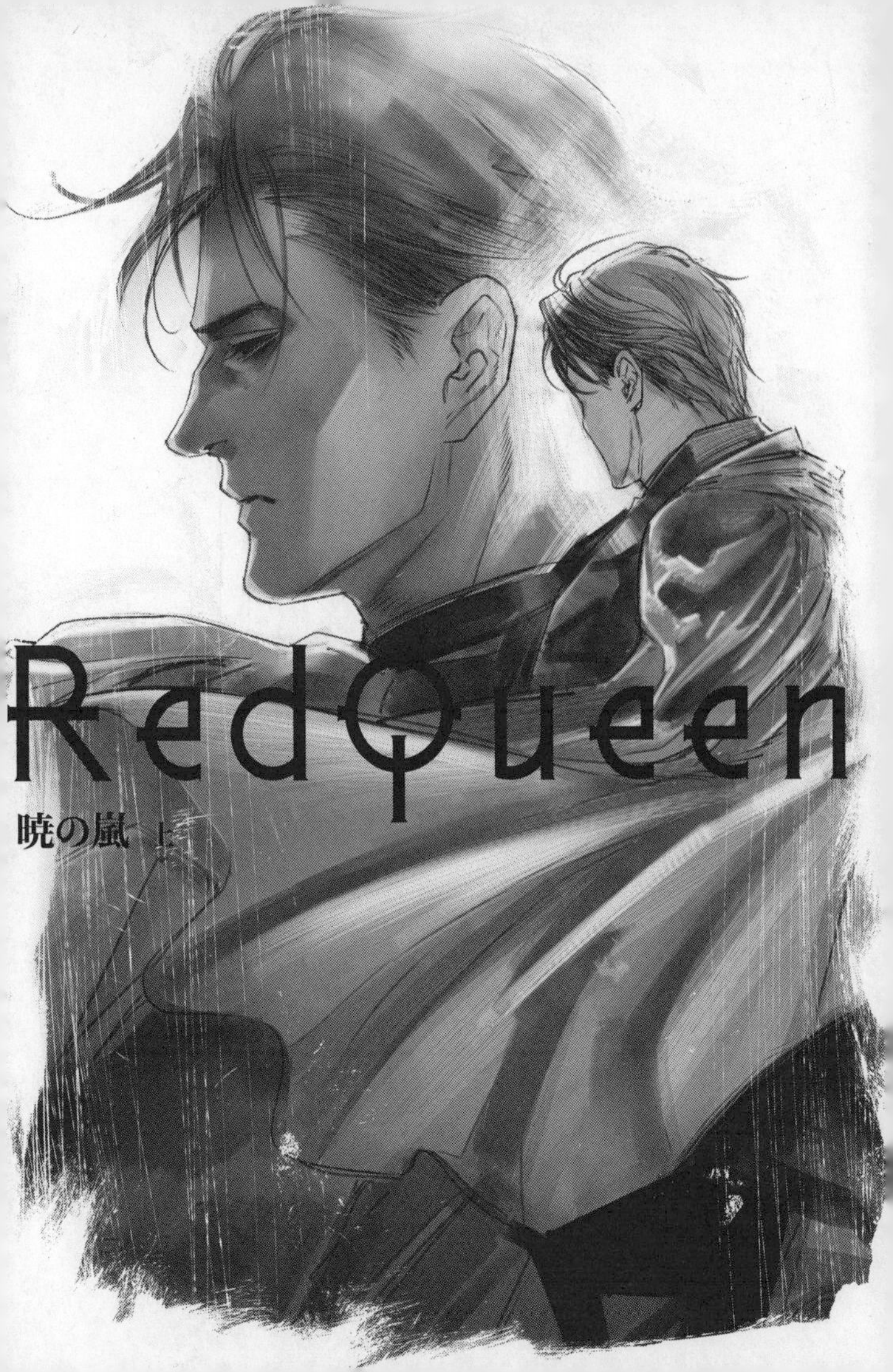
RedQueen
暁の嵐 上

おもな登場人物

メア・バーロウ――18歳の少女。ニュー・ブラッド
カル――ノルタ王国の元第一王子。メイヴンの兄。バーナー
メイヴン――ノルタ王国の国王。メアの元婚約者。バーナー
アイリス・シグネット――メイヴンの妻。レイクランドの王女
ファーレイ――〈スカーレット・ガード〉の司令長官。将軍
デイン・デヴィッドソン――モンフォート自由共和国の首相
アナベル・レロラン――カルの祖母。オブリビオン
エヴァンジェリン・セイモス――カルの婚約者。マグネトロン
ヴォーロ・セイモス――エヴァンジェリンの父親。マグネトロン
プトレイマス・セイモス――エヴァンジェリンの兄。マグネトロン
エレイン・ヘイヴン――エヴァンジェリンの友人。プトレイマスの妻。シャドウ
ジュリアン・ジェイコス――メアの元教師。カルの叔父。シンガー
カイローン――メアの幼馴染み
キャメロン・コール――ニュー・ブラッド
タイトン――ニュー・ブラッド。エレクトリコン
センラ・シグネット――アイリスの母親。レイクランドの王妃
ティオラ・シグネット――アイリスの姉。レイクランドの後継者
ブラッケン――ピードモントの王子
ジョン――預言者。ニュー・ブラッド

1

メア

長い沈黙が、私たちをずっと包んでいた。

私たちをのみ込むように広がるコーヴィアムの街はたくさんの人であふれかえっていたが、まるで誰もいないみたいに空虚だった。

孤立させ、支配せよ。

その言葉の意味は分かりきっていた。線はくっきりと引かれている。ファーレイとデヴィッドソンがじっと私を見つめていた。私も見つめ返す。

たぶんカルは、まったく分かっていないし、ちらりとも勘づいていないだろう。〈スカーレット・ガード〉とモンフォートには、彼がどんな玉座を勝ち取ろうともそこに座らせ続ける気などまったくないのだということを。レッドたちが考えているより、カルが王冠に抱く執着心は遥(はる)かに強い。もう、私もカルなんて呼んではいけない気がした。

タイベリアス・カロア。タイベリアス七世。タイベリアス国王。それは、彼が生まれながらにして与えられた名前。そして、私が初めて出会ったときの彼の名前。

スリ。あのとき、カルは私をそう呼んだ。それが私の名前だった。

ついさっきのことなんて、忘れてしまえたらいいのに。後ろ向きにちょっとだけふらふらとよろめき、後戻りして、あの至福のひとときにあと少しだけ浸っていたい。疲れた筋肉と治した骨の痛みしか感じることのない、奇妙な幸福感に満ちたあの場所だ。戦いのアドレナリンが抜けた後に広がる空虚さ。確かに感じたカルの愛情と支え。こうして傷つけられてしまった後だろうと、私にはカルの選択を責める気になんてなれなかった。

ファーレイの顔に不安がよぎった。そんな顔を見せるなんて珍しい。ダイアナ・ファーレイには、いつもの冷たい決意とまっ赤に燃える怒りのほうがよく似合う。私の視線に気づくと、傷ついた口元を小さく歪(ゆが)めた。

「カルの決断を、司令部にも伝えるわ」ファーレイの声が、張り詰めた沈黙を破った。「司令部以外には公表しない。エイダに伝達してもらう」

モンフォートの首相デヴィッドソンが、こくりとうなずいた。「いいだろう。この展開については、ドラマー、スワンの両将軍に、何か考えがあるはずだ。レロランの皇太后が登場してからずっと目を光らせていたからな」

「アナベル・レロランなら、私よりも情報を持ってるかもしれないわ」私は答えた。意外にも、震えていない。落ち着いた、力強い声。たとえ心はぼろぼろでも、強く見せなくては。これは嘘だが、必要な嘘なのだ。

「たぶん……な」デヴィッドソンは、考え込むような顔でうなずいた。目を細め、地面を見る。何かを探しているわけでも、何かに焦点を合わせているわけでもない。これからの計画を頭の中でたどっているのだ。私たちの行く道は平坦じゃない。そんなの、子供でも分かる。「それを確かめるためにも、あそこに戻ってみなくてはいかん」デヴィッドソンが、申し訳なさそうな声で続けた。その言葉に、私が腹を立てるとでも思っているかのように。「気を抜かず、しっかり警戒しておいてくれ」

「ええ、了解よ」ファーレイと私は同時に答え、びっくりして顔を見合わせた。

デヴィッドソンが背を向け、小路から歩き去っていった。太陽の光がつややかな白髪を照らしていた。戦いの後、デヴィッドソンは入念に身だしなみを整えていた。汗と灰を洗い流し、血の染みた軍服を新しいものに着替えていた。冷静で、落ち着き払った、奇妙なほどいつもどおりの姿。やり手のデヴィッドソンらしい判断だ。シルバーたちは自分たちの力と権力を誇示するため、見てくれに異常なほどに気を遣う。塔の上にいるセイモス国王とその一族は、その最たるものだ。ヴォーロ、エヴァンジェリン、プトレイマス、そしてあの蛇女王と並んでも、普段どおりの身なりをしていれば、デヴィッドソンなんてほとんど目立たないだろう。その気になれば、壁に紛れて見えなくなってしまうことすらできそうだ。あいつらは、忍び寄るデヴィッドソンにも、私たちにも気づかない。

私は震える唇で息を吸い込んだ。

そしてカルもまた、気づかない。

タイベリアス……。私は胸の中で、吐き捨てるように言った。片手を強く握りしめると手のひらに爪が喰い込んでくる。

あいつのことは、タイベリアスと呼べばいい。

包囲攻撃を終えたコーヴィアムの黒壁は、不気味なほど静かで無骨だった。私は立ち去っていくデヴィッドソンに背を向けると、壁の内側に張り巡らされた胸壁に目をやった。シャイヴァーたちの氷嵐が過ぎ去りもうずいぶん時間も経って、あたりは暗闇に覆われ、何もかもが前より小さく見えた。頼りなく見えた。かつてはこの街をレッド兵たちが、群れをなして歩いていたものだ。前線へ赴く死への行進をしていたのだ。今はレッドたちが壁を、通りを、門をパトロールしている。シルバーの王族たちと並んで座り、戦いの話をしている。深紅のスカーフを巻いた数人のレッド兵が、年季の入ったライフルを手に、そこかしこを歩き回っていた。

ともあれ、奇襲を受ける心配など、今のところほぼないだろう。メイヴンの軍は撤退したのだ。ヴォーロ・セイモスだって、コーヴィアムの内側から攻撃を開始するほどの大胆さはないはずだ。なにせヴォーロにも私たちが――〈スカーレット・ガード〉とモンフォートが必要なのだ。それにカル――いや、タイベリアスと、タイベリアスが掲げる空虚な平等主義もある。私たちと同じく、ヴォーロにも彼が必要なのだ。彼の名前と、王冠と、あのむかつく娘との結婚が。

顔がかっと熱くなった。胸の底から嫉妬の炎が込み上げてくる。あんなやつを失っても、どうでもいいはずなのに。胸なんて痛まないはずなのに。死んだり、戦争に負けたり、守ろうとしてきたものをすべて失ったりするのに比べれば、つまらないことだ。だけど、胸が痛くてたまらなかった。耐えるのがやっとなほど、痛くてたまらなかった。

なんでイエスと答えなかったのだろう？

私は、カルの申し出を断ってしまった。またしても裏切りに、私たちは引き裂かれてしまった。裏切ったのはカルだけじゃなく、私も一緒だ。ふたりとも愛していると伝え合い、ふたりともそれを破ったのだ。愛しているということは、本当なら何を捨ててもその相手を選ぶことであり、何よりも強く求めることであり、必要とすることなのに。その相手がいないと生きていけないことなのに。離れ離れにならずに済むのなら、なんでもするということなのに。

だけど、あいつはそうしなかった。そして、私も。

カルは王冠のほうが大事で、私は自分の目的のほうが大事だった。

そして、また牢獄に閉じ込められたりしない日々のほうが、遥かに大事だった。エヴァンジェリンをなんとかできるなら、あいつは私を王妃にするだろう。宮廷での暮らしがどんなものか、私はもうとっくに知っている。あんな牢獄のような暮らしは、もう二度とごめんだ。いくらカルがメイヴンとは違っても、玉座に変わりはない。玉座は人を変え、腐らせてしまう。

なんて奇妙な運命になってしまったのだろう。王冠を手にしたカルと、セイモスの王妃、そして私。認めたくはなかったが、心の片隅で、イエスと答えていればよかったと思っていた。そのほうが、どれほど楽だったか。ちょっとだけ自分をごまかし、夢にも見なかったような暮らしを心ゆくまで楽しめばいい。家族に最高の暮らしをさせられる。安全なところで。あいつと一緒に。カルのとなりに立ち、シルバーの王様の腕を取るレッドの王妃。世界を変えるほどの力を……メイヴンを殺せる力を手に入れて。悪夢を見ることもなければ、恐怖に震えることもない。

私はぎゅっと唇を嚙んで、そうしたい気持ちを振り払った。あまりにも魅力的で、カルが選んだ気持ちもよく分かる。たとえ引き裂かれようとも、私たちは似た者同士なのだ。

ファーレイが地面を蹴って私の注意を引くと、腕組みをして小路の壁にもたれかかった。デヴィッドソンとは違い、血で汚れた軍服など気にしてもいないようだ。でも私の服とは違い、泥や汚れにまみれてはいなかった。シルバーたちの銀の血が、黒く乾いてこびりついているだけだ。クララが生まれてまだたった数ヶ月。ファーレイのお尻にはまだ肉がたっぷりとつき、誇らしげに残っていた。その瞳からはあらゆる思いやりが消え失せ、代わりに怒りの炎が青々と光っていた。だが、私への怒りじゃない。ファーレイが、頭上にそびえる塔を見上げた。あそこでは今、シルバーとレッドが集まり奇妙な会議を開き、私たちの運命を決めようとしているのだ。

「あそこにいたあいつね」ファーレイはそう言うと、誰のことを言っているのか訊ねる間も私に与えず続けた。「銀の髪と太い首と、あの間抜けな鎧の男。シェイドの胸に刃を突き刺したっていうのに、まだのうのうと息をしてるのね」

プトレイマス・セイモスの顔が浮かび、私はまた爪が喰い込むほど手を握りしめた。ファーレイと同じ怒りが、急激に湧き起こってくる。そして、その怒りと同じくらいの情けなさが。

「そうよ」

「あんたが、あいつの妹と取引をしたからでしょ？　命を助けてやる代わりに自由にしてくれってさ」

「復讐するためにね」私は、苦し紛れに答えた。「そのためにエヴァンジェリンに約束したの」

ファーレイは、嫌悪感をあらわに顔をしかめた。「シルバーに約束してやるなんて。そんな約束、ゴミほどの価値もないわ」

「でも、約束は約束だから」

ファーレイは喉の奥で、うなり声のようにくぐもった音を出した。たくましい肩をいからせ、塔のほうを振り返る。本当ならば、今すぐ塔を駆け上がってプトレイマスの目玉をくり貫いてやりたいと思っているのだろうが、どれだけその衝動を抑えつけているのだろうか。本心では私も、椅子にかけてその様子を見物したいところだった。

握りしめた拳の力を抜くと、ほのかな痛みが消えた。そっと足を踏み出し、ファーレイとの距離を詰める。そして、ほんの刹那ためらってから、彼女の肩に手をかけた。「約束したのは私よ。ファーレイじゃない。他の誰でもない」

ファーレイはかすかに体をこわばらせ、しかめっ面に皮肉な笑みを浮かべた。振り向いて私の目を見つめるその青い瞳に、太陽の光が躍る。「メア・バーロウ、きっとあんたには戦いより政治のほうが向いてるんだわ」

私も、痛々しい笑みを浮かべた。「同じことじゃない」つらい思いをして学んだ教訓を口にした。「やれると思ってるの? プトレイマスを殺せるって、本気で思ってる?」

昔の彼女だったら、絶対にできると意地を張って、見下したように笑ってみせたことだろう。ファーレイは絶対に自分を曲げたりしない頑固者なのだ。だがシェイドやクララが与えてくれた、私たちの新しい絆のせいだろうか。いかめしく頑固な将軍の素顔が、私にはちらりと見えた。ファーレイがうろたえ、少しだけ笑みを消す。

「分からないわ。でも、このまま黙ってたんじゃ、自分にもクラにも二度と顔向けできない」

「そんなことであなたが死んだら、私だって同じ気持ちになる」私は、ファーレイの腕を強く握りしめた。「お願いよ、ファーレイ。馬鹿なこと考えないで」

まるでぱちんとスイッチでも入れたみたいに、彼女の顔にまたさっきの笑みが広がった。ウインクすらしてみせる。「メア・バーロウ、私が馬鹿なのは昔っからでしょう？」

ファーレイの顔を見上げると、すっかり忘れていたうなじの傷がずきりと痛んだ。でも、起きていることすべてに比べれば、そんな痛みなんて小さなものだ。「いったいいつ終わるのかと思うと、迷ってしまうだけよ」彼女に伝わってくれればいいと思いながら、私はつぶやいた。

ファーレイは首を横に振った。「何を言いたいのかよく分からないんだけど」

「つまり……シェイドのことよ。プトレイマスを殺して、それからどうするの？　エヴァンジェリンにあなたが殺される？　クララが殺される？　そして私がエヴァンジェリンを殺す？　そうやって、殺し合いが果てしなく続いていくのよ」死はいくらでも見てきたが、そんなことには妙な違和感があった。誰がいつ死を迎えるか決めるだなんて、私たちよりも、むしろメイヴンがやりそうなことだ。ファーレイはずっと前、私がメアリーナ・タイタノスになりきっていたころから、プトレイマスの命を狙い続けている。だがそれは、〈スカーレット・ガード〉のためだ。盲目的に血の贖いを求めたのではなく、もっと大きな目的のためにそうしたのだ。

ファーレイは、信じられないように目を瞠った。「この私に、あいつを生かしておけって言うの？」

「もちろん違うわ」私も、声を荒らげそうになった。「私だって、自分がどうしたいのか分からない。何がどうなってるのかも、よく分からない」しどろもどろに言葉を続ける。「だけど、それでも迷ってしまうの。復讐心や怒りが、あなたの周囲にどんな影響を与えてしまうか分かっているんだもの。それにクララが母親を失くしてしまうのだって、もちろん嫌だわ」

ファーレイはさっと視線をはずし、顔を隠した。でも、とつぜん涙が込み上げてきたのまでは隠しきれなかった。彼女がぐっとそれをこらえ、肩で私を押しのける。

私はさらに言葉を続けた。続けなくちゃいけなかった。どうしてもファーレイに言っておかなくてはいけないのだ。「クララはもうシェイドを失っているのよ。父親のかたきを討つか、それとも生きている母親か……あの子がどっちを選ぶかなんて、考えるまでもないじゃない」

「選ぶ……か……」ファーレイは、目を合わせようとしないまま声を絞り出した。「そういえば、あんたの選択は立派だったわ」

「ファーレイ、話をそらさないで――」

「稲妻娘、今の聞こえなかった？」ファーレイが鼻をすすって無理に笑顔を作り、まっ赤になったそばかす顔を私に向けた。「立派だったたって褒めたのよ。紙にでも書いて、記憶に焼きつけておくことね。こんなこと私、二度と言わないから」

話していたことも忘れ、私は低い笑い声を漏らした。「へえ。何がそんなに立派だったか、ちゃんと教えてもらえる？」

「そうね……まずはそのファッション・センスでしょ」彼女は私の肩に手を伸ばすと、血の染みた土埃を払い落とした。「それに忘れちゃいけないのは、その優しくて穏やかな性格ね……」

またしても、笑いが漏れる。

「私があなたを立派だと思うのは、愛する人を失うのがどんなものか、私も知ってるからよ」今度はファーレイが私の腕を掴んだ。とても私には準備なんてできていないこの話から、逃さないとでも言うかのように。

メア。僕を選んでくれ。

ほんの一時間前に言われた言葉。だが、その言葉はやすやすと私に取り憑いてしまった。

「裏切られたような気分だったわ」私は消え入るような声で答えた。

目を見なくて済むように、ファーレイのあごを見つめる。口の端にできた傷が深く、唇が少しだけ横に引きつっていた。すっぱり走る切り傷。ナイフでやられたのだ。青いロウソクの炎に照らされたウィル・ホイッスルのコンテナで初めて出会ったあのときにはなかった傷だ。

「あいつに？　そりゃあそうで――」

「違うのよ。あいつじゃない」空を雲が横切り、うつろう影を私たちの上から投げかけた。妙に冷えた夏風が吹いていた。思わず身震いする。私は本能的に、カルとその温もりを求めていた。カルは絶対に、私を寒さに震えさせたりはしない。そんな思いに胃がよじれた。私たちが背を向けてしまったものを思うと、吐き気が込み上げた。「あいつは約束してくれたの」私は言葉を続けた。「でも私もあいつに約束した。それを破ってしまった。あいつには、他に守らなくちゃいけない約束があったのよ。自分では気づいてないかもしれないけど、あいつは私よりも王冠を愛していたの。それにカルは、私たちにとって……いや、みんなにとって正しいことをしてると思ってるのよ。そんなの、本気で責められるわけないでしょう？」

私は思い切ってファーレイの目を見つめ、探った。だが、彼女は答えなんて持ってはいなかった。少なくとも、私が気に入るような答えは。口元まで出かかった言葉を、唇を噛んで彼女がこらえる。だが、そんなことをしても無駄だった。

せめてもの優しさか、ファーレイはいつものように棘々しく鼻で笑ってみせた。「謝らないで。あいつがどんなことをしようと、どんなやつだろうと、メアのせいじゃない」

「謝ってなんかない」

「謝ってるようにしか聞こえなかったわ」苛立ったように、ファーレイがため息をついた。

「王様が変わったからといって、王様はやっぱり王様よ。カルは確かに骨があるかもしれないけど、あいつだってそのくらい分かってるわ」

「もしかしたら、カルについてったほうが、私のためによかったのかもしれない。それと、レッドのためにもね。レッドの王妃様にどんなことができるか、想像できる?」

「大してありはしないわ、メア。いや、もしかしたらぜんぜんないかもね」ファーレイは、冷たい声で断言した。「いくら冠をかぶったからって、すぐに大それた変化なんて起こせるもんじゃないわよ」そこまで言って、彼女は声を和らげた。「それに、すぐ元どおりになっちゃう。長続きなんてしやしないの。どんなことを達成しようとも、あなたが死ねばそれまでなのよ。変な意味に取らないでよね。でも私たちが作りたいと願ってる世界は、私たちが死んでからもずっと生き続ける世界よ」

　未来に生まれてくる人たちのための世界。

　ファーレイは、人間離れしたような強いまなざしで、私の目を覗き込んだ。クララの目はファーレイじゃなく、シェイドの目だ。海ではなく、ハチミツ色だ。育つにつれて、どこがファーレイに、どこがシェイドに似てくるんだろう?

短く切ったばかりのファーレイの髪が風にそよいだ。雲の影に包まれ、暗い金色に見える。傷さえなければファーレイは、戦争で傷ついた子供たちのように、まだ幼さを残していた。彼女は私なんかよりずっと恐ろしいものを見て、ずっとたくさんの経験を積んできた。ずっとたくさんの犠牲を払い、苦しんできた。母親も、妹も、シェイドも、そしてシェイドの愛も失ってしまったのだ。少女だったころにどんな大人を夢見ていたかは分からないが、何もかもすべて失ってしまった。それでもファーレイが自分たちの理想を信じて突き進んでいけるのなら、私にだってできるはずだ。どれだけぶつかり合っても、同じくらい私は彼女を信頼している。それにファーレイの言葉は突き放すようでいて、ちゃんと必要な慰めを与えてくれる。私はもうずっと頭の中で自分と言い争いを続けてばかりで、うんざりしはじめていたのだ。

「確かにそのとおりね」私の中で何かがぷつりと切れ、カルの言葉が生み出す奇妙な夢物語が螺旋(らせん)を描きながら奈落の底に落ちていった。もう二度と、戻ってくることはない。

私がレッド・クイーンになることはないのだ。

私の肩を摑む手に、ファーレイが痛いほど力を込めた。ヒーラーたちに癒やしてもらっていても私の体はまだあちこち痛んだし、ファーレイの握力はいまいましいほど強烈だ。

「それに、玉座に就くことになるのはあなたじゃない」ファーレイが言った。「レロランの皇太后とリフト王の狙いなんて分かりきってるわ。セイモスのあの女を王妃にする気なのよ」

　私はふんと鼻を鳴らした。あの会議室での、エヴァンジェリン・セイモスの狙いなんて火を見るより明らかだった。ファーレイが気づいていなかったとは驚きだ。「いや、彼女はできることならそれはしたくないはずよ」

「はあ？」ファーレイの視線が鋭くなり、私は肩をすくめた。

「会議室での彼女の様子、見たでしょう？　あなたのことあんなふうに挑発して」生々しい記憶が、ぱっと蘇る。エヴァンジェリンがレッドのメイドをみんなの前に呼びつけ、ただ気晴らしをするためだけに、グラスを叩き割って掃除させたのだ。その場にいる赤い血の持ち主を全員怒らせるために。彼女がなんであんなことをしたのかも、そうすることで何をどうしたかったのかも、そんなに考えなくても分かる。「こんな同盟話、まっぴらごめんだったのよ、ましてや自分が結婚しなくちゃいけないわけだしね……タイベリアスと」

　刹那、ファーレイの気が緩んだように見えた。うろたえ、目をぱちくりさせる。だが、興味を掻き立てられてもいた。「でも、結局元に戻っただけの話じゃない。だって……ほら、私はシルバーの思考回路なんて理解できないけど、それでも——」

「今やエヴァンジェリンはリフトの王女になったのよ。望みどおりのものをすべて手に入れてね。また誰かのものに戻ろうなんて、絶対に思ったりしないわ。あの子にとってこの婚約はそういうものなの。そして、あいつにとってもね」私は、胸の痛みを感じながら付け足した。「権力のために結ぶ協定なのよ。エヴァンジェリンがすでに手に入れた権力の……いや、もう求めていない権力かしらね」私は、ホワイトファイアー宮殿で一緒に過ごしたころのエヴァンジェリンを思い出した。メイヴンが自分ではなくアイリス・シグネットと結婚することになったとき、あの子はほっとしていた。あれは、メイヴンが怪物だからというだけではなかった。あれはきっと……もっと大切に想(おも)う人がいたからなのだ。自分やメイヴンの王冠よりも大切な人が。

エレイン・ヘイヴンが。

ハウス・ヘイヴンが反乱を起こすと、メイヴンはエレインをエヴァンジェリンのメス犬と呼んだ。あの会議室ではエレインの姿を見かけなかったが、ハウス・ヘイヴンの連中のほとんどが、ハウス・セイモスに加わり、その後ろに立っていた。全員が、自由自在に姿を消す能力者、シャドウだ。エレインも私が気づかなかっただけで、あの場にいたに違いない。

「エヴァンジェリン・セイモスが、父親の成し遂げた計画を潰す可能性はあると思う？」ファーレイは、まるまると太ったネズミを捕まえた猫のような顔で言った。「たとえば誰かが……協力したとしたら、どう？」

カルは愛のためだろうと王冠を捨て去ってはくれなかった。だが、エヴァンジェリンならどうだろう?

私の直感が、ありえると告げていた。エヴァンジェリンは駆け引きに長け、静かに反抗を企てる、危険な賭けもいとわない女だ。

「ありえると思う」私の口から出た言葉が、新たな意味を、新たな重みを持って私たちの間に響いた。「あの子にはあの子で、そうするだけの理由があるわ。それが少しだけ私たちの有利な材料になるかもしれない」

ファーレイの口元に本物の笑みが浮き上がった。絶望的な状況だというのに、私はふと、希望の光が弾けるのを感じた。ファーレイが笑みを広げながら、私の腕を叩く。

「よし、バーロウ。これも書き留めておきなさい。あんたはマジで立派よ」

「まあ、たまには役に立つとこも見せておかなきゃね」

ファーレイは噴き出してひとしきり大笑いすると、ついてくるよう合図して歩きだした。

小路の外に、表通りが延びている。太陽の光に最後の雪が溶けて敷石がきらめき、私たちを呼んでいるようだった。私は、このすみっこの安全な暗がりから出る気になれず、少しだけためらった。小路の外に広がる世界は、あまりにも広大に思えた。コーヴィアムの中心街がそびえ立ち、その中心に中央塔が突き立っている。私は震える息を吸い込むと、覚悟を決めて足を踏み出した。足が痛む。二歩目も同じだった。

「あんたは上に戻ることないわ」ファーレイがペースを落として私のとなりに並び、そうつぶやいた。「どうなったかは、後で教えてあげる。デヴィッドソンと私がいれば大丈夫よ」

あの会議室で、私たちが成し遂げてきたすべてをタイベリアスがぶち壊しにするのを目の当たりにすることなど、想像しただけでも耐えられそうになかった。でも、戻らなくては。私はみんなには気づけないことに気づけるし、みんなが知らないことを知ってる。だから、戻らなくちゃ。目的を果たすために。

そして、あいつに会うために。

カルのところにどうしても戻りたい気持ちは、無視できなかった。

「あなたが知ってることをぜんぶ教えて」私は、ファーレイに囁(ささや)きかけた。「デヴィッドソンが何を考えてるのかぜんぶ話してちょうだい。何も知らないまま何かを始めるのは絶対に嫌なの」

ファーレイがさっとうなずいた。気づかないほど素早く。「もちろんよ」

「私のことは、好きに使ってくれていい。ただ、ひとつだけ条件があるの」

「言ってみて」

私は歩くスピードを落とし、ファーレイが私に合わせた。「カルを殺さないこと。すべてが終わっても」

ファーレイは、まるで戸惑った犬のように首をかしげた。

「あいつの冠も、玉座も、治世も、何もかも壊してしまっていい」私は精一杯の力をまなざしに込めて、彼女の顔を見上げた。血管を流れる稲妻が私の熱に反応し、ここから出せと叫ぶ。「でも、タイベリアスは殺さないで」

ファーレイは大きく息を吸い込み、そびえるように背筋をぴんと伸ばした。彼女に、すっかり見透かされているような気分になった。私の傷だらけの心の中まで。それでも私は退かなかった。条件を出していいくらいのことはしてきたはずだ。

「約束はできない」彼女の声が震えた。「でも、やるだけのことはやるわ、メア。信用して」

私に嘘をつく子じゃないのは確かだ。

体がふたつに、別々の方向に引き裂かれてしまうみたいだった。どうしても無視できない問題がひとつ、胸の中にぶら下がり続けていた。下さなくてはいけなくなるかもしれない、もうひとつの選択が。

カルの命か、私たちの勝利か……。

いざ選ばなくてはいけなくなったとき、私はどちらを選ぶのだろう？　どちらを裏切るのだろう？　その疑問がナイフのように私の心を深くえぐり、私は誰にも見えないところで血を流していた。

たぶんあの預言者――ジョンはこのことを言っていたのだ。言葉少なではあったけれど、あの男が選ぶ言葉にはすべて、計算された意味がある。どんなに気が進まなくても、私はきっとジョンが口にした運命を受け入れなくてはいけないのだ。

立ち上がるのだ。

己ひとりで。

一歩踏み出すごとに、足元の敷石がぐらぐらした。風はまた勢いを強め、今度は西側から吹きつけてきていた。間違えようのない血の臭いを運びながら。すべての記憶が蘇って押し寄せ、私は吐き気をこらえる。あの包囲攻撃。あの死体の山。血にまみれた両軍の軍服。ストーンスキンに鷲摑みにされてぽきりと折れた私の手首。兵士たちは首が折れ、胸の肉は弾けて飛び散り、ぬめった内臓と尖った骨がそこから覗いていた。戦いのさなかならば、そんな恐怖から自分を切り離すのはたやすいことだ。いや、そうしなくては戦えやしない。恐怖することは、死を意味するからだ。だけど、今はちがう。心臓が三倍もの速さで打ち、冷たい汗が体じゅうを伝った。こうして生き残り、勝利してもなお、失うことへの恐怖は私の心を切り裂き、奈落を作ってしまう。

まだ、あの感覚が残っていた。私が殺めた人々の体を貫く電気の脈動が。何本もの細い枝のように伸びていくあの電気の道は、ひとつひとつ違ってはいたが、結局はどれも同じだった。赤い軍服、黒い軍服。ノルタ人とレイクランド人。多すぎて、数え切れない。ひとり残らずシルバーだった。

いや、シルバーであってほしい。

恐ろしい可能性に、私は腹を殴られたような気分になった。メイヴンは前にもレッド兵たちを、砲弾避けや人間の盾にして利用したはずだ。あのときはそんなこと、考えもしなかった。誰も考えなかったろう……いや、気にもしていなかったのかもしれない。デヴィッドソンもそうだし、カルもそうだ。ファーレイだって、払うだけの価値がある犠牲と思えば気にしないかもしれない。

「ねえ」ファーレイが私の手首を掴んで小声で言った。手首に巻きついた素肌の感触に、私はあの拘束具を思い出してぎくりとした。悲鳴のような声を漏らしながら、必死に彼女の手を振りほどく。まだそんな反応をしてしまうのが気まずく、顔が赤くなった。

ファーレイは両手を上げて目を丸くすると、私から体を離した。だが、私を怖がったり、責めたりしている様子じゃない。もしかして、私の気持ちが分かるという合図なのだろうか？

「ごめんなさい」彼女が慌てて言った。「手首のこと、忘れてた」

私はかすかにうなずき、指先に踊る紫の小さな稲妻を隠すため両手をポケットに突っ込んだ。「大丈夫。そんなのぜんぜん――」

「分かってるわ、メア。急に気が抜けると、よくそうなるのよ。体の活動が元どおりになって。たまに、前より敏感になってしまうこともあるけど、しょうがないことよ」ファーレイは、塔とは別の方向にあごをしゃくってみせた。「ひと眠りしたって、誰も文句なんて言いっこないわ。あっちに兵舎が——」

「あそこにはレッドたちもいたの？」私はぼんやりと、戦場と今はぼろぼろになったコーヴィアムの壁を指差した。「メイヴンとレイクランド人は、あそこにレッド兵たちを送り込んだの？」

ファーレイは、心からびっくりしたように目をぱちくりさせ、ようやく「私は知らないわ」と答えた。不安そうな声。彼女も知らないのだ。知りたくないのだ。私だって知りたくない。知ったら、とても耐えられっこない。

私はさっとファーレイに背を向けると、慌てて追いかけてくる彼女にもおかまいなしに歩きだした。またしても沈黙が訪れた。今度は、怒りと気まずさが同じくらい入り混じった沈黙だった。私はその沈黙に身を任せ、自分を責め続けた。このむかつきと痛みを忘れないために。これから先には、さらなる戦いが待ち受けている。血の色を問わず、もっとたくさんの人たちが死ぬことになる。それが戦争なのだ。それが革命なのだ。砲撃に巻き込まれる人たちもたくさんいるだろう。忘れるということは、そういう人たちを破滅に追い込んでしまうことだ。そして、これから現れる他の人たちも。

私は、ポケットに入れた両手を固く握りしめながら、塔の階段を上っていった。ピアスの先がちくちくと手に喰い込み、赤い石が暖かく感じられた。こんなもの、窓から投げ捨てしまったほうがいいのに。忘れなくてはいけないものがひとつだけあるとするなら、それはあいつのことだ。

でもピアスは、私の手の中に残り続けていた。

私はファーレイと並んで、また会議室に戻った。視界の端がぼやけるのを感じ、私は自分を奮い立たせた。観察しなくては。記憶しなくては。人々が口にする言葉にひび割れを見つけ、彼らが口にしない秘密を見つけ出さなくては。気持ちは掻き乱されるが、これが私の目的なのだ。逃げ出してもおかしくはないのに、なぜ自分がこんなにもここに戻ってきたかったのか、私は気づいた。

それが重要なことだからじゃない。役に立てるからでもない。

戻ってきたかったのは、私がわがままで、弱く、びくびくと怯えているからだ。ひとりきりになんてなれない。まだ今は、とても無理だ。

だから私は座り、話を聞き、じっと観察した。

あいつの視線をずっと感じながら。

2

エヴァンジェリン

あの女を殺すのなんて簡単だ。

アナベル・レロランの首に飾られた赤と黒、そしてオレンジの宝石の合間に編み込まれたローズ・ゴールドのスピンドル。ちょっと手をひとひねりするだけで、あのオブリビオンの喉笛を切り裂くことが私にはできる。あの女の肉体も悪巧(わるだく)みも、破滅させられる。この部屋にいる全員が見ている前で、あの女の命も、あの女が仕組んだ婚約も、どちらも終わらせられるのだ。ママとパパとカル、そして手を組まなくてはいけなくなったレッドの犯罪者や、外国から来た怪人たちの目の前で。でもバーロウだけは別。まだ戻ってきていない。きっとまだ、カルを失ったショックでめそめそしているんだろう。

すでにひび割れだらけだった同盟をぶち壊しにするというのは、つまりまた新たな戦争が起きるということだ。忠誠心と引き換えに幸せを手に入れるだなんて、そんなことが私にできるのだろうか？　誰にも聞かれはしない頭の中でとはいえ、そんな質問を口にするだけでも私は恥ずかしくなった。

老皇太后は、きっと私の視線を感じたに違いない。一瞬だけちらりと私に目を向けると口元にあからさまな笑みを浮かべ、赤、黒、オレンジの宝石をきらめかせながら椅子に座り直した。

赤と黒は、ハウス・レロランだけでなく、ハウス・カロアの色だ。あの女の忠誠心が、むかつくほど露骨にきらめいている。

私は震えながら、視線を落として自分の両手を見つめた。爪の一枚が、ひどくひび割れている。戦いのさなかに割れたのだ。私は息を吸い込むとチタンの指輪を鉤爪（かぎづめ）の形に変え、本物の爪のように指にかぶせた。ママをイライラさせてやろうと、その爪で玉座の肘掛けを叩く。ママはその目に苛立ちを浮かべると、横目でちらりと私を見た。

アナベルを殺してやる妄想に浸りすぎていたせいで、私はみんながどんな企（たくら）みを相談しているのか、すっかり見失っていた。人数はずいぶん減っており、いつの間にかその場に残っているのは、いきなり手を組むことになったリーダーたちだけになっていた。将軍、貴族、将校、王族。まずモンフォートのリーダーが話し、次にパパが話し、それからアナベルが話し、また元の順番に戻る。誰もがぴりぴりと警戒心を声に滲（にじ）ませ、作り笑いを浮かべながら、意味のない約束ごとを口にするのだった。

エレインも、ここにいればいいのに。私がこの手で連れてくるんだった。行くと言ってくれたのだから。いや、一緒に行かせてくれとすがりついてきたのだ。たとえ命がけの危険の中でだろうと、エレインはいつも私のそばにいたがる。最後にあの子をこの腕に抱いたときのことを思い出したが、私は頭から追い出そうとした。あの子は私より細いけど、もっと柔らかだ。プトレイマス――トリーは私たちに邪魔が入らないよう、ドアの外で待っていてくれた。

「私も連れてって」あの子が私の耳元で囁いた。十回でも。百回でも。でもあの子の父親と私は、駄目だと断った。

もうやめなさい、エヴァンジェリン。

私は胸の中で、自分に毒づいた。こんなごたごたの中じゃ、気づく人なんて誰もいやしなかったというのに。エレインはシャドウだ。姿を消したあの子には、忍び込むなんてお手のものなのだ。トリーも手助けしてくれたかもしれない。私がいちいち言わなくても、妻が一緒に来たいと言えば止めなかっただろう。でも、私にはそんなことできなかった。私たちには、勝ち目があるかどうかも分からない戦いが待っていたからだ。そして、あの子をそんな危険に晒すわけにはいかなかった。エレイン・ヘイヴンは確かに才能に恵まれているが、戦士じゃない。戦いになれば、私は集中できず、心配でたまらなくなってしまったに違いない。あのときは、とてもそんなことはできなかった。だけど今は……。

やめなさい。

鉄の肘掛けを粉々に砕いてやりたい衝動に駆られ、私は鷲掴みにした。リッジ・ハウスならば、展示室に置かれた鉄の像を相手になんの気兼ねもなく破壊し、気晴らしができる。誰がどう思うかなんて心配もせず、湧き上がる怒りを像にぶつけることができる。このコーヴィアムでも、人目を気にせずそんなことができる場所が見つかればいいのに。そんなふうに発散できる日を想像し、私は自分の正気を保っていた。肘掛けを鉤爪で引っ掻く。金属と金属がこすれ合う。ママにしか聞こえないくらいの、かすかな音をたてて。ママも、この奇妙な集団の前で、私を咎めるわけにはいかない。

ようやく、アナベルの無防備な首元と、エレインがこの場にいない不安を、頭の中から追い出した。パパの計画から抜け出す道を知りたいのなら、とりあえず今はみんなの話に耳を傾けておかなくちゃいけない。

「メイヴンの軍は退避したが、態勢を立て直す猶予を与えるわけにはいかん」パパが冷たい声で言った。パパの後ろにある大きな窓の外では、西の地平線に浮かぶ雲の中へと沈んでいく夕日が見えていた。ぼろぼろに荒れ果てた戦場のあちこちで、まだ煙が立ち上っている。「メイヴンめ、今ごろ傷を舐めているころだ」

「あの少年なら、もうチョークに入っているでしょうね」アナベル皇太后がさっと答えた。あの少年。まるで自分の孫なんかじゃないみたいに言う。たぶん、もう孫だとも認めない気なのだろう。息子のタイベリアス王殺害に力を貸したメイヴンのことなんて。メイヴンはもうアナベルにとって孫ではなく、エラーラの血族でしかないのだ。

　アナベルは皺だらけの両手を組み、身を乗り出すとそこにあごを乗せた。指には、古びてなお輝きを放つ結婚指輪がきらめいていた。リッジ・ハウスで孫に力を貸すと言って私たちを驚かせたあのとき、アナベルは金属らしい金属はひとつも身に着けていなかった。私たちが持つマグネトロンの力から、身を守っていたのだ。だが今は、私たちにしてみれば凶器にもなりうる冠やアクセサリーを、この老婆はこれ見よがしに着けている。頭のてっぺんからつま先まで、どこもかしこもこの人は計算ずくだ。それに、丸腰というわけでもない。王妃になる前、アナベル・レロランは戦士として、レイクランド軍と戦う前線にいたという。オブリビオンである彼女は手を触れただけで、なんでも――そして誰でも――爆弾に変えて爆発させてしまえるのだ。

　もしこんなに無理強いされたことを憎んでさえいなければ、私だってアナベルの貢献に尊敬の念を抱いていたことだろう。

「それに今この時間なら、あの少年の軍はメイデン・フォールズを抜けて国境を越えていることでしょう」アナベルが言葉を続けた。「つまり、もうレイクランドに入っているということよ」

「だがレイクランド軍も痛手を受け、メイヴン軍と同じように弱体化している。たとえ敗残兵を蹴散らすくらいしかできないとしても、今のうちに叩いておくべきだ」パパが、アナベルからひとりのシルバーの貴族に視線を移した。「ハウス・レアリスの面々は、一時間もあれば準備ができるな？」

レアリス将軍はパパに見つめられ、顔を引き締めた。目の前のグラスをすっかり空にして、勝利の余韻を楽しんでいるところだったのだ。将軍が咳払(せきばら)いをすると、私のところにまで酒臭い息が届いた。

「できますとも、陛下。陛下のご命令さえあれば、すぐに動けます」

低い声が、それを遮って響いた。「僕は反対だ」

メアとの口喧嘩(くちげんか)から帰ってきたカルが最初に口にしたこのひとことに、みんながざわついた。カルは戦場で着ていた借りものの軍服はずっと前に脱ぎ捨て、祖母と同じ、赤い縁取りのついた黒い服を身に着けていた。アナベルの大義名分として、そして国王として、椅子にかけたまま姿勢を正す。その左にはカルの叔父、ハウス・ジェイコスのジュリアンが、そして右にはレロランの皇太后が座っていた。力強い血を持つシルバーの貴族に両側を守られたカルは、私たち全員が支えるだけの価値を持つ、堂々たる国王に見えた。

そんなカルが、私は憎らしかった。

カルには私の悲劇を終わらせ、婚約をぶち壊し、パパの申し出をはねつけることだってできたはず。でも王冠を手にするために、カルはメアを放り出したのだ。王冠を手にするために、私をはめたのだ。

「なんと?」パパがひとことだけ発した。パパは口数が少なく、質問することなんてもっと少ない。そのパパが質問を口にするのを聞いて、私の体が勝手にこわばった。

カルが両肩をいからせ、がっしりとしたその体を静かに誇示してみせた。そして組んだ両手にあごを乗せ、意味ありげに眉をしかめた。いつもより大きく、年上で、頭が切れるように見えた。リフト王と対等にやり合える男に見えた。

「空軍を出せという命令にも、この同盟を分断して敵の領土まで追撃するという命令にも、僕は反対だと言ったんだ」カルが落ち着いた声で答えた。認めるしかない。この男は冠などかぶっていなくても、王者の風格を持っている。尊敬とまでは言わなくとも、人の目を集めてしまう雰囲気が。そういうふうに教育を受けてきたのだから、驚くようなことじゃない。となりのアナベルが口元に、小さいながらも本心からの笑みを浮かべた。カルが誇らしいのだ。

「チョークはまだ、文字どおりの地雷原だ」カルが言葉を続けた。「そのうえこちらには、滝の向こう側まで行くための情報が、ほんのわずかしかない。これは、追撃させようと僕たちに思わせるための罠(わな)かもしれない。兵士をそんな危険に晒せるものか」

「この戦争は、どこを見ても危険だらけだろう」パパの向こうから、プトレイマスの声が聞こえた。カルと同じように肩をいからせ、玉座にかけたまままっすぐに背筋を伸ばす。

沈んでいく夕日がトリーを照らし、王子の冠から覗く銀の巻き毛が、赤みを帯びた輝きを放っていた。その光を浴びたカルは両目を赤く光らせ、黒い影を床に落とし、ハウス・カロアの色を帯びていた。ふたりは、男にしか分からないまなざしで、じっと睨み合っていた。何から何まで争いになるのだ。私は鼻で笑った。

「興味深いことを言うわね、プトレイマス王子」アナベルが、そっけない声で言った。「しかしノルタ国王陛下は、戦争とはどんなものかをよくよくご存じなのよ。この私も陛下のお考えに賛成だわ」

もうカルのことを国王扱いしている。アナベルがその言葉を選んだことに、私以外にも気づいた人がいた。

カルが、言葉を失い目を伏せる。だがすぐに気を取り直すと、決意を込めてぎゅっと口を結んだ。もう心は決まっているのだ。

モンフォートの首相、デヴィッドソンが自分のテーブルに着いたままうなずいた。〈スカーレット・ガード〉の将軍とメア・バーロウがいないと、ついつい見落としてしまう。危うく、完全に存在を忘れ去ってしまうところだった。

「私も賛成だ」首相までもが、抑揚も訛りもない無表情な声で答えた。「我々の軍にも回復のために時間が必要ですし、この同盟にだって時間がかかる……」首相が言葉を切り、考え込む。表情からは何も読み取れず、私は死ぬほどむかついた。ウィスパーですら、この男の心の壁は突破できないんじゃないだろうか。「バランスを取るためにね」

ママはパパほど自分を抑えたりせず、黒い瞳にありありと苛立ちを浮かべてニュー・ブラッドのリーダーをじっと見つめた。ママの蛇がそのまねをして、首相をじっと見ている。

「情報がないということなら、国境の向こうにスパイがいたりはしないの？　失礼はご容赦願いたいのだけれど、首相。どうも私の受けた印象だと、あの〈スカーレット・ガード〉は……」吐き捨てるように言う。「ノルタとレイクランドの両方に、複雑なスパイ網を張り巡らせているようだけど。あの連中は、使えるんじゃなくて？　もっともあのレッドたちが自分たちの実力を偽っていなければだけれどね」まるで牙からしたたり落ちる毒のように、ママの言葉には嫌悪が滲んでいた。

「我々の工作員はちゃんと働いていますよ、皇后陛下」

レッドの将軍――冷ややかな笑みを絶やさない、ブロンドの女だ――が、すぐ後ろにメアを従えて入ってきた。ふたりは壁沿いに進み、会議室の奥に座るデヴィッドソンのとなりに向かう。まるで部屋じゅうの視線を避けるかのように、素早く、音もなく、ふたりは進んでいった。

椅子にかける将軍のとなりで、メアはまっすぐ私のほうを見ていた。その視線の裏側に覗く見慣れない感情に、私はぎくりとした。あれは恥辱だろうか？　いや、そんなはずはない。わけも分からないのに、頰が熱くなってきた。怒りのせいでも気まずさのせいでもあってほしくなかった。どちらの気持ちも私の中に渦巻いている……しかも、思い当たる理由まである。自分よりも哀れな人を見れば気が紛れるとでも思ったのか、私はふたりから目をそむけてカルのほうを向いた。

カルはメアの登場に動じていないふりをしようとがんばっていたが、弟のようにはいかない。カルはメイヴンと違い、感情を隠す能力などほとんど持っていないのだ。肌の裏側に銀色がさっと差し、頬を、首を、そして耳のてっぺんまでをも染めていく。その感情を殺そうと戦う彼からさざ波のように広がる熱で、部屋の気温がかすかに上がる。私は、心の中で嘲った。

なんて馬鹿な人。あんたは自分で選択したのよ、カロア。私たちふたりを、自分の手で破滅に追い込んだの。あんたはせめて、平気な顔くらいしていればいいんだわ。傷ついて頭がおかしくなる人がいるとしたら、それは私なんだから。

迷子の子猫みたいにカルが泣き出してしまうんじゃないかと思った。けれど代わりに彼はばちばちと目をしばたたかせ、稲妻娘から顔をそむけた。片手で椅子の肘掛けを握りしめると、沈んでいく夕日を浴びて、手首にはめた炎のブレスレットが赤く輝いた。カルは自分を抑えていた。ブレスレットには火がつかない。そしてカルにも。

カルに比べ、メアはまるで石みたいだった。固まり、動じず、感情もない。小さな稲妻ひとつ光らない。じっと私を見たまま、視線もそらさない。不気味だが、挑戦されているわけではなかった。妙なことに、いつもの怒りがその両目から消えているのだ。もちろん私への親しみがこもっているわけじゃなかったが、憎しみが浮かんでいるわけでもなかった。たぶん稲妻娘にはもう、私を憎むような理由がろくになくなってしまったのだ。胸が締めつけられる……この子は、私が選んだことじゃないと知っているのだろうか。お願いだから知っていてほしい。

「戻ってきてくれるなんていい子じゃない、ミス・バーロウ」私は声をかけた。本心からの言葉だ。この子がいれば、カロアの王子たちはいつだって冷静じゃいられなくなる。

メアは腕組みをしたまま、何も答えなかった。

お仲間の〈スカーレット・ガード〉の将軍のほうは、残念ながら、静かにする気はないようだった。無謀にも、険しい顔でママを睨みつける。「うちの工作員が交代で、撤退するメイヴン軍を追跡しているわ。デトラオンを目指して急いでいるそうよ。メイヴン自身は将軍数人とエリス湖を船で移動中。こっちの目的地も、どうやらデトラオンね。それと、向こうにはこっちよりもヒーラーがたくさんいるわ。あの戦いの生存者は、こっちよりもさっさと臨戦状態に戻っちゃうってこと」

アナベルは険しい顔になり、射抜くような目をパパに向けた。「まったく、ハウス・スコノスのヒーラーたちはこっちの仲間割れに巻き込まれてしまっているのよ。ほとんどは、略奪王に忠誠を誓ったままだけれどね」私たちの失敗みたいに言う。手は尽くしたし、説得できる者は説得したというのに。「それに言うまでもないけど、レイクランドにもあっちのスキン・ヒーラーがいるわ」

　デヴィッドソンがさっと手を振り、こわばった笑みを浮かべて首をかしげた。目尻に刻まれた皺を見る限り、それなりの歳なのだろう。四十歳くらいだと思うけれど、さらに絞り込むのは難しかった。

　変わった敬礼なのか約束の印なのか、指を揃えて眉に当ててみせる。「それならモンフォートが提供しよう。シルバーにもアーデントにも、ヒーラーをもっと出してくれるよう請願を出そうじゃないか」

「請願だと？」パパが冷たく笑った。その場にいたシルバーたちも、わけが分からないといった顔をする。ずらりと並んだシルバーを追っていくと、トリーと目が合った。トリーは眉間に皺を寄せていた。デヴィッドソンの言葉の意味が、やはり分からないのだ。私は少し胸がどきどきし、その気持ちを殺そうと唇をぎゅっと噛んだ。いつもなら私たちは、どちらかに足りない部分があっても、もう片方がそれを補ってきた。だけど今回は、ふたりともどうすればいいのかまったく分からなかった。そのうえパパまでも。私はパパに頭にきていたが、そんなことよりも強烈な恐怖を感じていた。パパだって、正体も分からないものから私たちを守ることなんてできないのだ。

　メアも理解できず、難しそうに顔をしかめていた。

こいつら。私は胸の中で毒づいた。あのしかめっ面で傷だらけの女将軍も、デヴィッドソンの言葉の意味が分かっているのか怪しいものだ。

首相はおかしそうに忍び笑いを漏らした。この男は、私たちを見て楽しんでいるのだ。首相が目を伏せる。その気になりさえすれば、いい男になるだろうに。だが、そんなことはどうでもいいのだろう。

「皆さんもご存じのとおり、私は国王とは違う」首相は目を上げ、パパを、次にカルを、それからアナベルを見た。「私は国民の意志に仕える身であり、人々は自分たちの意志を示すために選挙で政治家たちを選ぶんだ。その全員の意見が一致していなくてはいけないわけだよ。モンフォートに戻り次第請願を出し、さらなる援軍を――」

「戻る?」カルが口を挟み、デヴィッドソンが言葉を切った。「いつその話を僕たちにしようと決めたんだ?」

デヴィッドソンは少し考えてから「今だよ」と肩をすくめた。

メアの唇がよじれる。への字になるのをこらえているのか、それとも薄ら笑いを我慢しているのか分からなかったが、たぶん薄ら笑いのほうだろう。

気づいたのは私だけじゃなかった。だんだんと深まる疑念を顔に浮かべたカルが、メアと首相を交互に見比べている。「それで首相、あなたの留守中、僕たちにはどうしていろと? ただ待っていればいいのか? それとも片手を背中で縛られたまま戦えとでもいうのか？」

「陛下、目的達成のために我がモンフォートをそこまで必要不可欠と考えてくださるとは、嬉しい限りだよ」デヴィッドソンが笑みを浮かべた。「だが申し訳ないことに、いかに戦争といえども我が国の法を破ることはできないのですよ。モンフォートの理念を裏切るわけにもいかないし、国民の権利を守らなくてはいけないわけですからな。それに我が国の人々は、君が自分の国を取り戻した立役者でもあるのですよ」首相が答えた。その声には、顔に貼りついたままの気安い笑みと同じくらいあからさまに、警告の響きが込められていた。

パパはカルよりも上手だった。自分も同じように、空っぽの笑みを作ってみせる。「一国の元首に国民を裏切れなどとは、我々の誰も言わんよ」

「そんなのは当たり前だわ」傷だらけのレッドの将軍が、そっけなく言った。

パパはその場の空気を悪くしないよう、失礼なその物言いをさっと無視した。もし同盟さえなければ、その場にいる全員に礼儀を分からせるため、パパはあの女を殺してしまっていたかもしれない。

カルは少し落ち着きを取り戻し、必死に自分を抑えていた。「それで首相、どのくらい留守にするんだい？」

「それはこちらの政府次第ということになるが、そう長い話し合いにはならんだろう」デヴィッドソンが答えた。

アナベル皇太后は、楽しそうに手を叩いた。顔の皺をさらに深くしながら笑う。「とても面白いわね、首相。いったいそちらの政府では、どのくらいを長い話し合いと呼ぶの？」

私はなんだか、大根役者ばかりのお芝居でも観ているような気分になっていた。パパもアナベルもデヴィッドソンも、誰ひとり相手の言葉など信じちゃいない。

「まあ、何年かでしょう」デヴィッドソンも、皇太后に合わせておどけてみせた。「民主主義というのは面白いものでね。もっとも、皆さんの中にもご存じの方くらいおられるでしょうが」

この嫌味を効かせた最後のジャブは、いい仕事をした。アナベルの薄笑いが凍りつく。テーブルをこつこつと叩き、また警告を送る。彼女の能力を使えば、ひと息に破壊してしまえるはずだ。私たちみんなと同じように。私たちはそれぞれに事情を抱えた、危険な連中ばかりなのだ。私はだんだんと、もう耐えられないような気持ちになっていた。

「ぜひこの目で見てみたいわ」

室内の気温がぐんと上がり、メアがかすかな声で言った。カルを見ていないのはメアただひとりだった。カルは不安そうに唇を噛みながら、燃える瞳でメアを睨みつけた。だがメアはすっきりとした無表情のまま、決意を崩さなかった。まるでデヴィッドソンをお手本にでもしているみたいだ。

私は慌てて片手で口を押さえ、笑いを噛み殺した。ハウス・カロアの男たちを怒らせることにかけて、メア・バーロウには本当に邪悪とも言えるくらい才能がある。私はふと、これはメアが計画したことなんじゃないかと思った。夜中に眠らずに寝転がったまま、どうしたらいちばんメイヴンを困らせたり、カルを苛立たせたりできるか計画していたのではないかと。

でも本当にメアが？　そんなことがありえるだろうか？

胸の中できらめいた希望の光を私は本能的に押し殺そうとしたが、すぐに思い直した。メアはメイヴンを困らせ、手一杯にさせ、心のバランスを崩させた。おかげでメイヴンは私に寄りつかなくなった。ならば、カルにだって同じようにしてくれるかもしれない。

「あんたならノルタにとって最高の大使になれるわ」私は退屈し、興味のないふりを装った。私は子犬に取ってこいと言って、骨を遠くに投げようとしているのだ。誰にも気づかれたくはない。メアはさっと私に目を向け、ぴくりと眉を上げた。

ほら、しっかりやりなさいよ、メア。

誰にも心が読まれないことを、私は感謝した。

「いや、エヴァンジェリン。駄目だ」カルが歯を食いしばって声を絞り出した。「首相、無礼なことを言いたいわけじゃないが、僕たちはあなたの国をじゅうぶんによく知らないんだ――」

婚約者を見ながら目をぱちくりさせ、私は首をかしげた。鎖骨のあたりにかかる私の銀髪が、鱗に覆われた鎧の上を滑る。今はすっかり弱まってしまっている私の力が、ぱちぱちと神経を走る。

「じゃあ他にいい方法があるの？　メアは英雄なんだもの、歓迎されるわ。モンフォートはニュー・ブラッドの国よ。この子がいれば、こっちの目的を果たすには好都合のはずだわ。そうよね、首相？」

デヴィッドソンは無表情な目で私の目を見つめた。その視線が私の背中まで突き抜けるみたいだった。「間違いない」

「あっちで見つけたものをちゃんとこの娘が報告すると、信用しているの？　話を付け足したり省いたりせずに？」アナベルが、馬鹿なことを言うなとばかりに鼻で笑った。「おかしなことを言うのはおよしなさい、エヴァンジェリン王女。この娘は、シルバーの血を持つ者への忠誠心なんてまるっきり持ち合わせちゃいないわ」

カルとメアが、同時に目を伏せた。まるで見つめ合いたい気持ちを殺すかのように。

私は肩をすくめた。「じゃあメアと一緒にシルバーをひとり行かせればいいわ。ジェイコス卿なんていいんじゃない？」黄色のマントを羽織った老人は、いきなり名前を呼ばれて驚いたようだった。まるでぼろきれのように、くたびれきった姿だ。「私の記憶が合ってるなら、あなたは学者だったわね？」

「そのとおりだよ」ジェイコスが答えた。

メアがぱっと顔を上げた。頬が赤くなっていたが、それを除けば落ち着いてみえた。

「誰でも好きな人をつければいいわ。私はモンフォートに行くって決めたし、どんな王様にも止める権利なんてない。まあ、試してみればいいけどね」

よく言ったわ！

カルが椅子にかけたまま、身をこわばらせた。そばには、不気味な祖母の姿があった。カルに比べれば小さかったが、似ているのは一目瞭然だった。同じブロンズの瞳と、がっしりした肩と、同じ理想。彼女はカルの反応を警戒するようにちらちらと見張りながら口を開いた。

「では、ジェイコス卿とメア・バーロウがノルタ王の代理として――」

カルのブレスレットが光を放ち、小さな赤い炎が生まれた。その炎がゆっくりと握り拳を動いていく。

「本物のノルタ王が自ら姿を見せるとしようじゃないか」カルは、炎をじっと見つめながら言った。

向かいに座ったメアが、ぎゅっと歯を食いしばった。私はなんとか気持ちを抑えておとなしく座っていたが、胸の中では歓声をあげて踊り回っていた。こんなにも簡単にいってしまうとは。

「タイベリアス」アナベルが咎めるように言った。カルは答えようとしなかった。アナベルも、それ以上何も言わなかった。

自分がしでかしたことのツケじゃないの、婆さん。あんたがカルに国王の名をやったのよ。おとなしく従いなさい。

「確かに僕は、ジュリアン叔父さんと――そして母さんと――同じ、天性の好奇心を受け継いでいる」カルはそう言うと、母親との思い出にふと表情を和らげた。「僕もその自由共和国に行って、すべての話が本当なのかをこの目で確かめたいと思う」カルはそう言うと声を落とした。そして、そうすればメアが見つめ返すはずだと言わんばかりに、力強くメアを見つめた。だが、メアは目を伏せたままだった。「すべてを自分の目で見てみたいんだよ」

デヴィッドソンがこくりとうなずいた。その無表情がほんの一瞬だけ剝がれ、目がきらりと光る。「君ならば大歓迎するよ、国王陛下」

「よし、それじゃあ決まりだな」カルは炎を消すと、握り拳でテーブルを叩いた。

カルの祖母が、何か酸っぱいものでも食べたみたいに口を尖らせた。「決まり？　何が決まりなものですか。まずはデルフィーに国旗を突き立てて、ここが首都だと宣言しなくては。あなたは領土を勝ち取り、資源を勝ち取り、人民を勝ち取り、できるだけ多くのハイ・ハウスを味方につけなくてはいけないのよ――」

だが、カルはもう止まらなかった。「おばあさま。確かに資源は必要です。兵士もです。モンフォートに行けば、それがあるんです」

「貴君の言うとおりだ」パパが低い声で言った。私の胸に、ずっと昔に感じたことのある恐怖が蘇った。

こんな事態を招いた私に、怒っているのだろうか？　それとも喜んでいるのだろうか？　私はまだ子供だったころ、ヴォーロ・セイモスに逆らうとはどういうことかを学んだ。逆らえば亡霊にされてしまう。無視され、要らない子にされてしまう。何かを成し遂げ、頭がよくならない限り、決して元どおりに愛してもらえることはない。

私は目の端で、ちらりとパパの顔を見た。リフト王は青白い顔をして身じろぎひとつせず、背筋を伸ばして玉座に腰かけていた。完璧に手入れのされた口ひげの下、パパが薄笑いを浮かべているのが見えた。私は音もたてず、小さな安堵のため息を漏らした。

「公正なるノルタ王の申し出は、首相の政府にとっては大いなる意味を持つものになるだろう」パパが言葉を続けた。「それに、我々の同盟をさらに強固にしてくれるものでもある。そこで私もリフト王国を代表する使節をひとり、一緒に派遣したいと思う」

トリーだけはやめて！　私は心の中で悲鳴をあげた。メアは兄さんを殺さないと約束したけれど、私はそんなのほとんど信じちゃいない。こんな絶好のチャンスともなれば、なおさらだ。目に見えるみたいだ。きっと何か、馬鹿げた事故か何かが起こるのだ。それに兄さんが行くなら、忠実な妻としてエレインだって一緒に行くことになるだろう。もしパパがトリーを送ったりしたら、死体で帰ってくることになる。

「エヴァンジェリンを貴君と一緒に行かせよう」

ほっとしたのも一瞬、すぐに吐き気が込み上げてきた。ワインをもう一杯頼みたい気持ちと、足元に吐いてしまいそうな気持ちの間で引き裂かれる。頭の中ではいくつもの声が叫んでいた。どの声も同じことを言っていた。

自分がしでかしたことのツケじゃないの、馬鹿な小娘。

3

メア

私の笑い声が西の壁を駆け下り、暗闇に包まれた野原じゅうに響き渡っていた。私は前かがみになって壁に両手をつき、空気を求めてあえいでいた。自分ではどうにも抑えられなかった。腹の底から込み上げてくるような、本物の笑い声。傷が痛み、首や背筋を突き刺すようだったが、どうしてもこらえることができなかった。私は脇腹が痛くなってくるとその場にへたり込み、冷たい石にもたれかかった。それでも笑い声は収まらず、きつく唇を噛んだ。それでも歯の隙間から、まだ小さな笑い声が漏れてきた。

見回りの警備兵くらいしか聞いている人はいなかったが、暗がりでひとり笑っている小娘のことなんて、警備兵だって気にしない。笑っても、泣いても、叫んでも、誰にも止められやしない。私は心のどこかで三つとも欲していた。でも、いちばん強烈なのは笑いたい衝動だった。

頭がどうかしているように聞こえたかもしれないし、もしかしたら本当に頭がどうかしてしまったのかもしれない。今日みたいなことがあったなら、そうなったとしてもおかしくはない。みんなはまだ、コーヴィアムの反対側で死体の山を片付けている。カルは私たちが勝ち取ろうと戦ってきたはずのものをすべて投げ出し、王冠を選んだ。どちらも私にとっては、どんなヒーラーにも癒やすことのできない、血が止まることのない傷だった。正気を保つためには無視しなくてはいけない傷だった。私にできるのはただ両手に顔を埋めて歯を食いしばり、いまいましい笑いを……愚かな笑いをこらえることだけだった。

こんなのは完全に狂気の沙汰だ。

エヴァンジェリンとカル、そして私が揃ってモンフォートに行くとは。なんてひどい冗談だろう。私はそんな気持ちを何もかも、安全なピードモントにいるカイローンへのメッセージと一緒に送った。私がすべてぶちまけてしまいたいのと同じくらい、カイローンだってすべてを聞きたいはずだ。ピードモントに残るよう説得した今となっては、カイローンを巻き込む方法はそれしかない。そして私はもちろん、彼を巻き込んでしまいたかった。一緒に笑い、一緒に毒づいてくれる相手が私には必要なのだ。

私は石壁に頭をもたせかけながら、もう一度暗い笑い声を漏らした。夜空には、コーヴィアムの明かりと昇りはじめた月の明かりに掻き消されそうになりながら、星々がちらちらと瞬いていた。まるでこの要塞都市を見下ろしているみたいだった。もしかしたら、アイリス・シグネットが信じる神々も、私と一緒に笑っているんじゃないだろうか。もっとも、そんな神々が本当にいるのなら、の話だけれど。

ふと、ジョンも笑っているのだろうかと思った。

あの男のことを思い出した瞬間、私の中からヒステリックな笑いがさっと消え去った。あの禍々しい預言者のニュー・ブラッドは、私たちから逃れてどこかに野放しになっているのだ。だが、何をする気なのだろう？　お山のてっぺんにでも腰掛けて、高みの見物でもするつもりなのだろうか？　殺し合う私たちを、あの赤い両目をひくつかせながら黙って見ているつもりだろうか？　もしかしてあの男が私たちを操り、彼の望んだ未来を実現させるために戦わせているのだろうか？　ジョンを探し出さなくては。たとえ脅してでも、破滅の運命から私たちを守らせなくては。でも、そんなことができるとは思えなかった。あの男は、私が追ってくることなどすぐに見通してしまう。ジョンが自分から見つかろうと思わない限り、私たちが見つけ出すことなんて不可能なのだ。

私は苛立ちに任せ、肌に爪を立てて顔と頭を掻きむしった。その鋭い痛みに、少しずつ現実が戻ってきた。寒さも、それを手伝ってくれた。夜がふけるにつれて、地面の石畳はどんどん冷えてきていた。薄い軍服一枚では震えは治まらなかったし、ごつごつとした壁の感触がひどく心地悪く感じられた。だけど、私はその場から動こうとはしなかった。動けば疲れて眠くなるが、眠るには戻らなくちゃいけない。みんなのところへ。兵舎へ。

どんなに避けようとしても、レッドとも、ニュー・ブラッドとも、そしてシルバーとも顔を合わせなくてはいけなくなる。もちろんジュリアンともだ。私は、また授業をしてやろうと私のベッドで待っているジュリアンの姿を想像してみた。いったい私にどんな言葉をかけるだろう？　私には想像もできなかった。

たぶんジュリアンは、すべてが終わればカルの味方につくだろう。私たちがカルを玉座に就かせておかないとはっきりすれば、そうするに違いない。シルバーたちは、何があろうと自分の血に忠誠を誓っている。そしてジュリアンは、何があろうと死んだ妹に忠誠を誓っている。カルはその妹が残した、最後の忘れ形見なのだ。革命や歴史を教えているからといって、ジュリアンがそれに背を向けたりするわけがない。カルを置き去りになんて、するわけがない。

タイベリアス。そう。この名前を。タイベリアスを。

この名前を繰り返すと、なおさら胸が痛んだ。カルの本当の名前。カルの将来。タイベリアス・カロア七世。ノルタ王。北の炎。私は、弟の玉座に腰掛けるカルの姿を想像した。〈静寂の石〉の檻に安全を守られて。それとも、父親が座っていたあのダイヤモンド・ガラスの玉座でも引っぱり出してくるだろうか？　メイヴンの痕跡を跡形もなく破壊し尽くし、歴史から消し去ってしまうだろうか？　そして、父親の宮殿を再建するのだ。ノルタ王国は、かつての姿を取り戻すのだ。リフトにいるセイモスただひとりを除き、何もかもが、私がアリーナに落ちていったあの日の姿へと戻ることになるのだ。あの日から起きたいろんなことを、すべてなかったことにして。

　そんなことはさせない。

　そして私は幸運にも、ひとりきりじゃない。

　月明かりが黒い石組みを照らし、塔や胸壁にあしらわれた金の装飾を銀色にきらめかせていた。赤と緑の軍服を着た見回りの兵士たちが目を光らせていた。〈スカーレット・ガード〉とモンフォートの兵士たちだ。ハウスの色に身を包んだシルバーの連中はそれに比べてあまり見かけず、たまに現れると群れていた。黄色のレアリス、黒のヘイヴン、赤と蒼のアイラル、そして赤とオレンジのレロラン。セイモスの色はどこにも見当たらない。ヴォーロの野望と玉座のおかげで今や王族になっているからだ。もう夜の見回りみたいなつまらないことに、無断な時間を費やす気はないというわけだ。

　メイヴンはどう思うだろう？　あいつはタイベリアスのことで頭がいっぱいだったから、もうひとり敵対する王が立ったとなると、その胸の内は想像することしかできない。メイヴンが欲しいものをすべて手に入れてしまったように見えても、彼のすべては兄であるカルを中心に回っている。王冠も、玉座も、そして私も。あいつはまだ、その影を感じている。これはエラーラのしわざだ。エラーラが自分の都合のいいように、メイヴンを丸め込んでしまったのだ。そうして欲望に取り憑かれたメイヴンは、力を熱望するようになった。

そしてエラーラはそれを利用して、自ら力を手にしようとしたのだ。その欲望は、果たしてヴォーロ王にまで及ぶのだろうか？　それともメイヴンの暗く危険な欲望は、あくまでも私たちだけに向けられ続けるのだろうか？　タイベリアスを殺し、私を手に入れることだけに。

いずれ時間が経てば分かるだろう。メイヴンがまた攻撃してくることがあれば。いや、あいつは必ずやってくる。間違いなく。

私たちに迎え撃つだけの力があればいいのだけれど。

デヴィッドソンの軍もいるし、〈スカーレット・ガード〉もいるし、味方はまだまだ増え続けている……。じゅうぶんだ。じゅうぶんなはずだ。

私たちだって、攻撃に備えておくことはできる。

「いつ出発する予定なの？」

私は人に道を聞き出し、デヴィッドソンの本部に行くと大声で訊ねた。首相は管理棟で大柄な将校たちに命令を飛ばしながら、モンフォートに戻る別働隊を作っているところだった。全員がモンフォートの高官ばかりだ。ファーレイの姿は見当たらなかったが、〈スカーレット・ガード〉も同じように隊を作っていた。将校たちは私が入ってきたのに気づくと、まだ稲妻娘呼ばわりしている私にさっと道を空けた。ほとんどの人たちが、忙しそうに荷造りをしていた。書類、書類フォルダ、表なんかを荷物に詰め込んでいる。どれもこれも、ここにいる誰かのものじゃない。私みたいな頭の悪い小娘には、なんの役にも立たない機密情報ばかりだ。たぶんこの部屋にいたシルバーたちが使っていたものが、残っていたのだろう。

中心にいるのは、私が招き入れたニュー・ブラッド、エイダだった。誰かが荷造りしてしまう前に、一枚残らず書類に目を通している。完璧な記憶の能力を活かし、すべての内容を記憶しているのだ。彼女の前を通り過ぎざまに私たちは目を合わせ、こくりと小さくうなずき合った。モンフォートに到着したら、エイダはファーレイの指示で司令部に協力することになる。きっと長いこと会えなくなるだろう。

デヴィッドソンが、何も置かれていないデスクから顔を上げた。吊り上がった目尻に小さく皺が寄る。笑っているのだ。相変わらずハンサムで、威厳があり、見るものを怖気づかせるその迫力。首相とはいえ、国王の力を感じさせる。デヴィッドソンに手招きされた私は、あの攻撃のときに見た首相の姿を思い出して生唾をのんだ。血まみれで、くたびれ果て、怯えたあの姿。私たちみんなと同じように。その姿を思い出すと、心が少しだけ落ち着いた。

「バーロウ、あそこではよくやってくれた」首相は中央塔のあるほうをあごでしゃくってみせた。

たこと？」

私は目をぱちくりさせ、鼻で笑った。「よくやったっていうのは、何も言わずに黙って

窓辺で誰かが笑うのが聞こえた。そっちを見てみると、窓ガラスにもたれかかったタイトンがいた。腕組みをし、いつものように白い髪が片目にかかっている。私と同じエレクトリコンであることを示す、稲妻の記章はどこにも着けていない。普段着ている自分の軍服じゃないからだ。最後に見たときは、頭からつま先までシルバーの血にまみれていた。

「そんなわけないだろ」と、私のほうも見ずに低い声で言う。

タイトンは、腕組みした腕を指先で叩いていた。

デヴィッドソンは小さく首を振りながら、私をじろじろと眺め回した。「メア、私は君がみんなにしてくれた話のことを言っているんだよ。私と一緒にモンフォートに来ると」

「あのとき言ったとおり私はただ興味が――」

首相は開いた手のひらを挙げ、私を遮った。「いやいや。ここにいる中で純粋な好奇心から何かをしようというのは、ジェイコス卿ただひとりだよ。君はモンフォートに何を望んでいるのかね？」

窓辺のタイトンの目がきらりと光った。ようやく私のほうを見る気になったらしい。

私はまっすぐに顔を上げた。「約束をきっちりしてもらうことよ」

「モンフォートへの移住のことかな？」デヴィッドソンは鉄面皮（てつめんぴ）を一瞬崩し、驚きの顔を

してみせた。「まさか君まで――」

「家族には安全なところにいてほしいの」私は強い声で言った。死んだレディ・ブロノスの教えを思い出し、強く出る。背筋を伸ばし、胸を張れ。絶対に目をそらしては駄目。「私たちは本物の戦争をしているのよ。ノルタも、ピードモントも、レイクランドも、それからあなたの共和国もね。安全なところなんてどこにもないわ。でも、モンフォートは戦場からいちばん離れているし、いちばん強いように見える……少なくとも、守りはいちばん堅いわ。あそこに自分の手で家族を連れていくことができたら、それが最高だと思ってるの。お偉がたが始めたことの後始末をしに、またここに戻ってくる前にね」

「あの約束は、ニュー・ブラッドのためにしたものだよ、ミス・バーロウ」デヴィッドソンは静かに言った。周囲が騒々しいせいで、ほとんど聞こえないような声だった。

私はがっくりきたが、目に力を込めた。「考え直してもらうわ、首相」

彼は無表情の仮面を崩して、いつもの人当たりのいい笑みを浮かべてみせた。「私がそんなに心ない人間だと思うかね？　もちろん君の家族なら大歓迎だとも。国民として迎えられるなら、それは光栄なことだ。アイバレム、そう思うだろう？」首相が、自分の背後に呼びかけた。

となりの部屋から飛び出してきた男を見て、私は驚きのあまり飛び上がった。ニュー・ブラッドの双子、あのラッシュとタヒアにそっくりなのだ。タヒアがまだピードモントにいて、ラッシュがアルケオンに配属されていることを知らなければ、私はきっとこの男はふたりのどちらかだと思ってしまっただろう。三つ子だったのだ。私はとっさに理解した。まったく、こういうサプライズは好きじゃない。

兄弟と同じように、アイバレムも濃い茶色の肌と黒髪で、よく手入れのされた口ひげを生やしていた。あごひげの奥に、ちらりと傷跡が見えた。肉が盛り上がるようにして、白い筋が一本残っている。そっくりな兄弟たちと見分けがつくように、この人もまた、シルバーの主人に傷跡をつけられていたのだ。

「これはどうも、初めまして」私は目を細めて、デヴィッドソンを睨みつけた。

首相も私の驚きに気づいたようだった。「ああ、そうだ。この男も、ラッシュとタヒアの兄弟でね」

「あら、まったく分からなかったわ」私は冷たく言い返した。

アイバレムは私に会釈しながら、口元に小さな笑みを浮かべた。「ようやくお会いできて嬉しいですよ、ミス・バーロウ」彼がそう言って、指示をあおぐように首相のほうを向いた。「首相、ご用はなんでしょうか？」

デヴィッドソンが目配せした。「タヒアに連絡してくれ。ミス・バーロウが明日、ご家族を迎えに行くと伝えるんだ。モンフォートに移住するためにね」

「承知しました」アイバレムがうなずいた。一瞬、その目がぎらりと光る。兄弟の脳にメッセージを送ったのだ。何百キロも離れているというのに、ほんの一瞬で済んでしまう。アイバレムが、また顔を上げた。「伝えました、首相。ミス・バーロウ、タヒアは心から歓迎するとのことです」

父さんと母さんが、この話に乗ってくれるといいのだけど。もちろん、乗る確率は高い。ジーサは行きたがるだろうし、そうなれば母さんもついていくはずだ。ブリーとトレイミーは母さんについていくと言うだろう。でも父さんがどう言うかは分からない。私が一緒に行かないと言えば、行かないと言い出しかねないのだ。お願いだから行ってほしい。どうか、お願いだから。

「ありがとうって伝えておいて」私は、まだ彼の存在にうろたえながら答えた。

「伝えました」アイバレムが、また口を開いた。「タヒアが、お礼には及ばないとのことです」

「ふたりとも、ご苦労だった」デヴィッドソンが口を挟んだ。私はほっとした。この兄弟は、何から何まで一瞬のうちに伝え合ってしまう。アイバレムは口をつぐむと、やりかけの仕事を続けるため、またとなりの部屋へと戻っていった。

「他にも何か、私に話しておきたいことは？　もうサプライズはやめてちょうだい」私は、また険しい顔で首相のほうに身を乗り出した。

デヴィッドソンは、私の怒りをさっとかわして言った。「いいや、ないよ。ああいう連中を、もっと部下に欲しいものだ」首相がため息をつく。「本当に愉快な兄弟だ。通常、アーデントはシルバーと同じ能力を持っているものなんだが、あの兄弟の能力は他では見かけんよ」

「あいつの脳は、他の連中とは感じかたがまったく違うんだ」タイトンがつぶやいた。

私は、まだ苛立ちが治まらないまま、ふたたびデヴィッドソンの顔を見た。彼がくれたこの贈りものは、無視できない。「配慮してくれてありがとう。一国の首相なんだから大したことじゃないのかもしれないけど、私にとってはすごく大事なことだわ」

「ああ、そうだろうとも」首相がうなずいた。「できるだけ早いうちに、他のみんなも君のご家族と同じようにしてやればいいのだが。今我が国は、急速にあふれかえりつつある難民をどうするか、そして行き場を失っているレッドとニュー・ブラッドの落ち着き先をどこにするか、議論のまっ最中なんだよ。だが君は例外だ。これまでの功績と、これからの働きに免じてね」

「私の功績？」考えるより先に、言葉が口から滑り出ていた。さっと顔が熱くなる。

「君は、傷ひとつつかないはずの壁にひびを入れてくれた」デヴィッドソンは、当たり前のことを言うかのように言葉を続けた。「鎧に傷をつけてくれた。どうしても開かない瓶のふたを緩めてくれたんだよ、ミス・バーロウ。おかげで私たちは、それを開くことができたというわけだ」首相は白い歯を見せて、本物と分かる大きな笑みを広げた。私は猫を思い出した。「それに君のおかげで、ノルタの王座に就こうとする者が我が共和国に来てくれるというのは、これは小さなことではないよ」

私の体に電撃が走った。今のは脅しだろうか？　私はさっと身を乗り出すと首相の机に両手をつき、低い声で警告した。「カルを傷つけないと約束して」

デヴィッドソンは私と同じ声のトーンで、さらりと答えた。「約束しよう。彼には髪の毛一本たりとも手を触れないよ。私だけじゃない。我が国にいる間は、誰にも手を触れさせないとも。私は、そんな小細工はしない男だよ」

「安心したわ」私は答えた。「こっちの同盟とメイヴン・カロアの間の緩衝材をわざわざ手放すなんて、頭悪すぎだもの。首相、あなたは頭のいい人でしょう？」

猫の笑みが大きく広がった。首相がうなずく。

「目新しいものを見ることは、あの若き国王にとっていい経験になるとは思わないか？　国王を持たない国の姿をね」

そんな国がありえることを目の当たりにする……。王冠も玉座も要らない国の姿を。カルは国王である必要も、王子である必要もないのだ。カルがそれでよければ、の話だが。でも、カルは王冠と玉座を求めている。

「言うとおりね」私が答えられたのは、それだけだった。望むのもそれだけだった。初めて会ったあの暗い酒場で、カルは世界のありのままを見たいんだと言って、他人になりすましていた。だが、それで何が変わったというのだろう？

デヴィッドソンは、私との話は終わりだと言いたげに、椅子にもたれかかった。「君の要求が通ったことを、しっかり憶えておいてくれよ。そして、先にピードモントに行くのは、君にとって大きな幸運なのだということもね。そうでなければ、バーロウ一家をぞろぞろ引き連れていくだなんて、私はすんなり首を縦に振ったりはしないよ」

デヴィッドソンはウインクでもしそうだった。

私は、今にも笑い出しそうだった。

兵舎へと向かう途中、要塞都市の中を誰かがつけてくるのに気がついた。曲がりくねった道を抜けている間も、素早い足音がすぐ後ろからついてくる。蛍光灯の光に照らされ、私と誰かの影が落ちていた。緊張してどきどきしたが、怖くはなかった。コーヴィアムには同盟国の兵士たちがぞろぞろいるが、その中に、私に危害を加えようとする者がいるのなら、やってみればいい。自分の身くらい守れる。肌の下で電気がざわつく。いつでもいける。

私は、意表をついてやろうと思っていきなり振り向いたが、追跡者はまったく動じなかった。

エヴァンジェリンは、私がそうするのを知っていたかのようにすっと立ち止まって腕組みをし、完璧に整えた眉を吊り上げてみせた。まだ、戦場よりも王様の宮殿にでも似合いそうな、あの豪華な鎧をまとったままだ。でも、冠はかぶっていなかった。昔から、手近な金属をなんでもかんでもティアラに変えて頭に乗せてきたはずのエヴァンジェリンだというのに、本物の王女様になった今は、何もかぶっていないのだった。

「二区画もずっと後をつけてたのよ。メア・バーロウ、たしかあなた、スリだったはずじゃなかったかしら？」

またあの止まらない笑いが込み上げてきた。いびつな笑みを浮かべる。「まったく相変わらずね、エヴァンジェリン」

彼女の顔に、ナイフのように鋭い笑みがさっと走った。「当然でしょう？　完璧なものを変える必要がある？」

「私なんかと関わり合って、完璧なものに傷をつけることはないわ、王女様」私は、まだ薄笑いを浮かべていた。横にどき、彼女のために道を空ける。だがエヴァンジェリン・セイモスは、嫌味の言い合いをするためにわざわざつけてきたわけじゃない。会議室での振る舞いを見れば、彼女の狙いなんてはっきりしていた。

エヴァンジェリンは瞬きをすると、少しだけ傲慢そうな表情を和らげ、さっきよりちょっと静かな声で「メア……」と言った。必死に頼みたいことがあるのだ。でも、彼女のプライドがそんなことをさせなかった。シルバーである彼女は、頭の下げかたを知らないのだ。誰も教えてくれなかったし、誰もそんなことを彼女に許さなかったのだ。

エヴァンジェリンとの間には本当にいろいろあったが、私はかすかな憐れみを心に感じていた。エヴァンジェリンはシルバーの貴族の家で育った。企み、上り詰め、たくましく戦うために生まれたのだ。でもその仮面は、完璧などとはほど遠かった。特に、メイヴンの仮面とは比べようもない。メイヴンの瞳を覆う影を何ヶ月も見つめ続けてきた私にしてみれば、エヴァンジェリンの目に浮かぶ彼女の気持ちなど、手に取るように分かってしまう。彼女の目に浮かんでいるのは、苦痛だった。切望だった。エヴァンジェリンは、檻に閉じ込められて逃げることもできない肉食獣のような気持ちでいるのだ。私は心のどこかで、彼女を見捨ててしまいたかった。あんなに欲しがっていた王女様の暮らしを、たっぷり味わわせてあげたかった。でも私はそんなに残酷でもなければ、そんなに愚かでもない。エヴァンジェリン・セイモスは強力な味方になるし、願いを聞いて彼女を買えるのなら、なんでも聞いてやる。

「同情してほしいなら、歩き続けて」私は、誰もいない道をあごでしゃくってみせた。無意味な挑発に、エヴァンジェリンが苛立つ。その目は光を失い、黒々としていた。こうして彼女をからかい、追い詰め、無理にでも口を割らせるのだ。

「あんたの同情なんて、ちっとも欲しくないわ」エヴァンジェリンは、吐き捨てるように答えた。その怒りのせいで、鎧の棘がひときわ鋭く尖る。「それに、私にはそんな資格あ能天気なみんなが、私を見たがっている。どうしようもないじゃない。私をどうにかしようとする。私は放っておくつもりはないもの」

「まあ、ないわね」私は鼻で笑った。「じゃあ、力を貸してほしいの？　能天気なみんなと一緒にモンフォートに行きたい？」

エヴァンジェリンは苦しげに、歪んだ笑みを浮かべた。「あんたに借りを作るような馬鹿な女だと思わないで。私は、取引がしたいのよ」

私は表情を変えず、じっと彼女の目を見つめ続けた。そして、デヴィッドソンの底知れぬあの無表情さを自分の顔に貼りつけた。「そうじゃないかと思ってたわ」

「あんたが、人が思ってるような鈍い女じゃなくてよかったわ」

「で、あなたは何を差し出すの？」私は、さっさと済ませてしまいたかった。明日はピードモントに行って、それからモンフォートに向かわなくてはいけないのだ。いつもみたいにごちゃごちゃ言い合いにかまけている時間なんてない。「そして、何が望みなの？」

エヴァンジェリンは口ごもり、唇を噛んだ。紫色のリップが少しだけ剝がれる。コーヴィアムの道を照らす薄明かりに浮かんだエヴァンジェリンのメイクは、戦士たちが戦場に赴くときの出陣化粧みたいに恐ろしく見えた。たぶん、本当に出陣化粧なのだろう。頰骨の下に塗った紫のシャドウのせいで、エヴァンジェリンの顔はぞっとするほど鋭く見えた。彼女は月明かりにきらめく白い粉を肌に塗っていたが、それでもごまかせないものがあった。涙が流れた跡だ。塗って隠してしまおうとしたようだけれど、その痕跡はありありと残っていた。色が不自然なのだ。まつげを染めた黒が流れ、跡を残している。エヴァンジェリンの美しさと恐ろしいほど気高い姿には、深々とひび割れができてしまっていたのだった。

「でも、簡単な話じゃない。でしょう?」私は彼女に一歩近づきながら、自分で自分の質問に答えた。エヴァンジェリンはぎくりとした。「気が遠くなるほど時間をかけて、計略を立てた。そしてあなたはタイベリアスを手に入れた。カロアの王様と結婚する、三度目のチャンスを手に入れた。ノルタの王妃になるためのね。さんざん苦労してきたのが、やっと実ったんじゃない」

エヴァンジェリンが生唾をのんだ。きっと乱暴に言い返したくなるのをこらえたのだ。お互い、礼儀正しく話し合うなんて、私たちには不可能に近いのだ。

「なのに、それを捨てたいっていうの?」私は囁くような小声で言った。「生まれてきた理由を、自分から放り出すっていうの? どうしていきなり心変わりなんかするわけ? あんなに欲しがってたものが、せっかく手に入るっていうのに」

エヴァンジェリンは、もうそれ以上自分を抑えられなかった。「私のこともそうする理由も、あんたに答えてやるような義理はないわ」

「その答えは、赤毛の持ち主……エレイン・ヘイヴンなんでしょう?」

エヴァンジェリンは顔をこわばらせ、ぎゅっと両手を握りしめた。とっさの怒りに、鎧を覆う鱗が鋭く逆立つ。「あの子の話はやめて」と、弱さを見せるのもいとわずに鋭い声で言う。

彼女が、私との距離を一歩縮めた。私より数センチ背が高いエヴァンジェリンは、その武器をどう活かせばいいのかよく知っている。腰に両手を当て、目をぎらつかせ、肩をいからせて光を遮り、私をすっかり自分の影で包んでしまった。

私は首をかしげ、目をぱちくりさせた。「やっぱりあの子のところに戻りたいわけね。で、私ならタイベリアスに、あなたとの結婚をやめさせることができるとでも？」

「いい気になるんじゃないわよ」エヴァンジェリンが、呆れ顔で吐き捨てた。「確かにあんたは、カロアの王様たちをよくもてあそんでくれるわ。でも、私は妄想なんてしないの。カルが婚約を破棄するなんてありえない。メイヴンはそうしたかもしれないけどね。どうせあんたが私を捨てるよう、あいつをそそのかしたんでしょう」

「まるで本当にメイヴンと結婚したかったような言い草ね」私はゆっくりと答えた。メイヴンの宮殿では、エヴァンジェリンが考えているより多くのものを私は目にしてきたのだ。彼女の家族は、記念すべき建国を大喜びしすぎなのだ。リフト王国は、私がメイヴンをそそのかすよりもずっと前から計画されていたのだから。

エヴァンジェリンが肩をすくめた。「エラーラが死んでからは、あいつの王妃になる気なんてさらさらなかったわ。おっと、あんたが殺してからだったわね」彼女は口早に言った。「あの女が、メイヴンの手綱を握ってたんだもの。そうして目を光らせてた。今となっては、誰にも——あんたにも——そんなことはできっこないわ」

私はうなずいた。メイヴン・カロアをコントロールする方法など、何もありはしない。でも私はコントロールしようとしてみたのだ。あの少年王の弱みを利用して操ろうとしたことを思い出すと、苦い気持ちが込み上げてきた。その結果、メイヴンはハウス・セイモスと引き換えに、平和を、レイクランドを、そしておそらくエヴァンジェリンの二倍はずる賢いお姫様を手に入れたのだ。あの物静かで計算高いニンフの子、アイリス・シグネットに、メイヴンは太刀打ちできるのだろうか？

私は、今ごろコーヴィアムからレイクランドへと退却しているメイヴンの姿を想像しようとした。黒と赤の軍服とあの白い顔。青い瞳には静かな怒りを燃やしている。〈静寂の石〉も守ってくれない見知らぬ国へ、見知らぬ城へと退却していくのだ。レイクランド王のなきがらだけを手土産にして。メイヴンがそれほどの大失態を犯したのだと思うと、私はちょっとだけ胸が軽くなった。もしかしたらレイクランド王妃は夫を無駄死にさせたメイヴンを、すぐさま処刑してしまうかもしれない。

せっかくそのチャンスがあったのに、私は無駄にしてしまった。だが、王妃はやってくれるかもしれない。

「それに、カルのことだって思いどおりになんてできない。たとえどんな手を使おうともね」エヴァンジェリンは言葉を続けた。ねじれたナイフみたいに、いびつで鋭い声。「あいつが私を拒絶したのは、あんたのためじゃない。なにせ玉座がかかっているんだもの。残念ね、バーロウ。あいつは王様の座を諦めたりはしないわよ」

「そういうやつなのは知ってるわ」私は、彼女の攻撃をびりびりと感じながら言い返した。エヴァンジェリンにも、私の攻撃が同じように響いているのが分かる。こうしてひっきりなしに傷のつつき合いをしていたら、一生傷なんて治りはしないだろう。

「カルは自分で選択したの」エヴァンジェリンが言った。「あいつがノルタを取り戻したら――もちろん取り戻すでしょうけど――私はカルと結婚するわ。同盟をしっかり固めて、リフト王国を生き延びさせるためにね。そうして鋼鉄王、ヴォーロ・セイモスの伝説を続けさせるのよ」エヴァンジェリンは、私の背後に延びる暗い道に目をやった。十メートル先に延びるとなりの道を、足音も声も殺しながらひとりの警備兵が歩いていた。錆色(さびいろ)の軍服からすると、〈スカーレット・ガード〉の兵士だろう。ほとんどの兵士たちは、ノルタの軍服から記章を剝がして作り変えたものを身に着けていた。エヴァンジェリンは、警備兵に気づいていないようだった。目をぎらつかせ、何かもっとぜんぜん違うことを考えている。険しい顔から察するに、何かまったく気に入らないことでも考えているのだろう。

「で、もしあなたが結婚を拒んだら？」私は、さっきの話題に彼女を引き戻した。驚き当然の質問だったが、エヴァンジェリンはぎくりとしてうろたえた。目を見開き、にぽかんと口を開けている。「そんなことはできないわ。避けようがないの。ティラックスとかサイロンとか、パパが侵略できない田舎なんてたかが知れてるわ」エヴァンジェリンは暗い笑い声を漏らした。「そんなところに逃げ込んだって無駄よ。どこに行ったってすぐに見つかって、引きずり戻されて、元の目論見どおりに使われて終わりよ。私にはたったひとつしか選択肢がないの」

エヴァンジェリンの言うとおりだった。

私たちを突き動かすものは違っても、目的は同じだ。私は自分が知りたかった話を聞き出そうと、エヴァンジェリンが喋り続けるに任せた。すべてが自分の意志なのだとエヴァンジェリンが思い込んでいるのなら、何もかもずっと簡単だ。

「カルが失敗したら、結婚はなくなるでしょうね」エヴァンジェリンが私の背後を見ながら声を絞り出した。この言葉は彼女のハウスへの、色への、父親への、そして血への裏切りだ。それが耐えがたいほどの苦痛を彼女に与えていた。「カルがノルタ王じゃなければ、パパだって私を嫁がせたりして無駄にしたりはしない。そして、カルが玉座をかけた戦いに負けたら――つまり私たちが負けたら――パパは私を誰かに売り渡すために必死に玉座を守ろうとするはずよ。私をどこか遠くに売り渡してしまうためにね」

エレインから遠くに。彼女が意味していることは、はっきりと分かった。

「要するに、カルが自分の国を取り戻すのを、私に阻止してほしいってこと？」

エヴァンジェリンは鼻を鳴らし、一歩下がった。「メア・バーロウ、どうやらシルバーの宮殿でいろいろ学んできたみたいね。見た目より賢いようじゃない。もうあんたを見くびったりしないわ。あんたも私を見くびらないほうがいい」喋っている彼女の手足で、鎧がざわざわと動いて形を変えていく。鱗が縮み、ざわざわと逆立つ。ぎらつく黒と銀の鱗の群れは、まるでエヴァンジェリンの母親が操る虫の群れみたいに見えた。やがて鎧は、優雅さを欠いたもっと頑丈そうなものに変化した。戦いのためだけに作られた、本物の鎧へと。「あんたに止めてほしいっていうのは、あんたのちっぽけなお仲間たちに止めてほしいっていうことよ。モンフォートと〈スカーレット・ガード〉が、どれだけちっぽけか、私は知らないけどね。でも連中が、新たなシルバーの国を支えようだなんて考えているわけがないわ。何か大きな力が糸を引いているのなら、話は別だけど」

「なるほどね」私はひとことだけ答えた。

「そうよ。レッドとシルバーの同盟が裏切りにまみれていることなんて、政治の天才じゃなくたってすぐに分かる話よ。指導者の連中だって、お互いを信用し合うわけなんてない。王様になろうと必死なひとりを除けばね」エヴァンジェリンは私を置いて立ち去りながら、背後の私に言った。

私にはよく分かっていた。タイベリアスは生まれたての子犬のように誰彼構わず信じ、やすやすと愛する者たちの言いなりになってしまう。私、祖母、そして誰よりも、死んだ父親の。彼は父親のために王冠を手に入れ、絆を守ろうとしているのだ。その自信と勇気、ひたむきさのおかげで強くなりはしたが、おかげで戦場以外では何も見えなくなってしまった。敵の襲撃を見通すことはできても、人々の企みは見えなくなってしまったのだった。自分の周りに陰謀が渦巻いていても、カルには見えないし、見ようともしない。前からそうだったし、これからもそうなのだ。

「カルはメイヴンとはぜんぜん違う」私は、ひとりごとのようにつぶやいた。

「ええ、ぜんぜん違うわ」エヴァンジェリンの答えが、コーヴィアムの石壁にこだました。

その声には、私と同じ感情が浮かんでいた。

安堵。そして後悔が。

4

アイリス

入り江に打ち寄せる波に素足を洗われると、すっきりと生まれ変わったような気持ちになった。夜明け前でまだ寒いはずだけど、寒さなんてほとんど感じなかった。私は、そのシンプルな感覚の中に逃げ込んでいた。打ち寄せる水のことは、自分の顔と同じくらいよく知っている。ずっと遥か彼方（かなた）まで感じることができる。このうえなく柔らかな脈動も、湖に流れ込む川や入り江の水面に立つ、いちばん小さなさざ波までも。夜明けの薄明かりが、よく凪（な）いだ湖面に滲んでいる。鏡のような水面に、青とローズ・ピンクが揺らめき、混じり合っている。そんな穏やかな景色を見ていると、私が誰なのかも忘れられた。でも、ほんの一瞬だけだ。私はアイリス・シグネット、王妃になるため命を授かった、生まれついての王女。どんなに忘れたくても、そんな贅沢（ぜいたく）など私には許してもらえない。

私は母さんと姉さんと一緒に、南の水平線をじっと見つめながら待った。クリア・ベイには低く霧が垂れ込め、見張り塔がいくつも立つ半島や、その向こうに広がるエリス湖を隠してしまっていた。霧の向こうでは見張り塔の光がぽつぽつと、まるで星のように瞬いていた。湖から吹き込んでくる風に霧が飛ばされるにつれて、だんだんと何本もの塔の姿が見えてきた。何百年という間に何度も工夫を加えて造り直されてきた、背の高い石造りの塔だ。その姿は、どんな歴史家たちの言葉よりも戦争というものをよく物語っていた。夜明けもすぐだというのに、多すぎるほどのライトが燃えるように輝いている。でも灯台とはそうして、一日じゅう松明を燃やし、電気の光をぎらぎらさせているものだ。風には、いつものレイクランド国旗とは別の旗がたなびいていた。それぞれの塔に、コバルト・ブルーに黒い斜線が入った旗が揺れている。コーヴィアムで戦死したたくさんの兵士たちを悼むためだ。

　私たちの国王に、さよならを告げるためだ。

　私は昨日の夜、もう何時間も泣き続けた。涙なんて涸れ果てたと思っていたけれど、それでもまた込み上げてきた。姉さんのティオラは、私よりもよく自分を抑えていた。まっすぐに顔を上げ、深くかぶった王族の証であるティアラを額に輝かせている。ダーク・サファイアと黒玉を編み込んだティアラだ。私は今や王妃だったけれど、私のティアラはもっとシンプルだった。ブルー・ダイヤモンドを並べた細い線に、ノルタの象徴である赤い宝石がちりばめてある。

私とティオラはどちらも冷ややかなブロンズ色の肌と、同じ顔立ち、高い頰骨、それから鋭く弓を描く眉の持ち主だったが、姉さんのほうは深い赤褐色の瞳を母さんから受け継いでいた。私は父さんと同じ、グレーの瞳だ。ティオラは四歳年上、今は二十三歳で、レイクランド王の玉座の後継者だ。昔私はよく、姉さんは生まれつき根暗で物静かで、泣くのを嫌がるし死ぬまで笑わないなんて言ったものだ。いかにも母さんの娘らしい、とことん真面目な人なのだ。感情を抑える姉さんの力は飛び抜けていたけれど、私も湖と同じくらい感情を鎮めようとがんばっていた。ティオラは、葬儀の悲しみにもくじけることのないプライドを胸に背筋をぴんと張り、まっすぐに前を見つめ続けていた。感情を決して表に出さない姉さんでも、死んだ父さんを想うと泣いてしまうのだろうか。ひそかな涙が姉さんの目からすっとこぼれては、足元に寄せる入り江の波へと消えていく。ティオラも他の家族と同じニンフだが、その能力を使い、涙の痕跡を残らないよう消し去ってしまっていたのだった。私ももっと強ければそうしただろうが、今はとても、そんな力など出せるはずもなかった。

けれど、レイクランドを支配する王妃、母さんのセンラは別だった。

母さんの涙は宙に浮いて水晶のしずくの雲みたいになり、だんだんと明るくなっていく夜明けの光を受け止めていた。それぞれの涙のしずくがゆっくりと回転しながらきらきらと光を放ち、うっすらとした虹を、母さんの褐色の肌に投げかけている。まるで、傷ついた心から生まれたダイヤモンドみたいに。

母さんはドレスを水面にたゆたわせながら私たちの前に立ち、膝まで水に浸かっていた。薄いシルクを何枚も重ねて作られた美しいドレスは形を失い、母さんの胸からこぼれた悲しみのようにゆらゆらと水に漂っていた。葬儀のために宝石やドレスを選んだ私とティオラとは違い、母さんはとても質素だった。カラスの羽のような漆黒の髪は乱れていたし、ブレスレットもイヤリングも、冠さえも身に着けていない。それでも、王妃としての威厳が重く滲み出ていた。私は子供のころそうしたように、母さんのスカートにしがみつきたくなった。しがみつき、二度と放したくなかった。もう二度と家から出たくなかった。すでにぼろぼろの国王の周りに崩れ落ちてしまったあんな宮殿になど、もう二度と戻りたくはなかった。

夫のことを思うと、血の気が引いた。そして、決意が湧いてきた。

頬を伝っていた涙が乾く。

メイヴン・カロアは、実弾を込めた銃で遊ぶ子供と同じだ。撃ちかたを知っているのかどうかは、今のところまだ分からない。でも私の胸の中には、撃ってやりたい誰かが確かにいた。もちろん、父さんを殺したあのアイラルとかいう貴族だ。あいつが父さんの喉を切った。誇りも持たない犬のように、父さんの背後から襲いかかったのだ。でもアイラルは別の王の家来だ。セイモスの。ヴォーロの。同じように名誉も威厳もないあの男の。ちっぽけな冠を手に入れ、世界のすみっこにあるちっぽけな国の王になるため、反乱を起こした男だ。でも、あいつはひとりじゃない。ノルタのハイ・ハウスがいくつもあの男の味方につき、メイヴンの代わりに亡国の王子、カルを玉座に就けようとしている。父さんが死んでしまう前には考えたことがなかったが、メイヴンは自分が追い落とされたり殺されたりするところを想像したことがあったのだろうか？　いや、今はそんなことを考えてもしょうがない。オレックス・シグネットは死んだのだ。ヴォーロ・セイモスやタイベリアス・カロアみたいな連中のせいで、死んでしまったのだ。あいつらに狙いを定め、私の怒りの鉄槌を喰らわせてやらなくてはいけない。

　必ず喰らわせてやるのだ。

　霧を抜けて、三艘の速い船が近づいてくるのが見えた。舳先が銀と青に塗られた、見覚えのある船。どれも単層船だ。戦争のための船ではなく、ニンフたちの力で操る、他の船よりも速く、そして静かな船だ。

　船を出させたのは、私のアイデアだった。父さんのなきがらをモア——ノルタ人たちはチョークと呼んでいるが——から延々と引っ張っていくなんて、想像しただけでも私には耐えられなかったのだ。そんなことをすれば町をいくつも通るたびに父さんの死の知らせはどんどん広がり、おぞましい葬列のずっと先にまで響いてしまうだろう。それよりも私は早く父さんを家に帰らせ、まずは私たちだけでさよならを言いたかったのだ。

そうじゃないと、とても正気でなんていられない。

レイクランドの青い装束に身を包み、シグネットの一族が先頭を進む船のデッキに集まっていた。誰もが暗い顔をして、私たちと同じく悲嘆に暮れている。父さんは一族の中では小さな分家の出だったが、それでも誰からもよく愛されていた。一方の母さんは、脈々と続く長い歴史を持つ王家の血筋だった。だから母さんは、どうしても必要な事態が訪れない限り、国境の外に出ることは禁じられていた。そしてティオラも、戦時中だろうと一歩も出してはもらえなかった。一族の血を決して絶やさないために。

　国にいさえすれば、ふたりとも父さんのように戦いの中で命を落とすこともない。そして私のように、家からずっと離れたところで過ごすはめになってしまうことも。

　青い装束の人々の中、夫の姿を見つけるのはたやすかった。衛兵（センチネル）四人に護（まも）られている。センチネルたちは戦闘服を脱いで炎の赤のマントに身を包んでいたが、黒々とした宝石をちりばめた、美しくも恐ろしい仮面は着けたままだった。メイヴンはいつもと同じ黒服で、勲章も王冠も記章もつけていないというのに、ひと目で分かるほどよく目立っていた。自分はここだと言わんばかりの姿で戦場に出ていく愚かな王様なんて、どこを探したっていやしない。戦わなかったと思っているわけじゃない。メイヴンは戦士ではないのだ……少なくとも戦場で剣を振るう戦士では。センチネルとレイクランド兵に囲まれたメイヴンは、あまりにも小さく見えた。弱々しく見えた。地雷原に囲まれたあずまやで初めて見つめ合ったときにも、同じように感じた。メイヴンはまだ十代で、私よりひとつ年下の子供なのだ。それでも彼は、自分の姿をどう利用すれば優位に立てるのか熟知している。すべて計算ずくなのだ。そうして自分の国を、無知な国民たちを欺いているのだ。宮殿の外に暮らすノルタの国民たちはレッドもシルバーも、スパイにそそのかされて人殺しをした兄の噂話を鵜呑みにして信じ込んでいる。そうしたゴシップは人々にとって大好物なのだ。そこに、メイヴンがレイクランドとの戦争を終わらせたという話が加われば、国民たちが彼に酔いしれるのも当たり前だった。おかげでメイヴンは、少し妙な立場に立たされていた。国民たちには支持されているのに、近臣たちからはそうではなかったのだ。メイヴンのかかとにしがみつく貴族たちは、あの人のことなんて信じちゃいない。今にも壊れそうな国を存続させ続けるため、メイヴンが必要なだけなのだ。

認めたくはないけれど、こうなったのはメイヴンが腕利きの策士だからでもある。貴族たちを実によく操り、互いに反目し合うようしむけているのだ。国じゅうをがっちりと鷲掴みにしたままで。

彼の配下であるノルタの貴族たちは、今や蛇の群れと同じだ。

でもメイヴンの策略も、私には通じない。私は絶対に、あの人を見くびったりなどしない。特に今みたいに、メイヴンが支配欲に取り憑かれているときならばなおさらのこと。あの人の心は、ノルタの国と同じくらいぼろぼろに砕けてしまっている。それが今の彼を、さらに危険な男へと変えているのだ。

先頭の船が浜辺に到着し、母さんから何メートルか先の浅瀬に止まった。ニンフたちが、水に飛び込んでくる。すると足元から水がひき、濡れることなく歩けるようになった。自分たちのためではなく、メイヴンのためにそうしたのだ。

メイヴンはすぐさま、干上がった湖に飛び降りた。彼のようなバーナー、つまり炎ですべてを焼き尽くす能力者は水が好きではないのだろう、本当に大丈夫なのか疑うような目で、水の壁を見つめている。センチネルを従えて目の前を通り過ぎる彼の姿を、私はなんの同情も感じずに見ていた。彼もまた、私になんの同情も示してはいなかった。私とは目も合わせずに進んでいく。メイヴンを北の炎と呼ぶ者もいるが、この人の心はどこまでも冷たいのだ。

船のそばに残っているシグネットの従兄弟たちが、抑えていた入り江の水を解放する。水はまるで頭をもたげる生き物か、子供を抱こうと腕を伸ばす両親のようにうねりながら、また元の水面に戻った。

甲板の兵士たちが、一枚の板を持ち上げた。

私はもう子供じゃない。死体なんていくつも見たことがある。私の国は一世紀以上にもわたって戦争をしているし、次女である私は子供のころから好きなように前線に出かけることができたのだ。私は支配するためにではなく、戦うために育てられた。母さんが必要とすれば父さんがいつでも力になってきたのと同じように、姉さんの助けになるのが私の役目なのだった。

ティオラは、めったに見せることのない涙で声を詰まらせていた。私は姉さんの手を取った。

「湖のように、気持ちを鎮めるのよ、ティオラ」私は囁きかけた。返事の代わりに姉さんが私の手を強く握りしめ、きつく表情を引き締め無表情になった。

シグネットのニンフたちが両腕を掲げると、それに応じて湖面が大きく盛り上がった。なきがらを乗せた薄手の白いシーツをかけられた板を、兵士たちがゆっくりと水面に降ろす。板は水に浮かぶと、ゆっくりと甲板から降りてきた。

母さんはざばざばと水音をたてながら、何歩か前に進んだ。腰まで水に浸かっている。母さんの指がくるくると小さく動くのが見えた。見えない糸に引かれているかのように、父さんのなきがらが少しずつ母さんのほうに進んでくる。従兄弟たちは死してなお父さんに付き従うみたいに、その横を歩いてきた。ふたりの従兄弟たちが泣いていた。

シーツに手を伸ばす母さんを見て、目をつぶってしまいたい衝動を必死にこらえた。なきがらを目にしても、父さんの記憶をすべてありのまま胸に残しておきたかった。でも、見ないで済ませてしまえばいつか後悔するだろう。静かに呼吸しながら、取り乱さないよう心を落ち着ける。足元にゆっくりと水が打ち寄せる。私は生涯最大の悲しみにのまれてしまわないよう、その水の流れに集中した。歯を食いしばり、顔を上げる。涙はもうあふれてこない。

色も命も抜け落ちてしまった父さんの顔は、まるで別人みたいだった。歳に似合わず皺のほとんどないすべすべした茶色の肌は、どこかぞっとするような白みを帯びている。死んだのではなく、ただの病気ならいいのにと思った。母さんは両手でその顔を挟むように触れ、私にはとても掻き集めることができないほどの強さを顔に浮かべ、じっと父さんを見下ろした。母さんの涙は相変わらず、きらめく昆虫の群れのように宙に浮かんでいた。母さんはしばらく見下ろしてから、父さんの灰色の長い髪を指でなぞり、閉じたまぶたにそっとキスをした。それから唇を離すと、父さんの顔の上でボウルのように両手を組み合わせた。その中に、浮かんでいた涙が集まってくる。母さんが手を離し、その涙をこぼす。父さんが動きだすんじゃないかと思ったけれど、その体はぴくりとも動かなかった。もう動けなかった。

ティオラが母さんに続いて両手で入り江の水をすくい、父さんの顔にかけた。そして、じっと父さんの顔を見つめた。姉さんはいつでも、どちらかというと母さんに懐いていたけれど、それでも父さんを失った苦痛が軽くなるわけじゃなかった。ティオラはこらえきれなくなると父さんに背中を向け、片手で口元を覆って表情を隠した。

私は水の中を歩いていった。世界が縮んでしまったようで、手脚すら思うように動かず、自分のものとは感じられなかった。母さんは、父さんの体を覆うシーツに片手をかけたまま、そばに残っていた。虚ろな表情で、私のほうを見ている。その表情なら、私も知っていた。胸に感情の嵐が巻き起こると、私もあの表情を顔に貼りつけるからだ。あの結婚式の日にもそうだった。でもあのとき隠していたのは恐怖だ。痛みじゃない。

こんな気持ちじゃない。

私はティオラと同じように、父さんに水をかけた。水のしずくが鷲のような鼻を流れ、頬骨を伝い、下に広がる髪の毛の中へと消えていく。私は、形見に切ってはいけないだろうかと思いながら、灰色の髪の束を手に取った。アルケオンに行けば、私には寺院――いや、聖堂と言うべきだろう――がある。ロウソクと、名もなき神々の肖像でいっぱいの小さな聖堂だ。ごちゃごちゃしてはいるけれど、宮殿のあの片隅は唯一私がほっとひと息つける場所だった。あそこに、父さんを連れていきたかった。

決して叶うことのない願い。

私が一歩下がると、また母さんが前に出た。開いた両手を板の上に乗せる。ティオラと私も、続けて同じようにする。こんなことをするのは初めてだったが、本当はしたくなんてなかった。でもこれは、神々が命じられたことなのだ。

帰りなさい。そなたの本当の姿に……そなたの能力に……。

そうしてグリーンワーデンは土に埋められ、ストーンスキンは大理石と花崗岩の墓に入れられ、ニンフは水葬される。

もしメイヴンのほうが私より先に死んだら、あの人のなきがらは火葬してもらえるのだろうか?

私たちは自分の手と能力を使い、父さんを乗せた板を押していった。そして筋肉と体の重みで、それを水に沈めていった。浅瀬ではあるけれど、水に沈んだ父さんの顔がゆらゆらと歪んだ。私の左手から朝日が昇り、低い山々の上に顔を出した。その光が水面に反射し、私は一瞬だけ何も見えなくなった。

目を閉じ、ありし日の父さんの姿を思い出す。

父さんは、母なる水の中へと帰っていくのだ。

デトラオンはクリア・ベイの西端の街で、ニンフたちが岩盤に掘った運河が何本も走っている。かつてここにあった都市は千年前に大洪水に流され、なくなってしまった。川の下流にはいまだに、おびただしい量の瓦礫(がれき)に覆われた荒野が広がっている。錆(さ)びついた鉄の残骸のせいで大地は赤く染まっている。そこでマグネトロンたちが、小麦を収穫する農夫たちのように、鉄の残骸を収穫しているのだ。大洪水に襲われてもなお、この場所は私たちの首都として完璧だった。エリス湖のすぐ横に位置しており、ネロン湖や、その向こうにあるいくつもの湖にも簡単に行くことができる。デトラオンからならば、自然の川やニンフたちが作った水路の数々を使い、国のどこへでも素早く移動することができた。北のハッドへも、紛争地域になっている西のグレート川沿いの国境線へも、そして南のオハイアスへも。ニンフにしてみれば水に囲まれたこの場所は、もっとも便利で、そしてもっとも守りの堅い地なのだ。

街は水路によって、中央の寺院を囲む四つの区域（クオーター）に分けられている。ほとんどのレッドたちは、美しい水辺からいちばん離れた南東に住んでいるが、王宮や貴族の屋敷は、私たちがこよなく愛する入り江を見下ろす高台に立っている。北東にはホワールプール・クオーターと人々が呼ぶ区域があり、ここには裕福なレッドや身分の低いシルバーたちが隣り合うようにして暮らしている。シルバーのほとんどは商人、ビジネスマン、下級役人、兵士、大学に通う貧乏学生などだ。一方、レッドのほうは、特殊技術を持った労働者たちのような、他に代えのきかない重要な人々や、シルバーたちの家に住んでいる恵まれた使用人たちが多い。私は街の統治みたいなことが苦手でティオラに任せているけれど、それでも私なりに、そういうことに親しんでおくようにしていた。無知というお荷物を、わざわざ自分から背負い込むつもりなんてない。

宮殿が水辺のすぐそばにあるので、今日は運河を使わなかった。楽しい家族の散歩というわけだ。貴族たちの区域を隔てるターコイズと金色の壁には、ひと目でシルバーの労働者が作ったものと分かる、見事なアーチがかかっていた。そこから、人々の住む家々の屋根が見えた。朝を迎えて窓は開け放たれ、ハウスのカラーを表した旗が誇らしげに風にはためいている。血のような赤いラインの旗はハウス・レナード、翡翠の緑色のラインはハウス・シエル……私はひとつひとつ、頭の中で名前を挙げていった。彼らの息子たちや娘たちが、新たなる同盟のために戦ったのだ。父さんと一緒に、いったい何人が命を落としたのだろう？　私の知り合いが何人いたのだろう？

まばらに雲が浮かぶ空に朝日が昇り、ぱっと見は気持ちのいい朝だった。エリス湖からはそよ風が吹き続けており、その指で私の髪の毛をすいてくれた。東から、腐敗と破壊と敗北の臭いが漂ってくるものとばかり思っていた。でも、夏の湿気と緑の香りを乗せた風が吹いてくるだけだった。コーヴィアムの防壁を血で染めた敵軍が迫っているとは、とても信じられなかった。

付き添いの兵士たちは、あたりに散らばっていた。冷たい目をしたレイクランド兵たちが、メイヴンの部下たちのそばについている。貴族たちはほとんどがまだ軍の本隊から離れずにできるだけ先を急いでいたが、メイヴン自身は相変わらずセンチネルたちに護られていた。側近の将軍たちふたりも、自分たちの衛士にしっかりと守らせている。ハウス・グレコの将軍は白髪頭で、ストロングアームという割にはずいぶん弱々しい風貌に思えたが、肩についたけばけばしい黄色と青のエンブレムを見れば間違いなかった。もうひとりの将軍、青とグレーのラインのエンブレムをつけたマカントス将軍は、薄茶色の髪とぴりぴりとしたまなざしの持ち主だった。将軍になるには若すぎる。たぶん最近死んだ一族の誰かに代わり、つい最近その座に就いたばかりなのだろう。

抜け目のないメイヴンは、母さんを母さんの部下に守らせ、その数歩後ろからついていった。私は妻だから、彼のとなりを歩いた。触れ合うことはなかった。メア・バーロウを失ったあの日から、メイヴンは私に触ろうとしなかった。嵐の黒雲の下で交わしたキスを最後に、私たちは互いを感じていないのだった。

口には出さなかったが、私はそれがありがたかった。シルバーとして、王妃として、そして私たちの国をつなぐ橋として、私は自分に任された役目をよく理解している。私もメイヴンも人々の期待に応え、その束縛に耐えなくてはいけないのだ。でも、彼が王位継承の問題を忘れる気がないにしても、私は口出しなんてする気がなかった。理由のひとつは、私がまだ十九歳だからだ。もう大人だけれど、まだ時間はたっぷりある。もうひとつの理由は、王位奪還にメイヴンが失敗し、兄のほうが王冠を取り戻したら、私が留まっている理由がなくなるからだ。子供がいなければ、何もかも放り出して家に帰ることができる。必要もないのに、ノルタに錨を降ろすようなまねはしたくない。

私たちのドレスが、通りに水跡を残していた。太陽の光が白い石にきらめいていた。私はきょろきょろと、かつて住んでいた首都の景色を眺めていた。昔みたいに、好きに立ち止まることができたらいいのに。通りと入り江を隔てる低い壁の上に立ち、のんびりと自分の能力を訓練したい。ティオラを誘って、遊び半分に能力比べをするのもいい。でも今はそんな時間もなければ、チャンスもなかった。いつまでここにいられるのかも、いつまで家族たちと過ごせるのかも知らないのだ。今はただ与えられた時間を目一杯使い、胸に焼きつけるだけだ。背中に入れたうねる波のタトゥーのように、心に刻み込むだけだ。

「この一世紀、ここに足を踏み入れたノルタ王は僕だけだ」

低く冷たい声で、メイヴンが言った。私は彼の宮殿でいつもそうするように、メイヴンの機嫌をうかがおうと観察した。このノルタ王は、心の温かい人間じゃない。この同盟を存続させるには、私を生かしておく必要がある。けれど、私を安らかに過ごさせる必要はないのだ。メイヴンは不当に私を扱ったりはしない。むしろ、そこに私がいないかのように振る舞うのだ。だからホワイトファイアー宮殿でメイヴンと関わらないようにするのは、簡単なことだった。

「一世紀以上よ、私の記憶が正しければ」私は、話しかけられたことへの驚きを隠しながら答えた。「最後にここを訪れたのは、タイベリアス二世だったはず。私とあなたのご先祖たちが戦争を始める前のことよ」

タイベリアスの名を聞き、メイヴンが舌打ちした。兄弟姉妹の諍い（いさか）は、私にも身に覚えのないことではなかった。ティオラを羨ましく思うことなんて、私にもたくさんある。でも、メイヴンがあの亡国の王子に心の底から抱く強烈な嫉妬など、私は感じたことがない。

その恨みは、骨に刻まれているかのようだ。兄の名を聞くたびに、たとえそれが公式の場であろうとも、メイヴンはナイフで胸を突かれたような痛みを感じるのだ。たぶん先祖の名も、メイヴンが欲するもののひとつなのだ。彼の手に入ることのない、真の国王たる証のひとつなのだ。

たぶんそれこそが、彼があんなにもひたむきにメア・バーロウを追い続けた理由なのだろう。私は、確かにこの目で目撃した。自分で真実だと確かめた。あの子はただの強力なニュー・ブラッド――私たちと同じ力を持つ突然変異のレッド――というだけでなく、あの亡国の王子から愛されたのだ。レッドの女だというのに。あの子に会った私には、その理由が分かるような気がした。囚われの身になっても、あの子は戦った。抵抗した。メア・バーロウは私にとって、完成させるのが楽しみなパズルのようなものだ。カロア兄弟にとっては、競い合ってでも勝ち取るべきトロフィーなのだろう。王冠に勝るものなど何もありはしないが、それでもあの兄弟は互いに嫉妬の炎を燃やしながら、まるで骨を奪い合う二頭の犬のように、メア・バーロウを巡って争っているのだ。

「陛下がお望みなら、この街の観光ツアーを組んであげるわ」私は続けた。必要以上に長い時間をメイヴンと過ごしたいなんてまったく思わなかったけれど、観光に出ればもっと長い時間街を見ていられる。「ここの寺院はとても荘厳で、国じゅうの人々があがめているの。あなたが訪れたら、きっと神様たちにとっても名誉なはずよ」

貴族や家臣たちはおだてればいい気になってくれたが、メイヴンは違った。彼が唇を歪める。「僕は、実在していることにだけ目を向けようとしているんだよ、アイリス。僕たちが勝利をかけて戦っている、この戦争のようなね」

いい気なものね。私は喉元まで出かかった言葉を冷静にのみ込んだ。神を信じない人がいても、そんなのは私に関係のない話だ。彼らの目を開かせることなんてできないし、私のやるべきことでもない。死んで神々の前に出て、地獄に堕(お)ちる前に、自分がどれほど間違っていたか気づけばいいのだ。メイヴンは永遠に溺れ苦しむことになるだろう。死後、バーナーはそうして罰を受けるのだ。私にとっての天罰が炎であるのと同じように。

「それもそうね」私は軽くうつむいた。眉に冷たい宝石が当たる。「軍は到着したら、傷を癒やして装備を整えるため〈湖の城塞(シタデル・オブ・ザ・レイクス)〉に行くはずよ。私たちもそこで軍に合流しなくちゃいけないわ」

メイヴンがうなずいた。「そうだな」

「それにピードモントのことも忘れちゃいけない」私は言葉を続けた。ブラッケン王子の家臣たちがメイヴンに助けを求めてきたとき、私はノルタにいなかった。私たちの国は当時まだ戦争をしていたからだ。でも確かな情報だけは入ってきていた。

メイヴンは頬の筋肉を引きつらせ、「ブラッケン王子はモンフォートに挑んだりはしないよ。あのごろつきどもが、子供たちを捕虜にしている間はね」と、まるで私を小馬鹿にするように言った。

私はうつむいたまま、その皮肉を無視した。「もちろんそうでしょうね。だけど、もし私たちが秘密裏に同盟を結ぶことができたらどうなると思う？　モンフォートは南の拠点を失い、ブラッケンから譲り受けた資源もすべて失うことになる。そうしたらモンフォートにとって、ピードモントは手強い敵になるわ。戦うべきシルバーの国がひとつ増えるのだから」

苛立ったメイヴンの足音が、歩道のずっと先まで響き渡った。答えを待ちながら私の耳に、低く荒々しい彼のため息が聞こえた。私とメイヴンは身長も同じくらいで、体重ももしかしたら大して変わらないかもしれなかったが、彼のとなりにいると自分が小さくなったような気がした。小さく、か弱くなったように感じた。猫のとなりを歩く一羽の鳥にでもなったかのように。その感じが、私は気に入らなかった。

「ブラッケンの子供を取り返そうとしても、無駄骨になるかもしれない。どこにいるかも、どれだけ厳重に警備されてるかも分からないんだからね。もしかしたら大陸の反対側にいるかもしれない。さらに言えば、死んでいるかもしれない」メイヴンがぼそぼそと言った。「僕たちは、兄さんのことだけに集中するべきだ。兄さんがいなくなれば、連中にはもう支えるべきものがなくなるんだからね」

私は失望を隠そうとしたが、それでもがっくりと肩が落ちた。私たちにはピードモントが必要なのだ。私には分かる。モンフォートの好きにさせておくなんて、私たちにとっては死と破滅を招く過ちでしかない。だから私は、さらに詰め寄った。

「ブラッケン王子は両手を縛られているも同然よ。子供たちの居場所を知っていても、自分で助けることなんてできやしないの」私は声を落とし、囁くように言った。「失敗したらとんでもなく大きなリスクになってしまうもの。でも、他の誰かが王子のために動いてあげることはできるはずよ」

「アイリス、もしかして自分の仕事探しってことかい？」メイヴンは、蔑むような目で私を見た。

小馬鹿にされて、私は体をこわばらせた。「私は王妃で王女なのよ。取ってこいをしてる犬なんかじゃないの」

「もちろん君は、犬じゃないとも」メイヴンは、足も緩めずに鼻で笑った。「犬は言うことを聞くものだからね」

「おっしゃるとおりかもしれないわね、王様」私はため息をつき、とっておきの皮肉で返してみせた。「人質にかけては、あなたは経験豊富だもの」

すぐとなりでぱっと熱が上がり、私の体からどっと汗が噴き出した。メアのことを――そしてあの子を失ったことを――思い出させると、メイヴンの怒りにはあっという間に火がつくのだ。

「子供たちが見つかる可能性があるのなら、もしかしたら何か手立てがあるかもしれない」うめくように彼が言った。

たったそれだけの言葉だったが、私にはこの話し合いが成功したように感じられた。

周りの壁が磨き上げられた金箔（きんぱく）とターコイズから、つややかな大理石の壁に変わった。貴族の住む区画が終わり、王宮に入ったのだ。さっきと同じようなアーチが口を開けていたが、ここではどのアーチにもゲートがはめられ、まっ青な軍服に身を包んだ衛兵たちが立っていた。壁に沿って進んでいくに従い、兵士たちの視線がどんどんレイクランド王妃に集まってきた。母さんが、少しだけ足を速めた。あれこれと詮索するようなたくさんの目を逃れ、さっさと中に入ってしまいたいのだ。私たちの他に誰もいないところに。ティオラは、母さんにぴったりくっついていた。離れたくないのではなく、メイヴンの近くにいたくないのだ。メイヴンは他の人たちと同じように、姉さんのことも不安にさせる。あのぎらぎらとした目の何かがそうさせるのだ。この若さの人が持つ目じゃない。作りものを誰かがはめ込んだようにすら思えるくらいだ。

あの母親を思えば、そんなことすらありえるように感じられる。

もしあの女がまだ生きていたなら、私たち王族に手が届くところへはおろか、デトラオンに入ることすら許されないだろう。このレイクランドでは、心を操るウィスパーのようなシルバーは誰も信用しない。いや、もう存在すらしていないのだ。ハウス・サーヴォンはずっと昔に死に絶えてしまった……正当な理由があって。ノルタでも、遠くない未来にハウス・メランダスが同じ運命をたどる予感がする。ホワイトファイアー宮殿に住むようになってから、私はまだ一度もウィスパーと言葉を交わしていない。たぶんメイヴンは、私たちの結婚式でサムソン・メランダスが命を落とした後、母親の血筋をひとり残らず遠ざけてしまったのだ。もっとも、まだ命があればの話だが。

私たちの宮殿――ロイエルは広大な区画いっぱいに広がっていた。運河や導水路が引かれ、水が噴水となり、滝となり、流れ出している。水は私たちの頭上でアーチを描いたり、歩道の下を流れたりして入り江へと向かっていく。冬になるとその水が凍りつき、人の手では決して作り出すことのできない美しい氷の彫刻になる。寺院の神官たちが氷を読んで神々と対話し、祝祭や休暇を占うのだ。神官たちはいつでも謎かけのような言葉を口にしながら、それを大地や凍りついた湖に刻んでいくのだった。そして運に恵まれた者たちと、その意味が分かるわずかな者だけが、その言葉を目にすることができるのだった。

最近まで敵対していた炎の王にとって、レイクランドの王宮に足を踏み入れるのは勇気の要ることのはずだけれど、メイヴンは眉ひとつ動かさなかった。人が見たら、この男は恐怖を感じる能力がないのだと思うかもしれない。きっと母親が、そんなものを感じる弱さを取り去ってしまったのだと。でも、それは真実じゃない。私には彼の一挙一動に恐怖が見えた。ほとんどは、兄に対する恐怖だ。メア・バーロウが逃げ去り、自分の手中から消えてしまったことへの恐怖だ。そしてこの世界に住む誰もがそうであるように、彼もまた力を失ってしまうことを死ぬほど恐れているのだった。だからメイヴンはここに来たのだ。だから私と結婚したのだ。王冠を守るためなら、この人はなんでもしてみせる。

このひたむきさは、メイヴンにとって最大の強みであり、最大の弱点でもある。

私たちは、滝と衛士たちに挟まれた、入り江の上に立つグランド・ゲートに近づいていった。母さんが通ると衛士たちが頭を下げ、強烈な能力のせいで水面にさざ波が立った。

このゲートの向こうは、私のいちばんお気に入りの庭だった。よく手入れの行き届いた、あらゆる青い花々が咲き乱れているのだ。バラ、スイレン、アジサイ、チューリップ、ハイビスカス……。薄いブルーから深いインディゴまで、あらゆる青が揃っている。いや、揃っているはずだった。しかし今は街にはためく旗のように、そして私たち家族のように、ここの花々も父さんの死を悼んでいた。

どの花びらも、黒くなってしまっていた。

「国王陛下。娘も一緒に寺院に連れていってよろしいかしら？　我が国の伝統ですので」

この朝初めて、母さんが言葉を口にした。うやうやしく、メイヴンが頼みを聞き違えることがないようノルタの言葉を使っている。私よりも訛りがなく、ほとんど気づかないくらいだった。センラ・シグネットは言語に長けた耳と外交に長けた目を持つ、頭のいい女性だ。

母さんは立ち止まると、礼儀正しい物腰で振り返ってメイヴンを見つめた。国王にものを頼むのに、背中を向けているわけにはいかない。

ありがたいことにメイヴンも、母さんの前では宗教を拒絶する気はないようだった。小さく笑みを浮かべ、軽く頭を下げてみせる。白髪頭と目尻に皺のついた母さんの前では、メイヴンはずっと幼く見えた。右も左も分からない世間知らずに見えた。そして、実際にそのとおりだった。

「伝統は尊重しますよ」メイヴンが答えた。「たとえ今のような戦乱の時期であろうともね。ノルタ人もレイクランド人も、自分たちが何者かを見失ってはいけません。忘れさえしなければ、最後には救われるのです。そうでしょう、王妃？」

彼の唇から、シロップのように滑らかに言葉が滑り出した。

母さんはにっこりと歯を見せたが、目は笑ってなどいなかった。「まさしくそうでしょう。さあアイリス、おいでなさい」母さんが手を差し伸べた。

自制心を働かせなければ、きっと母さんの手を取って駆け出してしまっていただろう。でも私はがっしりと自分を抑えると、ペースを乱すことなく歩いていった。ゆっくりすぎるほどのペースで母さんと姉さんの後に続き、黒い花々の庭を抜け、青く彩られた通路を抜け、このロイエル宮殿にある王妃専用の聖なる寺院へと足を踏み入れたのだった。

王族たちが使う居住区のサロンや寝室の片隅にひっそりと立つこの寺院は、とても簡素だった。王宮と同じ装飾の中に伝統が息づいている。小さな部屋の中央には腰の高さほどの噴水があり、そこから静かに水が流れ出していた。天井や壁からは、見慣れたいくつもの厳粛な顔がこちらを見下ろしていた。私たちの神々には、名前もヒエラルキーもない。祝福も気まぐれだし、口数も少ないし、どんな罰を下されるのか予測もつかない。それでも神々は、すべてのものに宿っている。ここの人々は、常にその存在を感じているのだ。私は、いちばん好きな女神の顔を探した。虚ろな灰色の瞳。唇に走る溝がなければ他の顔と見分けがつかないが、たぶんその溝も、もともと石にあったひび割れだろう。女神は、何もかも見通すように笑みを浮かべていた。今、父さんの葬儀の陰鬱に包まれていても、女神の顔は私を慰めてくれた。何もかも大丈夫よ、と言っているような気がした。

寺院は王宮の他の部屋よりも狭かったし、デトラオンの中央にある巨大寺院のように荘厳でもなかった。黄金の説教台も、聖なる掟が記された宝石をちりばめた本もない。私たちの神々は人が信仰心さえ忘れなければ、他に多くを望まないのだ。

私は見慣れた窓に片手を当て、待った。窓枠は螺旋にうねる波をかたどっており、そこにはまった分厚いダイヤモンド・ガラス越しに、うっすらと朝日が差し込んでいた。背後で寺院の扉が閉まってようやく神々と私たちだけになると、私はほっとして小さなため息をついた。薄明かりに目が慣れないうちに、母さんが両手で私の頰に触れたので、びくりとした。

「あなたは帰らないでちょうだい」母さんが囁いた。

母さんがすがるようにそんなことを言ったのなど、初めてだった。

「今なんて？」

「お願いよ。大切な娘なんだもの」母さんはすっかりレイクランド人に戻り、私たちの言葉を話していた。目つきは鋭く、狭い寺院の影に包まれ、底なしの深さを感じさせた。落ちてしまえば二度と這い上がることのできない、井戸のようだった。「あなたががんばらなくても、この同盟が壊れたりなんてしないわ」

母さんは頬から手を離そうとせず、親指で左右の頬骨をなぞった。私は長い間、じっとそれを感じていた。母さんの瞳に希望の光が浮かぶのを見て、私は思い切りまぶたを閉じた。ゆっくりと母さんの両手に自分の手を重ね、頬から離す。

「そんなわけにいかないの、誰だって分かってるわ」私は、思い切って母さんの目を見つめ返した。

母さんは、険しい顔で歯を食いしばった。王妃だから、こうして反論されることなど滅多にないのだ。「私がものを知らないような言いかた、やめてちょうだい」

でも、私だって王妃なのだ。

「神様が違うと言ったの？　母さんが神様の言葉を伝えているとでも言うのなら、そんなのは冒瀆よ。神々の声が心に届いたとしても、それを人に伝えられるのは神官だけだわ」

いくらレイクランドの王妃といえど、それは例外じゃない。母さんはばつが悪そうに目をそらし、それからティオラのほうを向いた。姉さんは何も言わず、いつになく険しい顔をしていた。まったく、大した役者だ。

「それとも、王妃の名にかけて言っているの？」私は、母さんから距離を取りながらさらに詰め寄った。母さんだって、分かっているはずなのだ。「そうするのがこの国のためだと思っているの？」

また沈黙が訪れた。母さんは答えなかった。そして覚悟を決める代わりに私の目の前で、王妃の姿に変わっていった。厳格で、背が高くなったように見えた。そのまま石になってしまうのではないかと思うほどに険しい姿だった。

「それとも、神様の代理でも王妃でもなく、母親として話してるの？　それとも、悲しみに暮れるひとりの女として？　父さんを失ったばかりだというのに、私まで失いたくないとでも――」

「あなたをここに引き止めておきたい気持ちは否定できないわ」母さんがいかめしい口ぶりで言った。王妃の威厳をたたえた声。「ここは安全だし、あの人のような怪物からも守られているもの」

「メイヴンならば、うまく扱えるわ。ずっと何ヶ月もそうしてきたもの。知ってるでしょう？」母さんと同じように、私は味方を求めてティオラの顔を見た。でも姉さんは無表情のまま、眉ひとつ動かさなかった。次期王妃らしく頭の中で計算しながら、じっと黙ってなりゆきを観察していた。

「ああそうだわ、アイリス。手紙を読んだわよ」母さんが、呆れたようにぱたぱたと手を振った。こんなにも骨張って皺だらけの、年老いた手だったろうか？　私は呆然（ほうぜん）とした。すっかり白髪だらけになった母さんが歩き回るのを、私は見つめていた。薄明かりに、髪がきらめいている。記憶の中の母さんよりも、ずっと白髪が増えていた。

「公式の書類も機密情報も、両方ちゃんと届いているわ」母さんが言葉を続けた。「どちらを見ても、じゅうぶんな情報は得られなかったけれどね。それに今日あの人を見た限りでは……」母さんは物思いにふけるように、重いため息をついた。そして奥の窓辺へと歩いていくと、ダイヤモンド・ガラスに描かれた渦を指でなぞった。「あの少年はどこまでも尖っているし、心は暗闇だわ。魂がまったくないのよ。自分の父親を手にかけ、国を追われた実の兄までも同じ目に遭わせようとしたんだもの。母親にどんな呪いをかけられたかは分からないけれど、ノルタ王は生涯続く責め苦を負わされたんだわ。あの子のそばに置いて、あなたの人生を無駄にさせたりはしないわ。家臣たちにあの子が喰われるか、それともあの子が家臣を喰らうか……どちらにせよ時間の問題よ」

私も同じ恐れを抱いてはいたが、すでに決めたことを今さら悔やんでもしかたがない。扉はもう開いてしまったのだ。もう道を進みはじめてしまったのだ。

「もっと早く言ってくれればよかったのに」私は鼻で笑った。「そうしたらレッドたちに結婚式を襲われたとき、殺させてしまっていたわ。そうすれば、父さんだって死なずに済んだのよ」

「言うとおりね」母さんがぼそぼそと答えた。そして、娘たちのほうを見なくてもいいよう、窓を眺め回した。

「それに、もしメイヴンが死んでいたら……」私は、母さんと同じ強さを醸し出そうと声を低くした。母さんのように、そしてティオラのように。生まれついての王妃のように。そしてゆっくりと母さんのとなりに歩いていくと、細い両肩に手をかけた。母さんはいつでも、私より痩せていた。「私たちはふたつの勢力を相手に戦争しなくちゃいけなくなっていたのよ。ノルタの新王と、世界じゅうで立ち上がりつつあるレッドの反乱軍をね」世界ではなく、私の国でだ。私は声に出さずに呪った。レッドの反乱は私たちの目と鼻の先、この国内から始まったのだ。私たちがその反乱を拡げてしまったのだ。

母さんがまつげを震わせ、私の手に両手をかぶせた。「でも私にはあなたたちがいる。まだ一緒にいられるのよ」

「いつまで?」姉さんが口を開いた。

私たちより背の高いティオラが、こちらを見回した。青と黒のシルクがすれる音をたてながら腕組みをする。小さな聖堂の中、その姿はまるで神々のとなりにそびえ立つ彫像のようにすら見えた。

「最後にはもっと人が死ぬことになるかもしれないのよ？　私たちみんな、入り江の底で死体になってるかもしれないのよ？　この国を転覆させたら、〈スカーレット・ガード〉が私たちを生かしておくと思う？　ありえないわ」

「私もそう思うわ」私は母さんの肩に額をあずけ、小さな声で答えた。「母さんは？」

母さんの体がこわばり、筋肉が引き締まった。「そうなるかもしれない」と無表情な声で答える。「でも、このもつれはほどけるかもしれない。あなたは私たちと一緒に残りなさい。でも、あなたが選ぶことよ、モナモラ」

愛しい人、という意味だ。

母さんにひとつだけ願いを聞いてもらえるなら、私のために道を選んでもらいたかった。今まで数え切れないほどそうしてきてくれたように。これを着なさい、あれを食べなさい、人にこう言いなさい……。あのころの私は、そうして母さんや父さんが私に何も決めさせてくれないのを恨んだものだ。なのに今の私は、自分で決めることを放棄しようとしている。信じる人の手に、自分の運命を委ねようとしている。私がまだ本当は子供で、悪い夢を見ているだけならよかったのに。

私は振り向き、姉さんの姿を探した。姉さんは顔をしかめて私を見つめ返した。逃げ道はないというわけだ。

「できるなら残りたいわ」私は、王妃らしく答えようと思ったが、声は震えていた。「母さんも姉さんも、そんなことできないの本当は知っているはずよ。冠を裏切ることになるもの。昔教えてくれた言葉、憶えているでしょう？」

母さんがひるみ、姉さんが口を開いた。「義務こそ第一。誇りを忘れることなかれ」

昔の思い出が蘇り、胸が温かくなった。これから先の道のりは楽ではないけれど、私はなんとしてもやり遂げなくてはいけない。私にだって、そうすることで果たしたい目的があるのだ。

「私の役目は、母さんや姉さんと同じように、レイクランドを守ることよ。メイヴンと結婚したからといって戦争に勝てるわけじゃないけれど、守れるチャンスは手に入る。家に入り込もうとしている狼(おおかみ)と私たちの間に、壁を作ることができるんだもの。父さんの復讐を果たすまで、どんなことがあっても諦めたりはしないわ」

「私もよ」ティオラが険しい声で言った。

「私も」母さんも、暗い声で囁いた。

母さんの肩に顔を埋めたまま私は目を上げて、あの微笑(ほほえ)む女神を見た。強さに満ちたその笑みを、自分の力に変える。女神は私に自信を与えてくれた。

「メイヴンとノルタは、盾であり剣よ。私たちにとって危険な男でも、利用しなくちゃ」

母さんがくすりと笑った。「特にあなたはね」

「ええ、特に私はね」

「すべてが終わったら――」母さんがつぶやいた。

「私たちが勝利したら――」ティオラが遮った。

「私たちが勝利したなら」母さんが、くるりと振り向いた。朝日を受けて、その目が輝いた。寺院の中央にある噴水の流れがゆっくりになった。「あの人を殺した連中を血祭りに上げたら……そして、〈スカーレット・ガード〉のネズミどもをすべて処刑し終えたら、もうあなたをノルタに置いておく理由はほぼなくなるわ。国王の器などではない、あの少年などと一緒にアルケオンに残っている理由もね」

「そのとおりよ」姉さんと私が、同時に答えた。

　母さんは無表情のまま噴水のほうを向くと、流れるのをやめた水の形を変えていった。水は宙で弧を描いていく。朝日が水に反射し、色とりどりのプリズムを放っていた。母さんは眉ひとつ動かさず、瞬きもせずに太陽の光を浴びていた。「レイクランドは、神を持たぬ国々を一掃するわ。ノルタを征服する。リフトもね。両国はすでにくだらない張り合いのために嚙みつき合い、お互いに消耗しているわ。そのうちどちらも、力を使い果たしてしまうでしょう。そうなればもう、ハウス・シグネットの怒りから逃れる道などありはしないわ」

　私はまだ小さな子供のころから、いつでも母さんを誇りに思っていた。責任感と栄光とが人の形になったかのような、偉大な女性なのだ。しっかりとものごとを見据え、動じることもない。私たち子供にとっても、そしてこの国にとっても母親なのだ。だが私は今、母さんのことを半分も分かっていなかったのだと痛感していた。母さんの顔に浮かぶ決意は、嵐のように強烈だった。

「洪水でのみ込んでやりましょう」私は、この国の歴史になぞらえて言った。レイクランドでは、そうして裏切り者を罰してきたのだ。そして、ありとあらゆる敵のことも。

「レッドの連中はどうなるの？　山国に住む、能力を持ったレッドたちのことよ。この国のあちこちにも、スパイを忍ばせているわ」ティオラは深々と眉根を寄せた。不安を和らげてあげたかったが、姉さんの言うとおりだった。

メア・バーロウみたいな人々が暗躍しているに違いない。彼らもまた、この戦いの関係者だ。私たちは、彼らをも敵にしなくてはいけないのだ。

「レッドと戦うには、メイヴンを利用するわ」私はティオラのほうを向いた。「あの人はニュー・ブラッドに病的な執着を抱いているの……特にあの、メア・バーロウにはね。必要とあらば持てる力の限りを尽くして、地の果てまでだろうと追いかけていくはずよ」

母さんが深くうなずいた。「では、ピードモントは？」

「もう母さんの言うとおりにしたわ」私は誇らしげに胸を張ってみせた。「種は蒔いた。メイヴンも私たちと同じくらい、ブラッケンを必要としているわ。だから、子供たちを助け出そうとするでしょう。ブラッケンをこちらの味方にすることができれば、ピードモントの軍を出させて、私たちは——」

「自分の戦力を温存できる」姉さんが私を遮り先を続けた。「私たちは力を結集して、時期を待つ。ブラッケンはもしかしたら、メイヴンと戦うために現れてくれたのかもしれないわね」

「ええ」私はうなずいた。「運さえ味方してくれるなら、私たちが本当の姿を見せなくとも、メイヴンとブラッケンが殺し合いをしてくれるでしょう」

ティオラが舌を鳴らした。「あなたがひどい目に遭っている間に、私は運を少し溜めておいたのよ、ペタソーレ」

　ペタソーレ。つまり可愛い妹という意味だ。

　姉さんに声をかけられると、それがどんなに悪意のこもっていない愛情ゆえの言葉だろうと、私は不安になった。姉さんが、いずれ支配者の座を継ぐ者だからじゃない。私のことをどれほど気にかけ、私のためにどれほどの犠牲を払ってきたかを感じてしまうからだ。姉さんにも母さんにも、私は犠牲なんて払ってほしくない。ふたりにはもうじゅうぶんすぎるほどしてもらったのだから。

「ブラッケンの子供を助けに行くのは、あなたに違いないわね」母さんは不機嫌そうな冷たい声で言った。その声と同じくらいに不機嫌で冷たい目。「シグネットの娘だもの。メイヴンは手下のシルバーを行かせるだろうけれど、自分はきっと出向いたりしないわ。そんなことをする能力も度胸もないのだから。だけど、もしあなたがシルバーたちと捜索に行き、ブラッケン王子の元に子供たちを連れ帰ったならば……」

　思わず生唾をのんだ。私は、取ってこいをする犬なんかじゃない。ついさっきメイヴンに言った言葉を、今度は母さんに向けて言ってしまうところだった。

「あまりにも危険よ」ティオラは、私たちの間に割って入った。

　母さんはいつもどおりうろたえず、姉さんを片手で押しとどめた。「ティオラ、国外に出ることは許しませんよ。ブラッケンの信頼を勝ち取るのは私たちよ……私たちだけ。メイヴンは、味方がいなくても危険な男だわ。さらなる剣を与えるわけにはいかないの」

　母さんの言うとおりだった。もしメイヴンが捜索隊を率いて子供たちを連れ戻したりしたならば、きっとブラッケンは彼の味方についてしまう。そんなこと、させるわけにはいかない。

「もちろんそのとおりよ」私はゆっくりと答えた。「だから、私が行かなくちゃいけない。どうしてもね」

　ティオラも諦めた。「私は外交官を使って連絡を取らせるわ。できるだけ秘密裏にね。他にしてほしいことはない？」

　私は、指がしびれてくるのを感じながらうなずいた。ブラッケンの子供たちを救出する。

いったいどこから手を着ければいいのかも、まったく分からなかった。

時間は刻々と過ぎていた。

もし私たちが寺院からなかなか出てこなければ、ノルタ人たちが怪しみだすだろう。メイヴンなどは、もう怪しみはじめているかもしれない。私は、母さんから体を離して歩きだした。母さんの温もりを離れ、両手がいやに冷たかった。

噴水の前を通り過ぎながら、私は弧を描く水で指先を濡らした。そしてそれを、黒く塗ったまつげにつけた。父さんの死を悼む花々のように黒い偽物の涙が頬を伝う。

「祈ってちょうだい、ティオラ」私は姉さんの顔を見た。「運を信じるだけじゃ足りないなら、神様を信じて」

「ええ、私たち全員のために祈るわ」姉さんがすぐに答えた。

私は、質素なノブに手をかけたまま戸口で立ち止まり、「私もよ」と言った。そして、これから何年も味わうことができないかもしれない平穏の外へと足を踏み出した。誰にも聞こえないよう「祈りは聞き届けられるかしら?」とつぶやく。

母さんはその言葉を聞きつけると、強いまなざしで私を見つめた。

「それは神々だけが知ることよ」

5

メア

ジェット機はまるでナメクジのようにのろのろと空を飛んでいた。私はまぶたを閉じ、シートベルトを締めたままゆらゆら揺れていた。機内から伝わってくる心地よい電気の脈動がもたらす眠気のおかげで、私は半分まどろんでいた。いつもより重いのに、エンジンは淡々とうなりをあげていた。そう、機内には通常よりもたくさんの荷物が積まれている。コーヴィアムでの戦利品がぎっしりと詰め込まれているのだ。弾薬、銃器、爆弾、そしてありとあらゆる武器。軍服、軍用食料、燃料、バッテリー。ブーツの靴紐(くつひも)まである。半分は今こうしてピードモントに向かっており、残りの半分は別のジェット機でデヴィッドソンの山国に運ばれているところだ。

モンフォートも〈スカーレット・ガード〉も、物資を無駄にはしない。ホワイトファイアー宮殿を攻撃した後も、あんなわずかな時間を使って宮殿から持ち去れるだけのものをしっかり持ち去ったのだ。ほとんどはお金だった。メイヴンがすっかり遠くまで行ってしまったのを確認して、宝物庫から引きずり出したのだ。ピードモントでも同じだった。だから南の基地は、どこもかしこもあんなにすっからかんになっていたのだ。でも絵画や彫像、上等の皿や食器類は別だ。シルバーたちが好むような贅沢品はどうでもいい。奪うのは必要なものだけだ。残りのものは破壊したり、売り払ったり、別の目的で再利用したりする。戦争にはお金がかかる。使えるものは使うしかないのだ。

そうして、コーヴィアムは破壊され、放棄された。略奪が終わり、もう利用価値がなくなったからだ。

コーヴィアムを立ち去るのに部隊を残していくなど馬鹿馬鹿しいと、デヴィッドソンは強く主張した。あの要塞都市は、レイクランド軍と戦うための兵力を送り込む拠点として建造されたのだ。戦争が終われば、もう使いみちなどないに等しい。川を警備する必要も、戦略的価値もない。レイクランドへと続く、たくさんの道のひとつに過ぎない、大した意味もない街になってしまったのだ。それにコーヴィアムはメイヴンのなわばりの奥深くにあり、国境線にも近すぎる。いつレイクランドに襲われてもおかしくないし、メイヴンだっていつ力を蓄えて戻ってくるかも分からない。戦ってもまた勝利できるかもしれないが、さらなる犠牲を出すことになってしまう。どうでもいいところに立つ、ただの壁を守るためだけに。

シルバーたちは反対した。当然だ。赤い血を持つ者の意見にはとにかく反対してみせなければ、プライドを保つことができないのだ。アナベルは、食ってかかった。

「あの壁のためにあれだけの死者を出し、血を流したというのに、街ごと捨てるというの？　そんなの、愚か者のすることだわ！」蔑むような目で、デヴィッドソンを睨みつけた。「カルが初めての勝利をあげ、旗を立てたというのに——」

「もうあいつの旗なんてどこにも見えないわ」ファーレイが、冷ややかな声で割って入ってきた。

だが、アナベルはそれを無視し、さらに詰め寄った。カルはそのとなりに座って黙ったまま、燃えるような瞳で自分の両手を見つめていた。

「あの街を放棄したら、まるでこちらが弱いように見えてしまうわ」アナベルは言葉を続けた。

「私はどのように見えるかなど、ほとんど気にしませんよ。実体が問題なのです、陛下」デヴィッドソンが答えた。「もちろん残したいならご自分の部隊を残してくださって構いませんが、モンフォートと〈スカーレット・ガード〉は一兵たりとも出しませんぞ」

アナベルは唇を歪め、言い返す言葉をぐっとのみ込んだ。こんなことをして時間を無駄にするつもりはないのだ。椅子に座り直してデヴィッドソンから顔をそむけ、ヴォーロ・セイモスのほうを向く。だが、ヴォーロも自分の兵を出すつもりなどなかった。じっと黙りこくっている。

「放棄していくなら、街ごと廃墟にする」タイベリアスが、テーブルの上で両手を強く握りしめた。白い骨が浮き出してくるほどだった。爪にはまだ泥がこびりついていた。血も混ざっているかもしれない。私は顔を見ずに済むように、じっとその両手を見つめ続けた。何を考えているかはすぐに分かったが、私は巻き込まれたくなかった。「それぞれの軍から、特殊部隊を出してもらう。ハウス・レロランのオブリビオン、ニュー・ブラッドのグラビトロンとボマー。破壊行為を得意とする者なら、誰でもいい。コーヴィアムを要塞として使いものにならなくし、灰の山にしてやるんだ。メイヴンにもレイクランドにも、利用価値のあるものを残してやるわけにはいかない」

カルは誰とも目を合わせようとせず、うつむいたまま話し続けた。自分の街であるコーヴィアムの破壊命令を出すのは、つらいことなのだろう。自分がよく知る場所。父親が、そしてその前には祖父が守った場所。タイベリアス一族は伝統とともに自分の役目を重んじる。どちらの信念も、骨に刻まれているのだ。だけどピードモントを目指して飛んでいる今、私は彼への憐れみなどほとんど感じなかった。

コーヴィアムは私にとって、レッドたちが眠る墓場への入り口だ。壊してしまえばすっきりする。

けれど、心の奥底では不安を感じていた。まぶたの裏にはまだ、燃えるコーヴィアムが焼きついていた。壁が崩れ、爆弾で吹き飛び、能力者が操る重力で建物は崩壊し、鉄のゲートが蛇のようにぐにゃぐにゃに曲がっていく……。あちこちの道から煙が上がっている。私と同じエレクトリコンのエラが中央塔（コア・タワー）に稲妻を落とし、怒り狂った青い稲妻が石造りの塔に命中する。強大な力を持つモンフォートのニンフたちが、手近な水や川の水、それに遠くの湖の水まで使って、通りを洪水でのみ込んでいく。コーヴィアムは隅々まで、地下道すらも破壊し尽くされた。ほんの数時間のうちに、何千年も前からそこに眠る廃墟のように変わり果てた姿になってしまったのだ。

いったいいくつの街が、同じ運命をたどらされるのだろう？

最初に浮かんだのは、スティルトだった。

生まれ育ったあの村を、私はもう一年近くも見ていない。メアリーナになり王家の船の甲板に立ち、ひとりの亡霊と一緒にキャピタル川の川岸を眺めていたあの日が最後だった。あのとき、エラーラはまだ生きていた。そのうえ王妃だった。恐れ、震え上がって川岸に連れ出されてきたスティルトの人たちを、あの女が無理やり私に見せたのだ。私の家族もあの村のどこかにいた。私は村ではなく、家族たちのことだけを考えていた。私の帰るところはスティルトなんかじゃない。家族のいるところなのだ。

今スティルトが消えてしまっていたら、私はショックを受けるだろうか？　誰ひとり怪我もすることなく、家々や、市場や、学校や、あのアリーナだけが破壊されたとしたら、いったいどうだろう？　燃やされ、流され、消し飛ばされてしまったら、果たしてどう思うだろう？

確かなことは言えなかった。

でも、コーヴィアムのように瓦礫の山にされてしまう街や村があちらこちらにあるのだ。私にも、そうしてやりたい場所がいくつかあった。グレイ・タウン、メリー・タウン、ニュー・タウン。そして他にも同じような街をすべて残らず。

技術屋たちが住むスラム街を思うと、キャメロンの顔が浮かんだ。今は私の向かいの席に身を押し込め、シートベルトを着けて眠っている。頭を揺らしながら、いびきの音をジェット機のエンジン音に掻き消されて。襟元から、例のタトゥーが顔を覗かせていた。ダーク・ブラウンの肌に刻まれた、黒いタトゥー。自分の能力を――いや、むしろ自分を閉じ込める牢獄だろうか――遥か昔に刻み込まれたのだ。テチーたちの街は遠くからしか見たことがなかったが、そのときのことを思い出すと吐き気がした。あんなところで煙にまみれながら育つだなんて、とても想像できない。

レッドのスラムは根絶やしにしなくちゃいけない。壁という壁を、燃やし尽くしてしまわなくては。

朝遅くに土砂降りの中、私たちはピードモントに着陸した。滑走路に出て、待っている車列に向けて歩きだすと、ほんの三歩進んだだけでずぶ濡れになった。一刻も早くクララの元に帰りたいファーレイは、ぐんぐん私を引き離していった。他のことなどろくに頭にないのか、出迎えに出てきた大佐や兵士たちを素通りしていく。私はなんとか彼女についていこうとしながら、おぼつかない足取りで急いだ。もう一機の、シルバーたちが乗ってきたジェットのほうは、振り向かないようにした。ジェットから降りて滑走路に整列する彼らの足音が、雨音をついて聞こえてくる。降りしきる雨のせいで、レロランのオレンジも、ジェイコスの黄色も、カロアの赤も、セイモスの銀色も、すっかりくすんでしまっていた。エヴァンジェリンは周到に、もう鎧を脱いでいた。雷雨の中で金属の鎧を着ていたのでは、何が起こるか分からない。

どうやらヴォーロ王と臣下のシルバーたちは、私たちについてきていないようだった。今ごろはもうリフト王国に帰っているか、でなければ向かっている最中なのだろう。ピードモントに来たのは、明日モンフォートを目指すシルバーたちだけなのだ。アナベル、ジュリアン、衛士や助役たち。そしてエヴァンジェリンと、もちろんタイベリアスも。

雨の届かない車内に乗り込むと、私は嵐の黒雲のように立ち尽くしているタイベリアスのほうをちらりと見た。シルバーたちの中で唯一このピードモント基地を知っている彼は、ひとりだけ抜きん出て目立っていた。アナベルはきっとあいつのために、豪華な衣装をごっそり持ち込んでいるのだろう。そうでなければタイベリアスが、長いマントとぴかぴかのブーツ、見事な衣服を身に着けているわけがない。遠くに立っているので、王冠を持っているかどうかまでは分からなかった。国王のいでたちをしていても、メイヴンと見間違う人はひとりもいなかった。タイベリアスの色が逆になっているのだ。マントと服が血の赤で、どれも黒と王家の銀色で縁取りされている。その姿は雨の中でも、どんな炎よりもまぶしかった。タイベリアスは黒い眉を険しくひそめ、今にも訪れようとしている嵐の中、微動だにせずじっと前を見据えていた。

まだ稲光が空を貫かないうちに、私は稲妻の予兆をびりびりと感じた。エラがそれを抑え、後続のジェット機を守っていた。シルバーのジェットなど、雷に打たせてしまえばいいのに。

私は外を見るのをやめ、窓に頭をもたせかけた。そしてスピードを上げる車の中、他のことを考えはじめた。

私の家族たちに割り当てられたテラスハウスはずぶ濡れだったが、つい数日前に出てきたばかりの家とそっくり同じに見えた。窓に雨が打ちつけ、窓辺に置かれた植木鉢の花は水浸しになっていた。トレイミーが顔をしかめそうだ。あの花を大事に育てていた。

モンフォートでなら、好きなだけ花を育てられる。庭いっぱいに花を植えて、咲き乱れる花を見ながら死ぬまで暮らすことだって。

ファーレイは車が止まりきらないうちに、水溜まりをショート・ブーツで跳ね上げながらさっさと飛び降りた。私は降りるのをためらっていた。理由はいろいろあった。家族にモンフォートの話をしなくてはいけない。私がまた出ていくことがあっても、そこで満足して暮らしてくれればいいのだけど。もう慣れっこになっていてもおかしくなかったが、別れというのはいつだって簡単にはいかないものだ。家族にも私を止めることはできないけれど、私にも家族を止めることなんてできやしない。引き止められたらどうしよう。そう思うと身震いした。家族の無事だけが、私に残された支えなのだ。だけど、私が受け入れなくてはいけない事実の前では、そんな避けがたい揉めごとも夢同然だった。

カルは王冠を選んだ。私ではなくて。私たちではなくて。

口に出してしまえば、本当になってしまう気がした。

車の外にある水溜まりは思っていたより深くて、ブーツが跳ね上げた水が脚にかかった。私はその冷たさで気持ちを切り替えると、開いたドアに向かうファーレイを追って階段を上った。

家族たちは私を引っ張り込んだ。母さん、ジーサ、トレイミー、ブリーがぐるりと私を取り囲む。懐かしいカイローンも一緒にいて、短いけれど固いハグをしに来てくれた。コーヴィアムでは戦場に出る準備ができておらず、ここに残ってくれたのが嬉しかった。

父さんは誰にも邪魔されず私を抱きしめられるよう、後ろで待っていた。母さんはなかなか私を放さないだろうし、まだまだ待たされるだろう。母さんは私の体に腕を回し、きつく引き寄せた。母さんの服は洗いたての、新鮮で清潔な香りがした。スティルトの家とは、何もかも大違いだ。私が軍で働いているおかげで、家族は前まで手に入らなかったような贅沢ができるようになっているのだ。かつて軍の高官が使っていたテラスハウスは、スティルトの家に比べれば豪邸だった。飾りつけは大してされていなかったが、必要なものは丁寧に作られ、よく手入れがされている。

ファーレイは、クララのことしか頭になかった。私がまだ玄関もくぐらないうちにもうクララのことを胸に抱き、自分の胸に頭を埋めさせていた。クララは昼寝を邪魔され、あくびをしたり鼻をこすりつけたりして、また眠ろうとしていた。ファーレイは誰も見ていないと思うと、クララの頭に生えた茶色い髪に鼻を押しつけた。まぶたを閉じ、深く娘の匂いを吸い込む。

その様子を見ている私の額に、母さんは微笑みながらキスの雨を降らせ、「よく帰ってきてくれたわね」と声をかけてくれた。

「まさか本当にコーヴィアムを落としちまうとはな」父さんが言った。私は母さんの腕の中からもぞもぞと抜け出すと、父さんとしっかりハグを交わした。車椅子に乗っていない父さんとこうして触れ合うのに、私たちはまだどちらも慣れていなかった。サラ・スコノスと、モンフォート軍所属のヒーラーや看護師たちが何ヶ月もかけて父さんの回復を手助けしてくれてはいたが、私たちが持つ長年の記憶を消し去ることなど誰にもできはしない。痛みは何も変わることなく、父さんの脳に居座り続けているのだ。でもたぶん、そうじゃなくちゃいけないのだ。忘れてしまうのは、間違っていると思う。

父さんが以前よりも軽く私にもたれかかってきた。私は父さんと連れだって、リビングに入っていった。私たちにしか分からない、苦い笑みを交わし合う。父さんはかつて、私たちの誰よりも長く兵士をしていた。だから、死を目の当たりにして帰ってくるのがどんな気持ちなのか分かるのだ。私は、皺と、灰色にあせたもじゃもじゃのひげに包まれた父さんの顔を見ながら、兵士だったころの姿をそこに探そうとしてみた。スティルトの家には、ほんの何枚かしか昔の父さんの写真はなかった。そのうち何枚をタック島へ、それからレイクランドの基地へ、さらにこの場所へと持ってこられたのか、私は知らなかった。そんな写真のうちの一枚が、私の胸に焼きついている。すっかり端もぼろぼろになり、ぼんやりと色あせてしまった古い写真だ。まだブリーも生まれていないころの父さんと母さんが、ポーズを取って写真に収まっていた。ふたりともまだ十代で、私みたいにスティルトで暮らすただの子供たちだった。父さんは、まだ十八にもなっていなかったに違いない。昔の父さんは、いちばん上の兄さん、ブリーに本当によく似ている。大きく口を開けすぎた笑顔も、その両側に刻まれたえくぼも同じだ。額の高いところについた太くまっすぐな眉毛もそうだし、やたらと大きな耳もそうだ。だけど、兄さんたちが父さんのように歳を取り、同じ苦痛や不安を抱いたりすることなど、私には考えられなかった。父さんと同じ運命なんて、絶対にたどらせたりしない。そしてシェイドと同じ運命など。

ブリーはそばに置かれた肘掛け椅子にどさりと座り、シンプルなカーペットの上で裸足の両脚を組んだ。私は顔をしかめた。男の人の足は、どうも美しくない。

「あんな街、なくなってくれてすっきりしたよ」ブリーがコーヴィアムを思い出しながら毒づいた。

「ああ、せいせいするな」トレイミーが深くうなずいた。ダーク・ブラウンの口ひげが、前より濃くなっている。ふたりとも父さんのように徴兵された。あの要塞都市には、たんまりと嫌な思い出が詰まっているのだ。兄さんたちは、まるで何かの勝負に勝ちでもしたかのように、笑顔で見つめ合った。

だが父さんは、大して嬉しそうな顔もしなかった。別の椅子に腰掛け、生やしてもらった脚のストレッチをしている。「シルバーの連中のことだ、また同じようなもんを作るさ。そういうやつらだ。昔からそうだし、変わらんよ。そうだろう？」父さんが目を光らせ、私を見た。私は、父さんが言いたいことを察して暗い気持ちになった。頬が熱くなる。

私はばつが悪くなり、さっと振り向くとジーサの姿を探した。ジーサは肩を落としてため息をつきながら、かすかにうなずいた。私と目を合わせないようにしながら、自分のシャツの袖をいじる。

「もう何もかも聞いてるのね？」私は、無表情で虚ろな声で訊ねた。

「ぜんぶじゃないけどね」ジーサがぱっとカイローンのほうを見た。なるほど、昨日の夜に彼が私のメッセージからあまりつらくないところを選び、みんなに知らせたに違いない。

ジーサは緊張した顔で、自分の髪の毛を指でもてあそんだ。暗い赤の髪が、つややかに光を受け止めている。「でも、だいたいのことは想像ついたわ。新しい王妃と、新しい国王と、それからもちろんモンフォート……。いつだってモンフォートが絡んでいるものね」

カイローンが口元を歪めた。ジーサと同じくばつが悪そうに、適当に切られたブロンドの頭を片手でいじり回す。その緑の瞳には、怒りの光も浮かんでいた。「あの野郎、イエスと答えるなんてな。信じられないぜ」

私には、うなずくことしかできなかった。

「臆病者め」カイローンは、吐き捨てるように言って、拳を固めた。「馬鹿な臆病者め。まったく使えないクソ野郎だよ。あごを叩き割ってやりたいぜ」

「私も手伝う」ジーサが手を上げた。

咎める人は、誰ひとりいなかった。私も何も言わなかった。カイローンは私が黙っているのに驚き、ちらりとこちらを見た。私はその目を見つめたまま、名前を口にせずどう話をしようかと考えた。

シェイドは私たちの目的を果たすために命を投げ出したけれど、タイベリアスは王冠を諦めなかった……。

カイローンは、私の心がまっぷたつに引き裂かれてしまったのを知っているのだろうか? どうか知っていてほしい。

私が無理やり遠ざけたとき、カイローンもこんな気持ちだったのかもしれない。同じ気持ちじゃないと伝えたあのとき。私では気持ちに応えられないと伝えたあのとき。

カイローンは、憐れみを目元に浮かべた。どうか彼が同じ気持ちではありませんようにと祈った。こんなにもつらい思いをさせていたら、耐えられないと思った。

そのとき、母さんが私の腕に手をかけ、助けてくれた。そっと触れながら、私をロング・ソファへと導いてくれた。ハウス・カロアの王子のことは口にせず、部屋じゅうを睨み回して無言で〝もうじゅうぶんよ〟と伝える。

「あなたのメッセージを受け取ったのよ」母さんは話題を変えようとして、白々しく明るい大声を出した。「あのニュー・ブラッドの……ほら、ひげを生やした……」

「タヒアね」ジーサが私のとなりに腰を下ろしながら言った。私たちの背後にはカイローンが立っていた。「メアが私たちの引っ越し先を手配してくれたんでしょう?」それはジーサが望んだことだったが、その声に棘があるのを私は聞き逃さなかった。妹が片方の眉を吊り上げ、私をじっと見る。

私は、わざと大きなため息をついた。「私がみんなを代表して決めたってわけじゃないの。でも、もし引っ越したいなら場所はあるっていうこと。首相は大歓迎だって言ってくれてるわ」

「他のみんなはどうしてる？」トレイミーが口を開いた。ブリーがかけた椅子の肘掛けに座り、目を細めている。「ここに撤退してきたのは、俺たちだけじゃない」

脇腹に肘を叩き込まれたトレイミーがうずくまり、ブリーがくすくすと笑う。「あの事務員の子が気になるのか？　なんて名前だっけな……ほら、癖毛のさ」

「違うよ」トレイミーは、ひげの生えた頬をまっ赤にした。ブリーがその顔をつっこうとして、手を払われる。まったくうちの兄さんたちは、子供っぽく振る舞う天才だ。昔はむかついたが、今はもう違う。昔に戻ったみたいで、心が落ち着く。

「他のみんなはまだ時間が少しかかるのよ」私は肩をすくめてみせるしかなかった。「でも私たちのほうは……」

ジーサが大きく鼻を鳴らした。苛立ったように、呆れ顔をしてみせる。「私たちじゃなくて、私でしょう、メア？　あの共和国の首相が助けになってくれるなんて信じるほど、私たちは間抜けじゃないわ。お返しに何をしてくれって頼まれたの？」

「デヴィッドソンはシルバーじゃないわ」私は答えた。「あの人に頼まれたら、私は協力する」

「いつになったら、そうやって手を貸すのをやめるつもりなの？」ジーサがぴしゃりと言い返してきた。「死んだらやめる？　シェイドみたいになったらやめる？」

その名前に、部屋が静まり返った。戸口に立っていたファーレイが顔をそむけて影に隠れた。

私は、あの愛らしい妹の顔はどこに行ってしまったのかと、ジーサの顔をまじまじと見つめた。妹は今や十五歳で、すっかり大人になりかけている。昔はもっと丸顔で、そばかすだってこんなにたくさんじゃなかった。今しているような心配なんてせず、当たり前の悩みごとしか抱えていなかった。私たちはいつでも、そんな小さなジーサを頼りにしていた。ジーサの能力と、才能を。私たち家族を助けてくれる、その力を。でも、もうそれも終わりだ。妹だって、そんな重荷を背負い続けたりはしたくないだろう。けれど、彼女の心配は言われなくてもはっきりしていた。あの子はその重荷を私の肩に乗せたくないのだ。

でも、もう遅い。

「ジーサ」母さんが、低い声でたしなめるように言った。

私は精一杯元気を振り絞ると、手を引き抜いた。背骨を鋼鉄のように固く伸ばす。「もっと援軍を出してもらわないといけないんだけど、派遣する前にデヴィッドソン首相が国民の合意を得なくちゃいけないの。私はこの同盟がどんなものなのかを説明しに、モンフォートに行くのよ。話し合って、ノルタとレイクランドを相手に戦争するのは正しいことだと説得するためにね」

妹は、納得いかない様子だった。「姉さんが話し合いが得意なのは知ってるけど、そんなことができるほど得意なわけないわ」

「ええ、だけど私は交差点なのよ」私はわざと、肝心なところをはぐらかした。「〈スカーレット・ガード〉と、シルバーの王族と、ニュー・ブラッドと、それからレッドたちのね」とりあえず、嘘じゃない。「それにひと芝居打つのなんて、もう慣れっこだわ」

ファーレイは片腕で赤ちゃんを抱き直し、もう片手を腰に当てた。腰に提げた拳銃のホルスターを、指先で叩く。「メアは、自分はおとりとして便利だと言いたいのよ。この子が行くとこなら、どこにだってカルはついてくるわ。玉座を取り戻そうとしてる、今このときですらね。あいつも私たちとモンフォートに行くのよ。新しい婚約者と一緒に」

私の後ろで、カイローンがうんざりした声を漏らした。ジーサも、同じくらいうんざりしたようだった。「こんな戦争のまっ最中でも結婚だのなんだのと言ってるの？」

「新しい同盟のためなんだろ？」カイローンが鼻で笑った。「メイヴンのやつだって同じことをして、レイクランドを味方につけたって話じゃないか。カルもその手を使うってだけさ。で、誰なんだ？　ピードモントの女か？　そんなもんでほんとに同盟が安定するのかよ？」

「誰なのかは大した問題じゃないわ」私は膝に乗せた手を握りしめた。

「黙って、連中がしたいようにさせる気なのか？」カイローンはソファの後ろから歩み出てきた。ファーレイと私の顔を見比べる。「いや、そうじゃない。手を貸すつもりなのか？　誰も手にするべきじゃない王冠を、カルのものにする手伝いをする気なのかよ？　俺たちがあんなにがんばってきたのは、いったいなんだったんだ？」

カイローンは怒りに震え、今にも床に唾を吐きそうだった。私は表情を変えず、彼が怒るに任せていた。こんなにも私への失望を見せる彼の姿なんて、初めてだ。今までにも怒ったことはあったけど、こんなふうじゃない。カイローンは肩で息をしながら、私の返事を待っていた。

ファーレイが代わりに答えてくれた。「モンフォートと〈スカーレット・ガード〉は、ふたつの戦争を同時にしたりはしないわ」ひとことずつ強調するように、落ち着いた声で言う。「一度にひとつずつ敵を相手にしなくちゃいけないの。分かる？」

家族はみんな一斉に緊張したように、暗い目になった。特に父さんだ。唇をぎゅっと結び、何か考え込むように親指であごをなぞっている。カイローンは、ぴんときたようだった。緑色の両目をきらりと光らせ「なるほどな、分かったぜ」と、笑みすら浮かべそうな顔でつぶやく。

ブリーは目をぱちくりさせた。「え？　どういうことだ？」

「そういうことか……」トレイミーが小さな声で言った。

私はみんなに分かってほしいあまりに、身を乗り出した。「ノルタの玉座を新たなシルバーに渡す気なんて、私たちにはないのよ。たとえ一時はそうなったとしてもね。カロア兄弟は戦争で、お互いの戦力をすり減らし続けてる。やがてその決着がついたら……」

父さんは、両手を膝に下ろした。その指が震えているのを、私は見逃さなかった。自分の指も震えているのを感じた。

「勝ったほうを叩くのも、ずっと楽なはずよ」

「もう王様は要らない」ファーレイが声を潜めた。「王様が支配する国も要らない」

その世界がどんな景色なのか、私には想像もできなかった。でも、もうすぐこの目にすることになるだろう。

わざわざこっそり外に抜け出す必要はなかった。母さんと父さんは列車のように大きないびきをかいていたし、兄さんたちは私を引き止めても無駄だと分かっていたからだ。雨は降り続いていたが、私もカイローンも気にしなかった。黙り込んだままテラスハウスが並ぶ道を進んでいく。遠くから響いてくる嵐のうなりと、水溜まりを跳ね上げる私たちの足音しか聞こえなかった。稲妻も嵐も海岸線に向かって遠ざかっているので、私にはもうその力を感じることができなかった。大して寒くなかったし、ちゃんと街灯で照らされた基地は暗くもなかった。私にもカイローンにも、特に目当ての場所があるわけじゃなかった。とにかく適当に歩いていった。

「あいつは臆病者だ」カイローンがつぶやき、小石を蹴飛ばした。水溜まりに波紋を立てながら、小石が通りを転がっていった。

「さっきも言ってたじゃない」私は答えた。「他にもいろいろ言ってたみたいだけど」

「ああ、どれも本気だよ」

「言われても当然よ」

重たいカーテンのように、静寂が私たちにのしかかった。ふたりとも、妙に気まずかった。カイローンが聞きたいのは私の恋の話じゃなかったし、私もさらなる苦痛を彼に与えるようなまねはしたくなかった。

「やっぱり話すことなんて――」

言いかけた私の腕を、カイローンが摑んだ。がっしりと、しかし温かく。私たちの間にはくっきりと線が引かれていたが、カイローンは私を大切にしてくれるから、それを越えてくるようなことは絶対にない。この何ヶ月かで、私はものすごく変わった。カイローンが好きだった少女なんて、もういなくなってしまったのかもしれない。本当は存在すらしない相手を好きでい続ける気分は、私にもよく分かる。

「ごめんよ。あいつがメアにとって何か意味を持ってるのは、俺も分かってるよ」

「意味を持ってたのか、ね」私は、彼を押しのけようとしながら言った。

でも、カイローンはしっかりと腕を掴んだまま放さなかった。「いや、そうじゃない。お前が認めなくたって、あいつはお前にとって何か意味があるんだ」

そんなこと、話すだけ無駄だった。「いいわ、認めてあげる」と、私は声を絞り出した。この暗さなら、私の顔がまっ赤になっているのにカイローンも気づかないだろう。「私がデヴィッドソンに頼んだのよ」私は言葉を続けた。カイローンなら分かってくれるはず。分かってくれなきゃいけない。「生かしておいてくれって頼んだの。いつか時が過ぎて状況が変わっても殺さないでくれって。これは弱さなの？」

カイローンは顔を曇らせた。どぎつい街灯の光が、まるで彼の後光のように見えた。カイローンは本当にハンサムだ。他の誰かじゃなくて、カイローンを好きになれたらよかったのに。

「そうは思わないな」カイローンが口を開いた。「確かに愛情ってのは人の都合で利用されたりもするものさ。でも俺は、誰かを愛することを弱さだなんて思わないよ。誰からも、どんな愛情もかけられないで生きることこそ弱ささ。そんなのは最悪の暗闇だよ」

「いつの間に、そんなに頭よくなったの？」私は驚いて訊いた。

彼はにやりと笑い、両手をポケットに突っ込んだ。「最近、読書が趣味でね」

「挿絵があるやつ?」

カイローンは思わず噴き出すと、また歩きだした。「ほんと、お前はいいやつだよ」

私も、彼の速度に合わせて歩きはじめた。「よく言われるわ」と言って、ひょろ長い彼の姿を見上げる。雨に濡れた髪が、光の加減で少し茶色く見えた。目を細めれば、シェイドに見えるかもしれない。私はふと兄さんが恋しくなり、息もできないほどになった。もうシェイドみたいに、大切な誰かを死なせたりしない。けれどそんなものはなんの保証もない、虚しい誓いだった。でも、私には何か希望が必要だった。たとえどんなに小さな希望だろうとも。

「カイローンも一緒にモンフォートに行くつもり?」のみ込むよりも先に、言葉が口から飛び出した。

私が行く先々に彼がついてくる必要なんてない。だけど、またカイローンを置き去りにしていくのが、私は嫌だった。

「行っていいのか? てっきり、作戦か何かで行くんだと思ってたよ」

「そのとおりよ。でも、ついてきていいわ」

「安全な旅だからか?」カイローンが横目で私を見た。

私は、彼が納得してくれそうな答えを探して口をすぼめた。彼が言うとおり、安全な旅だからだ。私たちを取り巻く状況の中で、いちばん安全に近いからだ。カイローンを危険の外に連れ出そうというのは、間違ったことじゃない。

カイローンは私の腕に触れると、言葉を続けた。「分かったよ。いいか、俺はどっかの街に奇襲をかけたり、空からジェット機を撃ち落としたりするタイプじゃない。自分の限界は知ってるし、お前たちみたいな力だってありゃしない」

「指先ひとつで敵が殺せないからって、みんなより劣ってるわけじゃないわ」私は、ぱっと言い返した。カイローンの素敵なところなんて、いくつだって並べてあげられる。彼がどれだけかけがえのない人なのかを。

カイローンは渋い顔で「やめてくれよ」と言った。

私は彼の腕を摑んだ。濡れた布地に爪が喰い込む。カイローンは足を止めなかった。

「本気で言ってるのよ、カイローン。一緒に来るの？」

「スケジュールをチェックしてみるよ」

私は彼の脇腹に肘を叩き込んだ。カイローンが大げさに顔をしかめて飛び上がる。

「やめろよ！　でかいあざができてるの知ってるだろ！」

私はもう一発、肘を叩き込んだ。ふたり揃って声を限りに大笑いを始める。

そして、もう一度沈黙に包まれた。今度のは柔らかな、息の詰まらない静けさだった。

私が感じ続けていた不安は、溶け去ってしまったようだった。少なくとも、今のこのときだけは消えてくれた。カイローンは家族と同じくらい、私に安らぎを与えてくれる。彼の存在は、あらゆる面倒を忘れて過ごすことができる小部屋みたいなものなのだ。過去も未来も、すべて忘れさせてくれる。

道の突き当たりに、まるで雨粒が集まってできたような人影が立っていた。彼が反応するよりも先に、私にはそれが誰だか分かった。

ジュリアン。

私たちに気づいてジュリアンがほんの一瞬たじろいだのを、私は見逃さなかった。彼はカルの側についたのだ。私じゃなくて。

全身に、冷たいものが走った。

近づいてくる彼を見ながら、カイローンが私をつついた。

「俺は消えたほうがいいか？」

私はカイローンを勇気づけようと、少しだけ顔を見た。「お願い、やめて」

カイローンは不安そうに顔をしかめたが、小さくうなずいた。

ジュリアンは雨の中でもいつもと変わらず長いマントを着ていた。体を震わせるようにして、色あせた黄色い服から水を払い落とす。だが、そんなことをしても無駄だった。雨はどんどん降り続け、ジュリアンの癖毛もぺったりと寝てしまっていた。

「君が自宅にいるときにつかまえたかったんだけどな」雨音の向こうから、ジュリアンが言った。「いや、正直に言えば、朝方にまだ君がぼんやりしてるうちにつかまえたかったんだよ。こんなひどい雨の中じゃなくてね」ジュリアンは犬のように首を振り、目元にかかる髪を払いのけた。

「ジュリアン、何しにここに来たのか教えてちょうだい」私は腕組みをした。夜になり、あたりはぐんと寒くなってきていた。温かいピードモントでも、このままでは風邪をひいてしまいそうだ。

ジュリアンは答えなかった。そしてカイローンに視線を向ける代わりに片眉を上げ、無言の質問を私に伝えてみせた。

「カイローンなら問題ないわ」私は答えた。「さあ、みんながずぶ濡れになる前に、さっさと話を聞かせて」

私もジュリアンも、ぴりぴりしていた。ジュリアンは馬鹿じゃない。じっと目を凝らし、私の顔に浮かぶ失望を読み取ろうとしていた。「君が見捨てられたような気持ちになっているのは理解できるよ」ひどく慎重に言葉を選びながら、彼が口を開いた。

私は思わず苛立った。「人に教えるなら歴史だけにしときなさいよ。自分の気持ちくらい、わざわざあなたに教わらなくても分かってるわ」

ジュリアンは、私の言葉をさらりと受け流した。じっと立ち尽くす彼のまっすぐな鼻筋を、雨粒がまた伝い落ちていった。私のことをじっとうかがい、おしはかり、観察する。私は初めて、彼の両肩を摑んで揺さぶってその冷静さを壊し、感情任せに叫ばせたい衝動に駆られた。

「よく分かったよ」ジュリアンは、低い声で傷ついたように答えた。「それでは歴史の話をすると……いや、ごく近い将来歴史となる話をすると、私は甥について、君と一緒に西へと旅をするつもりだよ。自由共和国をこの目で見てみたいし、あっちに行けば私がカルの役に立つこともあるだろうからね」ジュリアンは一歩私に近づいたが、そこでじっと考え込むと足を止めた。

「あのタイベリアスも、なんだかよく分からない歴史なんてものに興味があるの？」私は鼻で笑った。いつもよりも辛辣な言いかたになってしまった。

ジュリアンはあからさまに傷ついた顔をしてみせた。私の目を見ることすら、ほとんどできない。雨に濡れそぼるジュリアンは私と出会ったころよりもずっと若く見えた。自信を失い、不安と疑念に取り憑かれているように見えた。

「いいや。カルにはいつでもできるだけ知識をつけろと言ってはいたが、近づいてほしくないものがいくつかあった。掘り返したりして、時間を無駄にしてほしくなかったんだ」

私は首をかしげた。「どういうこと？」

ジュリアンは顔をしかめた。「カルから、メイヴンをどうしたいか聞いているんじゃないのかね？　以前にね」

私より王冠を選ぶ以前のことだ。「ええ、聞いたわ」私は消え入るような声で答えた。

「弟を治してやる方法があるはずだと、カルは考えているんだよ。エラーラ・メランダスがつけた傷を癒やせるはずだとね」ジュリアンは、ゆっくり首を横に振った。「だが、ピースも足りないのにパズルを完成させることはできん。割れたガラスを元に戻すことはできないんだよ」

「そんなのは不可能だわ」私は、自分がすでに知っていることを思い出し、胸が苦しくなった。

「不可能だし、希望などありはしない」ジュリアンがうなずいた。「追い求めても悲劇が待ち受けているだけだ。甥はきっと、心をぼろぼろにされてしまう」

「どうして私がまだ、あいつの心配なんてしてると思うの？」苦々しい嘘の味が口に広がった。

ジュリアンは、よろめくように一歩前に出た。「カルにそうきつく当たらないでやってくれ」

「よくそんなことが私に言えるわね」私は平然と言葉を返した。

「メア、本で読んだことを憶えているか？」ジュリアンは、太ももに張りついたマントを引っ張りながら言った。懇願するような声。「あそこに書かれていた言葉を憶えているか？」

私は身震いした。雨が冷たいせいじゃない。「神は選んだのではなく、呪ったのだっていうこと？」

「そのとおり」ジュリアンは、身を乗り出すようにしてうなずいた。その様子に、私はまた授業を受けているような気持ちになった。「メア、これは新しい考えかたではないよ。多かれ少なかれ、人類は何千年もそのような意識を持ち続けてきたのだ。選ばれたのか、それとも呪われたのか。運命により幸福になるのか、それとも破滅するのか。シルバーやレッドなどという種族が生まれる遥か昔、人が感覚というものを持ちはじめたころから感じていたことだろう。国王や政治家をはじめ、人を統べる者たちが、自分は神の祝福を受けたのだと思い込んでいたのを君は知っているかね？　神の手によりその座を与えられたのだと思っていたのだよ。そうして自らを選ばれた者だと考える者がいる一方、その役目を呪いと受け取る者もわずかにいた」

私のとなりで、カイローンが小さく鼻で笑った。私はもっとあからさまに、呆れ顔でジュリアンを見てやった。身動きすると襟元から冷たい雨水がしたたり、私の背筋を伝い落ちていった。ぐっと手を握り、身震いしそうになるのをこらえる。

「つまりあなたの甥っ子は、王冠を戴くよう呪われたと言いたいの？」

ジュリアンの顔がこわばった。私は、自分が口にした言葉を少し後悔した。彼は、まるで子供を叱りつけようとするかのように、私を見ながら首を横に振った。「愛する女と自らが正しいと思う道、そのどちらかを選べと強いられたとでも？　カルが人に教わったとおりのものを、自分の役目として選んでいるとでも言うのか？　そんなことを本気で言っているのかね？」

「まあ、そうすりゃ楽だしな」カイローンが笑った。

私は頬の内側を噛み、汚い言葉が口から出そうになるのをこらえた。「本当に、カルがしたことへの言い訳をするためにここに来たの？　だったら、私は今まったくそんな気分じゃないわ」

「いや、もちろん違うとも、メア」ジュリアンが答えた。「できることなら説明したいと思って来たんだよ」

私はむかむかした。よりにもよってあのジュリアンが、甥っ子の胸の内を私に説明するなんて言うとは。じっくり分析し、綿密に考えて説明しようというのだ。いや、それともシンプルな本質にまで煮詰めて話すつもりだろうか？　王子にしてみれば、私と王冠は比較するようなものではないのだとでも、説明するのだろうか？　そんなの、私には耐えられない。

「ジュリアン、もう黙って」私は鋭い声で言った。「あなたの王様のところに戻りなさい。そばについててやって」彼の目をまっすぐに見つめる。私が嘘なんて言ってないと伝わるように。「安全に守ってあげて」

私の言葉を、ジュリアンはそのまま受け取った。私にできるのはこれだけだ。

ジュリアン・ジェイコスが深く頭を下げた。そして宮廷でそうするように、びしょ濡れのマントをさっと振ってみせた。私はほんの一瞬、サマートンにあるあの本が積み上げられた部屋で、彼とふたりきりになったような錯覚に陥った。あのころ、私はびくびくしながら、他の人間として生きさせられていた。カルとメイヴンと一緒に。そのふたりだけが、私に許された聖域だった。そのカロア兄弟は、もういない。たぶんジュリアンもいなくなってしまうのだろう。

「そうするとも、メア」彼が答えた。「必要とあらば、この命をかけて」

「そんなことにならないように祈ってるわ」

「私もだよ」

それは、お互いに向けた警告だった。彼の声が、まるでさよならでも告げているように響いた。

ブリーは飛行中ずっと目を閉じていたのではないだろうか。眠っていたんじゃない。ジェット機行機が怖くて、窓の外を見ることはおろか、自分の足を見ることすらできなかったのだ。両側を挟んで座るトレイミーとジーサが小突きながらからかっても、ブリーはうんともすんとも言わなかった。私は、手出しをせずに見ていた。ジェット機の墜落を味わったことがある私には、彼の恐怖がよく分かったからだ。でも、トレイミーとジーサのお楽しみを邪魔する気もなかった。最近は、こんな時間を過ごすことなんてほとんどないのだ。ブリーはきつく腕組みをして、まぶたをぎゅっと閉じたまま座り続けている。やがて彼は深くうつむくとようやく眠りにつき、もう目を覚まさなかった。

ピードモント基地からモンフォート自由共和国までなんて、私ですら初めての長距離移動だったし、ブリーにしてみれば本当に覚悟の旅だったに違いない。最低でも六時間はかかる空の旅だ。ドロップジェットには長すぎるので、もっと大型の貨物機にした。あのブラッククランに似ていたが、同じ機体ではなかった。ブラッククランは去年、ハウス・セイモスの戦士たちと怒り狂ったメイヴンによって破壊し尽くされてしまったから。

私は通路に顔を出し、操縦しているパイロットたちの背中を見た。モンフォートの男たちだ。どちらも知らない人だった。彼らのすぐ後ろにカイローンが張りつき、操縦の様子を見ていた。

母さんはブリーと同じようにジェット機が怖くてたまらないようだったが、父さんは窓に額をくっつけて、遥か下を過ぎていく地表を見つめていた。モンフォートの人々はといえば、デヴィッドソンも部下たちも、ぐっすり眠りこけていた。きっと母国に着陸したら、すぐさま行動を始めるつもりなのだろう。ファーレイも、自分の座席に顔を押しつけるようにして眠っていた。窓際じゃない座席を選んでいる。まだジェット機は嫌なのだろう。〈スカーレット・ガード〉から来ているのはファーレイひとりだけだった。眠っているというのに、彼女はクララに両腕を回し、ジェットの揺れに合わせてあやしてやっていた。基地に残った大佐は、今ごろきっと有頂天になっていることだろう。ファーレイがいなくなってしまえば、残った〈スカーレット・ガード〉の中でいちばん位が高いのは大佐になるのだ。娘が基地に送ってくる情報を見ながら、自分の好きなように命令を下すことができる。

地上には、泥で濁った何本もの川とうねりながら続く山に覆われたピードモントの大地が広がっていた。どこを見ても、グレート川の氾濫原に接していた。この氾濫原を巡って戦争が続いている。私は、誰でも知っているようなことを除けば、ほとんど何も知らなかった。レイクランド、ピードモント、プレイリー、そしてずっと南のティラックスまでもが、この泥溜まりや湿地、山々、そして森を巡って戦っているのだ。大きな理由は、川の支配権を手に入れるためだった。シルバーたちはほぼずっと戦いを続け、大した理由もなく地面を赤い血で染めている。この地もシルバーが支配していたが、その支配力はノルタやレイクランドのように強くはなかった。

私たちは草となだらかな山々に覆われたプレイリーの平らな大地を越え、さらに西へと飛び続けた。黄金の波のように小麦がそよぎ、パッチワークのように広大なトウモロコシ畑がそこに広がっていた。ところどころ森や湖が見える他は、隅々まで開拓されているように見えた。私が知る限り、プレイリーには国王も王妃も王子もいない。ここの元首は血筋ではなく、権力によって国を治めているのだ。元首が死んでも、息子が後継者になるとは限らない。この国も一生縁などないと思っていたけれど、気づけばこうして見下ろしているのだった。

前の私と今の私の間からぶくぶくと湧き出してくるこの奇妙な感情は、どうしても消えてくれなかった。泥まみれの狭苦しいスティルトに閉じ込められ、兵役を待つだけだった少女。あのころは私の未来なんてすっかり閉ざされてしまっていた。今はあの人生がすっかり私から切り離され、何百万キロの……そして千年の彼方へと遠ざかってしまったような気がしている。

ジュリアンは一緒の機内にはいなかったが、もし同乗していたら、プレイリーのことを質問したくなっていただろう。彼は黄色いストライプが施されたハウス・レアリスのジェットに、ハウス・カロア、ハウス・セイモスの代表団と一緒に乗っている。もちろん、荷物もどっさり積んでいる。どうやら未来の王様と王妃様には、衣類がたっぷり必要らしい。左後方からついてきている彼らの飛行機が翼をきらめかせているのが、窓の外に見えている。

モンフォートの前はプレイリーに住んでいたと、エラは言っていた。サンドヒルという、略奪者たちの国だそうだ。他にもいろいろ言っていたけれど、私にはさっぱり意味が分からなかった。エラは今ピードモントの基地に、レイフと一緒に残っている。一緒に来たエレクトロンはタイトンだけだった。彼はモンフォート生まれだ。たぶん、家族や友達がモンフォートに住んでいるのだろう。タイトンは機内最後尾あたりで座席をふたつ占領し、ぼろぼろの本に読みふけっていた。私が目をやると視線を感じたのか、ちらりと私のほうを見た。計算するように、その灰色の瞳が光る。もしかしたら、私の脳内でざわめく小さな電気の脈動を感じているのだろうか。もしかしたらそのひとつひとつが持つ意味を……恐怖や興奮を、タイトンは読み取れるのかもしれない。

私にもいつか、そんなことができるようになるのだろうか？

私は自分の能力の底をほとんど知らない。私が出会い、訓練を手助けしてきたニュー・ブラッドたちもそれはまったく同じだ。だが、モンフォートでは違うのかもしれない。自分が何者でどんなことができるのか、ちゃんと知っているのかもしれない。

いつの間にか私はうとうとしていたが、誰かに腕をつつかれて飛び起きた。目を開くと父さんが、背後の壁にある丸窓を指差していた。

「あんなものを見る日が来るとはな」父さんが、窓をこつこつと叩いた。

「あんなもの？」私は姿勢を直しながら訊ねた。父さんが私のシートベルトのバックルをはずし、窓の外が見られるようにしてくれる。

山なんて、前にも見たことがあった。ノッチにあるグレートウッドで見た。緑の山々は秋には燃え上がるように赤く染まり、冬になると葉が落ち、枝々も髑髏（どくろ）のように寒々として見えた。リフトでは、葉の生い茂る波のように山々が地平線にうねっていた。辺境のピードモントの山々は飛行機の窓からちらりと見たことしかないが、高く登るにつれて青や薄い紫色に変わっていた。どの山もすべて、ノルタからピードモントの奥へと続く太古の山脈、アラシアス山脈の一部だ。けれど、今目の前にあるような山々を見たのは初めてだった。これを山と呼んでもいいのかすら、私には分からなかった。

北に向かい飛び続けるジェットの中、私は口をぽかんと開けて地平線に釘付けになっていた。まっ平らだったプレイリーの大地がとつぜん途切れ、険しくそびえ立つ山脈が現れた。私が見たことのあるどんなものよりも巨大だ。斜面はナイフの刃のように鋭く、高くそびえ、巨大な歯のように連なっていた。木々の生えていない禿山もいくつか混ざっている。まるで、木々も生えない死の山のようだ。遠くには、まっ白い山頂も見えた。雪だ。まだ夏だというのに。

私は震える息をのんだ。私たちはいったい、どんな国に来てしまったのだろう？　まさかシルバーとアーデントがその力で隅々まで支配し、こんな夢のような国を作り上げているのではないだろうか？　山々を見て私は恐ろしくなったが、心のどこかでは興奮もしていた。空から見ているだけでも、今まで見てきた国々とはぜんぜん違うのだと分かる。モンフォート自由共和国は、私の体の奥底にある何かを揺さぶった。

となりの父さんが、眼鏡に手をかけた。山々の頂をなぞるように窓に指先を走らせ、私にしか聞こえないくらいの小声で父さんがつぶやく。

「なんて美しいんだ。俺たちにも住みやすい国であればいいんだが……」

私はスティルトの家の物陰で、母さんに期待を持たせるなと言った父さんの姿を思い出した。父さんは片脚を失くし、車椅子に座っていた。私は、父さんが絶望してしまったのだと思っていた。でも、今はよく分かる。父さんは絶望などしていなかったのだ。ずっとそうだったのだ。家族が手に入らないものを――私たちには決して許されることのない未来を――望んで傷ついたりしないよう、守ろうとしていただけなのだ。私たちの運命は、大きく変わってしまった。そして、どうやら運命とともに父さんも変わったのだろう。今の父さんは、希望を抱いている。

私は深呼吸をしながら、自分も同じなのだと気がついた。メイヴンに何ヶ月もずっと閉じ込められ、それから数え切れないほどの死や破壊を目の当たりにした。そうした惨劇が、私のせいで起きたこともあった。私の心は傷つき、今も胸の中で血を流し続けている。愛する人たちや助けたい人たち……そんなみんなのことを思うと、底知れないほどの恐怖が込み上げてくる。その重みがずっと私にのしかかり続けているのだ。でも、私は押しつぶされたりしない。

私にも、まだ希望は抱けるのだ。

6

エヴァンジェリン

空気が妙だ。薄い。まるで世界から切り取られてきたかのように、不気味に澄んでいる。身に着けた鉄と銀、そしてクロムの鋭い臭いを超え、私の元にその空気が届いてくる。飛び続けてきたジェット機の灼熱(しゃくねつ)のエンジンが放つ、つんとした臭いも。ハウス・レアリスの貨物機にずっと押し込まれていた後でも、エンジンの力は圧倒的に感じられた。数え切れないほどの鉄板、配管、そしてネジ……。延々と続く飛行中、私はリベットの数を数えたり、鉄板の継ぎ目を追ったりしながら過ごし続けていた。どこか一箇所を引き裂きさえすればジェット機をまっ逆さまに墜落させ、カルもアナベルも他の連中も、殺してしまうことができる。自分自身すらも。機内では、雷のようないびきをかくハウス・ヘイヴンの家長のとなりに座らされた。いっそ外に飛び出してしまうほうがましに思えた。

夏だというのに思っていたより肌寒く、肩にかけたシルクの中で鳥肌が立った。王女らしい服を選んできたおかげで、こごえるはめになってしまった。リフトの大使としてもノルタの未来の王妃としても、私にとっては初めての公式訪問になる。もし本当にそんな呪われた未来が来た日には、私は頭のてっぺんからつま先まで、人々に尊敬と畏怖を与えるように装わなくてはいけない。心の準備をしておかなくては。私はもう一度深呼吸しようとしたが、ほんの浅くしかできなかった。ここでは呼吸ひとつすら、いつものようにできはしない。

まだ日没にはずいぶん早いが、高々とそびえる山脈のせいで、日はもう陰りはじめていた。渓谷を切り拓(ひら)いて作られた飛行場に、山々が落とす長い影が落ちていた。私は、空に手を触れられるような気がした。宝石をちりばめた爪を空に走らせ、血のように赤い星々の光を塗りたくるのだ。でも私はそうせず、黙ったまま両手を下ろしていた。スカートのひだと袖の中に、指輪やブレスレットを隠す。綺麗(きれい)なだけでなんの役にも立たない、ただの飾り……。パパとママが私に望んでいる姿そのものみたい。

ずっと向こう、滑走路の終点で地面が途切れ、崖になっていた。カルはシルエットになって西を向き、夜の訪れでぼんやりと紫に染まった景色を眺めていた。山々が落とす影があたりを包み、モンフォートの夜の中に消し去ろうとしていた。

カルのとなりには彼の叔父、どこまでも計り知れないあのジェイコス卿が立っていた。まるで元気な小鳥のようにせわしなく、手にしたノートに何かを書き留めている。ハウス・レロランとハウス・レアリスの衛士がふたり少し離れて、うやうやしくふたりに付き添っていた。亡国の王子は身動きひとつせずに、じっと景色を見ていた。深紅のマントだけが風にはためいていた。ハウスのカラーを逆に入れ替えてきたのは、いい決断だった。おかげで何から何までメイヴンとは別人に見える。

あの白い顔とブルーの瞳、そしてすべてをのみ込む炎のような姿を思い出して身震いした。メイヴンの中には、飢え以外何もなかった。

メアが家族と一緒にジェット機から降りて、外で待っていたモンフォートの案内係たちのほうに急ぎ足で向かいだすと、ようやくカルが振り返った。高い岩山に囲まれた渓谷に、バーロウ一家の声が響く。なんというか……にぎやかな家族だ。それにメアはちびで小柄だというのに、兄たちはびっくりするほど背が高い。妹の姿を見て、私はぎくりとした。赤い髪。エレインの髪のように明るく、まばゆい輝きを放っているわけではない。肌もくすんでいる。白くもなければ、引き込まれるような魅力もない。愛らしく輝いているが、ごく当たり前の愛らしさだ。平凡だ。レッドなのだ。エレインは容姿も中身も抜きん出ている。私にすれば、彼女に匹敵するような女の子などいはしない。それでもメアの妹は私がいちばん求めてやまないあの子を……決して本当には私のものになることがないあの子を思い出させるのだった。

エレインは一緒に来ていない。兄さんもだ。これは、身の安全と命を守るためだった。

ファーレイ将軍はチャンスさえあれば兄さんを殺そうとするだろうが、あの女にそんなことをさせるわけにはいかない。

カルが振り返り、案内係たちに引率されて家族と一緒に姿を消していくメアの背中を見つめた。その間抜けな様子に、私は唇を歪めた。メアが目の前にいるというのに、カルはそれでもあの子を両手でどこかに押しやってしまおうとしているのだ。王冠のように、脆(もろ)く儚(はかな)いもののためだけに。それでも、私は彼が羨ましかった。カルは、そうしようと思えばまだメアを選ぶことができる。私にも、そんな権利があればいいのに。

「孫を愚か者だと思っているんでしょう？」

その声に振り向くと、アナベル・レロランが私を見つめていた。人殺しの力を持つ両手を体の前で組み、頭にはローズ・ゴールドのティアラが光っている。私たちみんなのように、アナベルもまた、最高のいでたちを選んできていた。

私は口をきつく結ぶと、小さいながらも完璧な会釈をしてみせた。

「何をおっしゃってるのかさっぱり分かりませんわ、皇太后陛下」私は、白々しく言ってみせた。どうせ大したことじゃない。この人にどう思われていようと、まったく関係がない。いずれにしろ、私の人生は彼女の手のひらで転がされているのだから。

「あなた、ヘイヴンの娘に首ったけなのでしょう？　ジェラルドの娘のことよ」アナベルが不敵に一歩、距離を詰めてきた。「私の記憶が確かなら、あの子はあなたの兄上と結婚していたはずね。あなたと同じように、いずれ王妃になるために」

その言葉には、ママが操る蛇たちのような、脅しの響きがあった。

私は、無理に笑い声をたてた。「ただの気まぐれよ。皇太后陛下には何も関係のないことだわ」

皇太后は指先で、皺だらけの手の甲を叩いた。口元の皺をさらに深くしながら、唇をすぼめてみせる。「大いに関係ありますとも。そんな嘘をついてあの子を探らせまいとしているのだから、なおさらだわ。ただの気まぐれ？　馬鹿を言いなさい、エヴァンジェリン。あなたが首ったけなのは火を見るより明らかだもの」皇太后が目を細めた。「すぐに気づくでしょう、あなたと私の間には、思っているよりずっと共通点があるんだって」

私は遠回しに挑むように、彼女の顔を見て薄ら笑いを浮かべてみせた。「私だって、古い宮廷のゴシップくらい知っています。あなたが言っているのは、ご主人のことでしょう？　ご主人にもひとり、ロバートという男の愛人がいたはずよ。だから私たちが……理解し合えると？」

「私はカロア王に嫁いで、あの人が他の誰かを愛しているのを知りながら、ずっととなりに座ってきたわ。だから私には、これを……」皇太后が指を二本、目の前で踊らせた。「どう使えばいいか分かるのよ。よくお聞き。関係している者ども全員が了解していてこそ、これは最大限の力を発揮してくれるものなのよ。気に入ろうが気に入るまいが、あなたと孫は手を組まなくてはいけないわ。それこそ、生き延びるための最善の道なのだから」

「影の中で生き延びる、ということですね」私はこらえきれず、吐き捨てるように言った。

アナベルは、珍しく困惑した顔をしてみせると、すぐに笑みを浮かべた。「王妃も自分の影で国王を守るものなのよ」

彼女が、さっと真顔になり「これは首相」と私の左に目をやった。私のすぐ背後に、デヴィッドソンが立っていた。

私も振り返ると、デヴィッドソンが歩み出てきた。私たちと目を合わせたまま、小さくうなずく。不気味な金色の吊り目が、私とアナベルを見比べる。目の他は命が抜け落ちているかのよう。体の他の部分は、顔つきからこわばった指先にいたるまで、まるで何かに拘束でもされているみたいだった。

「皇太后陛下。それに王妃も」デヴィッドソンが、また小さく頭を下げた。首相の背後をちらりと見ると、緑の軍服に身を包んだモンフォートの衛兵、それから記章をつけた将校と兵士たちの姿が見えた。何十人もいる。ピードモントからついてきたのもいくらか混ざってはいたが、ほとんどはここで到着を待っていた連中だ。

いつもこんなに兵士を引き連れているのだろうか？　それも、あんなにたくさん銃まで持たせて？　銃に込められた弾丸を、私は感じ取った。私は癖で何発あるかを数えると、大事な内臓を守るためにドレスの中に隠した鉄板を分厚く変形させた。

首相はさっと片腕を振り上げてみせた。「モンフォート自由共和国への客人として迎え、我らが首都へとご案内させていただきたい」

相変わらずの無表情だったが、私は彼の中にプライドを感じた。ふるさとへの、自分が治める国への愛情だ。まあ、私にも気持ちは分かる。

アナベルは、シルバーの貴族たちと同じまなざしで首相をじろじろと眺め回した。恐ろしい力を持つ、ものすごく傲慢な貴族たちの目だ。しかし首相は、ほんのわずかもたじろがなかった。

「これが、あなたの共和国？」アナベルはふんと鼻を鳴らし、空港の両側にそびえる断崖を見回した。

「これは、私用の滑走路ですよ」デヴィッドソンが答えた。

私は指輪をくるくるといじりながら、笑いだしそうになるのをこらえた。

目の端にちらりと、ぎらつくボタンの列が映った。ずっしりとした鉄で丁寧に作られた、炎の形をしたボタンだ。その主は、私の婚約者だった。カルが私の横で足を止める。じりじりと、その体から熱を発しながら。

カルが何も言わないのを見て、私はほっとした。私たちはもう何ヶ月も、話らしい話をしていない。カルがあの〈骨の器〉で死を逃れたあのときからだ。その前、カルが初めて私の婚約者になったころも、私たちは大して話なんてしなかったし、話したとしてもつまらないことばかりだった。カルの心は戦いとメア・バーロウでいっぱいなのだ。私はどちらにも、ほとんど興味なんてない。

「私用の滑走路？」カルがデヴィッドソンの顔を見た。

背の高いカルに見下ろされても、首相はまったく気にした様子もなかった。たぶん、体の大きさなど男の価値とは無関係だと思っているんだろう。

「そのとおり」首相がうなずいた。「この空港は標高の高いところに作ってあり、山の下に作られた空港より、アセンダントの街へのアクセスがいいんだよ。だから、東のホークウェイのほうが景色は素晴らしいのだが、こちらのほうが最善と思ったわけさ」

「戦争が終わったら、ぜひ見てみたいね」カルは、礼儀をそこなわないように答えた。でも、明らかに興味がなさそうなのは隠せなかった。

デヴィッドソンは、気にもとめなかった。「戦争が終わったらね」と、目を光らせながら繰り返す。

「さあ、政府に話をするのが遅くなってしまっては大変だわ」アナベルは、孫を愛する祖母の顔で、カルの腕を取った。必要以上に体を寄せる。人の目を意識して計算ずくでそうしているのだ。

「それなら心配には及びませんよ」デヴィッドソンは、さらりと笑ってみせた。「朝の議会で話をすることになっているんだ。そのときに、この件も話すつもりですとも」

「明朝に?」カルが驚いた。「首相、時間がないのは僕もあなたも――」

「議会が開かれるのは朝なんだよ。今夜は、私の夕食に付き合っていただこうと思っているよ」デヴィッドソンは落ち着いた声で答えた。

「首相……」カルがじれったそうに歯ぎしりした。

デヴィッドソンは、できるだけ申し訳なさそうな顔をしつつも、譲ろうとはしなかった。

「議員も閣僚も、特別議会を開くことに同意してくれているんだ。この国の法が許す限り、ベストを尽くすことを約束するとも」

法……。こんな国にも法があるのだろうか? 玉座もなく、王冠もなく、ああだこうだとやかましく議論するばかりで一大決定を下す誰かもいない国だというのに。モンフォートのような国が、どうして存続できるのだろう? あれこれ違うことを言い合う連中ばかりだというのに、どう未来へと向かっていくというのだろう?

だがモンフォートが動かず、カルに援軍を出すことができなければ、この戦争は私の望みどおりの結末を迎えることになる。私が思っていたよりずっと早くそうなるのだ。

「それじゃあ、アセンダントに向かうの?」私は、さっさと暖かいところに行きたくて口を出した。そして、すでにアナベルに腕を取られているカルの代わりに、デヴィッドソンに腕を差し出した。首相は小さく会釈して、羽根のように軽い手で私の手首を取った。

「こちらへどうぞ、王女様」

婚約者に触れられるのと違って嫌悪感を感じないことに、私は驚いた。首相はきびきびとした足取りで私たちを連れてジェット機を離れると、アセンダントへと続く道に出た。

アセンダントの街は巨大な山脈の西端に作られ、国境の向こうに広がる低い山並みを見下ろしていた。地平線に、プレイリーの景色が霞(かす)んでいた。その端は略奪者の地として知られており、どこの国にも属さないシルバーたちが、通りかかる人々を獲物にしているのだ。他の部分には何もなく、かつてずっと昔に街だったものの残骸だけが転がっていた。私が名前も知らない街だ。

アセンダントは、まるで山そのものから生まれたような街だった。斜面や谷の上に広がり、急流や、曲がりくねった渓谷を東へと流れていく大きな川をアーチ形に越えるように作られている。ちらほらと道やトンネルがあり、そこを車が出入りしているのが見えた。きっと地下や山の中には、もっとたくさんのトンネルが掘られているのだろう。

アセンダントの街に立ち並ぶ建物のほとんどは、切り出してきた石で作られていた。花崗岩、大理石、ケイ石。そうした石がどれもこれも、信じられないほど滑らかな、白と灰色の石盤へと作り変えられているのだ。建物の合間からは、モンフォート国旗と同じ深緑色をした松の木が生えていた。建物より高い木もあちこちに見える。夕焼けと山並みのせいで、街は濃いピンクと暗いオレンジ色のストライプ――光と影――に染め上げられていた。見上げれば、雪をかぶった雄々しい山々が遥か西まで続いていた。気の早い星々がいくつか顔を出し、私にも見覚えのある模様を空に作りはじめていた。

こんな街を見るのは初めてで、不安を感じていた。驚かされるのは好きではないし、圧倒されるのも嫌だ。私よりも、私の血よりも、そして私のふるさとよりも優れたものが、この世にあるということだからだ。

けれどアセンダントとモンフォート、そしてデヴィッドソンにはすっかり驚かされ、圧倒された。

奇妙で美しい景色を前に、私はただ目を瞠るしかなかった。

街までは一キロ少々しかなかったが、無数の階段のせいでずっと遠くに見えた。たぶん首相は私たちに街の全貌を見せつけるために、車ではなく歩かせようと思ったのだろう。もし母国の宮廷でカロア王や貴族たちに囲まれているのであれば、わざわざ話をしようなどとは思わない。ハウス・セイモスの名前は轟いているからだ。でも、ここではどうだろう？　私は自分で存在感をアピールしなくてはいけない。ため息をつき、歯を食いしばり、となりのデヴィッドソンに視線を向ける。

「首相は選挙で選ばれたのよね？」不慣れなこの言葉が、まるで滑らかな石のように口の中を転がった。

デヴィッドソンは小さく笑った。謎めいた仮面に走る、小さなひび割れのような笑みだった。

「ああ、そのとおり。二年前の全国投票でね。来年の春に三年目になるが、そこでまた選挙が行われることになる」

「どんな人たちが投票したの？」

首相は口元を引き締めた。「全国民さ。レッドも、シルバーも、アーデントもね。投票用紙には、種族は記入されないんだよ」

「じゃあ、ここにもシルバーがいるのね」前にもその話なら聞いてはいたが、私にはとても信じられなかった。シルバーがレッドと一緒に生きることを受け入れるだけでなく、シルバー以外に支配されるのを認めるだなんて。私は混乱していた。よそでは神として暮らせるというのに、なぜこんなところでレッドやニュー・ブラッドと同じ身分の人生を選ぶのだろう？

「たくさんいるとも」デヴィッドソンがうなずいた。

「そのシルバーたちは、よくそんなことを受け入れたわね」私は、言葉を選ぶ気もなく訊ねた。私が言葉を選ぶのはパパとママの前でだけだが、そのパパとママが、私をこの赤い血の狼たちの中に放り込んだのだ。

「平等な社会を、ということかね？」首相は、やや棘のある声で答えた。金色の目で、私の灰色の目を射抜く。

私たちは長い階段を歩き続けた。首相は私に謝らせたがっている。でも私には、謝る気なんてなかった。

やがて、ようやく踊り場に到着した。花が咲き乱れる庭園を見渡す、大理石のテラスだ。見たこともない紫、オレンジ、薄い青の花々があたり一面に咲き誇っていた。何メートルか先には、モンフォートの案内役に率いられたメア・バーロウと家族たちが、庭を抜けて歩いていた。兄の片方が、もっと花をよく見ようと腰をかがめている。

庭に目を奪われているみんなをよそに、デヴィッドソンは私をそばに引き寄せると、耳につきそうなほど口を寄せてきた。思わず、まっぷたつに引き裂いてやりたくなる。

「失礼を許してほしいのだが、エヴァンジェリン王女」首相が声を殺して言った。「だが、君には女性の恋人がいるね？　そして、彼女との結婚は禁じられている」

私は、この場にいる全員の舌を切り落としてやりたくなった。誰も秘密を守ることができないというのだろうか？

「何を言ってるのかさっぱりだわ」私は歯ぎしりしながら答えた。

「いや、分かるはずだよ。その娘は君の兄上に嫁いだ。同盟のためにね、そうだろう？」

私は、石の手すりを握りしめた。滑らかで冷たいその感触も、私の心をなだめてはくれなかった。さらに手に力を込めると、傷がつくほど爪が手すりに食い込んだ。デヴィッドソンは言葉を続けた。低く力強く、口早に、私を逃すまいと畳みかけてくる。

「もしすべてが君の望みどおりに運び、君が王冠との取引材料などになることも、彼女が兄上の花嫁になることもなかったとしたならば、君はその娘と結婚できたのかね？　最大限に気楽に考えてみたところで、ノルタのシルバーたちが、君の欲望を叶えようなどと思ってくれるかね？」

私は、歯を剝き出しにして振り向いた。首相は目の前に立っていた。たじろぎも、後ずさろうともしない。私は、首相の肌に粗があるのに気づいた。皺や、傷や、染みまである。やろうと思えば、今すぐに目玉をえぐり取ってやることもできる。

「結婚と欲望は関係ないわ」私は言い捨てた。「結婚は王位継承者のためのもの。それ以上でもそれ以下でもないわ」

理由はまったく分からないが、首相の黄金の目が和らいだ。憐れみと後悔がそこに浮かんでいるのに気づき、吐き気が込み上げた。

「つまり君は自分の正体のせいで、自らの欲望を叶えられなかったということだ。君は自分の一部を変えられなかった……変えようとしなかったんだ」

「私は――」

「納得するまでこの国をご覧になるといい」首相が囁いた。「ここがどんなところか、自分に問うてみることだ。きっと君は、その答えを気に入るだろう」

デヴィッドソンは一歩下がると、元の政治家の顔に戻った。ごくありきたりの魅力を持つ、ごくありきたりの男に。「もちろん、今夜の夕食を君が楽しんでくれるよう願っているよ。君たち一行のため、私の夫、カーマドンが駆け回って準備をしているところだ」

夫？　私は目をぱちくりさせた。ありえない。聞き間違いだ。顔がさっと熱くなった。心臓がどくんと大きく打ち、ほんの刹那、アドレナリンが全身を駆け巡り、すぐに消えた。叶わない願いを抱いても、しかたがない。

だが首相は、こくりと小さくうなずいた。

私の聞き間違いでも、彼の言い間違いでもないのだ。

「このモンフォートでは、些細ではあるが、そうしたことも許されているんだよ。エヴァンジェリン王女」

首相は私の腕にかけていた手を離し、さっさと歩くペースを上げて私との距離を広げた。胸の中で、心臓は激しくどくどく打っていた。デヴィッドソンは、私を騙そうとしているのだろうか？　あんな話が本当だなんて、ありえるのだろうか？

「君は昔から、まったく外交が下手だな」

背後からカルが声をかけてきた。ハウス・アイラルの男を連れたアナベルが、ぴったり彼に付き添っている。

私は顔をそむけて銀髪で顔を隠し、平気な顔ができるだけの力を掻き集めた。幸い、カルは私を見ないようにしながら、前を歩いていくメアの背中を目で追っていた。

「じゃあなんで私を選んだりしたの？」私は冷ややかに言い返した。私の怒りと苦痛が、すべて彼に伝わればいいのに。「私なんかを王妃にしたって、厄介の種になるばかりでしょ？」

「とぼけるのも相変わらず下手だね、エヴァンジェリン。自分が王妃に迎えられればどうなるか、分かっているくせに」

「カロア、あなたにふたつの選択があったのは知ってるわ。二本の道があったのをね。あなたが選んだのは、私を巻き込んでいく道よ」

「選択ね」カルが顔をしかめた。「ほんと、女の子はその言葉が好きだな。僕には選択肢なんてなかったのさ。それとも、祖母や君の父上や他の連中は、僕がこうしなくてもレッドと同盟を結んだと思うかい？　ぐずぐずしていたら、他の誰かにその役目が回ってしまったかもしれない。でも、どうしても僕がやらなくちゃいけなかったんだ。少なくとも、僕だったら――」

私はカルの目の前に立ち、挑むように肩をいからせた。

「なあに？　自分なら人よりうまくやれるとでも？　戦争がすべて終わったら、新しい玉座に腰掛けて、くだらない炎でもゆらゆらさせながら世界を変えてみせようなんて思ってるの？」私は鼻で笑いながら、つま先から頭のてっぺんまで、カルを眺め回した。「笑わせないでよ、タイベリアス・カロア。あなたも私と同じ操り人形だけど、あなたには自分で糸を切るチャンスくらいあるじゃないの」

「君にはないとでも？」

「あるならとっくに切ってるわよ」私は言った。本気だ。もしエレインも今ここにいたなら……もし私たちが一緒にいられる方法があったなら……。

「いずれ……いずれ時が来て、僕たちが結婚しなくちゃいけなくなったら……」カルは口ごもった。ぜんぜんカロアらしくない。「何もかも、できるだけ緩くするつもりだよ。公式訪問も、会議もね。君とエレインも、好きなようにできる」

背筋に冷たいものが走った。「私が自分の役割をちゃんと果たしていれば、ってことね」

私たちは、顔をそむけ合った。

「君の同意もなしには、何もしやしないよ」カルがぼそぼそと言った。

「そんなことしようとしたら、切り刻んでやるわ」私は、かすかにほっとしていた。

カルはため息かと思うほど弱々しい笑いを漏らし、私には聞こえないほどの小声で「やれやれだ……」とつぶやいた。

私は震える息を吸い込んだ。「あの子を選んだっていいのよ」

その言葉が宙を漂い、私たちふたりに重くのしかかった。

カルは答えようとせず、ブーツのつま先をじっと見つめていた。庭の先ではメアがこちらに背を向けたまま、ぴったりと妹の後について歩いていた。髪の色は違うが、ふたりは似ているところがあった。立ち居振る舞いがよく似ているのだ。注意深く、静かで、抜け目なく、まるでネズミのようだ。妹は歩きながら鮮やかな緑色の花をひとつ摘み、それを自分の髪に挿した。メアがいつでも連れていくと言って聞かない背の高いレッドの男の子が、それをまねした。耳に花を挟んだ少年がひどく間抜けに見えるものだから、バーロウ姉妹は腹を抱えて笑いだした。響き渡るその笑い声に、嘲られているような気がした。レッドなのに。劣等種なのに。それでもあんなに幸せそうにしているなんて。こんなこと、あっていいはずがない。

「いじけてるんじゃないわよ、カロア」私は、歯ぎしりしながら声を絞り出した。彼だけではなく、自分への叱責でもあった。「自分で用意した冠なら、いさぎよくかぶりなさいよ。嫌ならば、さっさと捨ててしまうことね」

7

アイリス

オハイアス川の川岸は高くせり上がっている。やたらと雨ばかりで、レイクランド南部では農場が何度も水浸しになりかけた。何週間も前に一度、ティオラもこの辺境の地にやってきた。滅多に見せない彼女の微笑みに私たちもいくらか救われたけれど、それで不安がすべて消えたわけじゃなかった。報告によると、レッドたちが逃亡を続けており、山を越えて東のリフト王国へと入っていっているらしい。あのシルバーの王が本当にましな人生を与えてくれると信じているのなら、とんだ愚か者たちだ。賢い人々はオハイアス川を渡って、国王にも女王にも支配されない紛争地域に入っていった。だが、これは危険な旅だった。レイクランドと北ピードモントの間の紛争地域では、同じように流浪となったレッドやシルバーたちと鉢合わせになる可能性が高いからだ。

せり上がった川岸からは、荘厳な渓谷の景色がよく見渡せた。待つにはちょうどいい場所だ。昼の日差しを浴びて金色に輝く南の森に、私は目をやった。今日は、トウモロコシと小麦の畑を抜けていくだけの、楽な一日になるはずだ。それにメイヴンはこの長旅で私が楽なように、自分の車に乗せてくれる。この旅は、死刑までの執行猶予のようなものだ。母さんと姉さんは、首都に残っている。いつかまた会えるのだろうか。もう二度と会えないかもしれない。

そよ風は心地よく空気も暖かかったが、メイヴンは車の中で待つと言って出てこなかった。ピードモントに到着したときどんな演出で姿を見せようかと、考えているんだろう。

「遅いわね」となりで老女がこぼした。

こんな状況だというのに、思わず口元に笑みが浮かぶのを感じた。「慌てないことよ、ジダンサ」

「すっかり立場が逆になってしまいましたわね」ジダンサは、茶色い顔を皺くちゃにしながら笑った。「昔は何度も、私が王女様にそう言ったものでしたのに。たいていは食べもののことでしたっけね」

私はずっと地平線に向けていた目を、彼女に向けた。「あら、そういう意味なら私はまだ欲張りよ」

ジダンサのしゃがれた笑い声が、川を越えて響いていった。

ハウス・マーリンのジダンサは私の家族とは長い付き合いで、叔母のように身近で、乳母のように世話を焼いてくれた人だ。テルキーの能力で靴やおもちゃを宙に浮かせたりして、まだ子供だったティオラと私を喜ばせてくれたものだ。今や皺だらけで頭はすっかり白髪になってはいたが、ジダンサは恐ろしい力を持つ能力者だ。彼女が持つテルキーの才能は底なしで、国の中でも最高だった。

もし一緒にノルタに来てほしいと言えば彼女はきっとそうしてくれるだろうが、私はそんな頼みごとをするほど愚かじゃない。ジダンサの家族は、ほとんど戦争で死んでしまった。それなのにノルタ人とともに生きろというのは、彼女にしてみればひどすぎる仕打ちだろう。

ジダンサがいると、心が落ち着いた。レイクランドにいても、そばにメイヴンがいると思うと不安だったのだ。

他の付き添いたちは後ろのほうに離れ、私とジダンサをふたりきりにしてくれていた。センチネルたちの仕事は私を安心させることだったが、あの仮面を着けた彼らがいると、私はまったく安心なんてできなかった。夫に命じられれば、私を殺しだってするだろう。最低でも、殺そうとはするはずだ。

私は、青い旅行ジャケットに通した腕を組んだ。これからピードモントの王子――支配者――に会おうというのに、なんとも粗末な格好だ。私が知る他のシルバーたちのように、見てくれを重んじる人でなければいいのだけれど。

さて、どうなるか。もうすぐ分かるだろう。

高みから見下ろすと、王子たちを乗せた車が紛争地域を突っ切るように走ってくるのが見えた。このあたりには壁もゲートもなく、国境線を走る道もない。私たちの兵士はしっかりと身を隠し、ピードモントの王子を無事に通すよう命令を受けている。

私たちの車列も全六台、兵士が五十人そこそこと小規模だったが、王子の車列はもっと小さかった。見る限り、スピードの速い車が二台、木々がまばらに立つ森の端を走ってくるだけだ。近づいてくるにつれ、車の側面に黄色、白、紫の星々があしらわれているのがはっきりと見えてきた。

ブラッケンの印だ。

背後で音がして、メイヴンが車から降りてきた。人々や車に踏み倒されてしまった草の上をきびきびと歩き、私のとなりで優雅に足を止める。ゆっくりと、彼が両手を組んだ。太陽を浴びたその肌は、いつにも増して金色に見えた。

「ブラッケン王子のことは、信頼できる男だとは思っていない。人間ではないようにすら思えた。あれはとんだ馬鹿だ」メイヴンが、王子の車を見下ろした。

「追い詰められれば、たいていの人は馬鹿になるものよ」私はそっけなく答えた。

メイヴンは、短い笑い声をあげてから、気だるい目で私を眺め回した。「君は違う」

そう、私は違う。

私もメイヴンと同じように両手を組んだ。決意の強さを示すみたいに。

ブラッケンの子供たちは数ヶ月前にさらわれ、幽閉され、利用されている。銃、ジェット機、食料……モンフォートはピードモントからあらゆるものをむしり取ってきた。ロウカントリーの基地まで奪い取り、そこにあったものを自分たちの山国へと運び出してしまった。モンフォートは手当たり次第に喰らい尽くすイナゴの群れだ。もうブラッケンの元には、ほとんど何も残ってなんかいない。

私たちから少し離れたところで、安全な距離を空けて王子の車が止まった。ドアが開き、金の縁取りがついたダーク・パープルの軍服に身を包んだ十数人の衛士たちが降りてきた。剣と銃を装備しているが、中にはウォー・ハンマーや戦斧(せんぷ)を手にしている者もいた。

ブラッケン自身は丸腰だった。

背が高く、滑らかな黒い肌の持ち主で、唇はぽってりと厚く、目はまん丸でぴかぴかに磨かれた黒い宝石のようだった。メイヴンはマントを羽織って勲章と冠を身に着けていたが、ブラッケンのほうは見てくれなどまったく気にしていないようだった。

王子はそびえ立つように私たちを見下ろしていた。まるでストロングアームのようにたくましい体つきで、ミミックの能力者だ。私に触れさえすれば私と同じニンフの力を使うことができてしまうのだ。もちろんほんの短い間だけだし、完全に使いこなせるわけではないけれど。すべてのシルバーたちは当然だが、おそらくニュー・ブラッドの力だってコピーできるのだろう。

「もっとましな状況でお会いできればよかったんですがね」低い声で、王子が静かに言った。私たちに敬意を払うように、小さく会釈してみせる。ブラッケンは確かにこの国を治めているかもしれないが、その国力は私たちの国には遠く及ばない。

「こちらこそ光栄ですわ、王子」私も会釈を返した。

メイヴンも私に続いて会釈をしたが、気をつけていなくては分からないほど浅かった。できるだけさっさとこの場を済ませてしまいたいかのようだ。「僕たちに何かご用かな?」

あまりの無礼さに、私は眉をひそめた。きっと何か言い合いになると思い、言葉を探して慌てて口元を覆う。だが驚いたことに、ブラッケンは不敵な笑みを浮かべてみせた。

「私も、時間を無駄にするのは好きではない」王子は、笑みを和らげた。その後ろから、革張りの書類入れを持った衛士がひとり近づいてきた。「我が子の命運がかかっているときならば、なおさらだ」

「モンフォートの極秘調査報告書ですか?」私は、衛士が王子に書類入れを手渡すのを見ながら訊ねた。「とても手際がいいことですのね」

「王子は何ヶ月もお子さんたちの行方を探し、救出の協力者を探していたんだよ」メイヴンがゆったりした口ぶりで言った。「使者たちが来たのを憶えているよ。アレクサンドレット王子とダライアス王子だったたね。ふたりにはなんの力もなれずに……すまなかった」

私は笑いだしそうになってしまった。ひとりはアルケオンの宮殿で、メイヴンを倒そうとして失敗した反乱のさなかに命を落としたのだ。私の記憶が正しければ、もうひとりも死んだはずだ。

ブラッケンは、謝罪など不要とでもいうように、大きな手をさっと振ってみせた。「あのふたりも危険は承知でしたとも、私の部下たちと同じようにね。息子と娘の捜索で、十数人を失ってしまった」

声に浮かぶ怒りの下には、本物の悲しみが滲んでいた。

「もう誰も失うことがないよう祈りましょう」私は自分のことを思い、つぶやいた。あなたに違いないわね、という母さんの言葉がよぎる。

メイヴンはつんとあごを上げ、ブラッケンと書類入れを見比べた。あの書類入れには、モンフォートの情報がぎっしり詰まっているはずだ。謎に満ちた街も、山々も、軍隊も。私たちに必要な情報が。

「僕たちは、君たちができなかったことをする用意をしてきたんだよ、ブラッケン」メイヴンが言った。この人は熟練した役者だ。この言葉にも、ちょうどいいくらいの同情が浮かんでいた。チャンスさえあれば、私が動くまでもなく、メイヴンはブラッケンを味方につけてしまうかもしれない。「分かるよ。モンフォートのやつらが子供たちを捕らえているかぎり、連中に歯向かうような動きはできないだろう？　助け出そうとしてちょっとでも動いたりすれば、命取りになってしまう」

「まさにおっしゃるとおり」ブラッケンはすぐにうなずいた。メイヴンの差し出すものなら、なんでも喰らい尽くすつもりだ。「情報収集ですら、ものすごく危険だったほどですからね」

ノルタ王が片眉を上げた。「それで、どんな情報が?」

「我々はモンフォートの首都、アセンダントまで子供たちを追跡しました」王子は、私たちに書類入れを差し出した。「山中深くにあり、渓谷に守られた街ですよ。我々の手にあるアセンダントの地図はずいぶん古いものですが、まだ使えます」

私はセンチネルたちよりも先に書類入れを受け取った。いかにも重要そうな、ずっしりとした重みがある。

「どこに囚われているかは突き止められるんですか?」私は、早く書類を開いて仕事に取りかかりたい気持ちを抑えながら訊ねた。

ブラッケンはややうなだれた。「そう信じていますよ。大きな犠牲は避けられんでしょうけどね」

私は書類を抱きしめるように、胸に抱えた。「無駄にはしませんわ」

ピードモントの王子は、失礼がないよう困惑を隠そうとしながら私の全身を眺め回した。

メイヴンは表情ひとつ変えなかった。それでも、私は彼の中に渦巻く疑念を感じ取っていた。疑念と、それから警戒心を。だが狡猾なメイヴンはぴっちりと口を閉じ、私が王子の前に蜘蛛の巣を張るに任せていた。

「自分の部隊を率いていきますわ」私は、有無を言わさぬ強い目つきでブラッケンの目を見つめた。王子は彫像のように固まったまま、ぴくりとも動かなかった。私を観察し、値踏みしているのだ。シンプルな服を選んできたのは正解だった。これなら王妃というよりも戦士に見えるはずだ。「ノルタとレイクランドの精鋭を選び、最低限の隠密部隊だけを連れていきます。どうぞご安心を。私たちは昨日から万全を期して取り組んでいるのですから」

私は鳥肌をこらえながら、メイヴンの腕に手をかけた。服を通して、彼の肉体の冷たさが伝わってきた。目で見ても分からない、ほんの小さな震えを感じる。私は口元に笑みを浮かべた。

「メイヴンが名案を思いついたんです」

彼が、私の手に自分の手をかぶせた。氷のように冷たい指。私を脅しているのだ。

「実はそうなんだよ」メイヴンは私と同じ残忍な笑みを口元に浮かべた。

ブラッケンは、子供たちが助かるのだという可能性に引き込まれ、他のことは何も見えてなどいなかった。それを責める気にはなれなかった。ティオラと私が同じ目に遭ったなら、母さんだってきっとそうなってしまうはずだ。

王子は、長い安堵のため息をついた。「本当によかった。こちらからはお返しに、ずっと願ってやまなかった同盟関係をお約束しよう。今までは血の争いのために叶わなかったが、それも今日で終わりです」

その言葉に私は、真実の響きを感じた。グレート川の流れのように、誰にも止めることなんてできはしない。

「今日で終わりです」私は王子の言葉を繰り返しながら、書類入れをきつく握りしめた。

今度は、メイヴンが私の後から車に乗り込んできた。私は、表の草地に蹴り飛ばしてやりたい衝動に駆られた。代わりに座席のいちばん奥に引っ込み、ブラッケンから受け取った報告書を膝に広げた。メイヴンは、私をじろじろと見ながら座席に腰掛けた。その物静かで落ち着いた様子に、冷や汗が滲み出る。

私は、氷のようなその視線を見つめ返しながら、彼が口を開くのを待った。胸の中では、彼が目の前にいることを呪っていた。本当ならば今すぐにでも報告書を読み漁(あさ)り、救出作戦に足りない部分を埋めていきたかったのだが、メイヴンにじろじろと見られていては、とてもそんなことはできなかった。彼も、それを分かっていた。楽しんでいた。この人はいつでも、誰かの邪魔をするのが楽しいのだ。たぶん、そうして自分の中の悪魔を人にけしかけるのが、この男にはいい気分なのだろう。

やがて、ようやく車が動きだして猛スピードで国境線から離れはじめると、メイヴンは口を開いた。

「で、君は正確にはどうする気なんだい？」まったく感情のない、平坦な声で彼が言った。そうして自分がどんな気持ちなのかを一切相手に悟らせないのは、メイヴンのお気に入りの戦略だ。感情の印を探して目や顔をいくら眺めたところで無駄なことだ。メイヴンは、感情を隠すのにとても長けている。

私はまっすぐに顔を上げ、シンプルに答えた。「私たちのために、ピードモントを手に入れるわ」

私たち。

メイヴンは喉の奥で低くうなると、ひとこと「よく分かったよ」とだけ言って、座席に身を沈めた。

8

メア

モンフォートの案内係たちは私たちを引き連れ、宮殿のように大きな建物へと向かっていった。建物は中央渓谷を見下ろす崖の縁に立っていた。渓谷の斜面には、アセンダントの街並みが、しがみつくようにして広がっている。どこを見ても、白い三角形の紋章が描かれたダーク・グリーンの旗が、心地よい夕暮れのそよ風にはためいていた。あの三角形は山を象徴しているのだ。そんなことにも今まで気づかなかった自分が、間抜けに思えた。軍服にも同じ紋章が施されている。

私の服は無地で、軍服ですらない。コーヴィアムとピードモントの店で手に入れてきた寄せ集めだ。上着もズボンもブーツも、そしてシャツも、とても仕立てがいい。きっとシルバーの持ちものだったのだろう。自分の軍服をまとったファーレイは、毛布にくるんだクララを腰に抱えて歩いていた。全身を赤で包み、襟には四角い金属の記章を三つつけている。将軍の証だ。

後ろにいるシルバーたちは雑魚ばかりだったので、私は気にもとめなかった。アセンダントの街をくねくねと曲がりながら抜けていく白い歩道の上、みんなどぎつい虹の七色のように着飾っている。カルは燃えるような赤いマントを着ていたので、なんとか見ないようにしても嫌でも目に入った。彼はエヴァンジェリンと一緒に歩いていた。どうせならエヴァンジェリンが、落ちたら死にそうなテラスや階段の上からカルを突き落としてくれればいいのに。

私は父さんの息遣いを聞きながら、できるだけそばに付き添っていた。アセンダントの階段はひたすら続くというのに、父さんは新しい脚を手に入れたばかりの老人だし、肺だってまだ修復中なのだ。こう空気が薄くては、何が起こるか分からない。

父さんは顔をまっ赤にしながら、よろめかないよう必死にがんばっていた。母さんも私と同じことを考え、左側に付き添っていた。両手を父さんの背後に出し、倒れたときに支えようと備えている。

父さんに頼まれれば、すぐに助けを呼ぶつもりだった。ストロングアームを誰かひとりか、それともブリーとトレイミーでもいい。でも、父さんがそんなことしないのは分かっていた。時々私の腕に手を触れながら、ゆっくりと前に進んでいく。

やがて、ようやく階段が終わって平らな地面に出た。木の幹や生い茂る葉に見立てて彫刻が施されたアーチ道へと、私たちは入っていった。そして、緑の御影石(みかげいし)とミルクのようなライムストーンで格子縞(こうしじま)が施されている中央広場に入っていった。さまざまな種類の松の木が、広場を囲むように植えられていた。中には塔と同じくらいに高く、太い木まである。紫に染まった空に響き渡る鳥たちの歌は世界をのみ込むかと思うほどで、私はすっかり圧倒されてしまった。

私の後ろで、カイローンが低く口笛を吹いた。木々の合間から、坂道の上に立つずらりと柱の並んだ建物を見上げている。奇妙な建物だった。川底に転がっているような粗い石と、色の塗られた材木で作られ、大理石の細かい装飾が施されている。あちこちの棟にバルコニーが作られていた。そのうちいくつかには、花が咲き乱れているのが見えた。どれもこれも渓谷に面しており、アセンダントの街並みを見下ろすように作られていた。

首相の家なのだと、ひと目で分かった。それが事実上、宮殿になっているのだ。こんなものを初めて見る家族はすっかり目をくらませられていたが、私は不安を感じていた。宮殿はもう、いくつも見てきた。美しい彫刻や光り輝く窓の裏側には、とても信用などできないものがはびこっているものだ。

首相官邸の周囲には、壁もゲートも見当たらなかった。アセンダントの街そのものも、囲いのようなものはない。もしかしたら、私には分からないだけかもしれない。モンフォートは壁など要らないほどの力を持っているのだ。そうでなければ、壁を作ることもしない愚か者たちの国なのだろう。だがデヴィッドソンを見ていると、そんな愚か者にはどうしても思えなかった。

ファーレイも、同じことを考えているのだろう。アーチ、松の木、官邸……すべてをじっくりと観察し、目に焼きつけている。それが済むと、後ろからついてくるシルバーたちを振り返った。誰も彼も、デヴィッドソンの住まいになどまったく驚いていないようなふりを装っていた。

首相は何も言わず私たちに手招きし、国の心臓部の奥深くへといざなった。

ピードモントでもそうだったように、バーロウ一家はかつての家とは比較にならないほど快適な住まいを与えられた。デヴィッドソン邸の中にある居住区は広々としており、私たちひとりひとりの部屋まであった。カイローンとジーサはうきうきと、あちこちの部屋を覗いて探検を始めている。ブリーはもう動きたくないのか、細長いサロンに置かれたヴェルヴェットのソファにだらしなくねそべっていた。テラスに立っている私のところにまで、いびきが聞こえてくる。街にちゃんとした家が見つかるまで、しばらくはみんな、ここで過ごすことになる。

私のそばには誰もいなかった。みんな、やることがあったり、目的もなくぶらぶらしたりしていたが、私はどちらでも気にならなかった。

眼下に広がるアセンダントの街は夕焼けにきらめき、山の端にはもう星座が顔を出していた。遠くちらちらと灯（とも）っている明かりから、電気の脈動がかすかに伝わってきた。ここでは星がやたらと綺麗に見え、手を伸ばせば届きそうなほどだった。私は大きく深呼吸をして、新鮮な野生の山々の香りを吸い込んだ。何もかも忘れていられそうだ。こんなにも最高な場所が他にあるだろうか。

バルコニーの縁には、植木鉢やプランターに植えられた花々が咲いていた。私の目の前には不思議な形をした紫の花があった。花びらが、まるでしっぽみたいな形をしている。

「エレファント・フラワーって呼ばれてる花さ」

トレイミーがとなりにやってきて、手すりに肘をかけた。身を乗り出すようにして、下に広がる街並みを見つめる。夜になると、季節はずれの寒さが訪れた。きっと気づかないうちに震えていたのだろう、兄さんが片手でニットのショールを差し出してくれた。

それを受け取り肩にかけている私の横で、兄さんが額に皺を寄せた。「エレファントって、どんな意味だろうな」

何か思い出せそうな気がしたが、私は首を横に振って肩をすくめた。「私も知らない。たぶん、動物かなんかだったと思う。ジュリアンならきっと知ってるわ」不意にその名前を口にした自分に、私はびくりとたじろいだ。胸の奥が、ぎゅっと痛くなる。

「今夜、食事のときにでも訊いてみろよ」兄さんは、無精ひげが生えたあごをさすりながら言った。

私は、ジュリアン・ジェイコスの話など打ち切ってしまおうと、また肩をすくめてみせた。「トレイミー、ひげを剃りなさいよ」といじわるく笑う。そしてまた気持ちのいい空気を吸い込みながら、街の灯に背を向けた。「ジュリアンには、自分で訊くといいわ」

「ごめんだね」

兄さんの声の響きに、私は足を止めた。静かな、しかしはっきりとした拒絶の響き。トレイミーは、家族の言葉をそうして跳ねのけるようなタイプじゃない。ブリーの後をついて回ったり、家族の喧嘩をなだめたりするような人なのだ。いつでも仲裁に入る役だったし、乱暴に何かを踏みつけたりはしないのだ。

私は、説明を求めるように兄さんの顔を見上げた。

トレイミーはぎゅっと歯を食いしばり、ダーク・ブラウンの瞳で私の目をじっと見つめていた。私と同じで、母さんの目を受け継いでいる。「ここは俺たちの場所じゃない」

俺たち……。

何を言いたいのかは、考えるまでもなかった。こんなのは、バーロウ一家とはかけ離れている。私たちは政治家でも戦士でもないのだ。私と同じように目立ったり、危険に身を置いたりの人生を過ごす理由など何もありはしないのだ。でも家族から離れてひとりになることを思うと、底知れぬ恐怖が私を襲うのだった。

「そうかもね」私は兄さんの手首を握りながら、口早に答えた。トレイミーが、私の手にさっと自分の手をかぶせてくる。「兄さんの場所よ。ううん、みんなの。みんな私の家族だもの」

テラスへのドアが開き、ジーサとカイローンが出てきた。妹は、私たちを見回した。ジーサは私に手を伸ばし、ショールをかけ直してくれた。私のほうが年上なのに、まるで姉みたいに振る舞う。耳には、まだ夜明けのように明るい色の花が挿してあった。私はそっと花びらに触れ、それから指で彼女の髪をなぞった。花は、よくジーサに似合っていた。モンフォートも、似合ってくれるだろうか？

「トレイミーが言ってたこと、聞こえたわ。姉さんの会議も、戦いも、私たちの居場所じゃない。そういうのを自分の居場所にしたいとも思わないわ」ジーサは私の目をじっと見つめた。今や私たちは同じ背丈になっていたが、ジーサにはもっと背が伸びてほしかった。私とは違う世界を見てほしかったから。

「そうね」私は、妹をぐっと抱き寄せた。「そうね……」

「みんなも同じ気持ちよ」私の耳元で、ジーサが囁いた。

みんな……母さんも、そして父さんさえも。

みんなここで安全にしていてくれるのだと思うと私の中で何かがほどけ、ものすごく心が軽くなった。私を引きずり降ろそうとした重しが取れたのだろうか？　それとも私がどだったのかもしれない。しかし両親や兄弟がつなぎ止めていてくれなかったら、私は何者になってしまうのだろう？
こかに行かないようつなぎ止めていた錨が取れたのだろうか？　もしかしたら、その両方

　何者にならなくてはいけないのだろう？

　ジーサの肩に顔を埋めていると、嫌でも後ろにいるカイローンの姿が見えた。彼は、まるで黒雲のように暗い顔をして、私たちを見つめていた。私に気づいたカイローンが、目を合わせる。その瞳の中に、私は決意を見た。ずっと前に〈スカーレット・ガード〉に加わった彼が、誓いを破ったりするはずはない。たとえ安全で、唯一彼が知っている家族たちがいるここに残れるとしても。

「さあ」ジーサが私から体を離した。「おぞましいディナー・パーティーの準備をして」

　何ヶ月も反乱軍の基地で過ごしてきたが、色や布地、そしてファッションを見るジーサの目は前にも増して鋭くなっていた。どこから持ってきたのか、いつの間にか妹は官邸のあちこちから、いろんなスタイルの服を掻き集めてきていた。どれも、ゆったりとしていながらフォーマルなものばかり。ノルタのシルバーたちが着ているような、宝石だらけのぎらぎらしたものなんてもちろんなかったが、王様や首相たちとテーブルに着くのにはぴったりだ。正直に言えば、こうして着飾るのは好きだ。コットンやシルクの生地に、指を

滑らせる。気晴らしにはもってこいだ。私には気晴らしが必要だ。

タイベリアスはきっと、どぎつい深紅の衣装をまとい、私と同じテーブルに着くだろう。自分が何に、そして誰に背を向けたのか、思い知らせてやらなくちゃいけない。むかついたが、想像すると満足感が込み上げてきた。

ジーサは私に複雑なドレスを着せたがったが、結局はふたりとも似た感じのドレスに落ち着いた。プラムのような深い赤の、袖と裾が長いシンプルなドレスだ。宝石は、ピアスだけだった。ピンクのはブリーが、赤のはトレイミーが、紫のはシェイドが、緑のはカイローンがくれた石だ。最後のひとつ、赤いピアスだけは荷物の中に突っ込んであった。タイベリアスがくれたピアスなんてしたくもなかったけれど、投げ捨てる気にもなれなかった。身に着けられることも、忘れ去られることもなく、赤いピアスは荷物の底に沈んでいるのだった。

ジーサはぱっぱと両方の袖に、金色の糸で複雑な刺繍を施してしまった。いったいどこから裁縫道具をくすねてきたのだろう？　もしかしたら、デヴィッドソンの部下が気を利かせて妹にくれたのだろうか。妹は次にてきぱきと、なれた手つきで私の髪を編み、茶色い冠のような形にしてしまった。灰色になった髪の根本が、うまく隠れてくれる。大変だった日々の疲れが私の体のあちこちに現れ、鏡を覗くのも嫌な気持ちにさせていた。体じゅういろんな傷だらけだ。メイヴンの烙印や、ちゃんと治りきっていない生傷や、自分の雷でつけてしまった傷……。でも、私は壊れてなんかいない。まだ違う。

首相官邸はやたらと広かったが造りそのものはシンプルで分かりやすかったので、私はすぐに、ラウンジや食堂のある一階へ下りていった。そして食べものの匂いを頼りに、大きなサロンやギャラリーを抜け、部屋から部屋へと歩いていった。舞踏会場と同じくらいの、四十人は入れそうなほどの大きなダイニング・ルームもあったが、テーブル上には何も用意されておらず、大きな暖炉にも火は入っていなかった。

「ミス・バーロウでは？」

優しげな声が聞こえたので振り向くと、さらに優しそうに微笑む男の人が見えた。テラスへと続くアーチ形の扉へと、私を手招きしている。頭はつるつるに禿げ上がっており、肌は闇夜のように黒く、にこりと笑う口元から覗く歯は、まるで夜空に浮かぶ月のようだった。その歯よりも白い、シルクのスーツで着飾っている。

「ええ」私は静かに答えた。

男の笑みが、さらに広がった。「よかった。今日は星空の下での夕食になります。初めてのご来訪ですし、そのほうがよかろうかと思いまして」

私はダイニング・ルームを突っ切って、男のほうに向かった。男は上品な仕草で私の腕を取って自分の腕と組むと、ひんやりとした夜の空気の中へと私を連れ出した。食べものの匂いがぐんと濃くなり、口の中に唾が湧いた。

「ずいぶんと緊張しておいでだ」男はおかしそうに笑い、すっかりこわばった私の筋肉に、自分の腕をこすり合わせた。あまりにも気安くて、信用したくなかった。「私はカーマドン。今夜の食事を作らせていただいた者です。ご不満がおありでも、どうぞご容赦を」

「できるだけ我慢するわ」私は唇を噛んで、薄笑いをこらえた。

男は答える代わりに、指先で自分の鼻先を叩いてみせた。

彼の瞳には、灰色の毛細血管が走っていた。銀色の血の持ち主なのだ。私は生唾をのみ込んだ。

「カーマドンさん、どんな力を持ってるのか、訊いてもいい？」

彼は、小さな笑みを私に向けた。「訊かれるまでもないのでは？」と言って手を振り、テラスやバルコニー、窓辺に咲き乱れる花を示してみせる。「私はただのつまらないグリーンワーデンですよ、ミス・バーロウ」

私は、社交辞令の微笑みを浮かべてみせた。つまらない、か。前に、目や口から植物の根っこを生やしている死体をいくつも見たことがある。つまらないシルバーも、人を傷つけないシルバーも、いるわけがない。全員、人殺しの力を持っているのだ。でも、それは私たちだって変わらない。地球上のすべての人間が同じなのだ。

食べものの匂いと薄明かり、そして気取った会話が聞こえてくるほうを目指し、私たちはテラスを進んでいった。官邸の中でこのバルコニーだけは崖からせり出しているので、何にも邪魔されずに、松林や渓谷、そして遠くにそびえる雪をかぶった山々を見渡すことができた。昇っていく月の明かりで、まるで輝いているみたいだ。

私は感情を読み取られたりしないよう、はやる気持ちも、興味も、怒りも、すべてを押し隠した。それでも、タイベリアスの見慣れたシルエットを見ると、心臓がどきどきしてアドレナリンが体を駆け巡った。ここでもタイベリアスは誰とも目を合わせることができず、バルコニーの外に広がる景色を眺めていた。私の唇に嘲笑が浮かんだ。

タイベリアス・カロア、いつからそんな臆病者になったの？

ファーレイは軍服のまま、少し離れたところでぐるぐる歩き回っていた。髪は洗いたてで、ダイニング・テーブルの上に吊られたランプの光に輝いている。椅子に座ろうとした私を見て、彼女が小さくうなずいた。

エヴァンジェリンとアナベルはテーブルの片端を挟むようにして、ふたりともすでに着席していた。きっとカルを間に座らせて、テーブルに自分たちの威風を吹かせようというのだろう。アナベルはさっきと同じ、どっしりとした赤とオレンジのシルクのドレス姿で落ち着いていたが、エヴァンジェリンのほうはといえば、黒いキツネの毛皮でできた襟に鼻を埋めていた。テーブルに近づいていく私を、目をぎらぎらさせて見つめている。私はタイベリアスからできるだけ遠くの席、エヴァンジェリンを斜めに見る椅子を選んだ。彼女の唇が、笑みのように歪む。

カーマドンは、ディナーのゲストたちが互いに敵意剝き出しで火花をばちばち散らしていることに、まったく気づいていないようだった。私の向かいの席、たぶんデヴィッドソンのために用意された椅子の右側に奥ゆかしく腰掛けている。影の中からメイドがひとりすっと出てきて、入り組んだ模様が彫られた彼のグラスにワインを注いだ。

私は目を細めてそれを見ていた。頰が赤くなっているのを見ると、あのメイドは赤い血の持ち主だろう。中年でも少女でもなく、微笑みを浮かべながら働いている。命令もされていないのにあんな笑顔で仕事をしているレッドなど、私は見たことがなかった。

「お金をもらってるのよ、それもたんまりとね」ファーレイが、カーマドンのとなりに座りながら言った。「もう調査済みよ」

カーマドンは、くるくるとワイングラスを揺らした。「どうぞお好きなように、なんでもお調べください、ファーレイ将軍。よろしければ、カーテンの裏側まで。我が家に奴隷など、ひとりたりともおりませんよ」棘のある声で、彼が言う。

「まだちゃんと自己紹介も済ませてなかったわね」私は、いつもよりも無礼な気分で言った。「あなた、名前はカーマドンと言ったけど――」

「ああ、もちろん。失礼しました、ミス・バーロウ。デヴィッドソン首相は私の夫です、どうやらひどく遅刻しておりますが。待っている間に夕食が冷めてしまったなら、お詫びしましょう」カーマドンが手を出し、テーブルの前菜を示した。「ですが、首相が遅刻しようとも、それは私の失敗でも問題でもありませんよ」

辛辣な言葉ではあったが、態度は友好的で親しみが感じられた。デヴィッドソンは読むのが難しいが、夫のほうは開きっぱなしの本みたいに丸見えだ。そういう意味では、今のエヴァンジェリンも丸見えだった。

彼女は、羨望を隠そうともせずにカーマドンをじっと見ていた。それはそうだろう。こんな生きかたは……こんな結婚は、私たちの国ではありえないのだ。許されることじゃない。そんな行為は、シルバーの血の無駄遣いだとされているのだ。でも、ここでは違う。

私はテーブルを取り巻くぴりぴりとした空気にひるまないようにしながら、膝の上で両手を組んだ。アナベルは、カーマドンを受け入れられないのか、それともレッドと食事をすることなどできないのか、ひとことも口をきかなかった。もしかしたら、その両方かもしれない。

カーマドンが黒と見間違うほど豊かな赤ワインをグラスに注いでも、ファーレイはほとんど頭を下げようとしなかった。グラスを取り、大きくひと口飲む。

私は、鮮やかな色のレモンのスライスを浮かべた氷水だけを飲んでいた。タイベリアス・カロアがすぐそばにいるというのに、お酒で頭がくらくらするのは、絶対に嫌だった。入ってきた彼に視線を向け、赤いマントに覆われた、見覚えのあるがっしりとした肩に視線を走らせる。テラスの暖かなライトに包まれたその姿は、まるで本物の炎のようだった。

彼がこちらを振り向くのに気づき、私は顔を伏せた。足音が近づいてくる。タイベリアスの存在感がずっしりと重く感じられる。鋳鉄製の椅子がゆっくりと、石造りのテラスにこすれて音を響かせた。彼が選んだ椅子に気づいて、私は心臓が止まりかけた。ほんの一瞬だけ腕がこすれ合ったかと思うと、彼の温もりが私を包み込んだ。冷たい山の空気を追い払う慣れ親しんだその温もりに、私は舌打ちをした。

ようやく決意を固めて顔を上げると、固めた握り拳の上にあごを乗せ、首を傾けているカーマドンの姿が見えた。すっかり私たちの様子に驚いているようだ。そのとなりでは、ファーレイが今にも吐きそうな顔をしていた。アナベルのほうを見る気はしなかったが、しかめっ面をしているのは見るまでもなく想像がついた。

私はテーブルの下で組み合わせた手に、白く骨が浮き出るほどきつく力を込めた。恐怖のせいじゃなく、怒りのせいだ。となりに座るタイベリアスが、私の横にある肘掛けに腕を置き、こちらに体を傾けてきた。その気になれば、耳打ちでもできそうな距離だ。私は、唾を吐きたい衝動をこらえて歯ぎしりした。

テーブルの向かい側では、エヴァンジェリンがさも楽しそうにしていた。綺麗に塗った爪をきらめかせながら、片手で毛皮をなでる。「カーマドンさん、今夜のコースには、お料理がいくつ出てくる予定なの?」

デヴィッドソンの夫は私から目を離さないまま、薄ら笑いのように唇を歪めて「六品です」と答えた。

ファーレイは顔をしかめ、グラスに残ったワインを一気に飲み干した。

カーマドンは笑みを浮かべたまま、影の中で待機しているメイドたちに合図をした。

「デインとジュリアン殿も、すぐに来るでしょう」指をぱちんと鳴らし、料理を持ってくるよう指示を出す。「お楽しみいただけるといいのですが。念には念を入れて、モンフォート料理をご用意いたしましたので」

メイドたちはてきぱきと働いたが、シルバーたちの宮殿のように、きっちりと格式張ってはいなかった。私たちの前に、上品な磁器の皿が並べられる。そこには、親指ほどの大きさをしたピンク色の魚の切り身にクリーミーなチーズとアスパラガスが添えてあった。

「西のカラム川で捕れたばかりのサーモンです」カーマドンが説明し、料理を口にほおばった。ファーレイがすぐに続く。「カラム川は西岸に向けて流れ、大海に出ます」

私は説明を聞きながら頭の中に地図を描こうと思ったが、この土地についての知識なんて、ほとんど持ってはいない。大陸の西側には、また別の海がある。私に分かったのは、それだけだった。

「叔父のジュリアンは、あなたの国についてもっといろいろ知りたくてしかたないはずだよ」タイベリアスが答えた。自信に満ちた、ゆったりとした声。十歳は年上に見えた。

「たぶん、首相にあれこれ質問しているせいで、食事に遅れているんだろう」

「かもしれません。首相は、自分の図書室にいるのがとにかく好きなんですよ」

ジュリアンもそうだ。もしかしたら首相は友好的なノルタのシルバーと関係を深めることで、自らの人脈を作ろうとしているのかもしれない。それか、新たな学者と自分の国のことを話し合うのを、ただ楽しんでいるだけなのかもしれない。

サーモンの次は、湯気を立てるあつあつの野菜スープが運ばれてきた。その次には新鮮な野菜と、官邸の立つ山で採れたハックルベリーの実が入ったサラダが出てきた。誰も喋っていなかったが、カーマドンは気にしてもいないようだった。自分が用意した食事の説明を、ひとりで延々と続けている。サラダのドレッシングのどこが特別なのか、ベリーの収穫はいつが最高なのか、野菜料理にはどのくらい時間をかけるべきか、自分の畑がどのくらい大きいのか、次々と説明を続けていく。エヴァンジェリンもタイベリアスも、そしてアナベルも、今までの人生で料理などしたことがないに違いない。そしてファーレイは、盗んできた食料や軍用食以外の食事なんて、初めてなのではないだろうか。

私はもっぱら黙っていたが、礼儀正しく見えるよう精一杯努めていた。すぐとなりではタイベリアスが、皿の上のものを片っ端から平らげていた。私は、その様子をちらちらと盗み見た。こんなに綺麗にひげを剃っているのは、見たことがない。私にプライドや決意がなかったなら彼の頰に手を触れ、滑らかなその肌をなぞっていたことだろう。

ふと、私が目をそらす前に彼がこちらを向いた。

目を伏せ、そっぽを向いてしまいたい衝動に駆られる。自分の皿を見るか、それとも、テーブルから立ち去ってしまうのもいい。でも、私は目をそらさなかった。未来の王が私を苛立たせ、驚かせたいのなら、上等だ。私だってやり返してやる。肩をいからせ、胸を張り、深々と息を吸い込んだ。タイベリアスが何をどう言おうと、彼もまた、私たちレッドを奴隷にしようとしているシルバーのひとりに過ぎないのだ。今の私たちにとってタイベリアスは、障害物であり、盾でもある。この微妙なバランスを崩してはいけない。

先に彼が瞬きし、自分の皿に視線を戻した。

私も、手元の料理に向き直った。

彼のそばに……かつて信頼していた彼のすぐそばにいると、胸が苦しくなった。私が知り尽くしている体。たったひとつの選択で、たったひとつの言葉で、何もかも違ったはずだった。エヴァンジェリンもアナベルも無視して、見つめ合い、話をしながら夕食をともにしていたかもしれないのだ。いや、彼女たちなどいなかったかもしれない。私たちふたりだけでこのテラスで星々に見下ろされ、新しい国を眺めていたのかもしれない。カーマドンはシルバーで、彼の夫はレッドのニュー・ブラッドだ。メイドたちは奴隷じゃない。モンフォートのことはまだほとんど何も知らないけれど、今まで見てきたような国々とまったく違うことだけは分かった。ここでなら、私たちだって違う生きかたができる。自分たちがその気になりさえすれば。

タイベリアスは冠をかぶってはいなかったが、私にしてみれば同じことだった。両肩も、瞳も、ゆったりとした物腰も、しっかりとしたマナーも。彼は生まれついての王なのだ。血も、骨も、すべてが。

メイドたちがサラダの皿を下げてしまうと、カーマドンは、デヴィッドソンがやってくるのを待つかのようにドアに目を向けた。誰も姿を現さないのを見て彼はかすかに顔をしかめたが、構わず、次の料理を出すようメイドたちに合図を送った。「今度の料理は、モンフォートの名物料理ですぞ」酔った笑みで、彼が言った。

私の前に、次の皿が出てきた。ぱっと見たところ、肉汁たっぷりの分厚いステーキだった。黄金に輝くフライドポテトとマッシュルーム、玉ねぎ、青菜が一緒に調理され、ソースがかけられている。ひとことで言うとすれば、たまらなく美味。

「ステーキですって……？」アナベルが、いじわるな笑みを浮かべて皿を覗き込んだ。

「カーマドンさん、ステーキならば我が国でも普通に食べられていますわ」

カーマドンは、舌を鳴らしながら黒い人差し指を振ってみせた。立場を無視したこの物腰に、皇太后がむっとする。

「貴国のステーキは、畜牛のものでしょう。これは野牛（バイソン）のステーキです」

「バイソンって？」私は、早く食べてみたい気持ちを抑えながら訊ねた。

彼は、ナイフの音をたてながらひときれ切り取った。「あなたがご存じの畜牛の近い親戚ではありますが、別の種です。ずっと大きく、味も素晴らしい。ものすごい力を持つ牛で、大きな角と剛毛を生やし、その気になれば車くらいはひっくり返します。この国にはいくつか農場もありますが、ほとんどは手つかずの原野です。なので、このバイソンもパラダイス・バレーや山々、さらには平原に暮らしております。人も獣も生きられぬ冬でも、バイソンはへっちゃらです。生きたバイソンを目の前にしたら、とても牛だとは思えません。賭けてもいい」私は、この見知らぬ肉を彼のナイフが切り裂く様子を、どきどきしながら見つめていた。まっ赤な肉汁がしたたり、白い磁器の皿を染めていく。「バイソンと牛……面白いものです。とてもよく似ている。互いにまったく違ってはいても、同じ木から生えた二本の枝のようなものなのです。そして、まったく別の種として生きているというのに、交配することも可能なのです」

となりのタイベリアスが、食事を喉に詰まらせて咳き込んだ。

私は、顔が熱くなった。

エヴァンジェリンが口を手で押さえて笑っている。

ファーレイは、ワインを一本すっかり空けてしまった。

「私、何か不躾なことを申し上げましたでしょうか？」カーマドンは、黒い瞳を光らせながら楽しげに私たちを眺め回した。自分が何を言ったのか、その言葉がどんな意味を持っているのか、ちゃんと分かっている顔だ。

言葉に詰まった孫を救おうと、アナベルがさっと口を開いた。グラスの縁越しに、テーブルを眺め回す。「それにしてもあなたのご主人、こんなに遅刻なさるとはいささか失礼が過ぎるのではないかしら？」

カーマドンはたじろぐ様子もなく、微笑みを浮かべ続けた。「私もそう思います。きっちりと、ふさわしい罰を受けてもらわねばなりません」

バイソンの肉は赤身で、カーマドンが言っていたとおり、牛よりも美味しかった。カーマドンが手でポテトをつまんでいるのを見て、私もマナーなんて気にしないことに決めた。私はものの一分のうちに、バイソンのステーキを半分、茶色く焦がした玉ねぎをすべて平らげてしまっていた。目の前の料理に夢中になるあまり、背後でまたドアが開いたことにほとんど気がつかなかった。

「いやはや、失礼しました」デヴィッドソンが、急ぎ足でテーブルに向かっていた。ジュリアンもすぐ後からついてきている。ふたりが並ぶと、あまりにも似ていたので私は目を丸くした。姿ではなく雰囲気が同じだ。ふたりとも、知に飢えているのだ。それ以外は、ふたりともこれ以上ないほど違った。ジュリアンはがりがりで、禿げかけた白髪頭で、目もしょぼしょぼした茶色の瞳だ。一方のデヴィッドソンは見るからに健康そのもので、灰色の髪は綺麗にセットされて光沢を放っているし、いい歳のわりに全身が見事な筋肉に覆われていた。「さあ、なんの話だね？」首相が、夫のとなりに腰掛けた。

ジュリアンは気まずそうにテーブルを見回すと、ひとつだけ空いていた椅子に座った。

タイベリアスがわざわざ私に嫌がらせをしに来たりしなければ、彼が座る予定になってい

た椅子だ。

カーマドンがふふんと鼻を鳴らした。「今夜のメニューと、バイソンの習性と、それか

ら君の遅刻癖のことだよ」

首相は、あけすけに笑い声をあげた。我が家では演技をする必要も感じていないのだろ

うか。それとも、夕食ではごくありきたりの話ということだな」

「要するに、完璧な演技をしているのだろうか。

テーブルの向こう端のジュリアンが、居心地が悪そうに前かがみになっていた。「すま

ない、遅刻は私のせいなんだ」

「図書室にいたんだろう？　悪いけれど、もう聞いているよ」タイベリアスが、意味あり

げな笑みを浮かべて言う。

タイベリアスの声の温もりに、私の胸が締めつけられた。その温もりが、かつての彼の

姿を思い出させる。

ジュリアンは、いたずらな笑みを口元に浮かべた。「私は分かりやすい男だろう？」

「分かりやすい人のほうが、私は好きよ」私は、テーブルじゅうに聞こえるように言った。

ファーレイがにやりと笑う。タイベリアスは顔をしかめると、首だけをさっと私のほうに向けた。何か嫌味でも言いかけているかのように、口を開けている。

アナベルは、孫がうかつなことを言わないように急いで口を挟んだ。「そんなに素敵なものがあったのかしら？」

私は思わず口を出していた。「図書室なんだから、本でしょ」

ファーレイが噴き出し、ジュリアンがナプキンで口を押さえ、笑いを隠す。他の人たちは何も言おうとはしなかったが、タイベリアスの低い笑い声が聞こえてきたので、私はぎくりとした。横を向いてみると、横目で私を見下ろしながら笑みを浮かべている彼が見えた。彼は一瞬だけ、自分たちがどこにいるのか、そして自分たちが何者なのかを忘れてしまっていたのだ。タイベリアスはすぐに真顔に戻ると、さっきよりもさらに無表情になった。

「そのとおり」ジュリアンは場を穏やかに保とうとしたのか、話を続けた。「実に蔵書が豊かでね。科学書のみならず、歴史書まで網羅しているときた。いやはや、すっかり我を忘れてしまったのだよ」楽しげな顔で、ワインをすする。それから、今度はデヴィッドソンにグラスを掲げてみせた。「首相のお心遣いに感謝しなくてはな」

デヴィッドソンが、お返しにグラスを掲げた。手首に腕時計が光る。「本をお見せするのはいつでも私の歓(よろこ)びだよ。知識とは、すべての船を進ませてくれる満潮のようなものだからね」

「ヴェールの貯蔵庫やホーン山脈にも、ぜひ足をお運びいただきたいものです」カーマドンが口を挟んだ。

「観光するほど長くここに留まっている気はないわ」アナベルが、ふんと鼻を鳴らした。食べかけの皿に、ゆっくりと銀のナイフとフォークを置く。いかにも、もうさっさと終わりにしましょうとでも言わんばかりの態度だ。

エヴァンジェリンが、毛皮に埋もれていた頭を上げた。猫のような目で、皇太后をじろりと見る。何かを探っている。「そのとおりね」エヴァンジェリンが口を開いた。「早く帰れれば帰れるほど、私たちにとってはいいわ」

誰かの元に帰れれば、と言いたいのだ。

「まあ、それを決めるのは私たちじゃないわ。でしょう？」ファーレイが、テーブルに肘をつきながら、アナベルの食べかけの皿に手をかけ、自分の前に引っ張った。アナベルが、目玉が飛び出るほど目を見開きながら、その様子を見守る。ファーレイはナイフを踊らせ、バイソンの肉を薄く切り取った。「モンフォート政府に任せるしかないわ。さらに援軍を出してくれるかどうかもね。そのとおりでしょう、首相？」

「まさしく」デヴィッドソンがうなずいた。「どれほど意気揚々とし、どれほど高く旗を掲げようとも、それだけで勝てるわけではありません」首相の目が、ちらりとタイベリアスから私に移る。何を言わんとしているかは明白だった。「私たちには、軍隊が必要なのです」

タイベリアスがうなずいた。「僕たちは、必ず軍を手に入れる。モンフォートから力を借りるのが無理なら、他のところに求めるまでだ。ノルタのハイ・ハウスはきっと力になってくれる」

「それなら、ハウス・セイモスがもう試したわ」エヴァンジェリンが面倒そうに指をひらひらさせて、ワインのおかわりを催促した。「味方につけられるハウスは味方にしたけど、残りはどうかしらね？　私なら頼りになんてしないわ」

タイベリアスが青ざめた。「僕を選ぶくらいなら、メイヴンに――」

「忠誠を誓うというのかって？」ハウス・セイモスの王女が鼻で笑い、横柄な態度でタイベリアスを遮った。「タイベリアス閣下、何ケ月か前ならみんなあなたを選んだかもしれないわ。だけど多くの人々にとって、あなたはまだ裏切り者なのよ」

向かいに座っているファーレイが顔をしかめた。「あんたの国の貴族たちは、まだタイベリアスが父親殺しをしたと信じてるほど頭が悪いの？」

私はナイフを手にしたまま、首を横に振った。「つまり、私たちと一緒にいるからってことね。レッドの仲間ってこと」私はナイフを滑らせて皿の上の肉を切ると、口に詰め込んだ。「レッドもシルバーも仲良く暮らせるよう、必死にがんばってる、レッドの仲間だってね」

「そういう世の中が僕の望みだからだ」タイベリアスが、妙に柔らかな声で言った。

私はステーキを食べる手を休め、また彼を見上げた。彼は、むかつくほど優しげな目で私を見つめていた。その魅力にやられそうになり、私は体をこわばらせた。

「なかなか面白い方法で実現させようとしてるのね」

「もうやめなさい、じゅうぶんだわ」アナベルが、大声で私たちを止めた。

私がタイベリアスの向こうを見ると、私を睨みつけているアナベルの姿が見えた。私も同じくらいの炎を燃やし、睨み返す。「これがメイヴンの力よ。いくつもあるものすごい能力のひとつなの。あいつは、たやすく仲間割れを起こしてしまうことができるのよ。敵にも、そして味方にもね」

テーブルの向こうで、デヴィッドソンが両手を組んだ。瞬きひとつせず、組んだ指の先にいる私を見つめている。「続けてくれたまえ」

「エヴァンジェリンが言ったように、絶対にメイヴンを見捨てない貴族たちはいるわ。これは、メイヴンが変化を起こそうとしていないからよ。それに、メイヴンの支配は本当に巧みよ。貴族たちを満足させながら、すっかり飼いならしてしまう。レイクランド戦争を終わらせたメイヴンを、人々は心から尊敬しているはずよ」私は、田舎町であいつに大歓声を浴びせていたレッドたちの姿を思い出した。そうすると、また胃がむかむかした。

「あいつは人々の愛情を操るのよ。恐怖を操ってみせるようにね。宮殿に囚われていたころ、あいつが大勢の子供たちをあそこに置いて、手をかけて世話をしていたわ。ありとあらゆるハウスの後継者たちを、そうして人質にしていたの。人がいちばん大事にしているものを押さえてしまうのは、人をコントロールするもっとも簡単な方法よ」

私はそれを、身をもって知っている。

「それに何よりも」私は、生唾をのみ込んだ。「メイヴン・カロアは予測不能な男よ。あいつの母親は死んでしまった今もなおあいつの頭の中に囁きかけ、操り人形みたいに糸を引いて操っているの」

私のとなりで、熱い空気のさざ波が起こった。タイベリアスが、まるで皿ごとすべて燃やし尽くしてしまおうとでもいうかのように、テーブル上を睨みつけている。頬は色を失い、骨みたいにまっ白くなっている。

アナベルは、ステーキの最後のひときれを味わっている私を見つめながら、唇を歪めた。「ピードモントのブラッケン王子は、すでにこちらの手のひらの上よ。私たちが望めば、なんでも差し出すでしょう」

ブラッケン。ピードモントを支配するこの王子は、モンフォートが息子と娘を捕らえている限りは私たちの言いなりだ。しかし、その子供たちはどこにいるのだろう？　どんな子供たちなのだろう？　まだ幼いのだろうか？　今起きていることを、何も知らずにいるのだろうか？

周囲の温度が、かすかにではあるけれど、着実に上がりだした。私のとなりでタイベリアスが体をこわばらせながら、自分の祖母をきつく睨みつけていた。「僕のために戦うと誓った兵士でなければ、僕は欲しくない。特にブラッケンのシルバーたちはね。信頼できない。ブラッケンもだ」

「こっちにはブラッケンの子供たちがいるのよ」ファーレイが言った。「それでじゅうぶんじゃない」

「こっちにじゃない。モンフォートにだ」タイベリアスが、強い声で言い返した。

以前基地にいたころならば、誰かが払った代償を見ないようにするのも簡単だった。つまり、善き目的のために行われた悪行を。私は、腕時計に目をやっているデヴィッドソンを見た。首相はいつか、これは戦争だと口にした。しなくてはいけないことを、正当化するために。

「子供たちが戻っても、ピードモントに味方でい続けてくれるように説得することは可能なの？」私は訊ねた。

デヴィッドソンは、手にした空のグラスをくるくると揺らした。彫られた無数の模様が、ぼんやりとしたライトの明かりを反射する。どこか後悔しているような顔に思えた。「そうなるとは思えないな」

「子供たちはここに?」アナベルは強烈な苛立ちをこらえ、平静を装いながら訊ねた。首の血管が今にも切れそうだ。「ブラッケンの子供たちのことよ」

デヴィッドソンは答えず、黙ったまま空っぽのグラスにワインを注いだ。

老いた皇太后は、目をぎらぎらさせながら両手を組んだ。「なるほど、いるのね」と、口元の笑みを大きく広げる。「それは使えるわ。引き換えに、ブラッケンからもっと多くの兵力を引き出せる。こちらが望みさえすれば、たとえ全軍だろうとね」

私は、膝に広げたナプキンに視線を落とした。脂と、拭い取ったリップスティック色の指のあとが、ベタベタとついている。ブラッケンの子供たちが、この官邸にいるのかもしれない。今この瞬間にも、私たちを見ているのかもしれない。どこかに鍵をかけて閉じ込められ、窓辺から顔を出しているのかもしれない。サイレンスの能力を持つ衛兵や、私をつなぎ止めていたような鎖で責め苦を与えておかないと、閉じ込めておけないほどの力を持つ子たちなのだろうか? そんな牢獄を想像すると、恐ろしくなった。テーブルの下に隠れた両手首に触れる。拘束具ではなく、素肌に指が触れた。そして、封じ込められていない稲妻の力を感じた。

とつぜんタイベリアスが拳でテーブルを殴りつけ、お皿やグラスが音をたてて跳ねた。私も驚いて、びくりとした。

「そんなことは絶対にしない。戦力はすでにじゅうぶんだ」

彼の祖母が皺をさらに深くし、睨みつけた。「タイベリアス、戦(いくさ)に勝つには犠牲が必要なのよ」

「ブラッケンの話は終わりだ」タイベリアスは、それだけ答えた。そして幕を引くように、ステーキの残りをナイフでまっぷたつに切った。アナベルはいまいましそうに歯を剥き出しにしたが、何も言わなかった。タイベリアスは確かに孫だが、自ら忠誠を誓った国王でもあるのだ。すでに、国王に対して出過ぎたことを言っている。

「じゃあ、明日議会に訴えなくちゃいけないわね」私はつぶやいた。「選択肢はそれしかないわ」

苛立ち紛れに私は空のグラスにワインを注がせると、ひと息にそれを飲み干した。甘やかな赤ワインを味わいながら、私の顔に刺さる視線を無視する。ブロンズの瞳を。

「成功する確率は?」タイベリアスが、単刀直入に訊ねた。王とはそうあるべきだと教えられてきたのだ。

「我が全軍を差し出せということかね?」デヴィッドソンは首を横に振った。「そういう話なら可能性はゼロでしょう。我が国にも、守るべき国境があるものでね。だが半分か……いや、さらに少し多くということならば、私たちに運命が味方してくれるかもしれない。もし……」

もし。嫌な言葉だ。

私は、いつになくぴりぴりした感じに襲われ、椅子にかけたまま身構えた。テラスが崩れて谷底に落ちてしまうような気がした。

ファーレイも、私と同じ恐怖を顔に浮かべていた。周囲を警戒するように、ナイフを握りしめている。「もし、何……？」

デヴィッドソンが答えないうちに、ベルの音が響いた。驚いて飛び上がる私たちを後目（しりめ）に、デヴィッドソンだけは落ち着いていた。慣れているのだ。

いや、鳴るのを知っていたのかもしれない。

このベルの音は、時を知らせる時計の鐘の音じゃない。立て続けにベルが響き、山肌からざわめく人々の声が響きはじめる。その喧騒（けんそう）は波のように広がりながら、渓谷に広がっていった。ばちばちと光がいくつも灯る。まばゆい、射抜くような光、防衛用のライトだ。続けて、けたたましいサイレンが鳴り響いた。渓谷を覆っていた静寂が、みるみる破壊されていく。

タイベリアスは、マントを肩にかけながらさっと立ち上がった。片腕を上げて手のひらを大きく開くと、炎のブレスレットが袖の中で光を放った。命じさえすれば、いつでも炎が巻き起こる。エヴァンジェリンとアナベルも、戦いに備えて立ち上がった。ふたりとも恐れた様子もなく、自分たちの身を守ろうと、様子をうかがっている。

私も体の中に稲妻を呼び起こしながら、官邸の中にいる家族たちのことを考えた。安全ではないのだ。この官邸ですら。しかし、今からどうにかしているような時間はなかった。

ファーレイも立ち上がり、デヴィッドソンを睨みつけた。「もし、何よ？」もう一度、サイレンに負けない大声で問い詰める。

首相は、こんな騒ぎの中でも不思議と冷静に、ファーレイを見つめ返した。メイドたちの代わりに影の中から兵士たちが出てきて、テーブルを取り巻いた。私は武者震いしながら、両手をきつく握りしめた。

「もしモンフォートが君たちのために戦うのであれば」首相が、タイベリアスに視線を移しながら言った。「君たちも、モンフォートのために戦ってくれなくてはいけない」

カーマドンは、サイレンの音にもまったく動じていなかった。官邸のほうをちらりと見て、苛立ったようにため息をつく。「襲撃者(レイダー)ども。ディナー・パーティーを開くたびに邪魔をする」

「思い込みというものだ」デヴィッドソンが笑った。だがその目は、挑むようにタイベリアスを睨み続けていた。

「いや、本当のことだよ」カーマドンがふくれっ面をした。

周囲を照らすサーチライトに、首相の金色の瞳が燃え上がった。タイベリアスの両目も赤く燃えている。

「聞くところによると、陛下は北の炎の異名を取っておいでとか。ぜひその炎をお見せいただきたいな」

そして、今度は私のほうを向いた。

「それに、君の嵐もね」

9

メア

「もうサプライズはやめてって言ったでしょう？」私は、先頭に立つ首相の後について宮殿を抜けながら小声で文句を言った。ファーレイは首相のとなりを歩きながら、いつレイダーが飛び出してきてもいいように、腰の拳銃に手をかけていた。

シルバーたちも、ぴりぴりと警戒していた。アナベルはできるだけ小さく陣形を保つよう味方に指示を出すと、何度もタイベリアスを小突き、ハウス・レロランの衛士たちが作る壁の中に呼び戻した。エヴァンジェリンは恐怖を顔にまったく出さず、冷笑とも嘲笑ともつかない、いつもの顔をしていた。彼女は護衛をふたりつけていた。たぶんどちらも、ハウス・セイモスの血筋の者だろう。エヴァンジェリンの着ているドレスがみるみる形を変えていく。モンフォートの官邸を歩きながら、あの鱗の鎧へと。

首相は私の声に振り返ると、思わずひるんでしまうような目で私をじろじろと見つめた。

ベルとサイレンが廊下に響き、首相の声の周りを踊り回った。

「メア、レイダーどもの気まぐれなど私にコントロールできるものか。連中はしょっちゅう攻撃を仕掛けてくるが、そのスケジュールを組んでいるのは、私じゃないんだぞ」

私は首相を睨み返したまま、足を速めた。熱い怒りが血管を駆け巡る。「あなたのしわざじゃないの？」私は訊ねた。この襲撃がデヴィッドソンの仕組んだことだとしても、意外でもなんでもなかった。権力を求めるため、国民にもっとひどいことをする王様なんて、何人も見てきた。

デヴィッドソンはさっと表情を変え、口元に冷酷な笑みを浮かべた。いかつい頬骨の浮き出た顔が、さっと上気する。首相は声を落とし、囁いた。

「ああ、警告は受けていたとも。連中が来るのは分かっていた。郊外の安全を守るための時間も、たっぷりあった。だが、この私が国民に血を流させ、命を危険に晒しているなどと言われるのは心外だね。なんのためにそんなことを？　ドラマチックに演出するためにかね？」首相の声は、ナイフの刃みたいに鋭かった。「まあ、そう思われてもしかたのない話かもしれんな。なにせこれは〈スカーレット・ガード〉とカロアにとっては、我が国の政府に援軍を要請する前に、自らが今回の契約で責任を果たすと証明してみせる絶好のチャンスになるのだからな。だがそんな茶番など、私は好きではないのだよ」首相はいまいましげに言った。「そんなことより私はテラスで夫とともに酒を楽しみ、超人的な力を持つ子供たちが互いにいがみ合うのを見ていたかったさ」

馬鹿にされたような気持ちになったが、それでも私は安心した。デヴィッドソンは、燃える黄金の瞳で私を睨み続けた。いつもの首相は決して冷静さを失わない、人に心の中を読ませない男だ。彼の強さは能力やカリスマから生まれているんじゃない。並の人間には見通すことができない、訓練され尽くした冷静さという壁から生まれているのだ。その壁が、今だけは消えている。まるで自分が国を欺いたように言われ、頭にきているのだ。自分の立場に忠実な、尊敬できる態度だ。私は、この男をほとんど信頼しているような気分になった。

「で、私たちこれからどうするの？」私は、とりあえず納得すると質問した。

首相は速度を緩めて少し進むと、私たち全員を見渡すことができるよう、壁を背にして立ち止まった。全員が慌てて立ち止まり、広い廊下は、首相の次の動きを待つレッドとシルバーでごった返した。アナベル皇太后ですら、身を乗り出すようにしてデヴィッドソンを見ている。

「見回りからの報告では、レイダーたちが一時間前に国境を越えたそうだ」首相が口を開いた。「通常ならば、レイダーたちは平原の先にある町に向かうか、アセンダントの街に向かう」

私は両親や兄妹たち、カイローンのことを考えた。この喧騒の中でも眠っているのだろうか？　それとも、何が起きたか不思議に思っているのだろうか？　みんなを置き去りにしたり、危険に晒したりするのであれば、私は戦いたくなんてなかった。ファーレイと目が合う。彼女の瞳にも、同じ恐怖が浮かんでいた。クララも上の階で、ベビーベッドに寝かされているのだ。

デヴィッドソンは、なんとか私たちを落ち着かせようとしていた。「この警報はあくまでも念のためのもので、国民もそれを理解しているんだよ。アセンダントは、外部からの攻撃への備えを入念にしているんだ。国を取り囲む山脈だけでも、平原や、東の斜面を下った地域へのじゅうぶんな防壁になってくれている。街を攻撃しようと思えば、敵は自らこちらの牙の中まで登ってこなくてはならないというわけだよ」

「じゃあ、レイダーっていうのはとんだ愚か者の集まりだってこと？」ファーレイが、不安を振り払おうとして訊ねた。拳銃には手をかけたままだ。

デヴィッドソンが口元に小さな笑みを浮かべた。カーマドンが手を口に当てて咳払いをする。私は、その咳に混ざって〝そのとおり〟という彼の声が聞こえた気がした。

「そうではないよ」首相が答えた。「だがレイダーたちは世論にひどく敏感なのさ。モンフォートの首都を攻撃するというのは、連中の習性みたいなものだ。自分たち自身の評価も、プレイリーの貴族たちからの評価も高まるからね」

タイベリアスが顔を上げた。ゆっくりと、自分を守っている衛士たちの前に出てくる。

肩をいからせているのは、きっとそうしてぐるりと守られるのが気に入らないんだろう。前線に立っていないのが気に入らないのだろう。他の人に戦わせ、危険と向き合わせるなど、タイベリアス・カロアのすることじゃない。「それで、レイダーというのは、正確には何者なんだい？」

「君たちからは、モンフォートのシルバーについて質問を受けてきた」デヴィッドソンが、警報のサイレンに負けない大声で答えた。「この国で送っているような暮らしを、なぜシルバーが受け入れているのか。何十年も前に、私たちがどんな変化をこの国に起こしたのかを。自由を、民主主義を求めるシルバーたちもいたのだ。多くの……いや、あえて言おう、ほとんどのシルバーがそうだった」首相が、力強くうなずいた。「彼らは、あるべき世界の姿を思い描いていたんだよ。そして、そのよりよい世界を実現すべく、自分たちが合わせようとしたのさ」

首相がエヴァンジェリンに視線をとめた。エヴァンジェリンは何を感じたのかさっと顔を白く染め、目をそらしてしまった。

「だが、そういうシルバーばかりではなかった。古いシルバー……つまり王族や貴族たちの中には、我々の新しい国に耐えられなかった者たちもいた。そして戦いながら国境線を目指していった。北へ、南へ、西へ。そして東に行ったシルバーたちは、山脈とプレイリーの間に広がる何もない山々に、自らのなわばりを築いたのさ。そこを、己の領地として支配しようとした。それからというものお互いに、あるいは我々と、常に諍（いさか）いやいがみ合いを続けてきたんだ。連中は、見つけたものを手当たり次第に喰らい尽くすヒルと同じさ。何ひとつ育てず、何ひとつ作りはしない。怒りと、死にかけたプライドの他には、およそ何も持ち合わせちゃいない。そしてモンフォートとプレイリーで車を、農場を、街を襲っている。たいていは、シルバーたちの力に抵抗できないレッドたちが暮らす町や村ばかりを標的にする。攻撃したらまた別の標的に向かい、そこをまた攻撃する……。だから私たちは、襲撃者（レイダー）と呼んでいるんだよ」

カーマドンが、大きな音をたてて舌打ちした。青黒い禿げ頭を片手でさする。「プライドを満たすことだけを求めてそんなことを行うなど、シルバーの風上にも置けん」

「連中は、自分より劣っていると思う者たちに支配されるくらいなら、死を選ぶだろう」デヴィッドソンが言った。

「馬鹿なやつらね」私は毒づいた。

「歴史には、そういう人々がつきものさ」ジュリアンが口を開いた。「変化を拒む者たちがね」

「そいつらは、どこを襲撃する気なんだ？」タイベリアスは、デヴィッドソンの顔を見つめたまま訊ねた。

首相が、暗い笑みを浮かべた。

「平原にある町のひとつから連絡を受けている。連中が迫っているとね。さて、陛下。ぜひともホークウェイをお目にかけるとしましょう」

デヴィッドソンの兵士たちはすでに到着し、武器や装備類が保管された細長い武器庫で、すっかり装備を整えていた。私が見慣れてきたあの緑色のツナギではなく、ぴっちりとした黒い戦闘服とロング・ブーツを身に着けている。夜襲に備えるには、ぴったりの格好だ。かつて訓練で着ていた服を、私は思い出した。ハウス・タイタノスの子であると偽るために着せられた、あの紫と銀のストライプが入った黒の訓練着だ。

武器庫の戸口で、アナベルがカルの腕に手をかけた。引き止めようとする皇太后を、カルはそっと、しかし力強く押しのけて、さっさと通り過ぎてしまった。彼女の指の間から、赤いマントについた黒の飾り糸がするりと逃げる。

「やらなくちゃいけないんだ」タイベリアスがつぶやくのが聞こえた。「首相の言うとおりだよ。自分たちのために戦ってもらうなら、こちらもモンフォートのために戦わなくちゃいけない」

誰ひとり口をきかず、沈黙がまるで分厚い雲のように垂れ込めていた。衣擦れの音しか聞こえない。私はドレスを着たまま戦闘服のズボンに足を通し、引っ張り上げた。着替えていると、どうしても見覚えのある筋肉に目がいった。

タイベリアスは私と目を合わせないようにしながら、シャツを脱ぎ捨て、ぴっちりとした戦闘服に着替えているところだった。背中を目で追うと、筋骨隆々の滑らかな素肌にいくつか傷があるのが見えた。私の傷よりも古い、昔の傷跡だ。ホワイトファイアー宮殿での訓練や、かつて戦った前線でついた傷だ。ヒーラーに頼めばあっという間に跡形もなく消せるはずが、タイベリアスは勲章のように傷跡を体に残していたのだった。

今日、さらに新しい傷跡を刻むのだろうか？　デヴィッドソンは約束を守るだろうか？　私は心の片隅で、これは真のカロア王をはめるために仕組まれた罠じゃないかと疑った。襲撃を装った暗殺作戦なのではないかと。けれど、いくらデヴィッドソンが嘘をついたところで、タイベリアスも馬鹿じゃない。カロア家の長兄を始末したところで、自分たちの力を弱めることにしかならない。モンフォートと〈スカーレット・ガード〉、そしてメイヴンとの間に立つ重要な防壁を、破壊してしまうことにしかならないのだ。

私は自分を抑えることができず、彼を見つめ続けた。傷はどれも古いものに思えたが、首の付け根に見える、濃い紫をしたあざのようなものだけは違った。あれは新しい。せいぜい数日しか経っていない。あれは、私がつけた傷だ。私は、昨日のことのようにも、遥か昔のことのようにも思える記憶を胸に呼び起こしていた。

誰かにいきなり肩にぶつかられ、私はタイベリアス・カロアという流砂の中から飛び上がった。

「ほら、任せなさいよ」ファーレイが、まだ深紅の軍服に身を包んだまま、青い目を大きく見開いて私を見下ろしていた。

彼女の指がてきぱきと私の背中のジッパーを上げる。私は少しだけもぞもぞと身動きし長すぎる袖の分厚い生地を腕に馴染ませた。

「君のサイズはないみたいだな、バーロウ？」

タイトンの声がしたので、私はほっとした。私たちのすぐ横で壁にもたれかかり、長い脚を片方、前に投げ出している。彼も同じ戦闘服を着ていたが、私と違ってあつらえたようにぴったりと似合っていた。稲妻の記章はついていない。この男がどれだけ危険なニュー・ブラッドなのかは、見ただけでは分からない。タイトンさえいれば、デヴィッドソンはなにも、事故を装って敵を始末する必要などない。すべて済んでしまうのだ。想像すると寒気を覚えたが、それでも私はほっとしていた。少なくとも、これが罠なんかでないことだけは確かなのだ。罠なんて必要ありはしないのだ。

私はブーツをはきながら、笑みを浮かべてみせた。「帰ってきたら、仕立て屋にでも相談しに行くわ」

タイベリアスは腕まくりをして、炎のブレスレットを剥き出しにしていた。エヴァンジェリンはそのとなりで、もうすっかり飽きてしまったような顔をしていた。毛皮を床に投げ出し、指先からつま先まで、すっかり鎧に覆われている。私の視線に気づくと、エヴァンジェリンは見つめ返してきた。

彼女がエレイン・ヘイヴン以外の誰かのために危険を冒すなどとは思っていなかったけれど、それでも周りにいると安心できた。エヴァンジェリンには、二回助けられている。そして、彼女にとって私はまだ価値があるのだ。私たちの約束は、まだ継続中なのだから。

タイベリアスに、玉座を勝ち取らせるわけにはいかない。

武器庫の兵士たちは装備を整えると、どんどん部屋の奥に整列していった。ファーレイは爆薬をどっさり装備して腰のもう片側にも拳銃を提げると、背中にマシンガンを背負った。ナイフはもう、準備してあったのだろう。私は武器なんて手に取らなかったが、タイトンはガンベルトと拳銃、そしてホルスターを棚から取ると、私に差し出した。

「要らないわ」私は手を振った。銃も銃弾も嫌いだ。信頼できない。必要ない。稲妻のようにコントロールできないからだ。

「レイダーの中にはサイレンスもいるんだ」タイトンが、鋭い声で言った。吐き気が込み上げてくる。〈静寂の石〉の力なら、嫌になるほどよく知っている。どんなことがあっても、あの感覚をまた味わうのだけはごめんだった。

タイトンは返事も待たずに私の腰にベルトを巻きつけ、ホルスターに拳銃を挿し込んだ。馴染みのないその重みが、ずっしりと腰の片側に感じられた。

「能力を封じられたとき、奥の手があったほうがいいからな」タイトンが言った。

私たちの背後が、かっと熱くなった。さざ波のように押し寄せるこの熱波の意味は、考えるまでもなかった。振り返ると、私を無視しようとしながら肩をいからせ、足音も荒く立ち去っていくタイベリアスの姿が見えた。あれでは、首から看板を下げているのと同じことだ。

「タイトン、手に気をつけておけよ」タイベリアスが、私たちのほうを振り向いて吠えた。

「その女は噛むからな」

タイトンが、呆れたように笑った。返事をする必要もなければ、する気もないようだった。

私はその挑発にむかつくと、まだ笑い続けているタイトンを置き去りにして歩きだした。その態度に、タイベリアスはさらに頭に血を上らせた。

タイベリアスは、追いついてくる私をじっと見続けていた。その瞳にはいつもの炎よりも激しく、何かが揺らめいていた。私の手脚を、電気の脈動が走る。私はその力を利用して、自分の中で戦いへの覚悟を固めていった。

「みっともない嫉妬なんてするんじゃないわよ」私はタイベリアスのそばを通り過ぎながら、脇腹に肘を叩き込んだ。「自分を王様だって言い張るんだったら、せめて王様らしくすることね」

私の後ろから、嘲笑とも苛立ちのため息ともつかない彼の声が聞こえた。

私は答えも振り返りもせず、武器庫から出ていく兵士たちの列についていった。そこは、ほんの何時間か前に通ったばかりの、あの中央広場だった。黒と深緑に塗られた軍用車が何台も等間隔で広がり、私たちを待っていた。デヴィッドソンが先頭の車両の横に立っている。カーマドンもとなりにいる。さっと抱き合って額を触れ合わせてからキスを交わし、カーマドンが体を離した。この騒ぎだというのに、ふたりともまったく気にした様子がない。きっとよくあることなのだ。でなければ、首相もカーマドンも恐怖を隠す達人なのだろう。もしかしたら、両方かもしれない。

官邸を見渡すと、兵士の数がどんどん増えて、バルコニーでも人影がいくつも動いていた。メイドや客たちが出てきているのだ。私は、そのシルエットの中に家族がいるのではないかと、目を凝らしてみた。ジーサの髪の毛なら目立つはずだと思ったが、最初に目に飛び込んできたのは父さんの姿だった。手すりから身を乗り出し、何があったのか確かめようとしている。父さんは私に気づくと、ほんのかすかに首をかしげた。手を振りたかったが、そんなことをしている場合じゃない気がした。車のエンジンがかかり、地を這うようなエンジン音が響きはじめた。もう、家族に手を振ったところでしょうがない。

私はデヴィッドソンの先頭車両に、ファーレイがいるのに気がついた。やたらと車高の高い軍用車両に、這い上がるようにして乗り込んでいる。私が見たことのある車とは、まったく違った。車輪はとてつもなく大きく私の背丈ほどもあり、荒れた山道でも走破できるよう深い溝が刻んである。車体はがっしりと補強され、パイプも鉄製で、手すりや足場、ぶら下がるためのロープなどがあちこちに取りつけられていた。

タイトンが飛び上がり、先頭車両の後部にある兵士を運搬するための荷台によじ登った。先に乗っていたモンフォート兵のとなりに座り、シートベルトをしっかりと締める。凸凹(でこぼこ)道でも体が跳ねないよう、きつく作られたベルトだ。他の兵士たちも、血の色には関係なく、どんどんと他の車両に乗り込んでいく。誰も記章をつけていなかったので詳しいことは分からなかった。きっと銃や能力を駆使する精鋭ばかりなのだろう。

デヴィッドソン首相はドアを開けたまま手をかけ、私が来るのを待っていた。私は、どうしても反抗してやりたいような、どうしようもない衝動を感じた。

荷台によじ登り、タイトンの右どなりに座ってシートベルトを締める。タイトンは黙ったまま口元に笑みを浮かべ、私を迎えた。

後続車はタイベリアスとエヴァンジェリンのために用意された一台だった。護衛の兵士たちが車の前にいたが、軍服の色を見ればどこのハウスの兵士たちなのか一目瞭然だった。エヴァンジェリンがやってきて、車に乗ろうと片足をかけたが、そこで動きを止めると宮殿を振り返った。正面入り口では、腕組みをしたカーマドンが立っていた。白いスーツが投光機の光をまぶしく反射している。そこからすぐのところには、アナベルが立っていた。今にもキレそうな様子だ。タイベリアスが姿を見せると皇太后は肩をいからせ、のしのしと大股で広場を突っ切っていった。

炎のマントを脱いだタイベリアスは、他の兵士たちと何も変わらなく見えた。命令を受けて働く、ただの兵士のようだった。また彼と視線がぶつかった。互いの胸の中で何かが燃え上がる。

いろいろな事情はあっても、彼がいると安心できた。何が起こるかは分からないが、タイベリアスがいると思うと私の不安は吹き飛んだ。

ただ、大事な人たちへの心配だけは別だった。

ファーレイや、家族や、そしていつも忘れたことのない、あいつへの心配だけは。

平原の先にある開拓地が襲われかけており、そこから山の反対側に救援要請が出ていた。官邸から山の頂に向かって、松の木々の中へと何本かの道が延びていた。星空を隠すほど斜面を降りて山を回り込んでいる時間はない。そこで私たちは、越えていくことにした。どに生い茂る枝の下をくぐり、急斜面を登っていく。私は低い枝にぶつからないよう、座ったまま低く身をかがめた。やがて木々がすっかりなくなり、車の下には岩だらけの地面が広がりはじめた。まるで飛行機が離陸するときみたいに、頭が締めつけられ、耳鳴りがする。地面にまばらな雪溜まりが見えてきたかと思うと、やがてすっかり一面の雪景色になった。剝き出しの顔は寒さで赤くなったが、防寒仕様の戦闘服のおかげで暖かかった。

それでも、がちがちと歯が鳴った。なぜ車内ではなく荷台なんかに乗ってしまったのかと、私は胸の中で呪った。

見上げれば山頂がそびえていた。瞬く星々をちりばめた夜空に向かう、白いナイフみたいだった。私は、思い切り後ろに体をそらし、夜空を見上げた。そうすると、自分がとてもちっぽけに感じられた。

やがて道は下りになり、私の体は勝手に起き上がった。雪がまばらになり、車は岩と土に覆われた東の斜面を、後続車に砂利を蹴り上げながら下っていった。また生い茂る木々が近づいてくるにつれて、胃がきりきりと締めつけられた。松の森の向こうには、黒々とした果てしない大海原（おおうなばら）のように、平原が広がっているのが見えた。千キロ先まででも見渡すことができそうだった。レイクランドや、さらにはノルタまでも。私たちを待ち受け、何かを企てているメイヴンの姿までも。間もなく、また誰かが鉄槌を下されることになる。でもどこで？　誰が？　それはまだ、誰にも分からなかった。

森に入ると、車は根っこや岩を踏み、大きく跳ねながら走り続けた。山のこちら側には道らしい道もなく、頭上を覆う枝の下が、かすかに踏み固められているだけだった。車が跳ねるたびに歯ががちがちとぶつかり、シートベルトはあざができそうなほど腰に喰い込んできた。

「いつでも行けるよう、準備しておけよ！」タイトンが、エンジンのうなりと風の咆哮（ほうこう）に負けない大声で、私に言った。

私はうなずき、覚悟を固めた。電気のパルスを吸収しようと思えば、いつでもできる。車のエンジンから力を引き出さないよう自分に念を押した。私が使うのは、私にしか呼び寄せることができない稲妻の力だ。紫で危険な稲妻が、体の中でそのときを待っている。

生い茂る針のような松葉の合間から星明かりが見えた。頭上じゃない。先に見えたのだ。前に見えたのだ。

私は悲鳴をあげて、車にしがみついた。車は派手な軋みをあげながら急ハンドルで左に曲がり、崖に沿って走る滑らかな道に出た。一瞬、私はそのままスピンして崖から飛び出し、下に広がるまっ暗な奈落の底に落ちてしまうのではないかと思い、ぞっとした。だが、タイヤはしっかりと路面を摑んでいた。他の車もどんどん道に出て、後をついてくる。

「落ち着け」タイトンが、私の体に視線を走らせた。

私の恐怖に呼応して、紫色の光が体の上をばちばちと跳ねていた。光はすぐに弱まり、暗闇の中で静かに明滅を繰り返した。

「もっとましな道はないわけ？」私はぼやいた。

彼は何も言わずに小さく肩をすくめた。

石組みのアーチが等間隔で道の上に作られていた。滑らかに加工された大理石と御影石のアーチだ。どのアーチもてっぺんに翼の彫刻が施され、そこに埋めこまれたライトが道をまぶしく照らしているのだった。

「これがホークウェイ……」私は声を漏らした。その名にふさわしく、鷹や鷲（ホーク）が飛ぶような高みに作られた道だ。昼間に見たら、きっと圧倒的な光景に違いない。

　ほぼ崖っぷちと言っていいような山肌を、道はジグザグに走っていた。急なカーブが続く、危険な道だ。きっとこれが平原へのいちばん早い、そしていちばん狂った道なのだろう。車は崖っぷちぎりぎりをきっちりタイヤで踏みながら、熟練の運転でひた走っていく。きっと運転手はシルクか、同じ力を持つニュー・ブラッドなのだろう。精密な動きで車を運転しているのだ。猛スピードで走る中、私はもしかしたら岩陰や木陰に敵のシルバーが潜んでいるかもしれないと、周囲を警戒し続けた。平原に灯る光が見えてきた。デヴィッドソンは平原に町がいくつかあると言っていたが、それに違いない。平穏で、ひっそりとした町に見えた。そして、脆い町に。

　新たな急カーブを抜けていると、悲鳴のような音が夜暗を貫いた。金属が引き裂かれる音、ばらばらに崩壊する音、そして悲鳴が響き渡った。振り向くと、車列の後方で車が次々とひっくり返っているのが見えた。すべてがスローモーションになったようだった。回転しながら宙を舞う車しか見えない。荷台の兵士たちがなんとか逃れるためシートベルトをはずそうともがいている。ひとりのストロングアームが崖っぷちに手を伸ばす。だが車の勢いは止まらず、ぐるぐると回りながら落ちていってしまった。これが事故のはずがない。落下の軌道が完璧すぎる。

今度は私たちの乗る車がスリップを始める。なんとか止まろうと、ブレーキが悲鳴をあげる。身をかがめている時間もない。ロックしたタイヤから黒煙が上がった。

車が飛び上がり、まっ逆さまに地面に激突した。タイトンが私の戦闘服の背中を掴み、引っ張り上げようとしている。私は必死にもがきながら、電気の力で分厚いシートベルトを引き裂いた。車の下から這い出すと、タイベリアスとエヴァンジェリンの乗った車が追突してくるところだった。二台の車に挟まれ、身動きが取れなくなる。

後方からは次々とブレーキ音と衝突音が響いてきた。エンジンの轟音と、焦げたタイヤの臭いが届く。攻撃を免れたのは、六台かそこらの車列のうち、最後の一台だけだった。ブレーキがぎりぎり間に合ったのだ。

私はどこに行けばいいのか分からず、前後左右をきょろきょろと見回した。車はひっくり返った亀のように、逆さまになっている。デヴィッドソンは車から這い出し、まだ下敷きになったままの兵士たちのほうによろめきながら向かっている。拳銃を手にしたファーレイも一緒だ。と、ファーレイが地面に片膝をつき、頭上の崖に拳銃を向けた。

「マグネトロンはいるか！」デヴィッドソンが片手を突き上げて叫んだ。開いた手のひらから透き通ったブルーのシールドが展開し、崖っぷちを覆う。

エヴァンジェリンはいつの間にか首相の横に並ぶと、両手を踊らせた。道路上でひしゃげた重たい車が宙に浮き上がる。よじれた手脚や、潰れた頭蓋骨からしたたる脳みそがその下に見える。デヴィッドソンは、浮いている車から生存者を救出しようと、ぱっと駆け寄った。

エヴァンジェリンはゆっくりと手を動かしながら車を地面に降ろした。閉じ込められている生存者が外に出られるよう、指をひねってドアを一枚引き剝がす。兵士たちは血まみれで混乱していたが、とにかく生きていた。

「そこから離れなさい！」エヴァンジェリンが、車から離れるよう手で合図する。そして兵士たちが散らばると、大きな音をたてて手を叩いた。

車は彼女の思うがままにぐしゃぐしゃに潰れ、ちょうどドアくらいの大きさの、ぎざぎざしたボール状になった。エヴァンジェリンが派手な音をたててそれを地面に落とす。マグネトロンの力の影響を受けないガラスとタイヤが周囲に飛び散っていった。一本のタイヤが、ごろごろと道を転がっていく。

気づけば、私はぼろぼろになった車の上に立ち上がっていた。エヴァンジェリンが振り返り、星明かりを受けた鎧がきらめく。タイトンがすぐそばについていてくれたが、私はひどく無防備な気持ちだった。いつやられるか分からない。

「ヒーラーをこっちに！」私は、松の枝のアーチの下でぺしゃんこに潰れている車列に向かって怒鳴った。「あと、使えるものは何でも使って、道を照らして！」

頭上で、太陽のようにまばゆい光が走った。間違いない、光を操る能力者、シャドウたちが力を使っているのだ。強烈な光が、さらに強烈な闇と絡み合い、私たちの周りで渦を巻く。私は両手を強く握ると、自分の拳に稲妻の光を宿らせた。ファーレイがしていたように、周囲を取り巻く断崖を見上げる。もしレイダーたちがあの崖の上にいるのなら、連中はものすごく有利な立場にいるということになる。

タイベリアスも、それは分かっていた。「上を見て、敵影を探せ！」車に背を向け、彼が怒鳴る。片手に炎を揺らしながら、片手には拳銃を構えている。兵士たちには、そんな指示なんて必要なかった。みんな引き金に指をかけ、銃口を上に向けていたからだ。あとは標的を見つけるだけだ。

だがホークウェイは、不気味なほど静まり返っていた。時々兵士たちの中から命令が響き渡るだけだ。

十数人のモンフォート兵たちが、瓦礫を避けて進んでいくシルエットが見えていた。車を見つけるたびに足を止め、能力を使ってぼろぼろの車体を引き裂いていく。マグネトロンとストロングアームだ。同じ力を持つニュー・ブラッドもいるかもしれない。エヴァンジェリンとセイモスのマグネトロンたちは、私たちの車と自分たちの車を引き剝がそうとしていた。

「直せる？」私は大声で訊ねた。

「私はマグネトロンよ。整備士じゃない」エヴァンジェリンは鼻で笑った。

ふと、ベルトから工具をじゃらじゃら提げたキャメロンが恋しくなった。でもあの子は遥か遠くのピードモントで、弟と一緒にいるはずだ。私はどうにかできないか考えながら、ぎゅっと下唇を嚙んだ。これは私たちを無防備なまま山腹で孤立させるための罠だ。下の町をレイダーたちが襲う間だけ、足止めしておく気なのかもしれない。もしかしたら、アセンダントの街も襲われるのだろうか。

タイベリアスも、同じことを考えていた。崖っぷちに駆け寄り、暗闇を見下ろす。「開拓地に無線は通じるのか？　危険を知らせなくちゃいけない」

「もう済ませてある」デヴィッドソンが大声で返した。ヒーラーに脚を治療されている傷ついた兵士のそばにひざまずき、腕を持っている。首相のとなりでは、女性士官がひとり、早口で無線機にまくしたてていた。

崖を向いていたタイベリアスが振り返った。「街にも無線を飛ばし、新たな隊を送らせるんだ。可能なら、ドロップジェットを使ってくれ」

デヴィッドソンが小さくうなずいた。たぶん、もう同じ命令を済ませているのだろうが、首相は何も言わずに目の前の兵士のことだけに集中していた。数人のヒーラーたちが現場に散らばるあちこちの瓦礫のそばで、怪我人の治療に当たっている。

「私たちはどうする？　ここでのんびりしてるわけにはいかないわ」私は車の上から滑り降りた。しっかりした地面に降りると、安心感が込み上げた。「どうして車がいきなりひっくり返ったの？」

車の上で、タイトンが腰に手を当てた。「道の先、最初の車が崖から転落したあたりをじっと見つめている。「たぶん、小型地雷だろう。タイミングぴったりに爆発させれば、車くらい吹き飛ばせる」

「なるほどな」タイベリアスがうめいた。ハウス・レロランの衛士たちが、ぶつかりそうなほどぴったりと彼についている。「よく統制が取れた攻撃だ。敵はまだその辺に潜んでいるな。次の攻撃が来る前に、降りてしまわないといけない。このままじゃ、狙ってくれと言ってるようなものだ」

「まったく、頭にくるわね」エヴァンジェリンが自分の車を蹴った。「動ける車を前に出して、詰め込めるだけそれに詰め込むわよ」

タイベリアスは「それだけじゃ足りない」と首を横に振った。

「ゼロよりはましよ」私は怒鳴った。

「ここはせいぜい、標高数百メートルだ。足で降りることもできるだろう」デヴィッドソンは、傷ついた兵士に肩を貸し、移動させながら言った。通信員の女性士官も、無線で交信を続けながらついていく。「ゴールデングローヴの前線基地に車両があるはずだ。この山さえ降りてしまえば遠くない」

ファーレイが、じれた顔をして銃口を下げた。「つまり、二手に分かれろってこと？」

「ほんのしばらくだがな」デヴィッドソンが答えた。

「しばらくって言ったって、もし――」ファーレイが青ざめた。

「もし？」

「罠だったら？　フェイントだったら？　レイダーが迫ってると町から通報を受けたって言うけど、どこが攻撃されてるの？」ファーレイは、黒々とした地平線を指差した。「攻撃されてる町なんて、どこにも見えないわ」

デヴィッドソンは、視線を走らせながら顔をしかめた。「今のところはな」

「もしかしたら、襲撃計画なんてないのかもしれないわ。私たちを街からおびき出すためのデマだったのかも」ファーレイが言った。「この崖の上で私たちを捕まえるためのね。首相が自分で言ってたんじゃない、アセンダントの防御は鉄壁だって。これは、私たちを外におびき出すための作戦なのよ」

首相は、いかめしい顔をしてファーレイに近づくと、彼女の肩に手をかけ少しだけきつく摑んだ。親しげな態度にも、申し訳なさそうな態度にも見えた。「自分たちが危険に晒されるかもしれないからといって、国民を放り出しておくわけにはいかん。そんなことはできないんだよ、ファーレイ将軍。君だって、私の立場は分かるだろう」首相がため息をついた。

きっとファーレイがさらに言い返すはずだと思ったが、彼女はうなずくようにうつむいたまま唇を嚙み、何も言わなかった。

デヴィッドソンは満足し、後ろを振り向いた。「ハイクラウド隊長、ヴァイヤ隊長！」首相が呼ぶと、黒い戦闘服の男女が出てきて命令を待った。「自分の隊を連れて下山しろ。全速力だ。ゴールデングローヴで落ち合おう」

隊長たちは敬礼で答えると、自分の隊を集めようと振り向いた。先頭車両のそばに集合してくるふたつの隊を見て、タイベリアスは顔をしかめた。

「グラビトロンだけでも置いていくべきだ。後ろを襲われ、山ごと吹き飛ばされるかもしれないんだから」

首相は少しだけ考えると、肩をすくめた。「なるほど……。では失礼、王女様にもひとこと」そう言って、今度はエヴァンジェリンのほうを向く。「車が通れるように、車をどかしてくれないか。グラビトロンも使っていい。そのほうが仕事も手早く済むからね」

エヴァンジェリンは、強烈にむかついたように首相を睨んだ。父親以外から命令されるのには慣れていないのだ。それでもため息をつくと、エヴァンジェリンは首相に言われたとおり仕事に取りかかった。

「私はどうすれば？」私は、タイベリアスとデヴィッドソンの間に割って入った。ふたりとも、私がいたことすら忘れていたように驚く。

「警戒を続けてくれ」デヴィッドソンはそれだけ言って肩をすくめた。「車を持ち上げたりできるなら話は別だが、そうでなきゃ、今のところ大してできることなどないよ」

使えないということか、と私は頭の中で舌打ちした。でも、むかついたのは自分に対してだった。私の能力は、破壊の能力だ。確かに今は、役になんて立たない。今、私は使えないのだ。

それはタイベリアスも同じだった。

彼は、通信員を引き連れて立ち去っていく首相を見送っていた。後には私たちと、車の残骸だけが取り残された。アドレナリンと電気の力は、まだ私の全身を駆け巡っていた。

「気に入らないな」タイベリアスがつぶやいた。

私は鼻で笑い、ブーツの先で路面を蹴った。「崖で足止めを喰らって、兵士は半分が死亡、車は使いものにならない、レイダーはいつ襲ってくるか分からない、そして夕食は途中でおあずけ。気に入らないことなんて、何もないじゃない？」

さんざんな状況ではあったが、タイベリアスはにやりと笑った。歪んだ、見なれた笑み。私は腕組みをすると、赤くなった顔に彼が気づかないよう祈った。タイベリアスは燃え上がるような力強いブロンズの瞳で、私の顔を見回した。そして私たちの約束――私たちの選択――を思い出したのか、ゆっくりとその笑みを消した。でも視線をそらそうとはしなかった。私の中で炎が燃え上がる。怒りと欲望、そして後悔が入り混じった炎だ。

「そんな目で見ないでよ、タイベリアス」

「僕をタイベリアスと呼ぶなよ」彼が鋭く言い返し、視線を落とす。

私は、苦々しく笑った。「あんたが自分で選んだ名前じゃないの」

彼は黙ったまま答えず、私たちはどぎまぎとした沈黙に包まれた。何もない暗闇の中、時折誰かの叫び声や、金属の軋む音が響いてきた。ジグザグに続く道の前方ではエヴァンジェリンと従兄弟たち、そして何人かのグラビトロンたちが、まだ動ける車両を飛び越え、そこに転がる瓦礫や残骸を撤去しはじめていた。きっとデヴィッドソンからは、できるだけ残骸を今の形のまま保管するように言われているのだろう。いつものエヴァンジェリンならば、車を通すため、何もかも粉々にして吹き飛ばしてしまうはずだ。

「武器庫では悪かったよ」長い沈黙を破って、タイベリアスが口を開いた。暗がりの中でうつむいてはいても、銀色に上気した頬は隠しきれない。「あんなこと、言うべきじゃなかった」

「何を言ったかなんて、気にしちゃいないわ。何が言いたかったのかは、引っかかるけどね」私は、首を横に振った。「私は、あなたの所有物じゃない」

「そんなの、誰だって分かってるだろう?」

「へえ、あなたも分かってるの?」私は呆れ顔で言い返した。

タイベリアスは、まるで戦いに備えて集中するかのように深呼吸をした。そして、首をこちらに向けて私を見下ろした。ホークウェイを照らす明かりに、頬骨がくっきりと浮き上がっている。おかげでいつもより年老いて、疲れているみたいに見えた。ほんの数日ではなく、もう何年も国王として過ごしてきたかのような顔だった。

「そうだよ、メア」彼がようやく口を開き、低く響く声で言った。「でも、何かを選んだのは僕だけじゃない」

「どういうこと？」私は目をぱちくりさせた。

「君だって、僕と天秤にかけて選んできたじゃないか」彼がため息をついた。「たくさんのものをね」

〈スカーレット・ガード〉。赤い夜明け。大切な人々が暮らせる、よりよい未来。私はぎゅっと唇を噛みしめた。否定できない。タイベリアスの言うとおりだ。

「ふたりとも、話は済んだか？」タイトンが、車の上から私たちに声をかけてきた。「たぶん興味あると思うんだけど、森の中に人影があるぞ」

私は一気に緊張し、息を止めた。タイベリアスは警告するように、ぱっと手を伸ばして私の腕に触れた。「下手に動くな。狙われるぞ」

大きな物音が響き、私は彼に触れられたままびくりとした。タイベリアスの手に力がこもる。物音の正体は、エヴァンジェリンたちが車を除去している音だった。

「敵は何人いるの？」私は、顔に浮かぶ恐怖を必死に隠しながら訊ねた。

タイトンは、目をぎらつかせながら私を見下ろした。ホークウェイを照らす人工の光に、白い髪が輝いている。「四人、両側にふたりずつだ。距離はあるが、俺にはあいつらの脳が感じられる。たぶん、五十メートルってとこだ」

となりのタイベリアスが、忌まわしげに唇の端を歪ませた。私は、彼の背後に視線を向けた。彼も、私の背後に視線を向けた。私たちはふたりとも、できるだけ気配を殺しながら、影に包まれた松の木陰に敵影を探していた。こちらのライトが届かないところにも、何も見えなかった。何もだ。

そして、何も感じなかった。私の能力は、タイトンのそれみたいに鋭敏じゃないのだ。

ファーレイは私の視線に気づくと、片手を腰に当て、もう片手で拳銃を握ったまま近づいてきた。「三人とも、幽霊でも見たような顔してるじゃない。森にいるスナイパーたちのこと？」と、天気の話でもするみたいに言う。

「見えたのか？」タイトンが身を乗り出した。

「ううん」ファーレイは首を横に振った。「でも、私ならそうする」

「あなたたなら、仕留められるんでしょう？」私はタイトンのブーツをつついた。エレクトリコンたちから、彼の能力については教わっている。タイトンは人間の体内にある電力を操り、脳に小さな電撃を与えることができるのだ。誰にも知られずに、殺すことができる。痕跡もまったく残さずに。

タイトンは、白い髪とは真逆の、まっ黒く太い眉をしかめた。「この距離からでも、たぶんできるはずだ。でも、一度にひとりずつしか無理だ。それも、連中がレイダーだと確信がないとできない」

タイベリアスが、難しい顔をした。「他に誰かいるっていうのか？」

「俺は、ちゃんとした理由もなく人殺しなんてしたくないのさ、カロア」タイトンが言い返した。「それに俺自身、ずっとこの山で暮らしてきたんだぜ？」

「じゃあ、黙って撃たれるのを待ってろと？」タイベリアスは、私を守るように立ち位置を変えた。

タイトンは微動だにしなかった。とつぜんのそよ風が、濃くて鋭い甘やかな松の香りを運んできた。「お仲間の、マグネトロンの王女様が帰ってきたら、森の連中がスナイパー・ライフルを持ってるかどうか訊いてみるとするよ。それからさ」

私は部分的に、タイベリアスと同じ意見だった。なにせこんなところで無防備なまま、森の中から何者かに、うろたえる様子を見られているのだ。でも、タイトンの言っていることも分かった。誰かに稲妻を叩き込み、ばちばちと燃える神経や、相手が死んでいく感触は、私も知っている。まるで自分自身が小さな死を……永遠に忘れることのできない終末を味わうような感覚なのだ。

「エヴァンジェリンを連れてきて」私はつぶやいた。「それと、デヴィッドソンにも伝えて。相手の正体を確認しなくちゃいけないって」

となりでタイベリアスがため息をついたが、反論はしなかった。車を押しのけるようにして、エヴァンジェリンのほうに歩きだす。

風は勢いを増して、私の顔に吹きつけていた。針みたいな松葉が飛んできて、優しい指先のように頬をなでる。一本捕まえようとしてみたが、だんだんと強くなる風に吹かれて踊るように逃げ回った。

その瞬間、私の目の前で松葉が一気に大きく育った。私たちが呆然と固まっている間に、ひとりの兵士がその松葉に串刺しにされる。

私たちは銃弾の嵐が来るものだと思って攻撃に備えていたというのに、強烈な突風に乗った松葉の雨が飛んできたのだ。真正面から攻撃を受けたタイトンは車の残骸から転げ落ち、頭から道路にぶつかりごろごろと転がった。タイトンがふらふらと片膝をついて起き上がり、またバランスを崩して倒れる。松葉が落ちたところから、爆発的な勢いで、素肌を切り裂かれながらひざまずいた。私は腕をかざして両目を松葉から守ると、まるで生きているようにぐねぐねと幹や根が伸びてくる。ホークウェイの路面にひび割れが走り、私たちの目の前で、車が生きた森の力で宙に持ち上げられ、放り投げられていく。ぐらぐらと揺れる地面とともにバランスを崩さないよう、私は車の残骸に背中を押しつけてなんとかこらえていた。

タイベリアスが、考えるよりも先に動きだした。炎の球を放ち、周囲で育ちかけている松の若木を次々と灰に変えていく。さかまく風がその灰を巻き上げ、あたりを照らすライトを遮った。私の目にも入り込み、涙が出てくる。

とつぜん、金属のぶつかり合う音とガラスの割れる音が空気を震わせた。エヴァンジェリンと兵士たちが、やっと戻ってきたのだ。邪魔な車両の残骸をぺしゃんこに潰し、まるで鉄や金属の水溜まりのように変えていく。まだ動く車のエンジンがうなりをあげ、絡みついている根や枝を振りほどこうと車体を震わせる。エヴァンジェリンは煙った空気の中に飛び上がり、車体に飛び乗った。銃声が鳴り響いたが、銃弾は脇にそれてぼとぼとと地面に落ちた。エヴァンジェリンが能力を使ったのだ。

青いシールドが復活し、ホークウェイを端から端まで覆った。美しい空気の壁が、煙と灰を防いでいる。デヴィッドソンが、両手の拳を突き出してそのシールドを支えていた。さらに銃声が響き、シールド上に波紋が広がる。銃弾には、この青い壁を突き破ることはできないのだ。私たちまで届くことはない。

「タイトン！」私は叫びながら、白髪のエレクトリコンを探した。「タイトン、あいつらを殺して！」

タイトンは立ち上がると、まだ頭がくらくらしているのか、あちこちよろめいた。手近な車に思い切り寄りかかり、なんとか体を支える。

「ちょっと待ってくれ！」タイトンが、頭を振りながら叫び返してきた。

レイダーたちの姿は、森に阻まれて一向に見えなかった。とりあえず、グリーンワーデンがいるのは間違いない。タイベリアスの炎は蛇のようにうねりながらにょきにょきと路面から生えてくる松の木を覆い、若木のうちに燃やし尽くそうとしている。彼についていたハウス・レロランの衛士たちも、生えてくる木々に手を触れながら駆け回っている。触れられた木が煙と炎を上げて次々と爆発していく。

「車に乗り込め！」デヴィッドソンが、混乱の向こうで叫んだ。まだシールドを支え、私たちを銃弾の雨から守っている。「山を降りなくては！」

私は深呼吸をして、自分を奮い立たせた。集中しなくては。暗闇のせいで頭上に集まってくる雲は見えなかったが、確かに感じられた。嵐を連れてくる、積乱雲だ。それが私の命令で成長しながら、吹き荒れるそのときを待っている。

車が近づいてきた。誰かがタイトンを引っ張り上げ、シートベルトを締める。タイベリアスはまだ道の上で、襲いかかってくる死の森めがけて炎の球を撃ち続けている。他の兵士たちは必死に木々を避けたり攻撃したりしながら、なんとかこの場から逃れようと車を目指している。

私の心臓があばらの檻の中でどくどくと激しく脈打ち、血管をアドレナリンが駆け巡った。それがどんどん激しさを増し、破裂してしまうような気持ちになる。私はさっきよりも大きく、もう一度だけ深呼吸すると、両手を広げて突き上げた。真上の天空で私の嵐が爆発し、ホークウェイの両側に広がる森に双子の稲妻が落ちた。小さな炎がぱっと上がると、すぐにものすごい大きさに燃え上がった。カロア王子の力が加わったのだ。左に飛んできた銃弾をデヴィッドソンがシールドで防ぎ、エヴァンジェリンたちの後ろの車によじ登る。車両はどれも、兵士たちが満載だった。知っている顔も、知らない顔もいる。黒い戦闘服に身を包んだ兵士たちは、まるであふれかえった川の中、突き出た岩に群がる昆虫の群れのようだった。

タイトンは、片腕にきつくシートベルトを巻きつけて、エヴァンジェリンが乗る車の横から身を乗り出していた。まだ戦い続けているタイベリアスのそばを通り過ぎながら、タイトンが片腕を伸ばした。王子はぱっとその手を摑むと、ひらりと車に飛び乗った。次は私の番だ。

私は強烈な勢いでタイベリアスとタイトンの間に着地した。すぐそこにエヴァンジェリンがいる。彼女は金属のブーツを車体に融合させ、ぐんぐん上がるスピードをものともせずに立っていた。拳を握りしめ、行く手を邪魔している最後の残骸を宙に持ち上げ、岸壁に叩きつけている。まるで尖った雨のように、割れたガラス片が飛び散る。

デヴィッドソンが、最後に張ったシールドを先頭車両のほうに動かす。その隙を突いて、銃弾の雨が私たちの車列を襲った。私の頭をかすめ、何発かが車体に穴を開ける。だが、その恐怖はすぐさまアドレナリンにのみ込まれた。私は必死に車体につかまり、冷えた金属の壁に体を押しつけながら、振り落とされないようにしがみついていた。私たちのすぐ横、崖側を、炎が追いかけてくる。タイベリアスの炎が、道に転がる邪魔なものを片っ端から焼き尽くしてくれているのだ。私たちは悲鳴をあげながら、目がくらむようなスピードで、急カーブを次々と抜けていった。

「森にまだ大勢隠れてるぞ」タイトンが、吹きつける風の中で歯ぎしりした。目を細め、暗闇の中に目を凝らす。タイトンが何をしようとしているかは分かっている。私が嵐を感じるように、敵の脳を感じ取ろうとしているのだ。彼が瞬きする。一回……二回……。能力が届く範囲にいる敵の脳に電撃を浴びせ、殺しているのだ。私は、死の痙攣に襲われやがてぐったりと森に転がる、レイダーたちの姿を想像した。

私は森の中に、稲妻の雨を降らせた。枝や幹に、まばゆい稲光が命中する。目のくらむような閃光が一瞬だけ森を照らし出した隙に、倒れた木々と逃げていく人影が見えた。最低でも十人はいる。

急カーブを抜けて崖を置き去りにすると、ホークウェイは平らになった。車はうなりをあげながら、ものすごいスピードで山のふもとへと走っていく。炎と雷雲が、一緒に突き進んでいた。死の翼を広げた守護者たち。

と、私の感覚が他のエンジンをいくつも感じ取った。私たちの車ほど力強くはないが、ものすごいスピードでこちらに向かってきている。

木々を抜けて、ヘッドライトが飛び出してきた。バイクだ。小柄でひょろりとした手脚の、アーマーとゴーグルを装着したレイダーがまたがっている。レイダーはバイクごと大きな岩に乗り上げると、弧を描いて飛んでいった。どうやら、とんだ間抜けだったらしい。

頭上では、エヴァンジェリンが宙を切り裂くように両手を振り回していた。彼女の命じるままにバイクがばらばらになり、スポークや排気管が舞う。

だが、ここにいるマグネトロンはエヴァンジェリンだけじゃなかった。

さっき飛んでいったレイダーの下で、バイクの車体が元どおりに組み合わさっていく。車のそばを走るバイクから、レイダーが何かを投げた。どんな弾丸よりも速い金属がいくつも、薄明かりを受けてきらめく。

ナイフだ。鋭い刃が風を切り裂いて飛んでくる。タイベリアスもタイトンも、そして私も、ぱっと伏せた。一本のナイフが肩をかすめる。戦闘服のおかげで大した怪我はしなかったが、それでも鋭い痛みが走った。唇を思い切り噛んで、苦痛の悲鳴をこらえる。

バイク兵が青い壁に跳ね飛ばされ、血を噴き出しながら後ろに転落する。デヴィッドソンがシールドを展開し、森から出てくるバイクの兵士たちを防いでいた。何人かが、ぴくぴくと痙攣しながら落ちていく。タイトンが電撃を喰らわせたのだ。残りのみんなは、目の前に広がる平原に集中していた。前線基地まで行けば安全だし、戦力を補強することができる。モンフォートのニュー・ブラッドたちは全力でバイクの兵士たちを防ぎ、車列を守り続けている。タイベリアスの炎が森に広がり、まるで雪のように降り注いで私たちを白と灰色で覆っていた。私は夜空に稲妻を弾けさせた。ひるんだレイダーたちが慌てて森に後退していく。

暗闇のせいではっきりとは敵の姿が見えなかったが、私の知っているような、上等のマントとぴかぴかの鎧、そしてきらめく宝石で着飾ったシルバーたちとは同じには見えなかった。ちゃんとした戦闘服や軍服を着ているわけでもない。シルバーとは違う。着ているものはつぎはぎだらけだし、武器と装備もばらばらだ。目の前の敵を見ていると、赤いぼろきれをまとった〈スカーレット・ガード〉を思い出した。色と目的しか共通点のない、あの姿を。

煙が立ち込める茂みにバイクが消え、ヘッドライトも見えなくなった。私はエンジンの脈動を手放すまいと、意識を集中させた。だが、そのときまた新たな轟音が近づいてくるのに気づき、動きを止めた。

すぐ近くに迫っている。

毛むくじゃらの頭を持つ巨大な怪物たちが角をこちらに向けて、ひづめの音を響かせながら向かってくる。ぜんぶで十数頭が群れとなり、鼻息を荒くし、鳴き声をあげている。群れは車列に突っ込み、弾丸も炎も稲妻もナイフもものともせず、次々と車をひっくり返していった。ものすごく力が強く、ものすごく奇妙な怪物だった。頭は大きく、筋肉はさらに大きく、骨はまるで生きた鎧みたいだ。私の目の前の一頭は、額に弾丸を受けても動きを止めず、その角で金属板を紙のように切り裂いていた。私は、悲鳴をあげることすら忘れてしまっていた。

怪物の攻撃を受けた私たちの車がバランスを失い、道からはずれる。車から落ちて泥の地面にぶつかると、血の味が口に広がった。誰かが私の首に手をかけ、押さえつけている。見上げると、髪の毛越しに、真上を飛んでいく車が見えた。両腕を広げ、拳を固く握りしめたエヴァンジェリンのシルエットが見える。彼女はまるで巨大な鉄槌のように車を振り回し、襲いかかってくる怪物の群れに叩き込んでいた。蹴散らされた怪物たちが体勢を立て直し、見開いた目に怒りを浮かべてまた突進してくる。間違いない、動物を操る力を持つシルバー、アニモスの攻撃だ。

私はよろめきながら立ち上がり、タイベリアスの腕につかまって体を支えた。何メートルか先にファーレイがひざまずき、怪物に向けて銃を撃っている。だが怪物は銃弾などまったく効かないかのように、みるみる距離を詰めてきた。

私は歯を食いしばると両腕を広げ、怪物たちと私たちの間に薄紫の稲光を生み出した。操られていてもなお、獣たちは恐れおののき後ずさりを始めた。何頭かは逃げ出そうとしている。苦痛の叫びをあげながら重なり合うようにして倒れ、角を振り回しながら身をよじっている獣もいる。

私は恐ろしいその声をなんとか無視しながら、直感に導かれるまま薄暗がりに目を凝らした。無我夢中の私は、両肩にそっとのしかかってくるぞっとするような感覚にも、ほとんど気づかなかった。疲労感と見分けがつかないようなその感覚が、少しずつ重みを増してくる。

けれど私の稲妻は確かに弱々しく、以前のような激しさを失っていた。うまく操れもしない。ふらつき、弱々しく光る稲妻が、またひとりレイダーを跳ね飛ばす。レイダーは倒れたがすぐさま起き上がり、私のほうに握り拳を突き出した。

彼の能力を喰らった私は地面に膝をつき、稲妻を感じられなくなってしまった。ロウソクがふっと消えるように、稲妻を生み出すことができなくなる。

息ができない。考えることもできない。

戦えない。

サイレンスだ、と私は心の中で叫んだ。懐かしい苦痛と懐かしい恐怖に襲われ、私はかがみ込んだ。

役に立たない私の手が土に触れ、冷たい地面にこすれる。身を守ることはおろか動くことすらできず、私は弱々しくあえいだ。恐怖で頭がくらくらし、一瞬目の前がまっ暗になった。また、あの拘束具が戻ってきたように感じた。手首にも足首にも〈静寂の石〉がはめられ、鍵のかかった部屋に閉じ込められているような気持ちになった。偽りの王のため鎖につながれ、ゆっくりと無駄死にしていくのだ。

敵のシルバーが私に向かってきた。足音が、雷鳴みたいに耳の中に響き渡る。ナイフが抜かれる金属の歌声が聞こえた。さっさと私の喉を切り裂いてしまうつもりなのだ。夜闇の中、その刃がまっ赤な炎を受けて輝いた。敵はにやりと笑うと、血の気のない青白い顔で私の髪を摑み、無理やりのけぞらせた。なんとか戦いたかった。腰のホルスターに挿した拳銃に手を伸ばしたかった。だけど、手脚は動いてくれなかった。心臓の鼓動すらもごちなかった。悲鳴をあげることすらできない。サイレンスの力と恐怖のせいで、私は身動きができなかった。ただ見ていることしかできなかった。首筋にナイフの刃が触れたとたん、その冷たさで燃やし尽くされるような気がした。

男が私を見下ろした。額に巻いた布きれの下に、脂ぎった髪が見えた。布の色はよく分からなかった。もっとも、色に何か意味があるのかすら、私には分からなかった。今は、そんなことを考えてもしかたがない。

と、男の顔が破裂した。骨と引き裂かれた肉が弧を描いて飛び散る。男が攻撃を受けた勢いで私の上に倒れ込むと、その瞬間、私の中に雷の力が戻ってきた。私は暖かい血と折れた歯を髪の毛にくっつけたまま、サイレンスの男の下から這い出した。

誰かが腕を摑み、土の地面の上、私を引っ張りはじめた。私はショックと恐怖で麻痺したまま身を任せていた。弱々しく地面を蹴ることくらいしかできない。少し離れたところで、ファーレイが鬼のような形相で私のほうを見ていた。銃口はまだ、男の死体に向けられていた。

「僕だ」低い声が聞こえ、死体から少し離れたところに私の体を横たえた。いや、落としたと言うべきだろうか。タイベリアスが一歩下がった。見開いた目が、薄明かりの中で燃え上がるようだった。速い呼吸を繰り返しながら、私を眺め回す。

立て……立ち上がりなさい。

私は自分に言い聞かせた。だが、〈静寂の石〉の記憶はそう簡単に振り払えるものではなかった。ゆっくりと両手をこすり合わせ、肌の表面に稲妻を呼ぶ。目で見て、確かめなくては。もう二度と離れないのだと。

それから喉に手をやると、指先が自分の血のぬめりに触れた。

タイベリアスは瞬きもせず、じっと見つめていた。

私もじっと見つめ返すと、タイベリアスはしばらくして目をそらし、気まずそうに少しだけ離れた。ようやく我に返った私は、自分が守ってもらっていたことに気がついた。タイベリアスは私が敵の攻撃を受けないよう、車の影に横たえてくれていたのだ。周囲では、モンフォートの兵士たちが隊列を立て直しつつあった。デヴィッドソンが兵士たちの中を歩き回っている。その顔には、血のしたたった跡があった。自分にもレイダーたちにも、心底むかついたような顔をしていた。

私は、車体につかまるようにしてよろよろと立ち上がった。目の前では、まだ激しい戦いが続いていた。シルバーの力と野生とがぶつかり合い、獣たちが荒々しい鼻息をたてながら地面を踏み鳴らしている。

逃げ出した獣たちを連れ戻す柵のように、その頭上に白い稲妻の網が広がった。獣たちが空を見上げ、わけも分からずうろたえる。

「可哀想(かわいそう)なやつらだぜ」となりにやってきたタイトンがつぶやいた。妙に寂しげな目で、獣たちを見つめている。一頭の獣が私たちに飛びかかろうとしたが、ぱちぱちと瞬きすると、地響きをたてながら地面に倒れた。

レイダーたちはまばらになった木々の間、別の道へと向けてバイクを走らせはじめた。エヴァンジェリンと従兄弟たちはそのバイクを攻撃しようとしたが、立ちふさがった敵のマグネトロンと戦闘になっていた。

私は片手で戦闘服の胸元を摑むと、道を越えていく一台のバイクに狙いをつけた。狙いを定め、バイクのエンジンに電気の矢を送り込む。ものすごい反動とともにエンジン内部が爆発するのを感じると、また私の感覚は静まり返った。

運転していたレイダーは、驚いて手脚をばたつかせながら地面に落ちていった。私は肩で息をしながら、次のバイクを攻撃した。バイクが次々と勢いを失い停止したり、空中でひっくり返ったりし、兵士たちが落ちていく。

　味方の兵士が、レイダーたちに迫っていく。きっと、殺さずに捕らえるよう命令されているのだ。デヴィッドソン自身も、敵兵をひとり、シールドの中に捕らえていた。囚われた兵士が青い牢獄を叩いている。

　エヴァンジェリンは小柄なレイダーのマグネトロンめがけ、荒野を走っていった。敵のマグネトロンがそれを迎え撃とうと、剣と鞭（むち）を組み合わせたような二枚の刃を振り回す。だが、スピードも能力も、エヴァンジェリンのほうが圧倒していた。いくら攻撃しても、なすすべもなくエヴァンジェリンのナイフに肌を切り裂かれてしまう。デヴィッドソンの命令など関係ない彼女は、まったく容赦などしなかった。ずたずたに切り裂かれたレイダーが、月明かりの下で銀色の血を噴き出す。

　血と灰の臭いが入り混じり、山のふもとには死の香りが立ち込めていた。私はむんとしたその空気を吸い込み、呼吸を整えていた。

　残ったレイダーたちはもう敗北を悟っていた。遠ざかっていくバイクのエンジン音が、荒野に響いている。敵が消えるとともに能力の影響もなくなり、獣たちがおとなしくなった。私たちに背を向け、死体と踏み荒らされた茂みだけを残し、獣たちは森の中へと引き返していった。

「あれが、バイソンっていうやつ?」私は肩で息をしながらデヴィッドソンに訊ねた。

首相が、にやりと笑みを浮かべてうなずいた。まだ後味の残るバイソンのステーキが、胃袋の中、石のようにずっしりと感じられた。

道のずっと先に行ったあたりで、平原にいくつかのヘッドライトが点いた。私は拳を固め、新たな攻撃に備えた。

だが、タイトンが私の腕に手をかけた。目を光らせ、私を見下ろしている。「あれはゴールデングローヴの車だよ。援軍さ」

私は安堵に襲われ肩の力を抜くと、大きく息をついた。すると、背中にできた切り傷がずきりと痛んだ。私は声を漏らしながら、傷口に触れようと手を伸ばした。かなり長い傷だが、深くはない。

数メートル離れたところで、タイベリアスが私の傷の様子を見ていた。私の視線に気づいてびくりとし、さっと背を向ける。「後でヒーラーをつけるよ」そう言って、タイベリアスは立ち去っていった。

「そんなかすり傷でめそめそされたんじゃ、頼りになんてできないわね」ファーレイが言った。地べたに座り込んだ彼女の周りには、空の薬莢が数え切れないほど散らばっていた。あのどれか一発が、私の命を救ってくれたのだ。

彼女は、右脚をかばいながら片方に体重をかけた。

私は、ファーレイの膝が不自然なのに気がついた。

刹那、頭がくらくらした。今までいろんな傷を見てきた私から見ても、ファーレイの膝はとんでもないことになっていた。下半分が見当はずれの方向を向いてしまっている。一瞬のうちに私は筋肉痛も、肩を伝う血も、サイレンスの力の感触すらも忘れ、彼女に駆け寄っていた。

「動いちゃだめ」夢中で声をかける。

「言われなくても動けやしないわ」ファーレイが歯を食いしばり、私の手をきつく握った。

10

アイリス

山脈は険しく、街を襲撃や軍隊の侵攻から守っていた。厳しく警備されている道をはずれて近づこうとすると、鬱蒼（うっそう）とした松の森が行く手を阻む。そもそも、標高だけでもかなり侵入が難しかった。なんとか街に近づこうとしても、登るだけで疲れきってしまうだろう。断崖と天空の要塞に守られ、彼らは安全だと思い込んでいる。やってこられる軍隊がないのだから、危険などあるわけがない。けれど人は時として、最大の強みのせいで脆くもなるものだ。

モンフォートだって例外じゃない。

私たちはプレイリーの端、モンフォート国境の東側に降り立った。ドロップジェットはプレイリーのものを装うため金色に塗られたばかりで、まったく警戒もされなかった。朝日を浴びながら風にそよぐ長い草に、機体がうまく紛れてくれた。私たちが着陸したのに気づいた者は、ひとりとしていなかった。プレイリーはあまりにも広大だから、領主たちもいちいち入念な見回りなんてしないのだ。それに彼らは、自分たちの仕事に打ち込んでいる。私たちが領地を突っ切ったところで気づきはしない。私たちがここにいるのは、誰も知らないのだ。

もちろん、レイダーたちだけは別だけれど。

アセンダントの外にできるだけ多くの兵力をおびき出すためには、どうしてもレイダーを巻き込まなくてはいけない。運がよければ、タイベリアス・カロアも出てきてくれるかもしれないのだ。メイヴンが言うには、戦うチャンスがあれば絶対に逃さない男らしい。「力をひけらかしたいのさ」と、メイヴンは露骨な嫌悪感を顔に浮かべて私に説明した。私は彼の兄、亡国の王子のことは知らない。タイベリアス・カロアには会ったことがないのだ。でもレイクランドは間抜けな国じゃない。タイベリアス・カロアのことも王室のことも、すべて情報収集が済ませてあった。報告書から浮き上がってきたのは、いかにも分かりやすそうな王子像だった。父親と同じように、軍のてっぺんに立つ男として育てられた。責任と期待を一身に背負い、何よりも王冠を重んじる人物になったらしい。私から見れば、そういう意味でこの兄弟は同じだった。あの風変わりなレッドの少女を追い求めるところまでそっくりだ。

メイヴンの考えには、私も同意見だった。もしタイベリアスがモンフォートとの同盟を強めるためここに来ているとするならば、自分の力を誇示して信頼を勝ち取ろうとするに違いない。モンフォートのために戦うこと以上に説得力のある方法など、他にないだろう。

レイダーたちは、約束どおりの場所にやってきた。周囲の地形が一望できる小高い丘だ。彼らは仮面とヴェールで顔を隠し、そのうえゴーグルまでかけて、煙を吐く旧式のバイクにまたがっていた。全員シルバーだ。山の国々が滅亡したとき、自分たちの国から逃亡したのだ。生まれついての貴族や支配者だった彼らは、その権利を剝ぎ取られてしまったのだった。レイダーたちは数でこちらを上回っていたが、私はほとんど恐怖を感じていなかった。私は自分の国で最強のニンフたちに育てられた、天性の戦士だ。そして五人の護衛たちも変わらない。みな強く、気高く、そして役に立ってくれる。

ジダンサは私の身を守り、仕えようと、まだ私のそばにいた。レイダーたちを警戒し、私と彼らの間に入っている。

私はうつむき、自分の顔を影の中に隠していた。世を捨てたレイダーたちにはレイクランドの王女もノルタの王妃も分からないかもしれないが、念を入れておくにこしたことはない。他の人々が私の代わりに、これからのことを話し合ってくれていた。

こちらは六人だけだったので、移動は楽だった。それぞれ別のレイダーのバイクに乗せてもらい、平原を走っていく。彼らは私たちよりもずっとこの土地に詳しく、おかげでハウス・ヘイヴンのシャドウに力を借りて姿を隠す必要もなかった。もっとも、いつまでもそう順調にはいかないだろうが。

遠くの山々が、みるみる私たちに迫ってきた。見たことのあるどんな山とも違い、もはや壁のように見えた。恐怖心が私の決意を食い尽くそうとしたが、そうはさせない。目を細め、目の前の任務のことだけを考え、他のことは頭から追い出した。

過ぎてゆく時間の中、私は何度も計画をおさらいし、処理すべき障害をひとつひとつ確認し直していた。

国境を越える。

レイダーたちは、モンフォートに見つからない抜け道を知り尽くしている。生い茂る松の森を抜けて小川をたどり、山麓の小山をぐんぐん登りはじめる。そのときになって私は初めて、自分たちがプレイリーとモンフォートの間に引かれた見えない線を越えたのだと気づいた。

運び賃を払う。

サファイア、銀、そしてダイヤモンド。私は銃口を向けられながら、宝石のネックレスを差し出した。ハウス・ヘイヴンから派遣してもらったシャドウ、がっしりした若いセンチネルも、さらに役立つものを用意してきていた。彼のハウスは、ノルタ全土に広がった内戦で分断されてしまった。ハウスの長(おさ)はタイベリアスのために戦ったが、一族のほとんどはメイヴンの側に残ったのだそうだ。家族よりも国と国王への忠誠を貫くなんて、見上げたものだ。たとえ、その国王がメイヴン・カロアだとしても。

若いセンチネルは伝統を捨て去り、黒い宝石をちりばめたあの仮面を脱いでいた。素顔の彼は、人間らしく見えた。青い瞳と赤い髪が、太陽の光に輝いている。センチネルがレイダーに、数キロ北に投下した物資の隠し場所を教えている。食料、硬貨、バッテリー、そして彼らが欲しくてたまらない武器や爆弾のありかを。

レイダーたちはバイクで進める標高まで進んでしまうと、さっさと私たちを降ろした。顔は一度も見えなかった。だが、ひとりが金髪の持ち主なのだけは分かった。頭に巻いたヴェールの下に、ちらりと髪が見えたのだ。

ここからは足で登れ。

滝はどれも、大したものではなかった。水を操る私の能力を使えば、その滝をはしご代わりにして大きな崖を次々と登っていくのも簡単だった。いくつそうして登ったか、途中まで数えていたけれどいつしか忘れてしまった。私たちは大した苦労もせず、川の流れに逆らって進み続けた。私の能力と、もうひとりのニンフ、ノルタから来たレイロン・オサノスの力で、私たち六人は頭上に星々が瞬きだすころにはずいぶん登っていた。だが、道はまだ険しかった。空気が薄いせいで呼吸は浅くなり、登っていくにつれて足が重くなっていった。でも、私だって体の疲れには慣れている。子供のころからシタデル・オブ・ザ・レイクスで訓練を受けてきたのだから。

ハウス・ヘイヴンのシャドウは、時折両手の指をひねるように動かしながら進んでいた。私たちの姿を消し、誰にも見つからないよう松の森を進ませてくれているのだ。奇妙なものだ。自分の足元を見下ろしてみても、下生えしか見えないのだから。ともあれ、ハウス・ランボスのストロングアーム、ライダルの姿を見なくて済むのは嬉しかった。彼は今、その巨体に大きな袋をふたつかつぎながら歩いていた。これも私の計画の一部だった。とても嫌な計画だけれど。

私はまた、恐怖の震えを振り払った。

登りはじめたのは街の北側だったが、川に出るには南に降りていかなくてはいけない。アセンダントの街がある渓谷の湖に流れ込んでいる川を、下っていくのだ。水に入ると、体が軽くなった気がした。岸辺は静かで、誰もいなかった。私たち六人は水中に潜り、何ひとつ痕跡を残さずに進んでいった。

私は川底に、流れる水の道を作った。レイロンも、計画どおりに仕事をしてくれた。呼吸できるよう、みんなの頭を大きな気泡で包み込む。ニンフならば子供でもできる朝飯前の技だ。そうして私たちは曲がりくねった川の流れに乗り、誰にも見つからずに渓谷を抜けていった。ほとんどまっ暗闇だったが、私は水を信頼していた。自分の呼吸と心音だけを聞きながら、いよいよアセンダントへと近づいていった。

街のすぐ前に広がる湖は、魚の宝庫だった。岸辺に向けて進みながら、何度か鱗が顔をかすめていったので、心臓が止まるかと思った。その感覚を頭から追い出し、作戦の次の段階を頭の中でおさらいする。この湖にはいくつか船用のドックがあるが、それを利用して身を隠す予定だ。最初に私が起き上がり、目から上だけを水面に出した。ずっと森と水中を進んできたせいで、わずかな街の灯もやたらとまぶしかった。だが、瞬きをこらえ、できるだけ急いで目を慣らした。スケジュールを崩すわけには、絶対にいかないのだ。

警報も鳴っていないし、見つかった兆しもない。上出来だ。

陸に上がる私たちの姿を、またヘイヴンのセンチネルが隠してくれた。だが、路地に残ってしまう濡れた足跡までは、消すことができない。それは、私とレイロンの仕事だった。能力を使い、体じゅうの水を綺麗に絞って落とす。そして、後にできた水溜まりを浮かして水の球に変えると、手近な植え込みや側溝に捨てた。

プレイリーへの飛行中、私はブラッケン王子から借りた地図を見ながら、アセンダントの街を隅から隅まで頭に叩き込んでいた。ほとんど彼からの情報だけを頼りに作戦を立てたのが、私は不安だった。その中に偽りの情報があれば命取りになってしまうが、今はとにかく信用するしかない。モンフォートの首都であるこの街はやたらと複雑に込み入っていたが、湖からブラッケンの子供たちが囚われているところへと続く最短の道のりは、無事に見つけることができた。

ピードモントのスパイからの情報では、宮殿ではなく展望棟にいるらしい。
裏路地に広がる影の中に隠れながら、私はドーム型の建物を見上げた。長い階段の遥か上に立っている。

さらに数百メートル登るのかと思うと脚が震えた。それでも私は呼吸を低く、一定のリズムに保ちながら、音もたてずに足を踏み出した。足の動きに合わせ、鼻から吸って、口から吐く。

ランボスのストロングアームは荷物をかついでいるというのに、楽々と階段を上っていった。

ヘイヴンのセンチネルは、六人のうちでもっともよく訓練されていた。国王とその一族を守るために育てられてきた彼は、肉体的に、まさに全盛期だった。それは、レイロンも同じだった。ノルタ人を信頼するのは気が進まなかったが、そんなことを言っても今はどうしようもない。政治的には、すんなり信用してみせなくてはいけないのだ。

心から信頼している味方は、ジダンサただひとりだった。他のレイクランド人たちにはイライラさせられる。ハウス・エスカリオのニロを連れてくるのは気が進まなかったが、それでも彼と彼の持つ能力が、私たちには必要だ。ニロは、奇妙なスキン・ヒーラーだ。命を救う能力を授かった者が、命を奪うことを彼のように楽しむなんて、あってはいけないことだ。

階段を上りながら、彼の速い呼吸音が聞こえていた。ニロみたいに才能豊かなヒーラーがいるのは心強かったが、連れてこなくて済んだなら、どんなによかっただろう。今夜の役目をひたすら楽しみにしている彼を見ていると、そんな気持ちになる。

「運がよけりゃ、正午までは敵さんにも気づかれないだろうよ」ニロがまるで、絹のように滑らかな声で囁いた。

「静かにしていて」私は囁き返した。「完璧な仕事をしてみせるさ」

まるで彼の亡霊がそこにいるようで、ただでさえ寒い山の空気の中でも寒気を感じてしまった。

アセンダントは、無防備な街じゃない。だが、ぽつぽつと監視所やパトロール兵の姿が見えはするものの、レイクランドやノルタの首都にはまったく及ばなかった。頭の悪いモンフォート人たちは、周りの山々だけでもじゅうぶんに安全が守れるはずだと思い込んでいるのだ。

私は振り返り、渓谷の反対側を見てみた。黒髪に何かが触れたような気がしたが、何も見えなかった。向かいにそびえ立つ広大な建物は、きっと首相の宮殿だろう。他の住居や政府の建物なども、一緒に並んで造られている。宮殿は星明かりに白くきらめき、バルコニーや窓やテラスにはほんのりと明かりが灯っていた。

あのどこかにメア・バーロウがいる。生き延びる力に恵まれた、あの稲妻娘が。

アルケオンで見た彼女は、とても興味をそそった。シルバーの王のためにつながれたレッドの少女……。ふたりはまるで、お互いの罠にはまり合っているように見えた。どうやってメイヴンをかどわかしたかは知らないが、きっと、彼の母親のしわざに違いない。禍々（まがまが）しい心の持ち主でなければ、あんな執着心を人に植えつけることなんてできやしない。あれは、愛なんかじゃない。愛を知る人が、あんな仕打ちを人にするわけがない。

自分が愛ゆえの結婚をするなんて考えたことは、一度もない。私はそんな夢を見るほどナイーブじゃないのだ。両親は結婚生活を通してお互いに愛情や尊敬を抱くようになっていったけれど、私もそうなってくれさえすればいい。もちろん、メイヴンはそんな希望をずたずたに壊してくれた。私はほんの少ししか彼の心を覗いたことがないが、それだけでも、心が死んでしまっているのはよく分かった。

ブラッケンの子供たちのことがなかったとしたなら、そして私がノルタ王妃として生き続けたいと本当に願っていたなら、喜んでメア・バーロウを殺そうとしたかもしれない。彼女に悪意を抱いているからじゃない。殺せばメイヴンの迷いが少しは消えてくれるかもしれないからだ。彼女はメイヴンを突き動かす動機であり、追いかけ続ける人参（にんじん）だが、同時に弱点でもある。そして私は、メイヴンが弱くないと困る。迷いを消したりしてはいけないのだ。

母さんが言ったように、メイヴンはいずれ洪水にのまれることになるだろう。

メイヴンだけじゃない、すべての敵が。

敵の部隊は十分前に出発し、軍用車に乗り込み山を登っていった。そのエンジン音がまだ響いてきて、モンフォートの首都に走る道や裏路地にこだましていた。街には警鐘とサイレンが鳴り響いていた。計画どおりだ。私は、まだヘイヴンのセンチネルに姿を消されたままうなずいた。

展望棟の警備兵たちはほとんどが市街の騒ぎを鎮めるために持ち場を離れており、後にはふたりが残っているだけだった。夜になると、緑の軍服が黒く見えた。ステンドグラスのドームを支えるぴかぴかに磨き上げられたムーンストーンの柱に、とてもよく映えている。

シンガーもウィスパーもいないので、警備兵たちの記憶を消すことはできない。横をすり抜けていくしか方法はなかった。難しいことではなかったけれど、私たちはここまでと同じように息を殺して立ち並ぶ柱の間を抜けていった。

警備兵たちは鳴り響くサイレンにも慣れっこなのだろう、入り口の両側に身じろぎもせずにじっと立っていた。聞いた話だとレイダーの襲撃は日常茶飯事で、首都への危険もほぼないらしい。

「平原がやられてるのか?」ひとりの兵士が、相棒のほうを向いた。

相棒の女が首を横に振った。「斜面のほうよ。平原は先月、二度襲われたからね」

男のほうがにやりと笑い、ポケットに手を突っ込んだ。「ちぇっ、平原に銅貨十枚賭けてたのによ。お前の勝ちだ」

「どれだけ私に貢げば気が済むの？」女が呆れ顔で笑った。

すっかり大笑いしているふたりをよそに、私はドアのロックに手を当てた。もう片手で、腰に提げた水筒のふたを開ける。ヘイヴンのセンチネルに姿を消されているせいで、手探りでやらなくてはいけない。おかげで少しだけ苦労はしたが、ちょっと手間取った程度で済んだ。

水が私の手首の周りに渦を巻いて素肌にキスをすると、指の間を伝って鍵穴に入り込んでいった。私が息を吐き出すと、その水がぴったりと内部の構造を埋める。私は水を通してタンブラーをひとつひとつ押し、鍵の形を作っていった。

足を伸ばし、となりにいるジダンサの足をつつく。彼女もつつき返してくる。

やや離れたところで、彼女の能力を受けた木の枝が派手な音をたてて折れ、石畳に落ちてきた。

「レイダーが入り込んだの？」女の警備兵が笑顔を消し、うろたえた。

「そんなのに賭けちゃいないぞ」男が答える。

音の正体を確かめにふたりが走っていく。これでもう誰にも気づかれず、誰にも見られず、展望棟の中に滑り込める。

監視カメラがあるかもしれないので、センチネルは私たちの姿を消しながらみんなを中に入れた。

「レイロン、通れ」ノルタのニンフが囁く。お互いの姿が見えない私たちが、順番に自分の名前を言って点呼を取った。

「ジダンサ」

「ライダル」

「ニロ」

「アイリス」

「デロス」ヘイヴンのセンチネルが言った。

私は笑みを浮かべ、そっとドアを閉めた。

展望棟への侵入。完了。

安堵のため息はこらえた。ブラッケンの子供たちを連れて、無事に帰還を果たすまでは気を抜くわけにはいかない。そんなことを考えるのは、気が早すぎる。母さんが言うように、勝つべき戦(いくさ)があるのなら眠りこけていてはいけないのだ。私たちは今から、戦火に飛び込もうとしているのだから。

室内を歩き回るジダンサの足音が、小さく響いていた。なかなか調査を終えない彼女に、みんながじりじりしはじめる。やがて彼女が戻ってきた。声が笑っている。

「敵はどうやら本物の間抜けね。カメラはないわ。ひとつもよ」

「ありえないだろ」レイロンがつぶやく声が聞こえた。

私は首をかしげた。「もしかしたら、子供たちがここにいたという証拠を残したくないのかもしれない」だが、私は気を抜かなかった。戦争では、あれこれとひどいことが起こるものだ。シルバーでも例外じゃない。私は身をもってそれを知っている。「もしかしたら、もう子供たちは用無しになったのかもしれないわね」

私の言葉にみんながはっとして、重苦しい絶望感がさらに増す。

私は顔を上げると見えない髪の毛を掻き上げ、耳にかけた。「センチネル・ヘイヴン、もう大丈夫よ」

「了解です、陛下」彼の声が聞こえ、頭を下げている姿がぱっと現れた。

とつぜん窓がぱっと開いたかのように、その場にいる全員の姿が見えた。みんな自分の手脚を眺め回していたが、ニロだけは私をじっと見つめていた。いつもより青白く見えた。ドームのガラスの色を帯びた薄明かりのせいで、顔色が、病んだような緑色になっている。私に挑んでいるか、私を見て楽しんでいるかのような目つきだった。どちらにしろ、気に入らなかった。

「こっちよ」私は、目の前の仕事だけに集中することにして、彼に声をかけた。ニロを含め、みんなが列になる。すぐ後ろがジダンサなのを見て、私はほっとした。そばにはセンチネルもいる。私はノルタ王妃なのだ。このセンチネルは、メイヴンと変わらず私のことも守ると誓いを立てているのだ。

私たちはドームの天井を向いた巨大な望遠鏡を回り込みながら進んでいった。望遠鏡には真鍮の管やガラスの器具があれこれ取りつけられている。無駄なものを、と私は胸の中で言った。星々は、誰の手にも届かない遥か遠くにあるのだ。シルバーにすら、どうすることもできない。星々が瞬くのは、神々だけが住むことを許された領域だ。私たちが理解などできるものか。そんなことをしても、時間と資源、そしてエネルギーの無駄というものだ。

円形のその部屋はいくつか他の部屋へとつながっていたが、私たちはそれをすべて無視した。床じゅうを調べながら、どこかに隙間がないか探す。無論、やすやす見つかるとは思っていなかった。私はまた水筒を取り出すと、同じようにするようレイロンにもうなずきかけた。

私たちの撒いた水がどんどん薄く広がり、大理石の床を覆っていった。石版の間にある溝や継ぎ目に入り込んでいく。

「こっちだ」レイロンが、何歩か壁に歩み寄った。まるで大きな水玉のように、彼の水がそこに集まっている。近づいて目を凝らしてみると、水の中に小さな泡がぷくぷくといくつも上ってきている。

下に空洞があるのだ。

ジダンサが、すぐに仕事に取りかかった。指を波打たせるように動かしながら、床にはまった石版を剝がしていく。その下には暗闇が広がっていた。だが、まっ暗ではない。通路をずっと進んだ先に、いくつか明かりが灯っている。隠し扉になっていた石版の隙間から漏れるほどではないが、それでもじゅうぶんな明かりだった。

私たちを招くように、階段が下に続いている。

計画どおり、ライダルが最初に入った。すぐ後に、ホルスターの拳銃に片手をかけたニロが続く。ライダルが敵に出くわした場合に備えているのだ。その次に、センチネル・ヘイヴンが続いた。その手に、まるで煙のように影がまとわりついているのに私は気がついた。私は、そのすぐ後ろについていった。となりにジダンサが、後ろにレイロンが続く。

ここはまだ楽勝だ。私は心の中で言った。

通路はゆっくりと曲がりくねりながら展望室の地下を突っ切り、外にまで延びていた。警備兵も、監視カメラも見当たらない。薄暗い明かりの中、私たちの足音が響いているだけだ。

もしかしたらこの場所は、ブラッケンの子供たちのためだけに造られたのではないだろうかと、ふと思った。だが、そうではないように感じた。壁は新たにバター色に塗られたばかりだが、石そのものは古い。敵の人質を閉じ込めておくための場所だというのに、不思議と心が落ち着くような雰囲気があった。

モンフォート人とは、なんとも妙な人々だ。

百メートルも進むと通路の先が開け、窓がずらりと並んだ広い空間に出た。人々を迎え入れるための場所だろうか。そこから外を覗くと、アセンダントの街の灯が見えた。きっと分厚いガラスがはまっているのだろう。街じゅうを行き交うライトはいくつも見えるというのに、サイレンの音が聞こえない。

妙に思いジダンサのほうを振り向くと、彼女も私と同じように、わけが分からないといった顔をしていた。肩をすくめ、部屋の端にある一枚のドアに向けてあごをしゃくってみせる。

一見、なんの変哲もないドアだった。補強すらされていない。

さっきのように鍵を開けようと手を触れてみて、私にはその理由が分かった。

「〈静寂の石〉だわ……」私は、炎に触れたかのように後ずさった。能力を封じる石の感触をかすかに感じただけで、全身に鳥肌が立った。「なんてひどいことを」

ジダンサが、いまいましげにうめいた。「可哀想な子供たち。こんなところに何ヶ月も入れられているだなんて」

他のみんなもため息をつく。

ただひとりを除いて。

「子供たちは可哀想だが、俺たちには好都合さ」ニロが、同情など微塵も感じさせない声で言った。私は冷たい目で彼を見た。

「何が言いたいの？」

「〈静寂の石〉の力を受けると、だるくなって眠気に襲われるんだ。子供たちがふたりともおとなしくしててくれれば、誰にも気づかれずに済むってもんだろう」彼はそう言うと、ライダルが背負った大荷物に手を触れ、指先で叩いてみせた。

確かにそのとおりだったが、私は顔をしかめた。

「その子たちを出しましょう」と指を鳴らす。「センチネル・ヘイヴン、手伝ってちょうだい。あとニロ、ヒールの準備を。子供たちには必要よ」

〈静寂の石〉で作られた牢獄が人をどんな目に遭わせるかは、私も知っている。バーロウを見た私には分かっている。あの瘦せこけた頰と、生気を失った目を。骨張ったあの体と、病的に血管が浮き出たあの肌を。

ブラッケンの子供たちは、まだ十歳と八歳と幼い。シルバーとして生まれ、能力を失うことなんて想像すらせずに育ってきた。〈静寂の石〉の責め苦を受けたふたりなんて見たくなかったが、他にどうしようもなかった。

私は、瞬きをすることも許されず、戦争の恐怖を直視しなくてはいけない。父さんは違った。母さんも姉さんも違った。でも本当に勝ちたいのなら、私は両目を開いていなくてはいけない。

勝って、帰還するのだ。

レイロンが自分の水筒の水を使って鍵を作り、このドアの解錠に取りかかった。〈静寂の石〉の力が届くものだから、少しだけ時間がかかった。

ようやくドアを開けると、レイロンは私を最初に通すために一歩後ろに下がった。私は中に入ると、異様な感覚に身震いした。

チームが後ろについていてはくれたが、私はまるで崖っぷちに吊るされた生まれたての赤ん坊みたいに心許なかった。

子供たちはふたりとも、綺麗に整えられたベッドの中、ぐっすりと眠っていた。物陰に誰かが潜んでいるのではないかと、私は室内を見回した。でも家具やカーテンが作る薄暗がりの他には、何も怪しげなものは見当たらなかった。窓は通路にあったものと同じく、松の森の先に広がる街を見下ろしている。これもまた、拷問だ。決して行くことができない世界を、こうして見せつけているのだから。

「連れ出すから手伝って」私は、早くここから出ていきたくて、みんなに声をかけた。

手近なほうのベッドに寝ていた黒髪の女の子に手を伸ばし、そっと顔に触れる。叫ばれたときに、口を押さえるためだ。ブラッケンの娘はその感触に身じろぎしたが、目を覚ましはしなかった。

ければ。

「起きなさい、シャーロッタ」私は小声で言った。鼓動が倍も速くなる。早くここを出な

センチネル・ヘイヴンが、マイケル王子のそばに近づいた。片腕を肩に、もう片腕を膝に回し、抱え上げる。妹と同じで、マイケル王子もなかなか目を覚まさなかった。ぼんやりとした顔で、センチネル・ヘイヴンを見上げたまま動かない。〈静寂の石〉が、ふたりをぼろぼろにしてしまったのだ。

「誰……？」王子は今にも閉じてしまいそうな目をしながらつぶやいた。

妹のほうも、私にそっと揺さぶられて目を覚ました。瞬きをしながら私を見上げ、何が起こっているのか分からず額に皺を寄せる。「お散歩の時間なの？」怯えたような声で彼女が言った。「騒いだりしないわ、約束する」

「そうよ、〈静寂の石〉が届かないところにお散歩しましょう」私は、早口で答えた。「だけど、ふたりとも静かにね。あと、私たちの言うことを聞くこと」

兄妹はこれを聞くと、一気に元気を取り戻した。シャーロッタなどは私の首に両腕を回し、抱き上げやすくしてくれたほどだ。思っていたよりも軽くて、少女というより小鳥だった。すっきりとした、清潔な匂いがする。〈静寂の石〉の牢獄とはいえ、丁重に扱われていたのだと感じた。

センチネル・ヘイヴンに抱かれたマイケルが体を丸めた。「初めての人だね」と言って、

清々しい空気を吸い込んだ。

センチネルを見上げる。

私は〈静寂の石〉の力のせいでふらふらと通路に戻ると、子供たちも大きく息をつく。シャーロッタは、私の腕の中でリラックスしている。

「さっき言ったこと、忘れないでね」私は、準備をしているライダルとニロの様子を確認しながら子供たちに声をかけた。

マイケルは黙ったままうなずいたが、シャーロッタは子供とは思えないほど熱心なまなざしで私を見上げ「助けに来てくれたの？」と囁いた。

嘘をつく理由はない。だが、言葉は出てこなかった。成功するとは限らないのだ。私のせいで、このふたりが殺されてしまうかもしれない。私だって命を落とすかもしれないのだ。「そうよ」と私は無理やり言葉を絞り出した。

「俺に見せてくれ」

ニロがてきぱきとふたりの顔にライトを当てたので、私までぎくりとした。悲鳴をあげかけたマイケルに「静かにね」と声をかける。そしてシャーロッタの向こうにいるニロを睨みつけたが、彼は私を無視して子供たちだけを見ていた。ふたりの特徴を憶えながら、黒い瞳をせわしなく動かしている。

彼が地面に向き直ると、私までつられて、うっかり見てしまった。慌てて顔をそむけたが、それでもちらりと見えた。ふたりの小さなレッドたちが。

ふたりはまだ息をしていた。だが今にも止まりそうで、もう薬でも使わないと目を覚ますこともできない。それでも、まだ息をしているのだ。

ニロには、自分の仕事をするために生きた人の肉が必要だった。

センチネル・ヘイヴンは私と目を合わせると、スキン・ヒーラーとふたりのレッドに背を向けた。マイケルとシャーロッタに、自分たちのために犠牲になる子供たちの姿なんて、見せるわけにはいかない。そして私たちも、これから起きるできごとを見たいとは思わなかった。

弱さを認めるな。

私の中に声が響いた。

目を閉じてはいけない、アイリス・シグネット。

ニロが振る刃の音がする。「こいつは芸術だぜ」彼の囁く、悪魔のような声が聞こえた。

彼はほとんど音をたてずに仕事を続けた。

ほとんど。

11

メア

くたくたのはずなのに、ほとんど眠れなかった。ヒーラーたちに癒やしてもらいながら私たちがアセンダントに帰り着いたのは、もう夜明けのころだった。到着したころには、議会でデヴィッドソンが話をするまであと数時間に迫っていた。なんとか眠ろうとは思ったけれど、レイダーとの戦いで分泌したアドレナリンが引いていくころには、朝の会議への不安ですっかり眠れなくなってしまっていた。わずかに残された夜を、私はカーテンから差し込んでくる夜明け前の青い光を眺めながら過ごしたのだ。

だからテラスで腰掛けながら今、私はなんとか眠りこけてしまわないようドレスをいじり回しているのだった。ひどいドレスだった。スパンコールのちりばめられた紫の生地で、腰には金色のベルトがはめられている。袖は手首のところで風船みたいにふくらんでいる。襟元は大きく開いていて、メイヴンに入れられた焼印の端が覗いていた。髪の毛は後ろで編み、首筋にできた傷跡を堂々と見せていた。モンフォートの政治家たちに、私がどれだけ犠牲になってきたかを見せつけてやりたかった。そして、精一杯稲妻娘らしい姿を見せてやりたかった。たとえそんな娘なんて実在しないにせよ、稲妻娘は私に強さを与えてくれる。メアリーナと同じように。ふたりとも私の歪んだ分身かもしれないが、それでも、どんなに小さくても、本当の私の一部に変わりはない。

山脈に昇る朝日は、不思議なものだった。ゆっくりと、しかし確実に、渓谷を包んでいた暗闇が消え、街の広がる斜面から朝の霧を引き連れ逃げ出していく。光とともにアセンダントの街は目を覚ましたようで、人々のたてる低いざわめきが首相官邸にまで聞こえはじめていた。

アナベル皇太后は遅刻なんてする人じゃない。こんなに大事な用事であれば、なおさらだ。今日も孫と衛士たちを引き連れて、官邸前の玄関を降りてきた。金の長いローブをまとったジュリアンは後ろにやや離れて、腕組みをしながらついてきていた。私と目が合うと、ジュリアンが小さく頭を下げて挨拶をした。私も挨拶を返した。甥の味方につく道を選んだのには賛成できなかったが、そんな選択をする理由は理解できた。何よりも家族の支えになりたい気持ちは、私にも分かる。

赤と燃え上がるようなオレンジ……。ハウス・レロランの色に身を包んだアナベルは、国王の祖母というよりも、国王を守るセンチネルのひとりみたいだった。そして、同じくらい危険な力を持っている。ドレスこそ着てはいないものの、紋織りのコートとお揃いのチュニックを身に着け、下には黒いレギンスを身に着けている。どれもこれも、まるで鎧のようにブロンズの縁取りがされていた。アナベル・レロランは、戦いの準備を万全にしてきたのだ。戦場ではないところで行われる戦いの。彼女がテラスの向こうから私に笑いかけてきた。目が笑っていない。

「陛下」私は頭を軽く下げて、皇太后を迎えた。「タイベリアスも」と、ちらりと彼を見ながら付け足す。

愛称でもなく、国王という称号ですらなく、意地でもタイベリアスと呼ぶ私に呆れたように、彼は自嘲的な笑みを浮かべた。

「おはよう」タイベリアスが答えた。いつものように……いや、いつにも増してハンサムに見える。レイダーとの戦いがまだ彼に染みついていた。夜に彼が洗い落とそうとした灰の臭いが、まだ漂ってくるみたいだった。シャワーを浴びる彼の姿を想像しかけ、私は胸の中で舌打ちした。

深紅のマントとつややかなシルクの服を着た炎の王子には、朝日がよく似合った。綺麗に整えた黒髪に、冠をかぶっている。それもまた、よく似合っていた。宝石も、入り組んだ装飾もない。炎の形に鉄を彫って作った、シンプルなヘッドバンドのような冠だ。私は、その冠をじっと見つめ続けた。あんなちっぽけなものが、そんなにも愛しいだなんて。

張り詰めたような緊張感があたりを包んでいたが、私は昨日のような猛烈な怒りはもう感じなかった。ほんの短い言葉を交わし合っただけだが、それが心を落ち着かせてくれたらしい。いつかもっと時間をかけて、お互いに理解を深めることができたらどんなにいいだろう。

だが、理解といってもいったい何を理解しろと？

いくら考えてみても、胸に灯る希望の火を踏み消すことにしかならなかった。けれど、もし彼が自分の過ちを認めるのなら、私はまだ許すつもりだった。馬鹿馬鹿しいことだとは分かるけれど、その希望だけは絶対に死ななかった。

ファーレイの姿を見た私は、いちばんびっくりした。脚の傷が、新品みたいに治っていたからじゃない。それは予想どおりだった。完璧に装ったデヴィッドソン首相の後ろにいるのが彼女であることに、私は最初気づかなかったのだ。ぼろぼろの軍服は脱ぎ捨て、まるでタイベリアスかメイヴンが着ていそうな礼装姿だった。こんなものをファーレイが着るだなんて。

私は目をぱちくりさせて彼女を見つめた。ファーレイは自分のために仕立てられた、ぴっちりとした深紅のコートの袖を気にしていた。将軍の記章、鉄の四角形が三つ、襟にとめられている。胸元には勲章やリボンがあれこれとついている。本物かどうかは疑わしかったが、おかげでいかにも将軍らしい威風が彼女から漂っていた。デヴィッドソンとカーマドンのしわざに違いない。彼女をこんな姿に仕立てることで、〈スカーレット・ガード〉を正当な勢力だと政府に認めさせるために手を打ったのだ。そのうえ、唇の端に刻まれた傷跡と、鉄の意志を伝える青い瞳だ。彼女の頼みごとを断れる政治家なんて、どこにいるだろう?

「ファーレイ将軍。素敵な服ね」私が声をかけると、彼女はいびつな笑みを浮かべた。

「口に気をつけなさい、バーロウ。じゃないと、あんたにも同じもんを着せるわよ」彼女はそうぼやくと、また袖を気にした。「まったく、動きにくいったらないんだから」ジャケットは肩に張りつくみたいにぴったりフィットしていたけれど、彼女らしい動きを――戦うための動きを――するにはひどく窮屈そうだった。

私は、彼女の腰に目をやった。「銃は持ってないの?」

ファーレイは顔をしかめた。「思い出させないで」

誰も驚きはしなかったが、最後に登場したのはエヴァンジェリン・セイモスだった。同じく黒い縁取りのついたグレーのコートを着た従兄弟たちを従え、大きな樫(かし)の扉から彼女が出てくる。彼女のドレスは肩のあたりは白く、裾に行くに従いだんだんと漆黒へとグラデーションしていた。近づいてくるにつれて、シルクのドレスは染められたものじゃないのに私は気づいた。表面を覆うきらめく金属が、真珠のような白いものから灰色の鋼鉄へ、それから黒鉄へと変わっているのだ。

「人民ギャラリーにも、あんな感じで入場できたらいいんだがな」デヴィッドソンが、私とファーレイに囁いた。近づいてくるエヴァンジェリンをじっと見ている。肩をいからせ、強烈な決意を感じさせる足取りで、彼女は歩いてきた。

首相はエナメルのボタンがついたダーク・グリーンのスーツ姿で、シンプルながらも威厳を漂わせていた。ぴっちりとなでつけた灰色の髪が、つややかに光っている。

「では、よろしいかな？」首相はみんなを見回すと、官邸から遠ざかっていくアーチ道のほうを手で示した。

私たちはみんな、服装も覚悟の強さもばらばらのまま、首相の後に続いて街へと続く曲がりくねった階段を下りはじめた。

もっと時間が欲しかったが、モンフォート政府がこうした問題を話し合うために作られた建物、人民ギャラリーは、あいにく割と近くにあった。坂をほんの数百メートル下ると、首相官邸のすぐ下にその建物が見えてきた。重要な場所だというのに、ここにも防壁などは作られていない。アセンダントの街と渓谷を見下ろすドーム状の建物の周りには、白石のアーチ道と広々としたベランダがあるだけだ。朝日はまだ昇り続けながら、緑色をした巨大なガラスのドームをきらめかせていた。ガラスは、シルバーが作ったにしては作りが粗かったが、その粗さがさらなる美しさになっていた。滑らかに磨き上げられたガラスと違い、思いがけないような、不思議な光の捕まえかたをするのだ。建物の周囲にはまるで生きた柱のように、銀の幹と金の葉を持つアスペンの木々が等間隔で並んでいた。これはシルバーの手によるものだ。疑いようがなく、グリーンワーデンの仕事だろう。

それぞれの木の横には、ダーク・グリーンの軍服をまとった兵士たちが立っていた。みんな誇らしげに胸を張っている。私たちはギャラリー前の大理石でできた長い歩道を抜けて、大きく開かれた扉へと向かった。

深呼吸し、気合を入れる。難しいことではないはずだ。モンフォートは敵じゃない。そして私たちの目的ははっきりしている。できるだけ多くの援軍を獲得することだ。レッドとニュー・ブラッドの命を犠牲にしてでも権力を我がものにし続けようとする、狂気の王と手下たちを倒すことだ。モンフォート自由共和国なら、すんなりと協力に同意してくれるだろう。彼らの目的だって、同じはずだから。

とりあえず、私はそう聞いている。

私は気を引き締めると手を伸ばし、ファーレイの手を取った。ほんの一瞬だけ、たこのできた彼女の指を握りしめる。ファーレイはためらわずに、握り返してきた。

メイン・ホールには、銀と赤の紐で縛られた緑と白のシルクに飾られた柱がずらりと並んでいた。天窓から入ってくる陽光が、この世のものとは思えない美しい反射であたりを包んでいた。ホールはたくさんの部屋につながっていた。アーチの下から中が見える部屋もあれば、がっしりとした樫(かし)のドアで閉ざされている部屋もある。もちろん、モンフォートの人々もいた。一箇所に集まり、目の前を進んでいく私たちをじろじろと見つめている。男も女も、レッドもシルバーもいる。肌の色も、まっ白から闇夜のような黒までさまざまだった。私は彼らの視線から自分を守ろうと、体をこわばらせた。

私の前を、タイベリアスが胸を張って進んでいた。右側に祖母を、左側にエヴァンジェリンを従えている。エヴァンジェリンは慎重に、タイベリアスの大きな歩幅に合わせて歩いていた。ハウス・セイモスの娘として、後ろを歩くわけにはいかないのだ。据の長いドレスを引きずっているものだから、私とファーレイはどうしても少し離れてついていかなくてはいけなかった。気にしているわけではなかったけれど。

私たちの後ろからは、ジュリアンがついてきていた。きょろきょろしながらぶつぶつとひとりごとを言っているのが聞こえる。ノートを取っていないのが、私には意外だった。

人民ギャラリーというのは、まさにぴったりの名前だった。目的の部屋のドアが近づいてくるにつれ、何百人という人々のざわめきが低く響いてきた。ざわめきはどんどん大きくなり、やがて私は、どくどくと耳の中で脈打つ自分の鼓動しか聞こえなくなった。

デヴィッドソン首相に会釈をするように、よく油をさした蝶番(ちょうつがい)がついた白とエメラルド・グリーンの巨大な扉が開いていく。首相が、拍手の渦の中へと足を踏み入れた。私たちもその後に続いて円形のギャラリーに入っていくと、拍手喝采はいっそう大きくなった。何百人という人々が椅子にかけていた。ほとんどの人々は、デヴィッドソンと同じようなスーツを着ていた。さまざまな形をした白や緑の正装だ。記章をつけた礼装や軍服姿の人もいる。私たちが入っていくと、全員が歓迎のために椅子を立った。私たち全員が歓迎されているのだろうか？　それとも首相だけが……？

私には、分からなかった。

中には拍手をせず、ただ立っただけの者もいた。敬意を払って立ったのだろうか、それともしきたりに従っただけなのだろうか。

円形の部屋の中央は少しだけ低くなっており、そこに下りる階段があった。目を閉じても走りきれそうな階段だ。それでも私はきらめくドレスを踏みつけないよう、足元に気をつけながら下りていった。

デヴィッドソンは底に降り立つと、部屋の中央にある自分の椅子に腰を下ろした。両側には政治家がふたり立っている。私たちの椅子も全員分用意してあり、どれが誰の椅子か分かるよう、色違いの掛け布がしてあった。オレンジはアナベル、銀色はエヴァンジェリン、紫は私、赤はファーレイ、そんな感じだ。デヴィッドソンがカリスマの滲み出る笑みを浮かべながら、その場の人々とにこやかに握手を交わしている間に、私たちは椅子に座った。

何回こうして人前に引きずり出されても、なかなか慣れなかった。

でも、エヴァンジェリンは違った。私のとなりに腰掛け、ドレスのひだがちゃんと重なり合うよう両手で直している。いかにも王族らしく片眉を吊り上げ、まるで絵から抜け出してきたみたいだ。エヴァンジェリンは、こういう場所で生きるよう生まれついた。恐れを感じていたとしても、決して顔になんて出しはしない。

「恐怖心は殺しなさい、稲妻娘」彼女がぎらりと目を光らせて私を睨みつけ、囁いた。「今日が初めてってわけでもないんだから」

「まあね」私は囁き返した。メイヴンと彼の玉座、そしてあの場で言わされた忌まわしい言葉が胸に蘇る。あれに比べれば、こんなのは楽勝だ。ぼろぼろにされるわけじゃない。

デヴィッドソンは立ったまま、部屋じゅうの人々が音をたてて椅子に腰掛けるのを眺めていた。

手を叩き、頭を下げる。灰色の髪が一筋、目の上に落ちた。「始める前に、まずは昨夜、レイダーの攻撃から我が国民を守って命を落とした者たちのために、黙祷を捧げたい。彼らを決して忘れぬよう」

部屋にいる政治家や士官たちがうなずき、頭を垂れた。目を閉じている人々もいた。私はどうすればいいのか分からなかったので首相のまねをして、両手を組んでそこにあごを乗せた。

永遠かと思うほど時間が過ぎてから、デヴィッドソンが顔を上げた。

「親愛なる同胞たちよ」首相が、部屋の隅々までよく通る声で言った。どうやらこの部屋には、最大限に声を響かせる仕掛けでもあるのではないだろうか。「礼を言わせてほしい。人民ギャラリーにおける特別集会の開催を承諾してくれたこと——そして、ちゃんと出席してくれたことに」

首相は言葉を切ると、会場に起こった上品な笑いに応えて笑みを浮かべた。愛想のいい冗談とは、便利なものだ。笑いかたひとつ見るだけで、首相の味方が誰なのか簡単に分かってしまう。数人の政治家だけが、真顔のままだった。肌の色を見て驚いたのは、レッドもシルバーも混ざっていたことだ。

デヴィッドソンは、歩き回りながら話を続けた。「知ってのとおり我が国は、建国二十年と、若い国である。首相は私でまだ三代目だし、諸君らの多くは今期が初就任になる。その私たちが一丸となり、身分も血の色も異なるさまざまな国民たちを代表して意見を持ち寄り、利益を追求し、そして何より安全を提供し続けてきた。この何ヶ月かというもの、私は国を維持するために必要なことをするため、そして我が国が直面している危機から守るため、奔走してきた」首相は、額に深い皺を刻みながら言った。「我が国は自由の灯火だ。希望だ。そして我々を取り囲む闇を照らす炎だ。モンフォートはこの大陸で唯一、血の色に縛られることのない国だ。レッド、シルバー、そしてアーデントがともに手を取り合い、すべての子孫たちのためによりよき未来を作るのだ」

私は膝に乗せた手が白くなるほどきつく握りしめた。デヴィッドソンが言うような国など、そんな未来など、果たして本当にありえるのだろうか？　一年前、膝までスティルトの泥沼に埋まっていたメア・バーロウなら、絶対に信じたりしないだろう。信じられるわけがない。私には教えられてきた知識と、自分が見ることを許された世界しかなかったのだ。与えられていたのは、労働と兵役の人生だけ。そんな人生を、何千、いや、何百万という人々が送ってきたのだ。違う人生を夢見たところで、意味なんてありはしなかった。そんなことをしても、すでにぼろぼろの心を、さらにぼろぼろにするだけなのだ。ありもしない希望を抱かせるなど、残酷なことだ。私は父さんからそう教わった。その父さんですら、今はもうそんなことなんて言いはしない。そう、私たちは今、希望は本当にあると知っているのだ。

そしてこの場所……明るい世界へのステップは、確かに本当なのだ。

その場所が今、私の目の前にあるのだ。シルバーと一緒に堂々としている、レッドの議員たちの姿が。目の前で歩き回っている、ニュー・ブラッドの首相の姿が。朝日のように赤い血を持つファーレイが、シルバーの国王のすぐそばに座っている。そして私だってそうだ。私もここにいる。声をあげてもいいのだ。希望を抱いてもいいのだ。

私はエヴァンジェリンの向こうにいるノルタ王に視線を向けた。彼は私を――レッドの女を――愛しているから、こんなところまで追いかけてきた。そして、自分の目で真実を確かめようとして。

彼も私と同じものを見ていますようにと、私は願った。そして、もし彼が玉座を獲るのならば、もし私たちにそれを止めることができないのならば、どうか首相の言葉を胸で聞いてほしいと。

タイベリアスが、椅子の肘掛けに爪を立てている自分の手を見下ろした。その手は、私の手と同じくらい白くなっていた。

「だが、国境内で悪逆非道を許していたのでは、自由など手に入れようもなければ、世界を導く灯台にもなれるわけがない」デヴィッドソンが続けた。ずらりと並んだ椅子の列に歩み寄り、ひとりひとり、政治家たちの顔を見て回る。「地平を見渡せば、そこには奴隷として生きるレッドや、虐殺されたアーデントや、シルバーに踏み潰された命が見える」

私と一緒に来たシルバーの王族たちは、たじろがなかった。だが、首相の話を否定しようともしなかった。アナベルもタイベリアスも、そしてエヴァンジェリンも、じっと前を見つめたままぴくりとも表情を動かさない。

デヴィッドソンが議員たちの前を一周して、元の場所に戻ってきた。「一年前、私は戦争に干渉できる権限を求めて嘆願を行った。我々の軍の一部を使い、ノルタ、レイクランド、ピードモントなどの独裁国家における〈スカーレット・ガード〉の反乱に力を貸せるようにだ。あれはリスクだった。秘密裏に発展してきた我々の国家を表に晒すことだった。しかし諸君は、快くそれを受け入れてくれた」首相は両手の指先を合わせ、ギャラリーに向けて軽く頭を下げた。「そこで、また頼みたい。さらなる兵士と、さらなる資金を。殺人政治を転覆させる力を手にするために。そして、我々が我々らしくあるために。そして子供たちに伝えようではないか。同じ年ごろの子供たちが虐殺され、いたぶられるのを、我々は黙って見てなどいなかったと。その惨状から目をそらすことなく、力を惜しまず戦うことは、我々の義務である」

ひとりの政治家が椅子から立ち上がった。薄くなったブロンドと、骨のような白い肌、そして深いエメラルド・グリーンのローブをまとったシルバーだ。不自然に長く伸ばした爪を、鏡のように磨き上げている。「首相は今、殺人政治を転覆させるとおっしゃいましたな。しかし今となりにいるのは、頭に冠を乗せ、銀の血を持つ若者ではありませんか。この部屋には、他に冠を戴いた者などひとりとしておりませんぞ。そして、この国を前に進ませるために数々の王冠を破壊しなくてはならなかったのを、私と同じように、閣下もご存じのはずでしょう。灰の中から立ち上がるために、どれほどのものを焼き払わねばならなかったのかを」

政治家は自分の額に手を触れた。その意味は明白だった。破壊した王冠のひとつは、この人のものだったのだ。私は歯を食いしばり、タイベリアスのほうを見たい気持ちをこらえた。分かったかと、あいつを怒鳴りつけてやりたかった。タイベリアスがしようとしていることは、許されないのだ。

デヴィッドソンは、深々と頭を下げて応じた。「まさにそのとおりだよ、レイディス議員。モンフォート自由共和国は戦争により、犠牲により、そして何より人々の地位を奪うことにより生まれた国だ。建国前、この山々には小さな国がいくつもあり、さらに悪いことには、支配者の座を巡って争いを繰り広げていた。団結など、ありはしなかった。そのひび割れに入り込み、すでに崩壊を始めていた彼らを本当に崩壊させるのは簡単だった」首相は言葉を切ると、目に炎を燃やした。「今、私には同じひび割れが見える。東のシルバーたちの国々にな。ノルタは変わろうとしているのだよ。よりよき国として生まれ変わろうとね」

別の政治家が立ち上がった。褐色の肌と短く刈り込んだ黒髪、オリーブ色のサッシュをかけた白いドレスを着た、レッドの女だ。「陛下も同意されたのでしょうか？」と、タイベリアスをじっと見ながら訊ねる。

タイベリアスは、彼女の率直な言葉に驚き、戸惑った。あの呪われた弟みたいに、口が滑らかなタイプじゃない。

「ノルタは内戦の国だ」揺れる声で彼が答えた。「国の三分の一以上が離反し、一部がリフト王国に堅い忠誠を誓っている。僕の婚約者の父君が国王をされている国だ」タイベリアスは険しい顔で、となりのエヴァンジェリンを示した。彼女は身じろぎひとつしなかった。「それ以外の離反組は、僕に忠誠を誓っている。僕を父の座った玉座に就かせ、弟を追い出すためにだ。玉座を手に入れるために人殺しを犯した弟をね」頬が、ぴくぴくと動いた。

タイベリアスは、ゆっくりと目を伏せた。赤いマントの下、胸が激しく上下しているのが見えた。メイヴンとエラーラが彼に前王、つまり父親殺しをさせたあの現場に私もいたのだ。タイベリアスの苦々しい顔にははっきりと書いてある恐ろしい瞬間を、私も目の当たりにしたのだ。

議員はいかにも納得しかねるように首をひねった。「報告によると、メイヴン国王は人民から愛されているとのこと。まだ彼に忠誠を誓っている人々から、という意味ですが」彼女が言った。「興味深い話です、なにせレッドのノルタ国民までそれに含まれているのですから」

私の素肌に、さざ波のような熱気が触れた。大した熱さではなかったが、タイベリアスの苛立ちが私にはよく伝わった。私は握り拳を固め、タイベリアスより先に口を開いた。「メイヴン国王は、人の心を操る天才だわ。無理やり玉座を押しつけられた少年という自分のイメージをやすやすと利用して、彼をよく知らない人々を騙してしまうの」

そして、たまに彼を知っている人のことも。ほとんどの場合、その相手はタイベリアスだった。いつだったかタイベリアスは、エラーラよりも強力な力を持つニュー・ブラッドのウィスパーを探しているのだと私に打ち明けてくれた。エラーラが弟にかけた呪いを解くために。だがそれは叶うことのない願いだ。最低の悪夢だ。なにせメイヴンは、エラーラが死んでその力から解放されても、変わることなく怪物のままだったのだから。

女の政治家は私に視線を向けた。私は先を続けた。「メイヴンは私たちレッドが戦わされた戦争を終わらせ、レイクランドとの間に同盟を結んだわ。そして、父であるタイベリアス六世が作った厳しい規制を、国民のために取り除いてやった。人々からの支持が集まるのは、不思議でもなんでもないわ。食べものを与えれば、人は懐くものよ」話しながら私は自分のことを、そして家族のことを思い出していた。そして、スティルトを。キャメロンやレッドたちが一生閉じ込められている、スラム街のことを。私たちを閉じ込める壁を誰かが壊してくれなくては、どこにも行けやしない。世界の本当の姿を見ることなんて、できやしない。「何しろ、食卓に載るお皿の中身も、テレビの中身も、コントロールされているんだもの」

女は、すきっ歯を見せて私に笑いかけた。「メア・バーロウ、あなたはあの国王にとって悩みの種であり、お宝でもあったわね。私たちも、囚われたあなたの映像を観たわ。あなたの言葉も、人々をメイヴン国王になびかせたんだったわね」

かっと熱くなった。タイベリアスのせいではなく、私自身の恥ずかしさのせいだ。頬が燃えるように熱い。「ええ。心から恥じているわ」私はぶっきらぼうに言い返した。「銃を突き

左に座るファーレイが、椅子にかけたまま拳に力を込め、身を乗り出した。

つけられて言わされたのに、それを責める気？」レッドの女が険しい顔になった。「もちろん、責めるつもりなんてないわ。だけどもメア・バーロウ、あなたの顔と声は、何度も何度も利用されてきたのよ。今さらノルタの人々から信用されるわけがないじゃない。それに悪いけれど、あなたの言葉も、あなたが味方してる人のことも、そうやすやすとは信用できないわ」

「じゃあ私と話しなさい」ファーレイの強い声が、ギャラリーじゅうに響き渡った。ほっとしたとたん、顔の熱が引いていった。今まで感じたことのない感謝を胸に、横目でファーレイの顔を見る。彼女はぴりぴりとした緊迫感を燃料にして、怒りをたぎらせていた。「私は〈スカーレット・ガード〉の将軍、司令長官よ。私の組織は何年もかけて影の中で活動してきたわ。ハドの凍てつく浜辺からピードモントの低地まで、くまなくね。少ない戦力で、大きな成果を上げてきたの。戦力が増えればどんなことができるか、想像してみたら？」

ギャラリーの反対側で、別の政治家が手を上げた。指に金の指輪が光っている。上品だが狡猾な笑みを浮かべたレッドの男だ。「かなりの仕事、とおっしゃいましたか？　しかし失礼ながら将軍、我々と協力しはじめる前の〈スカーレット・ガード〉は、せいぜい犯罪者の寄せ集めに毛が生えた程度のものだったはず。密輸人もいたし、盗賊もいたし、人殺しまでいたものだ」

ファーレイは、鼻で笑ってみせた。「私たちは、すべきことをしたまでよ。さっき首相がひび割れがどうとか話していたけれど、そのひび割れを作ったのが私たちよ。そうして私たちは、数え切れない人たちを危険から救い出したの。私たちの力を必要としているレッドも。ニュー・ブラッドも。この国の首相だって、ノルタ生まれなんでしょう？」彼女はデヴィッドソンのほうをあごでしゃくった。首相と目が合う。「あの人だって、自分の生まれのせいで危うく処刑されかけてたのよ。私たちは毎日、そういう人たちを救い続けてきたの」

狡猾な男は肩をすくめた。「我々が言いたいのは、君たちだけの力でそれを成し遂げることは不可能だろうということだよ、将軍。それに君たちに正義があるとはいえ、合意にいたらなくてはいけない。君たちは国家もなく、声を聞くべき国民も持たない組織だ。君たちの方法論は、普通の戦争とはまったく別のものなのだよ。我々には、国家も国民もあるのだ」

「私たちは、誰の声でも聞くわ、議員」ファーレイが冷ややかに答え、首を傾けた。頭上のドームから差し込む光に、唇の横についた傷跡が浮き上がる。「特に、誰にも声を聞いてもらえないと思っている人たちの声をね。声を聞いて、行動し、戦い続けるわ。壊れてしまったものを元に戻すため、〈スカーレット・ガード〉は最後のひと呼吸までだって戦う。あなたたちの力があろうとなかろうとね」

デヴィッドソンはまた歩き回りながら、ファーレイの横を通り過ぎた。まったくの無表情のまま、私には分からない、読み解くことのできないまなざしで、ファーレイをじっと見つめている。喜んでいるのだろうか、それとも怒っているのだろうか。

さっきレイディスと呼ばれたシルバーの議員が、また立ち上がった。せいぜい三十五歳というところだろうが、モンフォートができる前にこの国がどんなだったかを憶えているくらいの歳だ。レイディスは、私たち全員を見回した。「つまり君たちは私たちにまたシルバーの君主に与し、玉座をひとつ手に入れる力となれというわけだな」

私の右で、エヴァンジェリンがにやりと笑い、口元を隠した。ぞっとする。この女は、邪魔する者があれば誰であろうと八つ裂きにしてしまう女だ。それがたとえ、私たちであろうとも。

「ひとつではなく、ふたつね」彼女は、円形ギャラリーの隅々まで響くよう大声で言った。「私の父であるリフト王もまた、正式な支配者として認められるべきだわ」

タイベリアスの唇が歪んだ。アナベルも小さく顔をしかめる。コーヴィアムでもそうだったように、エヴァンジェリンはとことん婚約者の前進を邪魔しようというのだ。

レイディスが、灰色の目を光らせながら彼女に冷笑を返した。「しかし首相、貴殿がおっしゃったように、我がモンフォート共和国は同じような国々からできているはず。どのような国であるかも、いずれどのような国になるかも分かっているはずではありませんか」彼はエヴァンジェリンからタイベリアスに視線を移した。「いかに国王や王妃が高潔で、偽りなく、誇りたい人々であろうとも」

デヴィッドソン首相の無表情が崩れ、少し険しい顔つきになった。レイディスの指摘を受け入れたように、小さく頭を下げてみせる。この同盟が持つ欠点に、ギャラリーじゅうからざわめきが起こる。無論、そんなのはデヴィッドソンや〈スカーレット・ガード〉の目的なんかじゃないし、新たな国王なんかを支えるようなつもりだってない。けれどシルバーたちがいる前で、それを真っ向から否定することはできなかった。

と、私は言い訳を思いついた。まったくの嘘というわけじゃない。

「首相、前に何か言ってたわね」私は椅子を押しのけると、さっと割って入った。「コーヴィアムで二度目の戦闘をする前、まだピードモントにいたときの話よ」

デヴィッドソンは、私のほうを振り向いて首をかしげた。

「千里を進むための一歩だってね」私は、ひとことひとことを強調しながら言った。

ギャラリーじゅうの視線が自分に集まり、私は総毛立った。なんとしても、合意させなくては。メイヴンの支配を終わらせタイベリアスに王冠を諦めさせるには、どうしてもモンフォートの協力が必要なのだ。「変化はすぐに起こるかもしれないし、なかなか起こらないかもしれない。だけど常に前進を続けていかなくてはいけないわ。もちろん、タイベリアス国王やアナベル皇太后、それからエヴァンジェリン王女の姿を見て、こいつらのいったいどこが違うのかと頭を悩ませてる人がいるのも分かるわ。このままずっとメイヴンを王様にしておくのと、自ら血を流してここの三人を主座にすえるのにはどんな違いがあるんだってね」

レイディスが、長い鼻をこちらに向けて私を見つめた。「君の話では、どうやらメイヴン・カロアは怪物だ。鎖にもつながれていない悪ガキだ」

私は首を振り、髪を背中に流した。ファーレイと同じように、傷跡に語らせるためだ。鎖骨に刻まれたMの烙印が、何百という視線を浴びてまるで燃えるようだ。

「あなたの言うとおり、メイヴン・カロアは怪物よ。疑問も話し合いの余地もなく、ここにいる三人のほうがいいわ」私は、全議員に向けて訴えた。「ノルタを前進させないからっていうだけじゃない。後退させるからよ。レッドの命なんて、いえ、シルバーの命すら、なんとも思っちゃいないの。平等なんて考えたことすらない。復讐心と、愛されたいという欲望の他には、何も分からない男よ。そしてタイベリアスや、リフトのヴォーロ王や、どんなシルバーの国王とも違い、王冠を守るためならどんなことでもするでしょう」

レイディスが、ゆっくりと腰を下ろした。白い手を差し出し、私に続けろと合図する。別に彼の許可が必要なわけではなかったし、私はかちんときた。

「そうよ。よほどのことでもない限り、あなたたちはここに閉じこもってるほうがいい。山々に守られて、世界から隔てられてね。ノルタと、ノルタが同盟国と行う悪逆非道な行いを、見て見ぬふりができるならね」何人かの議員が、椅子にかけたままもぞもぞと動いた。「でも、今は駄目。あいつにレイクランドが味方している今はそのときじゃない。私たちに協力するかどうか時間をかけて決めてくれればいいけれど、ゴングはもう鳴ってしまったのよ。あなたたちは以前、私たちを助けるよう投票した。私がホワイトファイアー宮殿から助け出されたとき、そこにはモンフォートの兵士たちがいた。コーヴィアムの壁を死守するのも、あなたたちの軍が助けてくれた。メイヴン・カロアは、モンフォートがしたことを絶対に忘れたりしないわ。あなたたちが私を自分の元から盗み出したことを、絶対に忘れない」

君はまるでトーマスみたいだ。

いつかメイヴンは、私にそう言った。まだ囁く声が頭の中に響いている。君だけは大事にしたいと思うし、君だけが、僕は生きてるんだと思わせてくれる。空っぽじゃないんだ、孤独じゃないんだとね。

あのころ、メイヴンはもうすでに怪物になっていた。私を宮殿に閉じ込め、そのうえ私自身の皮膚の中に閉じ込め続けていた。あいつは今ごろ、どんな獣（けだもの）になってしまっているのだろう？

私は顔をしかめ、メイヴンの次の動きを読もうとしてみた。今から数日後ではなく、数ヶ月後の動きを。いや、数年後の。

「ある日、あいつの軍がいきなりあなたたちの家にやってくる。ノルタ人と、レイクランド人たちがね」その姿が目の前にゆらゆらと浮かんだ。それぞれのハウスの色をまとったハイ・ハウスの連中や、王家の青に身を包んだレイクランド人たちの姿だ。「全員が怒りに燃えながら、レッド兵の盾に隠れながらやってくるのよ。あなたたちは、そのレッドたちを殺さなくてはいけなくなるの。勝てるかもしれないけど、あなたたちからも大勢の犠牲者が出ることになる。どのくらい大勢かは、私にも分からないけどね。私に言えるのは、これまでにないほどの犠牲が出るってことだけよ」

さっきと同じ黒髪のレッドの女が小さく手を上げた。私ではなく、椅子にかけたままのファーレイを見ている。「将軍、あなたも賛成なの？」と訊ね、続けてタイベリアスを指差す。「今玉座に就いているシルバーよりも、こっちのシルバーのほうがいいと？」

ファーレイは鼻を慣らし、呆れ顔をしてみせた。「悪いけど、タイベリアス・カロアなんて私はどうでもいいわ」

私は顔をしかめ、大きなため息をついた。

ファーレイ。

だが、話はまだ終わりじゃなかった。「私がタイベリアス・カロアのほうがいいって言えば、あなたは信じるわけ？」

議員は、ファーレイの言葉に満足したようにこくりとうなずいた。彼女だけじゃない。

レッドもシルバーも、ギャラリーじゅうでたくさんの議員たちが囁き合っている。「どうかしら、陛下?」女はそう付け足し、タイベリアスに視線を注いだ。

タイベリアスが、椅子にかけたまま身じろぎした。となりのアナベルが、彼の腕に軽く指で触れる。シルバーの母親たちを何人も見てきた私には分かる。アナベル皇太后は母性が有り余っており、孫に優しすぎ、愛しすぎているのだ。

立ち上がって議員たちのほうに近づいていく彼を見ながら、私は椅子に座った。デヴィッドソンもしぶしぶながら、タイベリアスひとりを立たせて自分は椅子に腰を下ろした。白い大理石と御影石の床に立ち、頭上を覆う緑のドームに見下ろされたタイベリアスは、見とれそうなほど見事だった。深紅のマントが、猛(たけ)り狂う炎にも、鮮血で染め上げたようにも見える。

タイベリアスがまっすぐに顔を上げた。「僕は弟の裏切りに遭い、一年も逃亡生活を送ってきた。だが……」そう言って、悔しげに声を絞り出す。「父にまで裏切られた。かつての王がみんなそうだったように、僕のことも王にすべく父は育てた。動じず、揺るがず、過去の歴史に従い、終わりなき戦争に血肉を注ぎ、伝統と結婚するようにと」

エヴァンジェリンが初めてぴくりと動いた。鉤爪のような爪を、椅子の肘掛けに喰い込ませている。

真の国王は、さらに続けた。「真実を言おう、ノルタは父が殺害されるよりとっくの昔にふたつに分裂していたんだ。シルバーの権力者たちと、虐げられたレッドたちにね。皆さんのように、僕もそんなのは間違いだと分かっていたよ、心の奥底ではね。だが、国王の権力には限界があるんだ。僕は、国の根底を変えること、僕たちの社会の病を正すことも、そのひとつだと考えていた。どんなに不平等な現状があろうとも、国を混乱に陥れるような危険を冒すよりはいいと思っていたんだ」彼の声には決意の力が浮かんでいた。

「しかし、僕は間違っていた。本当にたくさんの人たちから、それを教わったよ。首相、あなたもそのひとりだ」タイベリアスは、デヴィッドソンを振り向いた。「そして、あなたたち全員もそうだ。この国は、僕たちにとっては本当に奇妙に見えるけれど、新しい世界は必ず作れるという証明なんだ。新たな共存のしかたはあるんだっていうね。ノルタ王として僕は、昔は見えなかったものを見ようと思う。そして、レッドとシルバーの間に横たわる谷に橋を架けられるのなら、僕はどんなことでもしよう。傷を癒やすために。変えなくてはいけないものを変えるために」

　こうして雄弁に語る彼は、前にも見たことがあった。コーヴィアムで、だいたい同じようなことを話したときだ。私たちと一緒に世界を変えると誓ってくれた。レッドとシルバーをへだてる垣根を消し去るのだと。あのとき私は誇らしい気持ちになったが、でも今は違う。彼の言葉が何を意味しているのか、そしていったいどれだけ約束が先延ばしになるのか、私は知っているのだ。何しろ、王冠が手に入るかどうかの瀬戸際なのだ。

それでも、彼がフロアの中央でひざまずくのを見て、私は息をのんだ。大理石の床の上、鮮やかに、そして血の海のように、タイベリアスのマントが広がる。

彼が頭を下げると、議員たちがざわめきだした。

「僕のために戦ってくれなんて、誰にも頼まない。僕とともに戦ってほしい」タイベリアスが、ゆっくりと言った。

黒髪の女が、首をかしげながら最初に口を開いた。「誰かを身代わりにするような方じゃないのは、私たちももう知っているわ、陛下。昨夜はっきりとそう分かったもの。私の娘、ヴァイヤ隊長が、あなたと一緒にホークウェイで戦ったから」

タイベリアスは、ひざまずいたまま何も言わずにただうなずいた。首の筋肉がぴくりと動くのが見えた。

ギャラリーの反対側で、レイディスがデヴィッドソンのほうに片手を伸ばした。そのとたん、室内にそよ風が吹きはじめた。レイディスはウィンドウィーバーなのだ。「首相、投票しましょう」シルバーが言った。

デヴィッドソンは、うつむき加減で椅子にかけていた。その場にいる議員たちを見回している。彼らの表情から何を読み取ったのか、私には分からなかった。しばらく時間が過ぎてから、首相が息を吐いた。「よし、いいだろう。レイディス議員」

「私は賛成に一票だ」レイディスは力強く言い、着席した。

ひざまずいているタイベリアスが、驚きを隠そうとしながら目をぱちくりさせた。私も同じ気持ちだった。

何人もの議員たちの唇から賛成という言葉が出るたびに、その驚きは大きくなっていった。私は声に出さずに数えた。三十。三十五。四十。

ギャラリーには、私の胸に芽生えかけた希望を押しつぶすほど、ノーを口にする政治家たちもいた。だけど、私たちが必死に求めているイエスを口にする政治家たちに、あっという間にのみ込まれていった。

やがて、デヴィッドソンが笑みを浮かべて椅子から立ち上がった。タイベリアスに歩み寄ってそっと肩を叩き、立ち上がるように促す。

「おめでとう、君の軍の出来上がりだ」

12

エヴァンジェリン

モンフォートは確かに美しい国だけれど、すぐに帰れると聞いて、私は心の底から嬉しくなった。とにかく、一刻も早く家に帰りたい。リッジ・ハウスに。プトレイマスのところに。エレインのところに。嬉しすぎて、自分の荷造りは自分でやらなくちゃいけないのも、うっかり忘れかけたほどだ。

これは懸命な決断だった。レッドですらそう知っている。リフトはピードモント基地より、モンフォートに近い。そして言うまでもないけれど、ブラッケンのなわばりにも囲まれていない。そのうえ力が強く、守りも盤石だ。メイヴンも、私たちの国を急襲しようとは思わないだろう。私たちには物資と軍隊を集め、立て直す時間ができるのだ。

それでも私は昼の間じゅう不快感が消えず、肌がむずむずしっぱなしだった。宮殿の中庭で見せるカルの笑みが、私には耐えられなかった。時々、メイヴンのずる賢さを彼がほんの少しでも持っていてくれたらと思う。持ってさえいたなら、今朝あの人民ギャラリーで何が起きたのかを、彼も分かるかもしれないのに。でも、あいにくカルはあまりにも人が良すぎ、あまりに善良すぎ、あまりにも自分の短い演説に満足してしまい、デヴィッドソンがどれほど巧みにすべてを操ってみせたのかに気づいてすらいなかった。

投票は、最初から仕組まれていたのだ。そうに決まってる。政治家たちはデヴィッドソンの嘆願をすでに知っていて、自分たちの答えを決めていたにちがいない。私たちがここに来るよりも先に、もう軍を出すのは決定していたのだ。他のことは何もかも、市街の観光も、こっちをそそのかすためのパフォーマンスだったのだ。

私なら、そうする。

デヴィッドソンが私にかけた言葉も、すべて同じことだ。

このモンフォートでは、些細ではあるが、そうしたことも許されているんだよ。

到着したときに言われた言葉。あの男はエレインのことも知っているし、私を籠絡するにはどうすればいいのかも分かっているのだ。私を驚嘆させ、ほんのわずかな間だけだろうとこの場所に夢中にさせるにはどうすればいいのかを。

あの首相は少なくとも、セールスマンとしては一流だ。

デヴィッドソンと夫のカーマドンに別れの挨拶をするため、カルは中庭を突っ切っていった。ふたりの姿を見ていると、私の胸には嫉妬と吐き気が込み上げ、さっさとよそに顔をそむけた。

そして、またしてもむかつく光景を目にしてしまった。猿たちの一団がリフト王国へ旅立つ前に、ここでも吐き気を誘うさよなら劇を繰り広げていたのだ。

建物の中で済ませておけば、こんなパフォーマンスなどいちいち私たちが見なくても済んだというのに、なぜメアはそうしなかったのだろう？　まるで自分だけが悲しみを知っているような顔をして。自分だけが誰かを置き去りにしたことがあるような顔をして。

メアは家族のひとりひとりと、たっぷり時間をかけてハグを交わしていた。母親も父親も泣いていた。兄たちと妹も泣いていた。メアは泣くまいとがんばっていたが、涙を流していた。めそめそと泣く声が山間（やまあい）の滑走路に響いていた。私たちはみんな、泣き虫家族を待っているわけじゃないようなふりをしているしかなかった。

まったく、何から何までレッド臭い。レッドは、人に弱さを見せることをためらわなくてもいい。本当に弱いからだ。誰かバーロウに、それを教えてやらなくちゃ駄目だ。イメージを壊さないのがどれほど大事なことなのかを、あの女もそろそろ分かるべきなのだ。

背の高いレッドの少年――日焼けした肌とブロンドの、バーロウのペットだ――も彼女と一緒に、まるで自分の家族みたいにして別れを告げていた。どうも、まだついてくる気らしい。

ようやくカルが、デヴィッドソンとの別れの挨拶を済ませ、こそこそ話をやめた。首相はとりあえずは一緒に行かずに国に残ることになった。私たちへの支援に完全合意した今、首相にはこの国ですべき仕事が山ほどあるので、一週間後あたりにリフトで再合流することになったのだった。でもカルとその話をしていたとは思えなかった。そんな話をしていたにしては、カルが切羽詰まったように、デヴィッドソンの肩を鷲摑みにしていたからだ。けれど、目の表情は柔らかだった。たぶん、何か頼みごとをしていたのだ。ほんの些細な、しかし彼にとってだけはとても重要な何かを。

首相と別れた王子は、大股でメアの横を通り過ぎた。バーロウの兄たちが、その王子を目で追っている。もしふたりがカロアのバーナーなら、間違いなく王子を火だるまにしていることだろう。メアのほうは、敵意を抱いているというよりも、むしろ落ち込んでいた。険しい顔をして唇を嚙み、王子の背中を見つめている。そうして顔をしかめていると、いかにもメアらしい。皺がどんどん深くなって、軽蔑した顔になるとなおさらだ。

カルは私の右で立ち止まると、両足を開いて腕組みをした。

「もっと愛想よくしなさいよ、カロア」私は小声で伝えた。「まったく、バーロウのせいでスケジュールが遅れそうだわ」

「エヴァンジェリン、メアは家族を置いていかなくちゃならないんだ」咎めるように、カルが言った。「ほんの何分かくらい、構わないじゃないか」

私は深いため息をついて、自分の爪を眺めた。今日は鉤爪じゃない。家に戻るのに、あんなものは必要ないからだ。「まったく、誰も彼もメアには甘いのね。そんなんじゃ、いつかとんでもないことをされるわよ」

てっきり言い返してくると思ったのに、カルは低く笑い声を漏らした。

「せいぜい惨めな顔でもしてればいいさ、王女様。君にはもう、そのくらいしか残されてないんだからな」

私は歯ぎしりして、握り拳を固めた。こんなことなら、鉤爪を着けてくるんだった。

「惨めなのが私だけみたいなふり、やめてほしいものね」吐き捨てるように言い返す。

カルは何も言わず、黙り込んだ。耳の先が、さっと銀色に染まる。

最後にもう一度だけ家族と抱き合い、メアはお涙ちょうだいの茶番劇をやっと終えた。つらそうに家族たちに背を向け、肩を震わせながら歩きだす。家族たちはみんな顔が違うけれど似たところがあった。暗い色の瞳と褐色の肌で、色合いがよく似ているのだ。妹と、白髪交じりの両親を除く三人は、同じダーク・ブラウンの髪だ。六人は揃いも揃って、生まれついての粗野さを醸し出していた。まるで泥で作られたみたいに。石から掘られたみたいな私たちとは大違いだ。

レッドの少年は、まるで見えないリードで引っ張られているみたいに、私たちに向かって歩くメアについてきていた。振り向こうとしないメアとは違い、家族たちのほうを振り返っては手を振っている。私にとっては、その衝動のほうが気に入った。何があろうとも前だけを見つめ続けるメアの頑固な、そして時には軽率とも思えるほどの態度には、反吐(へど)が出る。

カルが顔を上げ、足音も荒く目の前を通り過ぎてジェット機に向かう彼女を見つめた。手を伸ばし、メアの腕に触れようとする。彼女が着ている服が錆色(さびいろ)のため、カルの素肌が不気味なほど青白く見えた。だけどメアは立ち止まらず、カルも引き止めなかった。そして、機内に消えていく彼女を見送り続けたのだった。

鋭いナイフでつついて後を追わせたい気持ちも、どこかにあった。けれど他の部分では、心臓(ハート)をえぐり出してやりたいと思っていた。自分の気持ち(ハート)を無視して私に同じような苦痛を味わわせているのだから。

「さあ、未来の旦那様、私たちも行きましょうか?」私は皮肉を言いながら、腕を差し出した。コートを覆う金属の棘が寝て、彼を誘うようにきらめいた。

カルは無理やり作り笑いを浮かべ、暗い目で私を見た。義務感だけで私の腕に自分の腕を絡ませ、私の手首を下から握る。その手は、触っていられないほど熱くなっていた。首筋から汗がしたたる。私はあまりのおぞましさに込み上げてくる震えを必死にこらえた。

「もちろんだよ、未来の花嫁さん」

どうして昔の私は、そんな未来を望んでいたのだろう?

だが、ジェットの鉄の機体に乗り込むやいなや、そんな嫌悪感は興奮にのみ込まれてしまった。大好きな人たちとの再会と私とを隔てているのは、わずか数時間のフライトだけなのだ。カルやメアと一緒に狭いところに押し込まれ、となりでふたりが大げさなため息や意味深な視線を交わし合ったって、そんなの耐えられる。プトレイマスが待っているのだから。

エレインが待っているのだから。

何千キロも離れているというのに、私はあの子をすぐそばに感じていた。まるで、私を癒やしてくれる冷たいタオルのような、あの子のひんやりとした体温を。白い肌を。赤い髪を。瞳の中にきらめく星々も。

十三歳のころ、私は訓練でエレインをずたずたに切り裂いてしまった。パパのためだから……いや、もしかしたら褒めてもらえるかもしれないと思ったから。それから一週間私は泣き続けて、さらにそれから一ヶ月は、ずっと謝り続けた。もちろん、エレインは分かってくれた。私たちの家族のことも、家族たちが何を求めているのかも、そしてどんな子供でいなくてはいけないのかも、私たちは理解していたからだ。そして年を重ねるにつれて、そんなことが日常になっていった。私たちは当たり前のように戦い、傷つけ合った。訓練には、いつでもヒーラーたちを待機させていた。そうして毎日暴力を振るい合うことに、ふたりとも鈍感になってしまっていた。でも、今はもうあんなことはしない。どんなことがあろうとも、あの子のそばにどんなに優れたヒーラーが控えていようとも、そして誰のためであろうとも、絶対に傷つけたりはしない。パパのためだろうと、冠のためだろうと。カロアが同じようにメアのことを思ってくれていたなら。私がエレインを愛するように、メアのことを愛していたなら。

無事にジェット機の腹の中に収まると、カルはさっさと私から離れていった。皇太后のとなりに腰掛け、そのテーブルの周りだけ、王室専用機にする。

「ナナベル」彼が小声でそう言うのが聞こえた。心底間抜けで、まるでさえないペットの名前みたいだ。

くたびれた顔の皇太后なんて、初めて見た。自分のとなりに座る孫を、温かな、いかにも家族らしい笑みで迎えている。

私はすみっこの窓際に席を取った。ここなら、あんまり邪魔されずに眠れるだろう。このジェット機はピードモント空軍のものだったが、それでも軍用ジェットよりはずっと快適だった。白い内装は心地よく、壁には黄色のアクセントや紫の小さな星々が施されている。ブラッケン王子の色と紋章だ。

直接王子に会ったことはない。会ったことがあるのはピードモントの外交官や、特任大使としてやってきたアレクサンドレット王子とダライアス王子だけだ。ふたりとも、今はもう死んでしまった。アレクサンドレットが命を落とす瞬間を、私は見た。メイヴン暗殺を狙い、頭を撃ち抜かれたのだ。その記憶に、私は気分が悪くなった。

ハウス・アイラルの男が立ち上がり、銃口を向け、私のすぐ左に座っていた国王に発砲した。そして、弾丸ははずれた。

あいつは、あの日に死ぬべきだったのだ。死んでくれていたならどんなによかったか。鉄のようなあの血の味が、まだ口に残っている。敷石の上に広がる水銀の池のように私の足元を血溜まりにした、あの血の味を。

暗殺計画は失敗に終わってしまった。反乱したハウスはどれも自分たちの領地へと逃亡し、砦（とりで）に閉じこもった。エレインは戦士ではないから、攻撃が始まる前にはもう逃げてしまっていた。私は、メイヴンがメランダスの男を使ってエレインの妹を拷問するのを見た。無理やり記憶を引きずり出され、反逆罪で処刑される姿を。

エレインはその話をしようとはせず、私も無理に訊こうとはしなかった。プトレイマスが同じ目に遭ったらどうするか、私には想像すらつかない。いや、それは本当じゃない。想像ならいくらだってできる。百万通りの暴力と、苦痛を与える想像なら。でも、どんなことをしても虚無を埋めることなんてできやしない。シルバーの血の絆は、強力な絆は、決して破れないのだから。愛するわずかな人々への忠誠心は、底知れないほど深い。

じゃあ、ブラッケンは子供たちのためにどうするだろうか？

私は子供たちの様子も、ふたりがモンフォートでどんな扱いを受けているのかも質問しなかった。そのほうが楽だった。心配ごとだらけの世界では、ひとつでも心配ごとが少ないほうがいい。

せっかく誰にも邪魔されず静かにしていたかったのに、とつぜんたくましい手足と短く刈り込んだブロンド頭の台風が襲ってきた。〈スカーレット・ガード〉の将軍が、私の足元の床が振動するほどの勢いで向かいの椅子に座る。

「まるでバイソンみたいに雄々しいこと」私は、私の正面から彼女を追い出してやりたいと思いながら、鼻で笑った。

将軍は、たじろぎもしなければ、返事もしなかった。青い瞳に怒りを浮かべて私を睨みつけると、さっさと窓ガラスに額をくっつけるようにして外を見はじめた。小さな息遣いが聞こえた。泣いているわけじゃない。目をまっ赤にしてめそめそしながら乗り込んできたバーロウとは違う。

ファーレイ将軍は、悲しみなどちらりとも出さなかった。それでも私には、彼女の胸に強烈な悲しみが渦巻いているのが分かった。あらゆる表情の消えた虚ろな顔。いつもシルバー相手――特にこの私――に向けるような嫌悪の抜けた、石仮面のような顔。

彼女にまだ生まれたての娘がいるのは知っている。どこかにあずけてきたのも。

ここにじゃない。この飛行機の中にはいない。

将軍を追ってバーロウがやってくると彼女のとなりに腰掛けたので、私は絶望した。行きは二機のジェットだった。レッドとシルバーを分け、そのうえコーヴィアムでの戦利品を詰め込むのにじゅうぶんな広さだった。どうせなら帰りも同じようにして、ゆったりとリフトへの旅を楽しみたかったものだ。

「このジェットには、まだ六十は空席があるってのに」ぶつぶつとぼやく。

メアは、怒りと胸の痛みを浮かべた目で、ぎろりと私を睨んだ。「他の席がいいならそうすればいいじゃない。まあ、あなたにしてみれば、ここがいちばんましでしょうけどね」と、機内をあごでしゃくってみせる。機内は、カルと〈スカーレット・ガード〉に賛同する議員たちでいっぱいだった。

私は、豪華な座席に埋もれるようにして座り直した。メアの言うとおりだ。王女の仮面を着けてにっこり笑いながらシルバーたちと過ごすのも、私の喉を掻き切ってやろうと狙っているレッドたちと座って過ごすのも、私はごめんだ。妙な話ではあるけれど、メア・バーロウのそばが今はいちばんの安全地帯だった。交わした約束が、私たちふたりを守っている。

メアは私から将軍に注意を向けると、彼女と真向かいになるよう体をひねった。とはいえ話をするでもなく、ダイアナ・ファーレイもバーロウのほうなんて見ようともしていなかった。将軍は、ガラスが割れるかと思うほどじっと窓の外を見続けていた。何も気づかずにいる彼女の手を、メアが握った。

やがて飛行機が息を吹き返してエンジンがうなりをあげはじめても、将軍はぴくりとも動かなかった。あごの筋肉に力を込め、きつく口を結んでいる。

やがてジェット機が離陸し雲の中に入り、モンフォートを取り巻く山脈を置き去りにすると、将軍はまぶたを閉じた。

彼女のさよならが、私にも聞こえた気がした。

私はジェット機のタラップを誰よりも早く降りると、夏のリフトに漂うさわやかな香りを思い切り吸い込んだ。土と川と葉っぱ、そして熱い湿気の匂いの中に、山々に眠る鉄の香りがほのかに混ざっている。湿気に霞む空から、強烈な太陽が照りつけていた。その光に、すべてが不思議なコントラストで輝いていた。黒く舗装された滑走路は熱く焼けていて、手を触れればやけどしてしまいそうだ。滑走路から立ち上る熱気に、周りに広がる景色がゆらゆらと揺らめいていた。いや、もしかしたら待ちきれないあまりに私のほうが震えているのかもしれない。走りだしたい気持ちを、なんとかこらえていた。私は王女なのだと自分に言い聞かせながら。

私とエレイン・ヘイヴンの関係は、今や公然の秘密になっていた。そして、私たちの運命に絡み合う、同盟だの裏切りだのといったあれこれの前では、取るに足らない小さなことだった。

だが小さくとも、恥ずべき秘密だった。障害物だった。簡単な秘密ではなかった。

他のどこかではそうでなくても、ノルタでは……そしてリフトでは問題だ。私の頭の中で声が響いた。

エレインは、こんなに人目があるところには出迎えに来ない。そういう子じゃないのだ。それでも、私の鼓動はまるでハンマーみたいに激しく打っていた。

プトレイマスには、迎えに来ない理由なんてなかった。グレーのリネンにいずれ我がものとなる王位の象徴を着けた夏用の礼装をまとい、汗だくになって滑走路に立っていた。身に着けている唯一の金属が、手首に光っていた。分厚く編まれた鉄のロープ……アクセサリーではなく、あれは武器だ。ハウス・セイモスの色に身を包んだ衛士たちが、他にもぞろぞろ来ていた。一族の者も何人かいるのは、銀髪と黒い目で分かった。他の人々は私たちのハウスに、つまりパパの冠に忠誠を誓っている。そう、メイヴンのセンチネルたちと同じように。彼らの色なんて、私は気にもとめなかった。どうでもいいことだ。

「エヴィ！」兄さんが、私に両腕を広げてみせた。私も同じように両腕を広げ、兄さんの腰に抱きついた。ずいぶんと久しぶりに味わうほっとするひとときに、体じゅうの筋肉の力を緩める。指先に感じるプトレイマスが、私を安心させてくれる。固くて、本物で、生きている。

それがこんなに嬉しいと思ったことはなかった。

「トリー」私は吐息で答えると体を離し、プトレイマスの顔を見上げた。同じ安堵が、兄さんの黒い瞳にも光っていた。私たちは、離れ離れになるのが嫌なのだ。それはまるで、剣と盾を引き離すようなものだから。「置いてってごめんなさい」

違う。置いていったんじゃない。置いていくというのは、選択するということだ。でも、私には選択肢なんてなかった。兄さんの腕を握っている指に、力がこもった。パパが私をモンフォートに行かせたのだ。メッセージを送るために。私たちの同盟にだけではなく、私にもだ。パパは、自分は王でありハウス・セイモスの長であると言いたかったのだ。従うのが私の役目なのだと。パパが行けと言うなら言われたとおりどこにでも行かなくてはいけないし、命じられた相手と結婚だってしなくてはいけない。パパが望むように生きろということだ。

でも私には、パパが敷いてくれた道以外に、何も見えない。

「こっちの騒ぎが恋しかったか？」プトレイマスは、そっと私の体を押して下がらせた。「父さんは、宮廷の人事に、すっかり熱中してるとこさ。でも城じゅうシルバーだらけだからな。玉座の上で困り果ててるよ」

「ママは？」私はおずおずと訊ねた。

ものすごく暑いというのに、プトレイマスは私の腕を抱えるようにして、車のほうに歩きだした。他の人たちも後ろからついてきていたけれど、私は気にもとめなかった。

「だいたい似たようなもんさ」兄さんが言った。「さっさと孫を作れと言わんばかりさ。

毎晩、俺の部屋にエレインをエスコートしてくるんだぜ？　たぶん、ドアの外で見張り番でもしてるんだと思うよ」

吐き気が込み上げてくるのを、私はぐっとこらえた。

「それで？」震えそうになる声を、なんとか抑えて訊ねる。兄さんの手が、ぎゅっときつくなった。

「ちゃんと決めたとおりにしてるよ」兄さんが息をのんだ。「うまくやるために、すべきことだからな」

胸の中で、嫉妬の炎が渦巻いた。

嫉妬なんて、絶対にしないと思ってた。何ヶ月も前、三人でこの決断をしたときには。みんなで、エレインを兄さんの婚約者にすると決めたときには。最初は、ただあの子を守るためだけの婚約のはずだった。何か方法が見つかるまで、あの子を他のハウスの花嫁候補からはずすための策略だった。そうすれば、にたにた笑うハウス・ウェルのグリーンワーデンや、粗暴なハウス・ランボスのストロングアームなんかに嫁がせなくても済む。どっちに嫁いでも、私には手が届かないし、どうすることもできなくなってしまう。エレインは愛らしくて、才能あふれるシャドウだ。あの子のハウスは名家だ。そしてプトレイマスは、ハウス・セイモスの後継者だ。ふたりがくっつくなら対等な婚約だ。誰もが納得するし、誰もがありえる話だと思うだろう。当面の時間稼ぎになる。私たち三人には、他に道がないように思えたのだった。あのとき私はまだメイヴンの婚約者で、王妃になるはずだったのだから。プトレイマスは、メイヴンの右腕だった。ふたりが結婚すれば、エレインをそばに置いておけるはずだった。

パパがどんな計略を用意しているのか、私たちは何も知らなかったのだった。

今知っていることを、あのときにもう知ってさえいたなら……。そうしたら、どの決断がどんなふうに変わっていただろう?

プトレイマスは王位継承権を持つ王子のままだった。そしてエレインはあなたが……あの子の王女様がどこへ行こうとも、好きについていくことができた。あなたが選んだ廷臣と結婚することができたはずだわ。プトレイマスにつながれたまま他の国の、他の寝室に残らされ、一生離れ離れになんてならずに済んだのよ。

パパは私たちを止めようと思えば止められたのに、そうはしなかった。私たちが過ちを犯すに任せた。賭けてもいい。パパは楽しんでいたのだ。どんな冠よりも欲しい相手から、私が自分を引き離しているのだと知りながら。

「エヴィ?」プトレイマスが身をかがめて囁いた。私より十五センチは背が高くて、ずっとがっしりしている。長男で、私の四つ年上だ。ヴォーロ・セイモスの息子にして、リフト王国の王位継承者。大切に思ってはいるけれど、兄さんはいつだって私より楽な人生を歩んできた。だから私には、ほんの少しだけ、兄さんに腹を立てていい権利があるのだ。

「大丈夫よ」私は声を絞り出した。

トリーは、私の力で肌に喰い込むブレスレットを直しながら言った。「俺たちがこの道を選んだんだ。受け入れて生きるしかない」

さっきと同じ遠くから届くような声が、また心の中に響いた。

本当に？

心の中に、白いスーツと緑のスーツを着たふたりの男たちの映像がさっとよぎった。違う色の手をつなぎ、指を絡ませている。私は頭がくらくらして、残りの数歩をプトレイマスに手を引いてもらいながら進んだ。兄さんは、抱え上げるようにして私を車に乗せた。デヴィッドソンとカーマドンの幻が消え、次の幻が浮かんだ。兄さんとエレインが、私もよく知っているベッドルームにいた。ママの影がドアのところに立っている。目に焼きついてしまいそうなその幻影を消す方法は、ひとつしかなかった。

他のみんなは、新たに装飾し直された玉座の間へとパパに挨拶をしに行ったが、私だけは違った。リッジ・ハウスのことなら自分の顔と同じくらい隅々まで知り尽くしているし、中庭から綺麗に手入れのされた木々や花壇の中へとこっそり姿を消してしまうのは簡単だった。使用人用の裏庭に抜け、すれ違うレッドたちになんて目もくれずにキッチンに入る。機嫌の悪い私をよく知っているレッドたちが、私の姿を見てすくみ上がる。まるで、今にも吹き荒れそうな嵐をはらんだ黒雲みたいな気持ちだった。

私の部屋では、エレインが待っていた。綺麗に磨かれた窓と、開いたカーテン。一緒にいるときの私が太陽の光を好むのを、エレインはよく知っている。彼女は窓辺に並んだ椅子の片方に置かれたクッションに座り、片脚をぶらぶらさせていた。太もも丈のシースルーのドレスから、素肌が覗いている。私が部屋に入っていっても、エレインは振り向かなかった。少しだけ時間をかけて、彼女の姿を自分に馴染ませる。

私の視線がエレインの脚を離れ、赤くつややかな髪の毛をたどり、透き通るように白い肩をなぞる。エレインはまるで、液体の炎だった。素肌が輝いている。それがエレインの能力なのだ。彼女の芸術なのだ。彼女はそうして光を操り、メイクひとつせず自分の美しさを際立たせてしまう。私が自分を醜いと思うことなんて、ほとんどない。私は生まれつき、容姿に恵まれている。だけど、繊細なドレスという鎧を脱ぎ捨てメイクも落とし、長いひと晩を過ごした後には、エレインのとなりで自分がくすんでしまったような気分になるのだ。価値のない女になってしまったような気分に。

エレインがやっと私のほうを向き、顔をちゃんと見せてくれた。私はまた、こんな適当な格好のまま会いに来てしまったのが、少し恥ずかしくなった。だけど、彼女を求める気持ちが、他の感情をあっという間に吹き飛ばしてしまった。ドアを足で閉め、彼女の顔に手を触れようと歩いてくる私を見て、エレインがぱっと笑顔になった。指で触れるとエレインの肌はひんやりと滑らかで、完璧だった。彼女は黙ったまま何も言わず、私に見られるに任せていた。

「冠はしていないのね」彼女が私のこめかみに触れた。

「あんなもの必要ない。私が誰なのか、みんな知ってるもの」

私の疲れを気遣うように、エレインの指が優しく私の頬骨をなぞる。「帰り道では、ちゃんと眠れたの？」

私はむっとした顔で、彼女のあごの下に親指を滑らせた。「くたびれた顔してるって言いたいの？」

彼女の指が私の顔をなぞり、すっと首に降りてきた。「眠かったら眠ればいいわって言ってるの」

「たっぷり寝たわ」

彼女が小さな笑みを浮かべた瞬間、私は唇をふさいだ。

本当は私のものじゃないのだと思うと、胸が締めつけられた。

誰かがドアを叩く音がした。直接、ベッドルームのドアを叩いている。客はサロンの外で待たなくちゃいけないのだけれど、そこじゃない。私の寝室の――私たちの寝室の――ドアを、直接叩いているのだ。私はぱっと立ち上がり、苛立ちに任せて、体に絡みつくシーツを剝ぎ取った。さっと手首をひねって、部屋の奥に置かれたチェストから一本のナイフを呼び寄せ、足に絡まっていたシーツを切り刻んだ。

目の前をナイフが突っ切っても、エレインは瞬きひとつしなかった。ねぼすけの子猫みたいにあくびをし、ごろごろと転がり枕に抱きつく。「失礼な人がいたものね」彼女がぶつぶつと言った。私と、邪魔をしに来た愚か者、ふたりのことを言っているのだ。

「ちょうど腕がなまってたところだわ。メッセンジャーだろうけど、運が悪いやつね」私は、最後のシーツを切りながら言った。

裸のまま立ち上がり、ナイフを手にしたまま、ローブの紐を縛る。

ノックは鳴りやまず、続けてくぐもった声が響いてきた。聞き覚えのある声に、怒りが爆発した。ナイフを壁に向けて投げつける。刃が木の壁に刺さる。

「プトレイマス、何なのよ？」ため息をつきながら、ベッドルームのドアを乱暴に開ける。

兄さんも私と同じようにひどいありさまで、髪の毛はぼさぼさで、目をらんらんと光らせていた。たぶん私と同じように、兄さんも邪魔に入られたのだろう。兄さんとレン・スコノスも、午後のデートが好きなのだ。

「俺もお前も玉座の間に呼ばれてるんだ」兄さんが、強い口調で言った。「今すぐに」

「まだ足にキスしにこないからって、パパってばそんなに怒ってるの？　まだほんの数分じゃない」

「二時間よ」エレインが頭も上げずに言うと、綺麗な顔をドアのほうに向けた。「こんにちは、旦那さん。ランチのお誘いかしら？」

私はむかつきながら、ローブを直した。「で、どんな目に遭わされるの？　みんなの前で非難を浴びる？　それともパパは約束どおり、私たちの首を落として門の前に串刺しにでもする気かしら？」私は、卑屈に笑ってみせた。

「それが意外にも、お前のことじゃないのさ」兄さんが、鋭く乾いた声で答えた。「攻撃があったんだ」

私は、さっと振り返った。エレインはだらしなくシーツをかけたまま、ベッドに寝転がっている。また眠りに引き込まれたせいで、輝きを失っている。あまりにも無防備で、あまりにもか弱い姿。

「出てって」私は兄さんを、となりのサロンに押し出した。他のことからは無理でも、今はエレインを守ってみせる。

私はそこに並んだソファのひとつに、兄さんを引っ張っていった。窓から見える山並みとよく似合う、緑色のソファだ。粗く切り出された川の石が床に張られ、そこに柔らかな青いカーペットが敷かれていた。「何があったの？　攻撃があったって、どこが攻撃を？」

理由は分からないが、私はふとモンフォートを思い描いてどきりとした。

プトレイマスは座らなかった。両手を腰に当て、ぐるぐると歩き回る。腕の筋肉がぴくぴくと動いていた。「ピードモントだよ」

私は鼻で笑った。「メイヴンも馬鹿ね。私たちじゃなく、ブラッケンのところを叩くなんて。まさかそんなに頭が悪いとは——」

「メイヴンはブラッケンを攻撃なんてしちゃいない」兄さんが首を横に振った。「ブラッケンが俺たちを攻撃してきたんだ。ピードモント基地をな。二時間前のことだが、たった今援軍の要請が来たんだ」

「はあ?」私はわけが分からなくなった。片手でローブの襟を取り、胸元を閉じる。そうすれば、シルクがすべてから守ってくれるとでもいうかのように。

「ピードモント基地を、自軍と他の王子たちの軍勢とともに急襲したんだ。取り戻すつもりだよ。手当たり次第に殺してな。ノルタのレッドも、モンフォートのシルバーも。ニュー・ブラッドもだ」プトレイマスはどかどかと窓辺に行き、片手でガラスに触れた。午後の日差しに熱く照らされた東の方角を眺める。「俺たちは、裏でメイヴンとレイクランドが助けてるんじゃないかと考えてる」

私は、カーペットに乗った自分の素足を見下ろした。「でも子供たちは? モンフォートに殺されてしまうんじゃないの?」

なんという取引だろうか。子供たちの命と王冠とを引き換えにするとは。パパも同じ選択をするだろうか、と私はふと考えた。

ゆっくりと、プトレイマスが首を振った。「モンフォートからも連絡が入った。子供たちが……消えたとね。ヒーラーの力でシャーロッタ王女とマイケル王子に似せられた、レッドの死体と入れ替えられていたんだそうだ。誰かが入れ替えて、子供たちを連れ去ったんだ」兄さんが、喉の奥で低くうめいた。「馬鹿なモンフォート人たちは、いったいどうしてそんなことになったのか、さっぱり分かっちゃいない。誰かが神聖な山々に侵入して、また抜け出してしまうなんてな」

私はさっと手を振って、話を打ち切った。今大事なのは、そこじゃない。「つまり、ピードモントの攻撃は終わったの？」

兄さんが歯ぎしりした。「ピードモントは、今はメイヴンと合流してる」

「で、私たちに何ができるの？」私は、震える息を吸い込んだ。頭がくらくらする。ピードモントの基地には部隊が残っていた。〈スカーレット・ガード〉とモンフォートの兵士たちだ。レッド、ニュー・ブラッド、シルバー……。私たちの軍に必要な兵士たちだった。いったいどのくらい生き残っただろう？

とりあえずパパの軍隊は、コーヴィアムで勝利を収めてから帰還し、今はこのリフトにいる。アナベルたちも同じだ。シルバーの力を失うことはなかったわけだけれど、だけど基地を——そしてピードモントを——失ったことにより、大変なことになってしまうかもしれない。

私は生唾をのむと、また震える声を出した。「レイクランドとメイヴンのノルタ、それからピードモントを相手に、私たちに何ができるというの？」

兄さんが残忍な目つきになり、私は芯までぞっとした。

「もうすぐ分かるさ」

13

アイリス

こんな南には、今まで来たことがなかった。

ピードモント基地はひどい湿気がむんと立ち込めていて、まるで空気そのものが兵器にでもなったみたいだった。剝き出しの腕に、見えないほど小さな水滴が踊り、その湿気た感覚に鳥肌が立つ。私はちょっと伸びをすると指でくるくると小さな円を描き、基地本部のバルコニーに立ち込めた湿気を搔き回した。

積乱雲が灰色の影を落として地平線を渡りながら、湿地帯に雨を降らせている。何度か稲光が走り、数秒ほどしてから遠い雷鳴が聞こえた。通り雨を浴びた炎のほのかな香りが漂い、基地の正面ゲートそばの上空を煙がたなびいていた。あのゲートからブラッケンの兵士たちがやってきて、自分たちの同盟軍を、スイフトとストロングアームに攻撃させたのだった。メイヴンも、そして私もそれに加わった。

ノルタ王は骨のように白い両手をバルコニーの手すりにかけ、何センチか外に身を乗り出していた。

地面まで、そう高さはない。ここは二階なのだ。私が突き落としても何本か骨が折れるだけで、メイヴンも死にはしないだろう。鉄とルビーだけでできたシンプルな冠の下で、メイヴンが眉の間に皺を寄せて目を凝らした。今日はマントを着ていない。暑すぎるからだ。その代わりいつもの黒い軍服を着て、喉元のボタンを開けていた。じめじめとした風に、生地が小さくはためいている。首は汗で光っていた。暑さのせいじゃない。この気温の高さでも、炎の王は他の誰よりも快適に過ごしているのだ。かといって、疲れから汗をかいているわけでもなかった。メイヴンは、基地襲撃には加わっていなかったからだ。それは、私も同じだった。レイクランドとノルタはブラッケンの攻撃に兵を出してはいたが、戦闘には加わらなかった。勝利が確実となるのを待ってから、ここに踏み込んだのだった。たぶんメイヴンは神経質になっているのだ。怖いのだ。そして怒っているのだ。

あの女がここにいなかったから。

私は静かに見つめながら、メイヴンが口を開くのを待った。はだけた襟元で動く喉仏が見える。勝利したというのに、彼は不思議と脆く見えた。

「何人逃げた？」メイヴンが言った。私のほうも向かず、ずっと嵐を見つめている。

私は、込み上げる苛立ちを押し戻した。私は彼の部下でもなければ、そんな人数を教えるためにいる将校なんかでもない。けれど私は引きつった笑みを浮かべながらも、メイヴンが望む情報を教えてやった。

「百人が湿地に逃げ込んだわ」バルコニーのプランターに咲く花々に手を触れながら答える。土はまだ湿っていた。通り雨のせいもあるが、熱心な庭師の働きが大きい。振り向けば、さらにたくさんの花をつけたツタが、本部棟のレンガの壁や柱を伝っていた。ピードモント人は、花々を愛している。いろんな色の花々が咲き乱れ、この天候を生き抜いているのだ。白、黄色、ピンク、そして心が休まる青も少しだけ。空では太陽がさらに強く照りつけはじめていた。王家の色、ブルーのドレスなんかじゃなく、代わりに白を着てこられたらよかったのに。薄手のドレスだから風を肌に感じられるのだけが救いだった。

メイヴンはすぐ横のプランターから藍色の花を一本摘み取った。「そして、二百人が死んだ」これは質問じゃない。戦死者数はよく把握しているのだ。

「今は、こちらの能力を最大限に駆使して、身元の照会をしているところよ」

メイヴンが肩をすくめた。「囚人たちを出してやれよ。僕たちのために働きたがるやつも、ちょっとはいるだろう」

「そうは思わないわ」私は首を横に振った。「〈スカーレット・ガード〉もモンフォート人も、忠誠心が強い人たちよ。私たちの力になるなんて、考えられない」

メイヴンは長く低いため息をつくと、両手で押すようにして手すりから離れた。さっきより近くの空に走る稲光を、目を細めて見つめている。頭上で雷鳴が轟くと、メイヴンは目を疑うほどに青ざめる。あの稲妻娘のことを思い出しているのだろうか？

「ハウス・メランダスに何人か、それを見抜いてくれそうなやつらがいるよ」

私は歯ぎしりした。「私がウィスパーをどう思ってるか、知ってるくせに」思わず口早に、辛辣な物言いになる。メイヴンの母親もウィスパーなのだと、私は自分に言い聞かせた。余計なことは言えない。

だが、メイヴンは何も言わなかった。花を手すりに乗せて、爪でいじり回している。不安で噛んでしまったせいで、すっかり深爪になっていた。国王たるもの、玉座の肘掛けにふさわしい、完璧に手入れのされた爪をしているべきだ。不安な子供みたいに噛んでしまったりせずに。

「メイヴン、私には気持ちが分かるわ」私はふとそう言った。ずっと試してみたいと思っていたことがあるのだ。

またしても彼が答えないのを見て、ずっと自分が考えていたことが正しかったのだと確信した。メイヴンが母親からかけられた言葉や、脳をさいなんだ囁きは、傷跡や烙印をそこに残しているのだ。

彼の鎧にひび割れを見つけた気がした。彼を守る壁に穴が開いているのを感じた。もしこの私に、それをすり抜けることができたとしたら……？　メア・バーロウがしたように、彼の心の一部を摑んでしまうことができたとしたら……？　そうしたら、王の手綱を握れるんじゃないだろうか？

「なんなら、宮廷から追い出してしまえばいいわ」私はゆっくりと囁いた。優しく、慈しみに満ちたような雰囲気をまといながら、メイヴンに近づく。そして、素肌ができるだけ多く覗くよう体を傾け、はだけた襟元から鎖骨を晒した。「私のせいにすればいいの。レイクランドの迷信なんだってね。妻を喜ばせるための一時的な措置だとでも言えばいいんじゃないかしら」

まるで、溺れるまいとしながら渦巻きの中をぐるぐると回っているような気分だった。溺れることなく、その中に留まり続けているような。

メイヴンが、唇の端を上げた。まっすぐな鼻筋も、プライドの高そうな眉も、彫りの深い頰も、さっと鋭く引き締まる。

「アイリスは、たしか十九歳だったね？」

私は、わけが分からず目をぱちくりさせた。「それがどうしたの？」

彼は意味深な笑みを浮かべながら、ぽかんとしている私の顔に手を触れた。その指が耳の裏側をなぞり、親指があごの下に滑り込む。私はびくりとした。親指に力がこもり、喉に喰い込んでくる。炎こそ出てはいないが、ものすごく熱い指だ。私たちはほとんど背は変わらないが、彼のほうが一センチくらい高い。だから私は、彼の瞳を見上げなくてはいけなかった。凍りつき、容赦もなく、底の知れない凍てつく瞳を。周りから見たら、あつあつの新婚夫婦にしか見えないだろう。

「君は一流の策士だな」メイヴンの不気味なほど冷たい息が、私の顔にかかった。「でもあいにく、それは僕も同じでね」

手を振りほどこうと一歩下がったが、彼は私がもがくよりも先に手を離した。楽しげなその顔を見て、むかつきが込み上げてくる。だが、顔には出さず、冷たい無表情を私は保ち続けた。眉を上げ、つややかで滑らかな黒髪を掻き上げて背中に流す。そして母さんのように、威風堂々として恐れ知らずの自分に切り替えようとした。

「次に許可もなく私に手を触れたら、息の根を止めるわ」

メイヴンはゆっくりとさっきの花を手に取り、握りつぶした。一枚、また一枚と、花びらが落ちていく。そして彼が手首をひねったとたん、ブレスレットが光を放った。地面に落ちかけていた花びらが燃え上がり、まっ赤な炎の中、跡形もなく消えていく。これは脅しだ。

「悪かったね、王妃」メイヴンが微笑んだ。「戦争のストレスのせいで、すっかり神経がぼろぼろなんだよ。兄さんがものの道理を思い知り、一緒にいる裏切り者たちが平和の裁きを受けることだけが、僕の希望なのさ。そうすればようやく、僕たちの国で平和に過ごすことができる」

「そのとおりだと思うわ」私も、彼に合わせて嘘をついた。「私たちみんなの目的は、平和だものね」

その平和は、母さんがあなたの国を喰らい尽くして、玉座を海に投げ捨てて訪れるのよ。セイモス王の血を最後の一滴まで流させ、父さんの死に関わったやつらをひとり残らず血祭りに上げてからね。メイヴン・カロア、あなたの冠を奪い取り、お兄さんと一緒に殺してから訪れるものなのよ。

「陛下？」

とつぜんの声に私たちが振り向くと、メイヴンのセンチネルが立っていた。つやめく黒い仮面と燃え盛る炎のようなマントを着け、バルコニーの出入口に立っている。センチネルが深く頭を下げた。あの鎧とマントでは、暑くてたまらないだろう。

メイヴンが両手を開いてみせた。「いったいなんだ？」と、氷水のような声で言う。

「ご命令のものを、探しておきました」センチネルが答えた。仮面のせいで目しか見えなかったが、そこには強烈な恐怖が浮かんでいた。

「本当か」メイヴンは、無関心を装いまた自分の爪を眺めた。その様子に、私は好奇心を掻き立てられた。

センチネルが「はい、陛下」と頭を下げる。

メイヴンは冷酷な笑みを浮かべて自分の手から顔を上げると、センチネルのほうを振り返って手すりに寄りかかった。「なるほど、ありがとう。見せてもらいたいね」

「はい、陛下」センチネルは繰り返し、また頭を下げた。

「アイリス、一緒に来てくれるかい？」メイヴンが片手を差し出した。今にも腕に触れそうなところでひらひらと動き、彼の指が私を嘲る。

戦士としての直感が、跳ねのけろと全力で私に囁いた。けれど、そんなことはメイヴン・カロアを恐れていると認め、屈してしまうのと同じだ。許せるわけがない。それにこのピードモント基地で何を探していたかは知らないが、レイクランドにとっても重要なものかもしれない。武器だろうか？　それとも情報だろうか？

「喜んで」私は大げさに肩をすくめてみせた。

メイヴンが差し出した手を無視し、私はセンチネルに続けてバルコニーを後にした。ドレスの背中がぱちんと音をたてて開き、渦巻きのタトゥーがあらわになった。

基地はなかなかの広さがあったが、レイクランドにある私たちの城の半分くらいしかなかった。センチネルもわざわざ車で来てはいなかったし、どこに行くにも歩きでじゅうぶんなのだ。基地内の道路にも並木が立っていたが、木陰に入ってもそれほど涼しくは感じなかった。十数人のセンチネルに護衛されて歩きながら、私は首筋を指でなでた。指の通った後に水滴ができ、タトゥーに覆われた背筋を冷やしながら伝い落ちていく。

メイヴンは両手をポケットに突っ込み、先頭を行くセンチネルのすぐ後に続いた。探しものとやらを早く見たくてたまらないのが分かる。

やがてセンチネルたちは道を曲がり、家々が立ち並ぶ通りに出た。奇妙なほどに陽気な通りに見えた。赤レンガと黒いシャッター、石畳の歩道。花々が咲き、よく手入れの行き届いた木々が並んでいる。しかし、まるで住人がみんな追い出されたかのような、空虚な恐ろしさがあった。人形がひとつもないドールハウスの町並みを見ているみたいだ。ここにいた人々は殺されたか、捕まったか、臭くてじめじめした湿地帯へと逃げていった。もしかしたら、何か価値のあるものを置き去りにしていったのかもしれない。

「ここは将校たちの居住区です」ひとりのセンチネルが説明した。「もっとも占領される前の話ですが」

私は彼の顔を見て、片眉を上げてみせた。「それじゃあ占領後は？」

「敵に利用されていました。レッドのネズミと、裏切り者と、ニュー・ブラッドの化けものどもですよ」別のセンチネルが、仮面の中でいまいましげに言った。

メイヴンが、歩道に革ブーツの跡がつくほど急に立ち止まった。恐れる様子もなく、まったくの無表情で立っている。

「センチネル・ランボス、なんの話をしていた？」

さっきのセンチネルは、ストロングアームだったのだ。その気になれば、メイヴンの腕くらい引きちぎれるに違いない。だが彼は仮面から覗く目を大きく見開き、恐怖のあまり涙で潤ませていた。

「大した話ではありません、陛下」

「大した話かどうかは僕が決めるよ」メイヴンが有無を言わさぬ口調で答えた。「なんの話をしていた？」

「王妃のご質問に答えておりました、陛下」センチネルが私を見た。助けてくれと言わんばかりだが、助ける方法なんて私にありはしなかった。口出しする権限もないのだ。「モンフォートに占領されていた当時はレッドやシルバー、ニュー・ブラッドたちがここに住んでいたとお話ししました」

「ネズミ。裏切り者。化けもの……」メイヴンは、相変わらず表情を変えずに言った。怒りで爆発してくれたほうが、まだいい。無表情でまったく胸中を読めない彼は、遥かに恐ろしく見えた。「そんな言いかたをしていたね？　違うかい？」

「いたしました、陛下」

メイヴンは、ぱっと他のセンチネルのほうを向いた。「センチネル・オサノス、なぜそれが過ちなのか、説明できるかい？」

いきなり名前を呼ばれ、私のとなりで青い目をした女のニンフが飛び上がった。慌てて自分を落ち着かせながら、言葉を探しながら答えはじめた。「それは……」口ごもり、自分のマントを指でもてあそぶ。「分かりません、陛下」

「ふむ……」メイヴンの低い声が、湿った空気を震わせた。「誰か分かる者はいるかい？」

私は、心の底から彼を見下し、舌打ちをした。

「あなたがそばにいるのに、センチネル・ランボスがメア・バーロウを揶揄(やゆ)したからね」

怒りで爆発したほうがいいなどと思ったことを、私はすぐに後悔した。あまりの怒りに瞳孔が開き、彼の目がまっ黒になる。メイヴンは少し口を開けて歯を見せたが、私にはそれが牙にすら見えた。センチネルたちが身をこわばらせた。メイヴンが私を攻撃しようとしたら、止めに入ってくれるのだろうか？　いや、そうは思えない。私から仕掛けようとしても、まず先手を取られるだろう。この婚姻では、メイヴンのほうがいつだって先手を打ってくる。

「僕の妻は、実に想像力が豊かだな」彼が冷たく笑った。人に知られたくない真実を私に突かれたからだ。メア・バーロウに取り憑かれ、破滅的なその愛を追い求めているのは知っていたけれど、彼の反応を見た私は、何かもっと深いものがあるような気がした。誰かに仕組まれた、心のひびのようなもの……。理由は分からないが、あの母親のしわざだろうか。メアを愛する痛みを、苦しみを、メイヴンは心にも頭にも塗り広げられてしまっているのだ。

私はうかつにも、ほんの小さな憐れみを、メイヴン・カロアに感じてしまった。この人はなりたい自分になれなかったのだ。誰かが彼をばらばらに切り刻み、こんなにも哀れな化けものに作り変えてしまったのだ。

　メイヴンの怒りは、空気を震わせながらすぐに通り過ぎていった。センチネルたちが、ほっと体の力を抜く。メイヴンは両肩を回して片手を宙に泳がせた。

「センチネル・ランボス。君の過ちは、その見下しだよ」メイヴンの声はまたいつもの、人をそのかすような少年の声に戻っていた。軽い足取りで、また歩きだす。センチネルたちは、さっきよりも距離を置いているように見えた。「確かに僕たちは戦争をしているし、ここにいた人々たちは敵さ。でもね、彼らはそれでも人間なんだよ。彼らの多くは僕の臣民だし、君たちにとっても同胞なんだ。いずれ勝利を収めたなら、彼らをノルタ王国に歓迎するつもりだよ。もちろん、ちょっとは例外もあるけどね」メイヴンは、意味深な笑みを浮かべてみせた。

　息を吐くように見事な嘘をついてみせる彼に、私は灼熱の中で身震いした。

「ここです、陛下」ようやくひとりのセンチネルが口を開き、一軒のテラスハウスを示した。ぱっと見たところ他の家と何も変わらないが、よく観察してみると、ここだけ花々の手入れがよく行き届いているのが分かった。生き生きとした花びらとつややかな緑の葉が、窓辺のプランターに茂っているのだ。

　メイヴンは、まるで死体でも調べるような顔で、窓を見上げた。そしてゆっくりと、玄関へと続く階段を上りはじめた。「で、ここにはどんな化けものが住んでたんだい？」

センチネルたちは、なかなか答えようとしなかった。罠ではないかと恐怖していたのだ。口を開く勇気があるのは、オサノスの女だけだった。咳払いし、答える。

「メア・バーロウです」

メイヴンはうなずき、一瞬動きを止めた。それから足を上げてドアノブの横をブーツで蹴りつけた。木屑を散らしながら、ドアが開く。家に入っていくメイヴンの姿が、影のように消えた。

私はしばらく、歩道に残っていた。ここにいろ、と直感が告げていた。センチネルたちは自らの国王を追うのをためらい、私と一緒に佇んでいた。誰かがクローゼットから飛び出してメイヴンを暗殺してくれたらと心から願ってはいたけれど、そんなことになれば、この戦争に勝利するチャンスを失ってしまうことも分かっていた。レイクランドはあらゆる隣国と、リフト王国にいるメイヴンのペットどもの脅威に晒されてしまうことになる。

「ついてきて」私は低い声で言うと、おぞましい夫を追って階段を上った。センチネルたちも、慌ててついてくる。炎のマントの下で、鎧ががちゃがちゃと音をたてた。

その音に集中しながら薄暗い家に入った。主のいなくなった家は虚ろで、静まり返っていた。剝き出しの壁が不気味だ。ブラッケンの話では、基地も彼の財産も、価値のあるものはみな略奪されたとのことだった。軍資金にすべく売り払われてしまったのだと。自分の家がそんな目に遭ったらと思うと、自然と苦い顔になった。神殿や寺院が、軍資金のために冒瀆されるだなんて。私が生きて、息をしているうちは、絶対にそんなことはさせない。母さんが玉座に就いている間は。

小さなリビングもキッチンも、わざわざ覗いてみるまでもなかった。メイヴンの足音が二階から聞こえてきたので、センチネルを引っ張るようにして、私はその音を追っていった。メイヴンも独りになりたいのなら、私たちにそう伝えていたはずだ。

彼は二階のドアを次々と乱暴に開けながら、ベッドルーム、クローゼット、バスルームと、中を覗いていった。何度か、まるで獲物を逃した肉食獣のように、いまいましげなうなり声を漏らすのが聞こえた。

突き当たりにある最後のドアの前に立つと、メイヴンはためらうように動きを止めた。このドアだけは、まるで聖なる場所にでも入るかのように、そっと片手で開ける。

私はメイヴンが入るのを待ってから、足を踏み入れた。

中は、小さなベッドがふたつと窓がひとつあるベッドルームだった。私はまず、妙なことに気がついた。模様の入ったカーテンが、あちらこちら意図的に切り取られているのだ。

「妹のしわざだな」メイヴンは、切り口を指でなぞりながらつぶやいた。「あの縫い子がやったんだ」

カーテンをなぞっている彼の手首から、ぱっと炎がほとばしった。その炎がカーテンに移ると、みるみる喰らい尽くしはじめる。炎が開けた穴が、まるで病のように広がっていく。つんとした煙が、鼻から入り込んでくる。

メイヴンは次に壁紙に手を触れ、それも燃やし尽くしていった。それが終わったら、次は炎の手で窓ガラスに触れた。強烈な熱で窓ガラスにひびが入り、太陽の降り注ぐ表に向かって砕け散る。部屋はまるで、沸騰した鍋の中にいるかのような熱気に包まれていた。外に出てしまおうかとも思ったが、まだ彼を見ていたかった。メイヴン。倒したいのであれば、彼の正体をもっとよく知らなくてはいけない。

彼女のものではないと感じたのか、メイヴンは手前のベッドを無視した。

そして奥側のベッドに近づくと、マットレスの具合を確かめるかのように、そこに腰を下ろした。シーツを手でならし、次に枕にも同じようにした。かつて彼女の頭が乗っていたあたりを、手のひらでなぞる。もしかしたらベッドの上に身を投げ出して、匂いでも嗅ぎはじめるのではないかと思った。

だが、メイヴンはベッドまで燃やしはじめた。羽毛も、布地も、木の枠も。炎はとなりのベッドにも移り、のみ込んでいった。

「一分だけ独りにしてくれないか、頼むよ」メイヴンは、炎のうなりに掻き消されそうなか細い声で言った。

私たちは言われたとおり、灼熱の部屋から外に出た。

メイヴンは、本当に一分で出てきた。私たちが歩道に戻った一分後、荒れ狂う業火を背にして玄関に姿を現したのだ。

燃え落ちるテラスハウスから遠ざかりながら、私は自分がだらだらと汗をかいているのに気づいた。

メイヴンは次に、何を燃やしてしまうつもりだろうか？

格納庫の外に、何台もの車があげるエンジンのうなりが響いてきた。兵士たちが帰ってきたのだ。湿地帯に逃げた人々の足取りは摑めたのだろうか？　音は、打ちっぱなしのコンクリートの壁に作られた高い窓から入り込んできていた。半地下になったこの部屋は、ひんやりとしていた。中央を貫く長い通路の両側に、鉄格子がはめられた監房がずらりと並んでいる。公式には、ひとつの監房にふたりか三人ずつ、ぜんぶで四十七人がここに囚われていることになっている。全員がレッドだったが、それでもシルバーの牢番たちがしっかりと見張りについていた。もしかしたらニュー・ブラッドが何人か紛れ込み、その能力で脱出するチャンスをひそかに狙っているかもしれないのだ。モンフォートのシルバーたちは他のどこかに捕らえられて能力を封じられ、もっとも強力な兵士たちに見張られている。

メイヴンは通路を進みながら、気だるそうにこつこつと鉄格子を叩いていった。ノルタ王を前にした囚人たちは怯えて縮み上がるか、挑戦的に立ち上がった。監房に囲まれたメイヴンは、妙に落ち着いているように見えた。囚人たちがいるのも、ほとんど気にとめていないようだ。

私は、まったく正反対だった。公式記録と数が合っているかどうか、ひとりひとり数えて確かめながら進んでいく。レッドとニュー・ブラッドを見分けられたらいいのに。どこに蛇が潜んでいるか分からないと思うと、新しい監房を覗くたびに私は不安に襲われた。

格納庫の奥から、見事に着飾った他のシルバーたちの一団が近づいてきた。黄色、白、紫などの色に身を包み、全員が黄金の鎧をまとって武器をたずさえている。こんな牢獄よりも、舞踏会場によく似合いそうだ。ブラッケン王子は大きな笑みを浮かべていたが、子供たちはおずおずと父親の手を握っていた。マイケルもシャーロッタも、父親がまとった紫のスパンコールをちりばめたマントに顔を埋めたり、金の靴をはいた自分の足を見下ろしたりしている。

モンフォートの怪物たちにどんな目に遭わされたのかと思うと怒濤のように悲しみが込み上げてきたけれど、父親と一緒にこうしていられるくらい元気なのだと思うと、嬉しくもあった。一緒にあの山国から抜け出したときには、ヒーラーがじゅうぶんな治療をしても、ほとんど話すことができなかったのだ。どんなヒーラーを連れてきても、心まで癒やすことはできない。

もし、心を癒やすことができたら……。私は、横目で夫を見ながら思った。

「ブラッケン王子」メイヴンは、精一杯の魅力を掻き集めて会釈してみせた。そしてしゃがみ込むと、歩いてくる子供たちと同じ高さで視線を合わせた。「やあ、マイケルにシャーロッタ。君たちほど勇敢な兄妹は、他にいやしないよ」

マイケルがまた顔を隠したが、シャーロッタはほんの小さな笑みを浮かべた。礼儀正しい笑顔。間違いない、礼儀作法の教師に叩き込まれているのだ。

「本当に勇敢なのね」私も、子供たちにウインクした。

ブラッケンが笑みを浮かべたまま、私たちの前で立ち止まった。衛士や家来も一緒に足を止める。その中に、エメラルドの冠をかぶった別の王子の姿が見えた。ピードモントの王子なのは確かだが、どの王子かまでは分からなかった。

「陛下」ブラッケンはうやうやしく、目一杯低くお辞儀をした。子供たちも王子の手を握ったまま、同じようにした。優雅に振る舞うよう、よく教育されている。「私の感謝は、どんな言葉でも、どれほど黄金を積んでも表せるものではありません。しかしご安心を、このご恩は必ず返しますとも」王子の視線が私に向いたので、私は顔を上げた。私がこの両手で、子供たちを救出したのだ。決して忘れられることじゃない。「私の軍事施設をお使いいただいたのと同様、ピードモントは、我らが世界のありようを守る戦争のためにいかなる資源も提供いたしましょう」

メイヴンはブラッケンに立ち上がるよう、くいくいと指で合図した。

「そんなにも固く誓ってくれて、僕も感謝するよ」メイヴンが答えた。上辺だけのパフォーマンスだ。「兄が始めたこの混乱を、ふたりで終わらせるとしようじゃないか」

ブラッケンの目に、何かが光った。たぶん、喜びだ。今の嘘を見抜いたのだろうか？この戦争を始めたのは、タイベリアス・カロアじゃない。ぜんぜん違う。その罪は、レッドの反乱者たちのものだ。言葉をのみ込む。とつぜん、喉がからからに干上がった。〈スカーレット・ガード〉はレイクランドで、父さんが必要に迫られて取った政策の余波から生まれた。彼らに罪があるのは確かだとしても、私たちが存在させ、勢力拡大を許してきてしまったのだ。私たちも、罪と恥辱を負わなくてはいけない。

「レイクランドとともに」ブラッケンも続いた。

また王子の瞳が喜びに光ると、私は頰が熱くなるのを感じた。「もちろんです。最後までメイヴン・カロアをともに支えましょう」

そう、できる限り最小限に。できる限り少ない兵力と、武器と、軍資金で。残りは油断することなく守り、いちばん必要なときのために取っておくのだ。

メイヴンが私の頰にそっと、絆を見せつけるようなキスをした。頰が炎のように熱く燃え上がった。

「僕たちはお似合いだと思わないかい？」メイヴンが、ブラッケンのほうを向いた。

自分に立てた誓いに従い、メイヴンを床に押しつけて溺れさせてやりたい衝動を、私はぐっとこらえた。

「とてもお似合いです」ブラッケンは、黒い瞳で私たちを見ながら答えた。「しかし残念なことに、まだ大きな進捗はありません。ダニアード王子のところからウィスパーとシンガーを招集しているのですが」彼はそう言って手のひらを差し出し、後ろに立っている別の王子を示した。まばゆいエメラルドと、透けるほど薄い緑色のシルクをまとった王子だ。「しかし、まだ到着していないのです。ちゃんと尋問の態勢が整うまでは、下手に捕虜を痛めつけたくありません」

私は、嫌悪感を顔に出さないようにしながら、手近な監房に目を向けた。ウィスパーとシンガーが来るなんて。どちらも信用できたものじゃないけれど、私は口をつぐんでいた。監房の中から、ひとりの男が私を見つめ返した。薄暗い牢獄の中で、瞳はまるで石炭のように光を放っていた。赤い血色を帯びてはいるものの私と同じような茶色の肌。髪は黒の癖毛で、オイルを塗って手入れをされたひげも黒い。軍服は、モンフォート軍の色、ダーク・グリーンだった。あちこち裂けており、胸と上腕あたりは生地が破れ、ぶらぶらとぶら下がっていた。記章や勲章が剝ぎ取られた跡だ。私が目を細めると、彼も同じように目を細めた。

「あなた、階級は？」私は、鉄格子の中に声をかけた。

背後のブラッケンとメイヴンは、黙っていた。

ひげの男は何も言わなかった。近づいてみると、目の下に傷がひとつあるのが見えた。偶然の傷とは思えなかった。しっかりヒールを受けているし、乱れひとつない直線の傷だ。私はその傷をあごでしゃくった。「誰かに印をつけられたのね？」

「シルバーに押さえつけられて傷をつけられるのが、まるで名誉なことみたいに言うんだな」男がゆっくりと答えた。妙に気取った、ひとことずつ区切るような話しかた。言葉の重みをひとつずつ舌で計ってでもいるかのようだ。

私はもう一度、男の傷を目でなぞった。こんな罰を受けるとは、何をしたのだろう？それとも、何かをしなかったからつけられた傷だろうか？　私は、背後のブラッケンを振り向いた。

「ウィスパーが到着したら、この男から始めて。階級の高い兵士よ。きっと他の人より多くの情報を持っているわ」

メイヴンが唇を曲げた。今にも笑みを浮かべそうだ。

「もちろんです。この愚かなレッドから始めましょう」ブラッケンはうなずくと、「そうしような？」と子供たちに猫なで声で話しかけながら、立ち去ろうと歩きだした。子供たちが一緒にうなずく。十歳と八歳よりも、ずっと幼く見える。「そうすれば、恐れるほどの敵じゃないと分かるとも。もう大丈夫。お前たちに手出しなどできるものか。できっこないさ」

マイケルがまた、父親の腕の下に顔を突っ込んで隠れた。

シャーロッタは反対に、小さなあごをつんと上に向けた。モンフォートでは、髪を後ろで結んでシンプルなヘアスタイルだった。でも今はいかにも王女らしく、刺繍(ししゅう)のされた白いシルクのドレスをまとい、何本にも編んだ髪にきらきらとアメジストをちりばめている。私は、小さなドレスを引きずりながら父親の後をついていく彼女を見つめた。まるで花嫁のドレスみたいだ。いずれそのときが訪れたら、どんな人の元に嫁がされるのだろう？ 私と王女の姿が重なった。

さっきのように監房の視察に戻ると、私はまた、捕虜を数えはじめた。メイヴンは楽しげに、両腕を前に後ろに揺らしていた。この勝利に、すっかり気分をよくしているのだ。

「あなたでも幸せを感じられるなんて、知らなかったわ」私が言うと、メイヴンは声をあげて笑った。

野蛮で狂人のような光を目に浮かべ、彼がぞっとするような笑みを私に向けた。「君はやけにメア・バーロウにいい印象を持ってるんだね」

私は冷たい笑いを返した。「あなたは、あの子を自分の王妃にしたかったんでしょう？ その役も私がやらなくちゃね」

メイヴンがまた大声で笑った。絵画でも見るかのように、目を細めて私を見る。「アイリス、妬(や)いてるのかい？」彼の視線を浴びて、私は張り詰めたロープみたいに筋肉をこわばらせた。「いや、いや、違うな」彼は、笑みを浮かべたままため息をついた。「前にも言ったけれど、僕たちはお似合いさ」

そんなわけがない。

「誰か、今呼んだか？」

メイヴンは、困惑に眉間に皺を寄せながら固まった。背後を振り向き、すぐそこの監房に目を凝らす。

声の主は、あのひげの男だった。鉄格子に寄りかかり、中央の通路に出した手をぶらぶらさせている。男は、まるで挑むような目つきで私たちを覗いていた。

私たち――少なくとも私――はすっかりうろたえて男を見つめていた。

メイヴンは、何かに引き裂かれたような顔をしていた。男を殺してしまいたいほどの怒りと、もうひとつは……希望だろうか？

ひげの男がにやりと笑った。

「会いたかった？　でしょうね」

歯ぎしりの音が聞こえた。食いしばったメイヴンの口から、ひとつだけ言葉が漏れた。

「メア……」

14

メア

「あっちも君だって分かったぞ」

私たちは同時に息を吸い込んだ。その瞬間、セイモス一族が宮殿の隅に作った小部屋が、さらにずっと窮屈になった。本能的に、ぱっとファーレイを見た。彼女も私を見る。ファーレイの喉がごくりと動くのを見て、私も生唾をのんだ。彼女が決意したように、きつく体をこわばらせる。

私は唇を嚙んだ。自分ひとりでできたらよかったのに。でも彼女はどこにも行こうとせず、アイバレムを見下ろすように立ち尽くしていた。もし私の手に負えなくなれば、いつでも止められる近さだ。アイバレムが、燃えるような瞳で私の目を見つめていた。強烈に目を光らせながら、リッジ・ハウスとピードモントを心でつないでいく。ピードモント基地の牢獄――東向きの窓が並ぶ、半地下の格納庫だ――については、もう知っていることをすべて吐いてしまっていた。アイバレムの兄の目を通し囚人たちを見る。彼と一緒に囚われている人々を。彼が死を見届けた人を。そして、逃亡するのを見送った人を。湿地帯へと逃げ延びた人々の中に、エラとレイフの姿を見つけ、私は心の底からほっとした。それだけでも大ニュースだったが、今はそれどころじゃない。メイヴン……。手を伸ばせば届きそうなほどそばに立っているのだ。

アイバレムが見ているものを、私も見たかった。アイバレムの瞳の中に飛び込み、何百キロも離れた監房にいる誰かの目から飛び出していきたかった。またメイヴンと真正面から向き合い、心の中を読んでやるのだ。どんなに小さな筋肉の動きも見逃さず。氷のような目をよぎるどんな光も見逃さず。あいつが隠そうとしている弱みや秘密を、必ず見つけ出してやるのだ。

アイバレムと兄の結びつきは、きっとそれを叶えてくれる。こんなに離れているというのにふたりの絆は強烈で、一瞬のうちにすべてを伝えてくれるのだ。ラッシュを通して感じたことを、アイバレムは次々と言葉にしていった。

「メイヴンが鉄格子に近づいてくる……中に顔を突っ込んで……すぐそこだ。首に汗をかいてるぞ。ピードモントは暑いんだ。雨が降ってたみたいだな」アイバレムが、太ももに置いた手に力を込めた。彼がたじろぐのを見て、私はメイヴンが今この部屋で身をかがめ、アイバレムの顔を覗き込んでいるような気がした。アイバレムの唇が、嫌悪感に歪む。

「あいつめ、僕たちを探してやがる」

私は身震いした。すっかり慣れ親しんだあの冷たい亡霊が、肌に触れたような気がしたからだ。

ひとつだけ開いた窓から太陽が差し込んではいたけれど、リッジ・ハウスの隅に忘れられた小部屋は、まるで暗闇に包まれているかのようだった。こんなことを思いつきたくはなかった。アイバレムを呼び、こんなことをさせるだなんて。彼はモンフォートのタヒアとデヴィッドソンとの連絡手段になるはずだった。ピードモントで捕まっている兄弟とのじゃない。メイヴンとのでもない。

私は筋肉も表情も動かさず、必死にじっとしていた。だけど心臓は早鐘のように打ち続けていた。

ファーレイも歩き回りたいのをこらえていたが、おとなしくしている彼女を見ると、私はますます緊張した。どうもこの場所は、私とファーレイを落ち着かせてくれない。リッジ・ハウスはまるで、今にも弾けかけている罠みたいだ。どの部屋にも梁(はり)や柱になんらかの形で金属があるし、中には床に織り込まれていたりもするのだ。この屋敷は、マグネトロンの武器だ。私たちは常に、その武器の山に囲まれているのだ。

私たちが今座っている椅子までもが、冷えた鉄製だった。素肌にそれが触れるたび、私は震えに襲われた。

いきなりドアをノックする音が聞こえたので、私たちは驚いて飛び上がった。焦って振り向くと、鍵のかかったノブががちゃがちゃと回るところだった。ファーレイが大股でドアに近づく。メイドかシルバーが、覗き見でもしに来たのだろうか？

止める間もなく、彼女がドアを開け放って後ろに下がった。がっしりとした見慣れたシルエットが部屋に入ってくる。

私は膝に置いた手をぎゅっと握りしめ、彼を睨みつけた。「何しに来たの？」低い声で訊ねる。

タイベリアスは、まるでどちらのほうが怖いかを品定めするかのように、私とファーレイを見比べた。「呼ばれたから来たんだけどな」彼が答えた。「それに、会議に遅刻してしまうよ」

「じゃあ行きなさいよ！」私はぱたぱたと手を振って、ファーレイのほうを向いた。「何考えてるのよ！」と、すごんでみせる。

ファーレイは乱暴にドアを閉めて私の言葉を跳ねのけた。「あなたはメイヴンをよく知ってるけど、それはこの人だって同じよ。話を聞いてもらいましょう」と、有無を言わさぬ冷たい声で言う。

目の前のアイバレムが目をぱちくりさせ、「ミス・バーロウ」と、やりかけの仕事を続けようといった顔で私たちを見た。

「いいわ」私はしかたなく答えると、またモンフォートのニュー・ブラッドたちと向き合うことにした。私と精一杯距離を取ろうとして壁にもたれている、こっちのカロアのことは後回しだ。視界の端にいるタイベリアスは見るからにぴりぴりしながら、つま先で床を叩いている。

「メイヴンが何か言ってるぞ」アイバレムが、いつもの柔らかくゆっくりした声で言うと、ぱっと冷酷で鋭い声色に変えた。精一杯メイヴンの声に似せているのだ。「メア、本当に君なのかい？　それともレッドの分際で、王様をもてあそぼうっていうのかな？　僕には、賢いとは思えないねえ」

アイバレムはまた雰囲気を変え、遥か彼方を見通すように宙を睨んだ。「メイヴンの周りには衛兵もいる。センチネルだ。ぜんぶで六人。今、ブラッケン王子と子供たちも見えた。四人の護衛を連れている」

タイベリアスが口を手で覆って何かを言い、ファーレイがうなずいた。たぶん、敵の数を確認しているのだろう。続けて、タイベリアスが小声で言うのが聞こえた。「ブラッケンとの同盟は堅い。また攻撃してくるだろう。それもすぐにだ」

「王妃も一緒にいる」アイバレムが続けた。「レイクランドの王女だ。何も言わず、黙って立っている。見ている」アイバレムが目を細めた。「無表情で、まるで凍りついちまってるみたいだ」

るはずだ。兄弟の絆を通じて私が喋っているのだと。「犬は必ず嚙むものよ」
「アイリスに伝えて……」私は、指で膝を叩きながら言った。きっと向こうも確信してい
「アイリス、犬は必ず嚙むものよ」アイバレムが繰り返した。私のまねをして首をかしげ、
今度は私になりきっている。異様な人生を生きる、ごく普通の少女に。真実ほどメイヴン
を怯えさせるものはない。そしてこの会話から何かを引き出そうと思うなら、怯えさせな
くてはいけないのだ。
「王妃が少し笑ってる。頭を下げたぞ」アイバレムが言った。アイリスの表情になり、声
が一オクターブ上がる。「どんな犬でも嚙むものだけれど、中にはしばらく待つ犬だって
いるものよ、メア・バーロウ」
「今の、どういう意味？」ファーレイが小声で言った。
　でも、私には分かっていた。
ただよそ行きを着せられてきっちり繫がれた犬っていうだけの話よ。
　ホワイトファイアー宮殿に囚われていたころ、アイリスにそう言ったことがあった。あ
のときもアイリスは同じ笑みを浮かべ、そう答えたのだ。
飼い犬も、人の手を嚙むものだから。あなたは嚙みつく？
　ようやく私が答えるときが来た。それは彼女にとっても同じだった。
　アイリス・シグネットは、自分が攻撃に出るチャンスを待っている。背後にレイクラン

ドがいるのだろうか？　それともただ個人的な怒りゆえなのだろうか？

私は背後にいるファーレイを振り向いた。「アルケオンでアイリスに言われたことと関係があるのよ。まだ戻ってくる前にね」

「間違いなくメアだけど、いったいどうやって通信してるの？」アイバレムが、なんとかアイリスの声色をまねし続けながら言った。「きっとまだ私たちが知らない、ニュー・ブラッドの能力なんでしょうね」

「あなたたちが知らないことなんて、数え切れないほどあるわ」私は答えた。「モンフォートについても、〈スカーレット・ガード〉についてもね」こんなはったりをかますのは情けなかったが、さらさらと言葉は出た。「それにメイヴン、あなたのお兄さんについても。今、すぐとなりに立ってるわ」

アイバレムが、メイヴンと同じ嫌な笑みを浮かべた。「だからって、何か意味があるのかい？」その声が、恐怖に震えているように聞こえた。「君がとなりに立つと決めたやつのことなんて、どうでもいいんだよ。だけど……」メイヴンの邪悪な笑みが広がっていく。「前よりずいぶんと距離が離れているのは知ってるぞ」

私は顔をしかめたいのをこらえ、無理に笑みを作った。「なるほど、こっちにスパイを潜らせてるのね。まあ、あんたのとこに潜らせてるスパイの数に比べたら、大したことないだろうけど」

アイバレムの口から、すりガラスを引っ掻くような笑い声がほとばしった。「メア、君のごきげんうかがいのためにスパイを無駄にしてるとでも思ったのかい？　まさか。君のことなら、誰よりもよく知っているさ」糸切り歯を覗かせながら、彼が笑った。私はメイヴンのよく整った、そして何かに取り憑かれたような顔を頭から追い出すため、アイバレムのあごに刻まれた傷跡に集中した。「いずれカルが正体を見せたら、君はきっと我慢できないはずだよ」

視界の端に立っているタイベリアスは、微動だにしなかった。息すらもしなかった。うつむき、床に開いた穴をじっと見つめ続けていた。

「あいつも、僕と何も変わらない作りものさ。君は愛していると思ってるだろうけど、父さんにこねくり回され、壊されて作り変えられた、歩くレンガの壁なのさ」メイヴンは、アイバレムを通じて喋り続けた。「あいつは使命だ使命だって壁の裏側に隠れてるけど、真実はそんなに高潔なもんじゃない。僕たちと何も変わらない、欲望の成れの果てなんだ。あいつは玉座が欲しいんだよ。どんな対価を払ってでも、どれだけ多くの血を人に流させてもね」

カルが親指の関節を慣らし、鋭い音があたりを貫いた。

「いつも同じ話になるのね、メイヴン」私は大げさに呆れた声を出し、首を振ってみせた。アイバレムがその動きをまねする。「ねえアイリス、きっとあなたにもあれこれとタイベリアスについて泣きごとを言ったんじゃない？　それとも、あんなくだらない話を聞かされたのは私だけかしら？」

　アイバレムは、アイリスを見るかのように首を横に向けた。「アイリスは唇を歪めてる。たぶん笑ってるんだ。メイヴンが、片腕を鉄格子にかけた。監房の気温が上がってる」

「あら、神経を逆なでしちゃった？」私は訊ねた。「おっと、忘れてたわ。どれが自分の感情でどれがお母さんのなのか、自分でも分からないんだったわね」

　アイバレムが顔を歪め、平手で太ももを叩いた。「メイヴンが鉄格子を叩いた。気温はまだ上がり続けてる。囚人たちは、びくびくしながら見守ってる」アイバレムは肩で息をしている。「落ち着こうとしてるみたいだ」

「捕虜を大勢捕らえてる相手を怒らせるのは、あんまり賢いとは言えないな。その気になれば、全員火炙（ひあぶ）りにできるんだぜ？」メイヴンが、いまいましげに声を絞り出した。何百キロも離れているというのに、空気を震わせるようなその怒りが私にも届くみたいだった。「基地に生存者はいなかったと発表するのなんて、楽勝だぜ？」

　確かにそのとおりだった。メイヴンが目の前の捕虜たちを皆殺しにするのは、止めようがない。彼らの命は、メイヴンの胸ひとつなのだ。

「解放してあげてもいいんじゃない？」

　メイヴンは、さも意外そうに大笑いした。「メア、睡眠不足なんじゃないのかい？」

「もちろん、取引のうえでよ」私はファーレイをちらりと見て、表情を読もうとした。彼女は額に皺を寄せ、難しそうな顔をしている。

タイベリアスも青ざめていた。最後にメイヴンと取引をしたときには、結局私が何ヶ月も囚われの身になったのだ。

「前の取引では、本当に得をさせてもらったよ」メイヴンが、アイバレムを通してさもおかしそうにくすくす笑った。「でも、君がもし戻りたい、名もなき兵士たちを救うためにそうしたいっていうふりをするのなら、喜んで迎えるとも」

「てっきり夢を見る力までエラーラに潰されたんだと思ってたわ」私は冷笑を返した。「違うわ、メイヴン。私がしてるのは、〈スカーレット・ガード〉がブラッケンの基地に残してきたものの話よ」

アイバレムが、虚を突かれたような顔をした。「何？」

ファーレイがにやりと笑い、私のすぐとなりにしゃがんだ。アイバレム――つまりメイヴン――に話しかける。「〈スカーレット・ガード〉は、すんなりシルバーを信用したりしないの。特に、ブラッケンみたいに心が読めない相手のことはね。何かが起きて、ブラッケンが自分の子供を捕らえている連中の命令を無視するよう決定を下すのなんて、時間の問題だと思ってたわ」

「話してるのは誰だい？」メイヴンが大声で遮った。

「やだ、忘れちゃったなんて傷ついたわ。ファーレイ将軍って言えば、少しは話を聞く気にもなるかしらね？」

「なるほど、聞こうじゃないか」アイバレムが舌打ちをした。「僕みたいな狼を馬鹿な羊の群れに迎え入れた女を忘れるなんて、僕もまったく間抜けだな」

ファーレイは、とびきりの料理を運んできたような笑顔を見せた。「その馬鹿な羊の群れが、あんたの基地に爆弾を仕掛けてるのよ。いつでも好きなときに爆発させられる」

一瞬、部屋は死んだように静まり返った。メイヴンが、警戒心に張り詰めた顔を上げる。

「それがどれだけ危険なことか、君は分かってるのか？」

「もちろんよ」彼女は、アイバレムから目をそらさずに答えた。「言われるまでもないわ」

アイバレムが、かすかにうなずいた。

「さて、メイヴン」私はにっこり笑った。「逃亡者を追いかけて湿地に行った連中を呼び戻して、私たちが爆発させる前に爆弾を探し出したら？　それか捕虜を解放するのなら、すぐそこにある爆弾のありかを教えてあげるわ」

「爆弾なんかで脅そうとしても無駄だよ」

「でもお前の王冠に忠誠を誓っている兵士たちは違う」タイベリアスが、私の背後から近づいてきて言った。腕が私にかすり、背筋に炎のような熱気が伝わってくる。

「やあ兄さん、出てきてくれて嬉しいよ」メイヴンが囁いた。「僕と話をする度胸なんてなくしたのかと思ってた」

「なんなら、どっちが度胸あるか決着をつけてやってもいいんだぞ」タイベリアスが、獣のように吠え返した。

アイバレムは、ゆらゆらと指を振ってみせた。「せっかく兄さんを負かすチャンスだけど、後にしよう。ノルタ、レイクランド、そしてピードモントの前にひざまずくときまでね」メイヴンはにんまりと笑いながら、すらすらと三国の名前を言ってみせた。そのたびに、空気が重くなる。壁はどんどん高くなっていく。

ファーレイは私の肩に手をかけ、私が椅子から飛び出さないように押さえてくれた。

やがてアイバレムが腕組みをし、今までとは逆の足に体重を移した。まさしくメイヴンらしいボディ・ランゲージだ。国を思う若き国王のマントを脱ぎ捨て、心を持たず、何者をも受けつけない、エラーラ・メランダスの息子の仮面を着ける。力だけを追い求める少年の仮面を。

メアリーナを演じた私と、まったく同じパフォーマンスだ。

「将軍、いくつ爆弾を仕掛けたって?」

わざと階級で呼んでうろたえさせようとしたが、ファーレイはへっちゃらだった。「数は言ってないわ」

「ふむ……」メイヴンがうなる。「なるほど、ブラッケンもこれ以上自分の基地が破壊されるのは喜ばないだろうね。でも子供たちを取り戻す親切をしてやったんだし、まあ気にしないだろう」

少し前に〈スカーレット・ガード〉が爆弾を仕掛けたのは知っていたが、私も正確な場所までは分からなかった。道と滑走路、そして本部塔の地下あちこちに埋めたはずだ。敵兵だけでなく、基地そのものにいちばん大きな損害を与えられる場所に。特殊な周波数に設定し、いつでも起動させられる。

「メイヴン、あなたが決めるのよ」私は答えた。「囚人と基地を引き換えにするかどうかをね」

アイバレムが、メイヴンのにやにや笑いをまねた。「そしてこのニュー・ブラッドもだろ。でも、できることならこいつは手元に置いておきたいんだ。手紙を出すよりずっと楽だからね」

「そんな取引はしないわ」

アイバレムは、むっつりと口を尖らせた。「君は時々、本当に面倒なことを言うね」

「私の得意技でね」

となりのタイベリアスが、小さく冷ややかな笑いを漏らした。そのとおりだ、と言いたいのだろう。

私たちは張り詰めた静寂に包まれながら、アイバレムの体から漏れる息吹(いぶき)のひとつひととつに集中した。椅子にかけた彼が体を揺すり、前後に視線を走らせる。歩き回っているメイヴンの姿を再現しているのだ。

ファーレイが、そびえるように立ち上がった。

「どこで解放したらいい？」しばらくしてから、メイヴンがやっと答えた。

ファーレイは黙ったまま、空中にジャブを二発繰り出した。そういえば、彼女はまだ若いのだ。私よりほんの少しだけ上、二十二歳だ。

「東ゲートよ」ファーレイが答えた。私は勝利の喜びを顔に出さないようにこらえた。

「湿地で、日暮れに」

メイヴンは困惑したように、「それだけかい？」と言った。

タイベリアスも、わけが分からない顔をして、横目でファーレイを見た。「それじゃ救出できっこない」そうつぶやき、これは伝えるなとアイバレムに合図する。「ドロップジェットを配置しなくちゃ駄目だ。敵兵を近寄らせず、捕虜と逃亡兵たちを救出する間だけ停戦の約束を取りつけるんだ」

ファーレイは、さっと手を振った。「そんなの要らないわ、カロア。何度言っても、〈スカーレット・ガード〉はあんたが知ってる軍隊じゃないのを忘れるのね」誇らしげに、腰に両手を当てる。「もう逃走経路は確保済みだし、〈スカーレット・ガード〉はすでに湿地に到着しているわ。レッドを連れて敵のなわばりを移動するのは、私たちがもっとも得意とするところよ」

「ならばいいけど」タイベリアスが、不満そうに言った。「でも、蚊帳の外にされるのはごめんだよ。みんなが対等であってこそ、最大限の働きができるはずだ」

「あんたたちの世界じゃ、これを対等って言うの？」ファーレイは手でタイベリアスと私たちを示した。彼の血と、私たちの血を。彼の階級と、私たちの階級を。王となるべく生まれついたシルバーと、無の中で生きるよう生まれついたレッドを。

うろたえたタイベリアスの視線が、ファーレイから私に向いた。椅子にかけたままの私を、遥か高みから見下ろしている。私たちの距離は果てしないほど離れていると同時に、ゼロでもあった。タイベリアスが苦痛を顔に浮かべ、頬をぴくぴくさせながら視線をよそに引き剝がす。てっきりさらにファーレイに詰め寄るものとばかり思っていたが、意外にもおとなしく引き下がり、先を続けるよう私たちに合図をした。

目の前のアイバレムが大きく息をついて、あごの傷に手を触れた。黒いひげの合間から覗く茶色い肌が、白くぼつぼつしている。それから彼は、両目の下をさすった。彼の兄弟は、ここに傷がある。「国王はぐずぐず悩んでる。ミス・バーロウ、言ってやってくれ。二度と通信手段としては使わせないって」すがるような声で、アイバレムが言った。「じゃないとあの王様は、兄さんをずっと捕虜にしておく気だ。君とタイベリアスと通信するためにね」

「もちろん」私はうなずいた。ラッシュを私のようなペットにさせるわけには、絶対にいかない。「メイヴン、そのニュー・ブラッドを隠したりしたら、すぐに分かるわ。そんなことをするなら、交渉は決裂よ」

苦々しい声が返ってきたが、意外そうではなかった。「でも、話がしたいんだよ。メア、君は僕の正気を保ってくれるんだ」メイヴンが趣味の悪いジョークを言ったが、まったく笑えなかった。

「見え透いた嘘を言わないで。もうこの兄弟を通じたやり取りは二度としないわ」

メイヴンが——アイバレムが——顔をしかめた。「それじゃあ、新しい通信手段を探さなくちゃいけないね」

私の頭上でタイベリアスが人差し指を立て、アイバレムの目を自分に向けさせた。「メイヴン、話がしたいのなら、誰も止めはしないよ」その言葉を、アイバレムがメイヴンに伝える。「戦争とは武力の戦いであると同時に、外交の戦いでもあるんだ。僕たちと中立地帯で会えばいい」

「降伏の説得を焦りすぎじゃないか、カル？」メイヴンは嘲るように言って、手をぱたぱたと振った。「それより将軍、爆弾はどこだい？」

ファーレイがうなずいた。「味方を湿地で確認して、危険はないと確認してから場所を教えるわ」

「アリゲーターが悪さをしても、僕の責任にしないでくれよな」

この言葉に、ファーレイは本当に笑った。「魂がないなんて可哀想ね、メイヴン・カロア。もしかしたら、生きてる価値のある男になれてたかもしれないのに」

タイベリアスが、落ち着かないように身じろぎした。誰かにメイヴンを治すことができるかもしれないのなら、やってみる価値はあるんじゃないだろうか？　何週間か前に、タイベリアスにそんなことを訊かれた。私たちは肌を合わせていた。もう、別の人生みたいに遠く感じる。でも、私にはどうでもいいことだ。メイヴンを治せるわけがない。かつて私たちふたりが愛したこの歪みきった少年王を癒やす手段なんて、どこにもない。彼を捕らえているのは、彼自身なのだから。

それをタイベリアスに伝えるような勇気なんて、私には持てそうになかった。

メイヴンは愛する能力を破壊されているが、タイベリアスはもっとひどく壊されてしまっている。壊されすぎているのかもしれない。だからこそ彼は、必死にしがみつこうとしているのだ。

「最初はコーヴィアムを炎上させた。次はピードモント基地を灰にしてやると脅そうってわけかい？」メイヴンが冷ややかに笑った。「〈スカーレット・ガード〉は、破壊の天才だね。だけど、すでに造られているものを破壊するのは、とても簡単なことなんだよ」

「特に、芯が腐っているときにはね」ファーレイも冷たい笑いを返した。

「東ゲート。湿地帯。日暮れよ」私は繰り返した。「じゃなきゃ、あなたがいるその基地は燃えることになるわ」

しかし、基地には今どのくらいの兵力がいるのだろう？　メイヴンとブラッケン、そしてアイリスに忠誠を誓った兵士たちが。シルバーも、レッドもいるだろう。

考えるなと、私は自分を戒めた。何人の命がかかっているかを頭から追い出したところで、戦争は嫌になるほど難しいのだ。けれど、まぶたを閉じてもどうしようもなかった。どんなに見たくなくても、見なくてはいけないのだ。どんなに苦しい決断をすることになろうと、目を開けて決断しなくてはいけないのだ。苦痛も罪悪感も、押しのけようとしてはいけない。それをくぐり抜けるには、味わい尽くさなくてはいけないのだから。

「よく分かったよ」メイヴンがうなった。監房の外に立つ彼の姿が見えた気がした。薄明かりに照らされた青白い顔……。目の下には、いつものように疲労と疑念のくまができている。「僕は約束を守る男だ」

耳慣れた彼の言葉に、手紙と約束の苦々しい思い出が次々と蘇った。

ゆっくりと、私はうなずいた。

「ええ、あなたは約束を守る男」

もし兄が他の捕虜たちと出てこなかったらすぐ伝えに来るよう、アイバレムに指示を出した私たちは、セイモス王の玉座の間を目指し、リッジ・ハウスの廊下を急ぎ足で進んでいった。タイベリアスはどこから見ても心ここにあらずといった感じでぼんやりしており、役に立ってほしいほどには役に立たなかった。たぶん、ピードモントにいる弟のことで頭がいっぱいなのだ。

私は彼とファーレイの歩幅についていこうと必死にがんばっていたが、タイベリアスがふと物思いにふけって足を止めるたび、その背中に激突した。

「もう遅刻だわ」私はとっさに彼の背中に手を触れてぼやくと、思い切り前に押した。私に触られてやけどでもしたみたいに、タイベリアスが飛び上がる。そして大きな手で私の手を摑んで、自分から引き離した。そして、立ち止まったときと同じくらい急に、私のほうを向いた。

ファーレイは呆れ顔でため息をつきながら、ぐんぐん進んでいった。「喧嘩は時間があるときにしなさいよ」と、私たちに叫ぶ。

タイベリアスはそれを無視すると、私を睨みつけた。「僕を抜きにしてあいつと話すつもりだったろう」

「メイヴンと話すのに、あなたの許可が要るの？」

「メア、あいつは僕の弟なんだよ。僕にとってどんな相手なのか、君も分かるだろう」まるですがるように、タイベリアスが声を落として必死に訴えた。悲痛な顔だったが、私は表情ひとつ変えないようにこらえた。

「信じてたあいつの姿なんて、忘れちゃいなさい」

その言葉が、彼の奥底で怒りに火を点けた。

「どう感じるかなんて、君に命令されることじゃない。あいつに背を向けろなんて、僕に指図するなよ」そう言って、威嚇するように背筋を伸ばす。「それに、君たちふたりだけであいつと対決するって？」彼は、ファーレイのほうを振り向いた。「賢くないな、まったく」

「賢くないからあんたを呼んじゃったのよ」ファーレイが棘々しく叫び返した。「ほら、さっさと行きましょう。のんびりしすぎよ。会議は二十分も前に始まっちゃってるわ。セイモスとあんたのおばあさんが計画を立ててるなら、私もその場にいたいわ」

「アイリスはどうなんだ？」タイベリアスが、落ち着きを取り戻した。腰に手を当て、自分をひと回り大きく見せる。私が横をすり抜けようとしても、逃さないつもりだ。私のやり口を、彼は熟知している。「犬が噛むとかなんとかは、あれはなんだ？」

私はどう答えようかと考えながら口ごもった。嘘ならいつでもつける。今はそうしたほうがいい。

「前にアイリスに言われた言葉よ、まだホワイトファイアーにいたころにね。あの子は、私がメイヴンのペットだって知ってたの。飼い犬だってね。そのときに、犬は必ず噛むものだと言われたのよ。チャンスさえあれば私がメイヴンに噛みつくはずだって言いたかったのね」言葉がつかえそうだったが、私は無理やり吐き出した。「あの子だって同じ」

タイベリアスはそれを聞くと、暗い顔になった。「で、メイヴンがそれを見過ごすと思うのか？」

私には、肩をすくめるしかなかった。「たぶん今は気にしちゃいないでしょうね。メイヴンにはあの子が……あの子がもたらす同盟が必要だもの。今メイヴンには、今日明日のことしか見えていないわ」

「それは理解できる」彼が、私にしか聞こえないくらいの声でつぶやいた。

「でしょうね」

彼はもう一度ため息をつきながら、短い髪を片手でなでた。また長く伸ばせばいいのにと思った。あの波打つ黒髪にしたほうがハンサムだし、印象も和らぐ。王様みたいじゃなくなる。

「さっきのこと、連中に話すのか？」彼は親指で、玉座の間の方角を指した。

私は首をかしげた。大勢にあの会話を伝えるのは気が進まなかった。セイモスの面々がいるのなら、なおさらだ。「話したら、ラッシュとアイバレムが危なくなるわ。きっとヴォーロは大喜びで、ふたりの能力を利用してやろうと思うはずだもの」

「同感だ。でも、これは僕たちに有利だよ。ラッシュを通して話を聞けるし、様子も見られるわけだからね」彼は君が決めろとでも言いたげに、私の表情をじっとうかがった。

「そっとしといてあげましょう。〈スカーレット・ガード〉に伝達してもらえばいいわ。ラッシュだって、取り戻さないといけない」

タイベリアスは「もちろんだ」とうなずいた。

「キャメロンのことは何も言ってなかったわね」私は言った。その名前を口にすると、胸が痛んだ。私たちがモンフォートに出発すると同時に、弟のいるピードモント基地に戻ったのだ。戦争より平和を求めて。なのに、また戦争に追いかけられてしまうなんて。

タイベリアスはじっと考え込んだ。私は、彼の顔を見ないようにした。同情しているようにすら見えた。偽りではなく、心から同情しているように。

「あの子なら大丈夫だ。誰かにやられるところなんて、想像つかないよ」

アイバレムは、捕虜の中に彼女がいたと話してはいなかったが、死んだと思っていないのも確かだった。どうか逃げ延びて湿地帯に身を潜め、ゆっくりと私たちのところに向かっていてくれるといいのだけれど。キャメロンは、私と同じくらいの殺傷能力を持っている。いや、私よりも強い。どんなシルバーにとっても、あの子は危険な獲物だ。最強の能力だろうと、キャメロンの力で封じられてしまうからだ。きっと逃げ延びているはずだ。

他の可能性なんて考えつかなかった。考えつくわけがない。

それに、私の立てた計画にはあの子の力が必要なのだ。

「これ以上待たせたりしたら、ファーレイに血祭りに上げられるわね」

「そいつは見たくないもんだね」後ろでタイベリアスが笑った。

15

エヴァンジェリン

アナベルは強烈な能力で、その場に睨みをきかせていた。私たちは、彼女とは年齢的に釣り合わない孫を待っているところだった。私は彼女が放つ威圧感の出どころを教わりたい気持ちと、今腰掛けている玉座の鉄材で壁に串刺しにしてやりたい気持ちの板挟みになっていた。

玉座の前には、ざっと十数人が集まっていた。軍事会議に必要な顔ばかりだ。リフトとノルタからの離脱者の他に、レッド、シルバー、〈スカーレット・ガード〉、それにモンフォートの代理人もいる。何度見ても、この光景にはなかなか慣れなかった。

それは、パパとママも同じだった。ママはまるで自分の蛇みたいに、エメラルドの玉座にとぐろを巻いていた。黒いシルクと宝石で飾られた玉座にもたれてはいたが、恐ろしい肉食ペットを膝に乗せていないせいで、なんだか不自然だった。あのパンサーはどうやら、今日は乗り気じゃないのだろう。アナベルを見ながら、ママが冷ややかに笑った。

パパのほうは逆に、じっとアナベルを睨みつけ、ひるませようとしていた。だがアナベルはレロランの長だ。ハウスの名にかけて、ひるんだりはしない。私はマグネトロンだ。鉄があれば感じることができる。そしてあの女は、鉄の心を持っている。

「タイベリアス七世には首都が必要だわ。自分の旗を打ち立てるための場所がね」アナベルは言葉を切ると、威圧するように玉座の間を眺め回しながら歩き回った。私は叫んでやりたかった。

好きにしなさいよ、ババア！

今この婆さんがすべきは、どこかにいるカルを見つけ出し、耳を摑んでここまで引きずってくることだ。ピードモント基地を失ったばかりだし、これはカル自身の軍事会議だし、何よりここはパパの宮殿なのだ。私たちを待たせるのは、無礼というだけじゃない。政治家として間抜けすぎる。それに私にしてみれば、貴重な時間の無駄だ。

たぶんまた、どこかでメアと口喧嘩をしているのだろう。唇を見ていないふりをしながら。あの王子は、呆れるほど分かりやすい。どうせならまたふたりで熱くなって、もう一度バレバレの秘密の関係に戻ってくれたらいいのに。ふたりがいちゃいちゃしてる間、門番をしてやろうかしら？　私はそんなことを考えながら鼻で笑った。

一瞬、私は彼が望んでいる私たち全員の未来を胸に思い描いた。カルが私たちに押しつけようとしている人生を。私の頭には冠が乗り、彼の心はメアに握られている。私の子供たちは常に、いつ彼女が宿すか分からない子供の影に脅(おびや)かされる。彼がどんなに優しかろうとも、私は言いなりだ。けれどもカルがメアと一緒に日々を過ごしている間、私は好きなだけエレインと過ごすことができる。

彼の心がメアに向かってくれさえすれば。もっとメアを求めさせることさえ私にできれば。だけどコーヴィアムでメアに言われたとおり、カルは玉座を捨てるような人じゃない。でも、それは私だって同じだった。世界の裏側の味を知るまでは。

そんなことを考えると、胸がどきりとした。興奮と希望……そして疲労感に。カルとメアと、これ以上ぐちゃぐちゃに絡み合うのだと思うと、それだけでイライラしてしまう。たとえそれが、私自身の幸せのためであろうとも。

ぐだぐだ言うのをやめなさい、セイモス。

やがて、カルを連れたファーレイ将軍とメアがやっと部屋に入ってくるのを見て、私はほっとため息をついた。メアはみすぼらしくこそなかったけれど、淑女(レディ)とは言えなかった。カルはきっと、そういうのが好きなのだ。粗野なタイプが。温かみがあり、爪が汚れていて、やたら気が短いのが。私には分からない趣味だけれど、きっとそうなのだろう。

「ああ、陛下」アナベルは、顔を輝かせて孫のほうを振り向いた。セイモス王の玉座の前へとカルを手招きしながら、アナベルはほっと表情を緩めた。部屋にいる全員の視線が、その姿に集まっている。

「タイベリアス王、お越しいただいて感謝するよ」パパが銀のひげを片手でさすった。

「我々が置かれている深刻な状況については、ご存じのことと思うが」

カルが軽く会釈したので、みんなが驚いた。生まれついての王族とは、相手が誰であろうと頭など下げないもの。それが、会釈をしてみせたのだ。「ご無礼した。少々野暮用がありましてね」何も説明せず、カルが言った。そして、私たちに質問する間も与えず、ファーレイを手招きした。「ともあれ、ファーレイ将軍からいい知らせがあるそうだよ」

「ピードモントの拠点を失った件を鑑みてもかね？」パパが皮肉に笑った。「そのうえ、ブラッケンのことまであるのだよ。さぞかし素晴らしいニュースに違いないな」

「ピードモントから百人以上の味方を救出できるというのは、素晴らしい知らせだと思うわ、陛下」ファーレイは、白々しく頭を下げた。「ブラッケンの襲撃を受けたとき、基地には数百人の兵士が残っていたわ。私たちが集めた情報によると、最低でも三分の一が湿地帯に逃走したようね。あの地域には、そこかしこに〈スカーレット・ガード〉の支部があるの。逃亡兵たちを救出して、安全なところまで移動させるのは朝飯前よ」

「死者はどの程度と見積もっているの？」アナベルが訊ねた。

「およそ百人ね」ファーレイは、苦悶（くもん）を顔に出さないようこらえながら答えた。だが、その悔しさはじわじわと染み出してきた。「百人も死んでしまったわ」

「コーヴィアムではもっとたくさんの人たちを失った」私は指先で体を叩きながら言った。「必要とはいえ、苦しい犠牲だったわね」

「基地がなければ、戦局を前に進めるのは難しいぞ」プトレイマスが、痛いほどの正論を突きつけた。時々、兄さんはただ喋って注目を集めたいだけなんじゃないかと思うことがある。たとえこんな状況だろうとも。

「うん、それは真実だ」カルがうなずいた。「僕たちにはまだリフトと周辺地域が残されてはいるが、何週間ものうちに、ふたつの拠点を失ってしまった。まず初めはコーヴィアム――」

「コーヴィアムは破壊することを選んだのよ。失ったわけじゃない」メアが、敵意を込めた目で遮った。あの街が燃えて、喜んでいるに違いないのに。

カルは、しぶしぶといった顔でうなずき、先を続けた。「そして、今度はピードモントだ。こうなると、人々は僕たちから強いというイメージは受けないだろう。特に、メイヴンに味方をしながらもまだどちらにつくか決めかねているハウスにはね」

玉座のママが、肘掛けに体重をあずけた。両手に、緑色の宝石が光る。「モンフォートはどうしたのかしら？　聞いた話では、無事にモンフォート軍を味方につけたということだけれど」

「来てもいない兵士を数えるようなことはしないよ」カルが、必要以上に棘々しい声で返した。「政府が約束したとおりのものをデヴィッドソン首相がよこしてくれると信じてはいるけれど、目の前にもいない戦力を元に何かを決定なんてしない」

「あなたに必要なのは首都よ」アナベルが無理やり、元の話題に戻した。「デルフィーならちょうどいいわ。ハウス・デルフィーが新王の力になるでしょう」

カルは祖母から目をそらした。「それはそうだけど、でも――」

「でも？」歩き回っていたアナベルが足を止め、叱りつけるように言い返した。

カルは肩をいからせ、物怖じせずに言い返した。「簡単すぎる」

いかにも祖母らしい顔で、アナベルはカルの腕を叩いた。まるでよちよち歩きの子供に人生の教訓でも教え込むかのような態度だ。

「人生には本当に簡単なことなんてないものだけれど、できる楽はありがたくしておくものよ、タイベリアス」

「僕は、訴えかけるものがないって言ってるんだよ」カルが、アナベルの手を振り払った。「ノルタの民にも、同盟国にも、そしてもちろん敵に対してもね。そんなのは無意味な一手さ。誰にでも予想できる。デルフィーはもう、実質的に僕のものだ。そうだろう？　あとは旗を突き立てて、宣言するだけでいい」

「そのとおりよ」アナベルは首をひねった。「どうしてそんな贈りものを放り出したりするの？」

カルは、うんざりした顔でため息をついた。私も同じ気持ちだった。

「放り出すものか。贈りものはもうもらってるのさ。あなたの言うとおり、僕たちには新たな砦が必要だ。できることならノルタにね。僕たちの力を証明するため、新たな勝利を収めなくてはいけない。そして、レイクランドとピードモントを恐怖で震え上がらせるんだ。メイヴンのやつみたいにね」

「じゃあ、どこならいいと思ってるの?」私は身を乗り出した。さっさとカルの案に決めて、この悲惨な話し合いを終わらせてしまいたかった。

「ハーバー・ベイだ」カルが私を見てうなずいた。

「母親のお気に入りの街だわね」アナベルがぶつぶつと言った。カルはまったく聞こえてもいないような顔をして、答えなかった。「そして、メイヴンに忠誠を誓ったハウスが治めている街よ」

「戦略的に誓ってるだけさ」

ファーレイ将軍が顔をしかめた。「そうしたらまた包囲攻撃をして、何百人という死者を出さなくちゃいけなくなるわ」

「あそこにはフォート・パトリオットがある」カルが指を折って数えた。「陸軍、空軍、海軍の大艦隊が勢揃いしてる」カルが言い返した。引き込まれ、感染してしまうような熱意を感じた。恐ろしいほどの若さで将軍の座を手にした理由が、私には分かる。私がただの何も知らない一兵卒だったなら、こういう男の後を喜んで追いかけ、死の淵にだって行くだろう。「メイヴンの兵を大勢投降させ、もしかしたら味方につけられる者も少しはいるかもしれない。最終的には、ピードモントで失ったものの埋め合わせができるはずだ。武器も、車も、ジェット機もね。ぜんぶ揃ってる。そして街自体は〈スカーレット・ガード〉にとって重要な場所でもある」

パパがぴくりと片眉を弓なりに吊り上げた。にやりと笑っているようにも見える、獰猛な顔だ。「聡明な決断だ」ヴォーロ王の同意にカルは驚いた顔をしたが、これは意外なことでもなんでもなかった。私はパパを……そしてパパが抱いている飢えを知っている。いつも忘れることのない、力への欲望を。間違いない、パパはもう、占拠したハーバー・ベイの街に翻るハウス・セイモスの旗を夢に見ているのだ。「我々はメイヴンに基地を奪われた。なら私たちはあやつから街を奪ってやろうじゃないか」

「まさしくそのとおり」カルがうなずいた。

「奪えるなら、の話ね」メアが背後のカルを振り向いた。茶色くくすんだ髪がその勢いでふわりと舞い、太陽の光で赤みを帯びた輝きを放つ。

カルは眉間に皺を寄せ、首をかしげた。「何を言ってるんだい？」

「ハーバー・ベイを攻撃する。街を乗っ取るためにね。冒すだけの価値があるリスクだし、やってみるべきだわ。もし失敗に終わったとしても、メイヴンの鼻っ面にきつい一撃を叩き込める」

メアは気に入らないが、この話には興味を引かれた。私は銀の模様が入った白いシルクのスカートの生地を手で伸ばしながら身を乗り出した。「どうしてよ、バーロウ？」

彼女はよくぞ訊いてくれたとでも言わんばかりに、私に歯を見せて笑った。「ニュー・タウンを解放するのよ、ハーバー・ベイにあるテチーたちのスラム街をね。そこのレッドたちを解き放つの。あそこは製造の拠点よ。シルバーの要塞と同じくらい、ノルタにとっては力の源になってる。ニュー・タウン、グレイ・タウン、メリー・タウンを叩くことができれば――」

またしても、パパが驚いた。「技術の中枢を壊してしまおうというのか！」パパは、まるで自分の心臓を生きたまま切り取られたかのように悲鳴をあげた。

狼狽（ろうばい）したパパの視線を浴びながら、メア・バーロウは自信たっぷりにふんぞりかえっていた。「そうよ」

アナベルは目を丸くして、今にも笑いだしそうな顔をしていた。「そんなことをして、戦争が終わったらどうする気なの、ミス・バーロウ？　あなたがお金を出して再建するとでも？」

メアは、喉元まで出かかった暴言をなんとかのみ込んだような顔をした。深呼吸をし、冷静さを保とうとしている。

「もしその破壊が勝利を意味しているとしたら?」ゆっくりと、アナベルの質問を無視してメアが口を開く。「それで国を勝ち取れるとしたら?」

カルは目をそらし、こくこくとうなずいた。メアの言うとおりだと思っているからだろうか? それともまだ愛の病にかかった子犬だからだろうか? 「テチーの街をひとつでも叩けば、メイヴンの力を大きく弱めることになるし、敵全体に不安が広がるだろう」カルが言った。「フォート・パトリオットを征服したうえにそれを行えば、メイヴンはベイ以北からレイクランドとの国境にかけて、支配力を失うことになる」彼は考え込むような顔をしながら、床をしっかりと踏みしめて祖母に向き直った。「その地域全体を切り取ってしまうことになる。そうなれば、すでに僕たちに忠誠を誓っているデルフィー、リフト王国、そして新たに征服したその地から、メイヴンを挟み撃ちにすることができる」

私は頭にノルタを思い描いてみた。そして、まるでパイの切れ目みたいにその全土に走る線を想像してみた。私たちにひときれ、カルにもうふたきれ……。残りはいったい誰に? 私はレッドの将軍とメア・バーロウに視線を向けた。そして、遥か彼方にいるあの鼻持ちならない首相のことを考えた。こいつらは、どのひときれを取るつもりだろう?

でも、そんなの私には分かりきっていた。

いまいましいパイを、まるごと取る気なのだと。

プトレイマスは私の提案を聞くと、熟考しているのをひけらかすかのように、水が注がれたグラスの縁を指でなぞりながら、グラスの歌声に耳を傾けた。どこかこの世のものとも思えない、取り憑くようなその音が食卓に響き続けた。兄さんのシルエットを、血のように赤い空が浮き上がらせていた。プトレイマスはがっしりとしたあごと、パパの長い鼻筋と、ママと同じバラのつぼみのような唇を受け継いでいる。夕日を浴びる兄さんは、両目の下と頬のくぼみ、そして喉元に影ができ、ママによく似ていた。服はさっぱりとしていて兄さんにしてはカジュアルだった。清潔な白いリネンで、夏にぴったりの軽い感じの服だ。

エレインは唇の端に軽蔑の笑みを小さく浮かべ、グラスをもてあそぶプトレイマスに嫌悪のまなざしを向けていた。弱まっていく光がその髪を輝かせ、どんな冠よりも美しいルビー色の光輪を作り出していた。唇をベリーとグレープ、そしてプラムで染めながら、エレインが自分のワインを飲み干す。

私は手つかずのワイングラスを前に、じっと黙りこくっていた。いつもならば、パパとママや、私たちの顔色をうかがうような貴族たちのいない食卓では私も好きなだけお酒を飲むのだけれど、今の私たちには話し合わなくちゃいけない問題がある。

「エヴァンジェリン、馬鹿なこと言うなよ。俺たちにはキューピッド役なんて演じてる時間はないんだぜ？」プトレイマスが、グラスをなぞる指を止めた。「ハーバー・ベイで、全員死んじまうかもしれないんだ」

私は舌を鳴らした。「そんなにびびるんじゃないわよ。失敗すると決まってる作戦なんかに、パパが私たちを参加させるわけないじゃない」私たちはたっぷりお金のかかった作品だ……パパの威光は、私たちの生死にかかっているのだ。「カルがハーバー・ベイを勝ち取るかどうかなんて、私はぜんぜん興味ないわ」

「いいえ、時間はあるわ」エレインが黒く輝く瞳で私を見た。「モンフォート軍の到着までは動けないし、攻撃準備のために自分たちの戦力だって編成し直さなくちゃならないんだもの」

私はテーブルの下に手を潜り込ませ、滑らかで柔らかいシルクに覆われた彼女の膝に触れた。「エレインの言うとおりよ。それにトリー、私は戦争を無視しろって言いたいわけじゃないの。ただ、他のところにも注意を払うべきだって言ってるのよ。あらゆるところに目を向けて、チェス盤の上をつつき回すのよ」

「ベッドでつつき合うんだろ？」プトレイマスが、にやりと笑った。水のグラスを押しやり、透き通ったお酒と氷が注がれた大きなグラスに手を伸ばす。「メア・バーロウに近づいてみろ、俺なんてすぐ首をかっさばかれちまうよ。あの女からは、できるだけ離れてるにこしたことはないね」

「それは賛成よ」私はうなずいた。バーロウは兄さんを生かしておくと約束してくれたが、日を重ねるにつれて、私はだんだんと信用できなくなってきていた。「でも、カルから目を離しては駄目。あいつはノルタ奪還に捉われて、他のことは何も目に入らなくなってるわ……。でも、ひょっとしたら止めるチャンスがあるかもしれない」

兄さんは、ぐびりともうひと口お酒を飲んだ。「俺たちは、友人同士ってわけじゃない」

「でも、友人って言ってもいいくらいの仲だわ」私は肩をすくめた。「とりあえず、一年前はそうだった」

「その一年がでかいのさ……」兄さんは、ナイフに映る自分の顔を見ながらつぶやいた。一年前と同じ、傷ひとつなく戦火をくぐり抜けてきた端正な顔立ち。けれど、今ではあまりにもたくさんのことが変わってしまっていた。新しい国王、新しい国、そして私たちに与えられた新しい冠。そのうえふたりの前には問題が山積みだ。

少なくとも私にとって、このごたごたした一年には価値があった。一年前の私はかつてないほど苦しい訓練を積みながら、来たるべきクイーンズトライアルに備えていた。勝利はほぼ保証されているというのに、敗北の恐怖のせいでろくに眠ることもできなかった。あのころ私の人生は決まっていて、私はいずれ訪れるその将来が楽しみでならなかった。今になって思えば、意のままに操られる間抜けな操り人形だったのだと感じる。決して愛することのない少年のほうへと、無理やり背中を押されていたのだと。そして今私はこうして、ずっと閉じ込められていたのと同じ場所にいる。でも今の私はもう無知じゃない。

運命と戦うことができるのだ。きっとカルにも、見せることができるはずだ。私たちの世界がどんなものなのかを。そして、私たちを操る糸を。

プトレイマスは、ちんまりした大して味もしないチキンやしなびた野菜、そして見るからに色の悪い魚などが並んだ特別料理をあれこれとつついていた。料理はほぼ手つかずだった。いつもなら、ヘルシーなだけで味のしない食事だろうと早食いすれば同じだとばかりに、がつがつと食べてしまうというのに。

エレインは、まったく逆だった。お皿はぴかぴかで、ワイン漬けのラム肉が乗った跡もない。「本当にね……」エレインが静かな声で言った。慈しみの表情が入念に作られたその顔から、私は彼女の気持ちを読み取ろうとした。一年前に私たちが送っていた暮らしを思い出そうとしているのだろうか？　ノルタ王の元でふたり幸せになれるはず、この秘密がいつまでも続くはず、と思っていたあのころを。いつまでも、この関係をみんなに隠しておけるはずと思っていたころを。

「私はどうすればいいの？」エレインは私の目を見ながら、自分の手を私の手にかぶせた。

「この計画で、私の役割は？」

「エレインはおとなしくしててくれればいいのよ」私はさっと答えた。

私の手を握る手に、彼女が力を込める。「ふざけないで、エヴィ」

「分かった。それじゃあ、前と同じようにしてくれる？」

シャドウは、王宮の秘密を探るには完璧なスパイだ。聞き耳を立て、目を光らせ、姿を消す能力で完全に身を隠す。少しでも危険があるようなことに彼女を使うのは気が進まなかったけれど、エレインの言うとおり、私たちには時間がある。ここはリッジ・ハウス。私の部屋に鍵をかけて閉じ込めなくとも、エレインの身はこのうえなく安全なのだ。閉じ込めるのも、素敵だけれど……。

エレインは小さく微笑むと、ふざけ半分の顔でお皿を押しやった。「さっそく行きましょうか？」

私は笑い返しながら彼女の手をぎゅっと握った。「せめてワインくらい飲んでいきなさい。私だって、ちょっとは優しくできるのよ」

彼女がにっこりと笑みを浮かべた。私の息が止まり、心臓が早鐘のように打ちはじめる。エレインは私のほうに身を乗り出すと、気だるそうに私の唇に視線を滑らせた。「あなたが優しいのなんて、嫌というほど知ってるわ」

テーブルの向かいでプトレイマスがグラスの中身を飲み干し、氷がからからと音をたてた。「俺がいるのを忘れちゃいないか？」目をそらしながら、兄さんがぼやいた。

デヴィッドソンとモンフォート軍の到着まで、最低でも一、二週間はある。ここが自分の庭で好きに動けることを計算に入れれば、私の計画を実行するにはじゅうぶんすぎるほどの時間だ。カルとメアは、どんなにたくさんの障害が待ち受けていようとも、お互いを求め合っている。必要なのは、彼の背中をぽんと押してあげることだけだ。もしくはメアのほうからほんのひとことがあれば、カルはいそいそと彼女のベッドルームに出かけていくだろう。それに比べてメアのほうは、途方もなく厄介だ。あのとおり、プライドと理想、そしていつでも消えることなく胸の中で燃え盛っている怒りとすっかり結婚していると言ってもいい。もちろん、あのふたりをなんとか元のサヤに収めるのは、計画の前半でしかない。そうすればきっとカルは私と同じように、心の重みに気づくはずだ。こんなにも冠より重いものだったのかと。

　私は心の片隅で、本当にそんなことができるのだろうかと考えた。もしかしたらカルは、私の思いどおりに目を覚ましたりなんかしないかもしれない。岩のように固い意志は、決して変わらないかもしれない。でも、万が一ということはある。メアを見つめるあのまなざしを思うと、そうやすやすと諦めるわけにはいかない。私がふたつの拳とナイフ一本で解決してしまえるなら、どんなにいいだろう？　それならば、きっと存分に楽しむことすらできるだろう。

　いや、素直な気持ちを言えば、今していることに比べれば、なんだろうと楽しいに違いない。このリッジ・ハウスを包む夕暮れの中、あのメア・バーロウを探し回っているだなんて。こんなにつまらなくて、こんなに退屈なことはない。

エレインももう出発し、屋敷のどこか奥のほうに姿を消していた。プトレイマスが日課にしている夕方のトレーニングの間、ファーレイ将軍の動向に目を光らせておくためだ。兄さんの日課はうまい具合に、カルのスケジュールに合わせてある。未来の王様は、トレーニングに夢中になっている。そうやって、あの稲妻娘に向けてたぎる想いを燃焼させているのだ。

私は廊下に並ぶ、鉄とぴかぴかに磨き上げられたクロムで作られた像にひとつひとつ指を触れながら進んでいった。そうすると像は、まるで静まり返った水面のように波紋をたてて答えてくれるのだった。外では空が紫色に変わり、西の地平線に星々がまたたきはじめていた。何キロか先に、ピタラスの街の灯が見える。それを見て私は、世界はまだ息づいているのだと思い出した。拡大していく戦争の影に包まれ、レッドやシルバーの一般市民たちが生きているのだ。戦いに加わってもいないのに、戦争のニュースを読んだり、街が滅ぼされた知らせを聞いたりするというのは、どんな気持ちになるものなのだろう？自分にはどうしようもないのだ。戦争が玄関のドアをノックしても、できることなんてひとつもありはしない。

それでも、戦争は必ずドアを叩きに来る。

この戦争にはさまざまな国々や勢力が参戦していて、今さらどうやっても止めることなんてできやしない。いつの日かノルタは朽ち果てた死体となり、リフト、レイクランド、モンフォート、ピードモント、そして生き残った者たちが雄叫びを響かせるのだ。

私は上のテラスに出ると、東に広がる暗闇を見つめた。空気がひんやりとしている。もしかしたら今週中に、夏の寒冷前線が来るのかもしれない。

バーロウがひとりじゃないのを見て、私はがっかりした。星々を見上げる彼女のとなりではあのレッドの少年が、人目など気にせず長い手足をだらりと伸ばしていたのだ。ブロンドの髪はもつれ、褐色の肌は日焼けでぼろぼろになっている。

カイローンが先に気づいて、私のほうをあごでしゃくった。「見物人がいるみたいだぜ」

「エヴァンジェリンじゃないの」メアが言った。彼女は膝を抱えて座っていた。夜空ときらめく星々を見上げたまま、動こうともしなかった。「陛下に訪ねてきていただける光栄にあずかれるようなことなんて、何かしたかしら?」

私は小さく笑って足を止め、テラスの手すりに寄りかかった。「私も気晴らしがしたくなっちゃってね」

メアはわざとらしく驚いてみせた。「そういうときのためにエレインがいるんだと思ってたわ」

「あの子にはあの子の暮らしがあるのよ」私は肩をすくめながら、明るく返事をした。「いつでも好きにするわけにはいかないの」

「ずっとあの子になんて興味ないふりを続けてきたけど、また同じことを繰り返すつもりなの？　あいにく、代わりに私の邪魔をしてるわよ」メアは鋭い目でちらりと私を見た。茶色の瞳が、暗い夜空のせいで黒く見えた。また星空を見上げる。「何を訊きに来たの？」

「何も。今日あなたがカルと一緒にどこに消えてたのかにも、自分の同胞たちが生き延びられるかどうかを決める会議にどうして信じられないほどの遅刻をしたのかにも、ぜんぜん興味ないわ」

　メアのとなりでレッドの少年が身構え、眉間に皺を寄せた。

　私の誘いや皮肉に乗るまいと、メアは冷静さを装っていた。つまらない話をするなと言わんばかりに、さっと手を振る。「そんなのどうでもいいことよ」

「じゃあ、どうでもいいことのために助けが必要になるといけないから、いくつか通り道を教えておいてあげるわ。誰にも見つからずにリッジ・ハウスの中を動ける道よ」私は横を向き、聞いてないような顔をしているメアを観察した。「興味あるかもしれないから教えておくけど、カルは私の部屋の近く、東翼で眠ってるわ」

　彼女がつんと上を向いた。「興味ないわね」

「でしょうね」私は答えた。

　レッドの少年が私を睨みつけた。ママの暴力的なエメラルドと同じ、ダーク・グリーンの瞳。「そうやってメアをあざ笑うのが、お前の気晴らしってやつなのか？」

「ちがうわ。ちょっと模擬戦でもやらないかと思っただけよ」

メアが目を丸くした。「何言ってるの？」

「ほら、昔が懐かしいでしょう？」

彼女は苛立ったように、ふんと鼻を鳴らした。でも、私もよく知る感情のほとばしりを、そこに感じた。渇望を。腹の底に押し込まれたその気持ちが、解き放たれたがっているのを。バーロウはゆっくりと瞬きしながら、自分の足を見下ろした。両手を合わせ、指先で一方の手のひらをなぞる。間違いない、頭の中に稲妻をイメージしているのだ。能力を娯楽に使うのには、戦いで得られるのとは別の、独特の歓びがある。

「今までに、あなたを二回倒しかけたわ。エヴァンジェリン」メアが言った。

「三度目の正直って言うわよ」私はにやりと笑った。

彼女は、自分の中の渇望に苛立ちながら私の顔を見ると、「わかった。一試合だけよ」と声を絞り出した。

メアもカイローンも知らなかったが、訓練場にはカルも来ていた。レッドの少年は腹を立てながらついてきたが、私の後について訓練場に入るバーロウを止めはしなかった。

リッジ・ハウスの他のところ同様、ここの壁もすべてガラス張りだった。朝には、日の出をたっぷりと拝むことができる。朝の訓練には、まさにうってつけだ。今、外には闇が広がっていた。霞んだような青が、ぼんやりと黒へと変わっていく。プトレイマスとカルはそれぞれ訓練場の逆の端にいて、いかにも男たちらしく、お互いを無視し合っていた。兄さんは休憩も挟まず、腕立て伏せをし、そのまま背筋を伸ばし、今度は逆に前屈し、そのローテーションを延々と繰り返している。そばのスタンド席には、レンが腰掛けていた。たぶん今日はヒーラーとして、訓練場全体を受け持っているのだろう。けれど彼女の視線はプトレイマスと、伸縮するその筋肉だけに注がれていた。私がカルの心臓を串刺しにしても、きっとレンは瞬きひとつしないだろう。

未来の国王は私たちに気づくと顔をそむけ、髪の毛と、上気した汗だくの顔をタオルで拭った。ちらりと横を見ると、メアは私のとなりで凍りついたように固まったまま、ぴくりとも動かなかった。汗でぐっしょりと濡れたタオルがカルの背中や肩に張りつくのを見ても、私には顔をしかめることしかできなかった。もし彼に少しでも魅力を感じていたなら——別に彼にじゃなくてもいいけれど——なんでメアが今にも気絶しそうな顔をしているのか、私にも理解できるのかもしれない。

ともあれ、ここまでは計画どおりだ。バーロウはどう見ても、カルの肉体に嫌悪感を持っていない。

「こっちよ」私は彼女の腕を摑んだ。

私の声に、カルがタオルを握ったままぱっと振り向いた。私たちを見て、驚いた顔をしてみせる。いや、メアを見て。「もう終わるところだよ」カルが、うろたえながら言った。

「ごゆっくり。私には関係ないわ」メアが声も顔も、まったくの無表情で答えた。そして何も言わず私についてカルから遠ざかりはじめたが、さっと手を伸ばしてきた。メアの指が私の腕に喰い込む。突き立てた爪が、警告している。

「カイローンもいたのか」カルの声が背後から聞こえた。どうやらあのレッドの少年を握手で迎えているらしい音が聞こえた。

プトレイマスは運動を続けながら、顔だけを上げて私たちを見た。計画は順調だと伝えるため、私はかすかにこくりとうなずいてみせた。兄さんが私からメアへと視線を移す。メアは、殺してやると言わんばかりの目で、兄さんを睨んだ。私は背筋がぞっとした。震えをこらえる。兄さんが血にまみれ、倒れ、無駄死にしていく姿を頭から追い出す。

しっかりしなさい、セイモス。

16

メア

「あんまり馬鹿にしないで、エヴァンジェリン」更衣室のドアが乱暴に閉まる音を聞きながら、私は食ってかかった。

エヴァンジェリンは何も言い返さずにため息をつき、トレーニング・スーツを私の胸に押しつけた。いかにも手慣れた様子でてきぱきとシルクのドレスを脱いで、まるでゴミのようにぐしゃっと投げ捨てる。すっかり下着だけになった彼女が、自分のトレーニング・スーツに身を包みはじめた。黒と銀の鱗があしらわれているのを見ると、彼女用に特注されたものにちがいない。

私のはもっと地味で、ネイビー・ブルーのシンプルなスーツだった。すっかり彼女の策略にはめられたことに腹を立てながら、私はさっさと服を脱いだ。

「どうせならクローゼットにでも引っ張り込んで鍵をかければよかったのに」私は、顔にかかる銀髪を払っている彼女を見つめながら言った。エヴァンジェリンは手際よく、冠のような形に髪をまとめ上げながら、口元に嫌味な笑みを浮かべた。

「あなたがおとなしく言うことを聞くなら、私だってそうしたわ。相手がカルなら楽勝だけど、あなたが相手じゃそんなことしたって無駄よ」エヴァンジェリンは両手を開いて肩をすくめた。「なんでもかんでも、あなたはやたらめんどくさくするんだもの」

「つまり、私をぶっとばしてあいつに同情でもさせようって思ったわけ？」私はむかついて首を横に振った。

「モンフォートでは、うまくいったみたいじゃない？」エヴァンジェリンは、私を眺め回した。「サイレンスの攻撃が、ずいぶん効いてたように見えたわよ」

「あれにはいろいろあったのよ」私はとっさに自己弁護した。あの崖っぷちでのことを思い出すと、顔面を引っぱたかれ、続けざまにおなかを蹴られたような気持ちになった。蘇ってくるあの感覚を追い出そうと、手のひらに爪を立て、喰い込ませる。ホークウェイと、ホワイトファイアーの牢獄。シルバーと、あの拘束具……。私は無意識のうちに指先で手首をなぞり、それから強く握りしめた。ぴかぴかのタイル張りの床に、危うく吐きそうになる。

「分かってるわ」エヴァンジェリンが、いつになく柔らかな声で答えた。相手が彼女じゃなければ、心配してくれたのだと思っただろう。でも相手はエヴァンジェリン・セイモスだ。レッドに同情するような能力なんて、この女は持っていない。

私は少し落ち着きを取り戻し、咳払いした。「私たちをまたくっつけたって、どうにもなりゃしないわ。あなたが自分で言ったとおり、玉座を放り出すような人じゃない。こんなの馬鹿げてるわ、エヴァンジェリン」私は言った。やめるのが、私たちふたりのためだ。

エヴァンジェリンは何本ものナイフを太ももに巻いたバックルに挿しながら、横目で私を見た。唇の端が上がる。嘲りだろうか、それとも笑みなのだろうか。「やってみれば分かるわ」

優雅に、そして敏捷に、エヴァンジェリンはドアに向かっていった。指をくいっと動かして、私をワックスの効いた訓練場へと誘う。

私は髪をぴっちりとポニー・テイルにまとめながら、しぶしぶ歩きだした。心の半分は、タイベリアスがもういませんようにと願っていた。エヴァンジェリンの肩甲骨の間をじっと見る。

「馬鹿げてるって言ったのは、タイベリアスがもう選択を下してるからっていうだけじゃない」私は彼女に並びかけて訓練場に出ながら言った。無意識のうちに拇指球に体重を乗せて弾むように歩きながら、彼女ににやりと笑い返す。「あなたには、私に指一本触れることもできっこないからよ」

エヴァンジェリンは、まるで傷ついたようなふりをして片手で胸を押さえた。背後で、更衣室のドアが音をたてて閉まった。

「メア、あいにく私、けっこう自信過剰なタイプなのよ」

私は笑みを浮かべたまま、彼女から視線をそらさないようにしながらじりじりと後ずさった。相手がフェアな戦いをするだなんて信じたことは、一度だってない。相手がエヴァンジェリンならなおさらだ。「エレインに傷を舐めてもらうといいわ」

エヴァンジェリンはつんと鼻を上に向け、私を見下ろした。「しょっちゅう舐めてもらってるわ。妬ける？」

私の顔がさっと熱くなった。いや、全身が熱い。「妬くわけないでしょ」

今度は、彼女がにやりと笑う番だった。肩をぶつけながら私の真横を通り抜け、ものすごい勢いで自分の腕を私の腕にぶつける。私はバランスを崩したが、彼女は私を視界に捉えたまましっかりと真正面を向いた。私たちは、まるで舞踏場で踊るダンスのパートナーのように、訓練場を動き回りはじめた。いや、互いを牽制し合う狼と言うべきだろうか。攻撃のきっかけを待ちながら相手の弱点を探る狼たちだ。

嵐を解き放って荒れ狂わせるのを想像すると、胸が躍った。その予感に、早くもアドレナリンが血管を駆け巡る。誰かの事情も、本当の危険とも関係ないところで全力を尽くす戦いは、このうえなく美味しいごちそうのように思えた。たとえそれが、エヴァンジェリンに誘われた模擬戦だとしても。

ちらりと壁際に目をやると、観戦しているカイローンが見えた。となりにタイベリアスがいる。プトレイマスは、少し離れて立っていた。でも私は、三人のことなんて放っておいた。油断をしたらその瞬間に、エヴァンジェリンに切り刻まれてしまう。訓練場に、その声が響き渡る。「あなたはトレーニング不足なのよ」やや大きな声で、彼女が言った。「そんなもやもや、他の方法で心から追い出しなさいよね。じゃなきゃ他の誰かさんと、ね」

私は心底驚いて、目をぱちくりさせた。全身がかっと熱くなる。今度ばかりはカルのせいじゃない。ばつが悪そうにしている私を見てエヴァンジェリンが嫌味に笑うと、数メートル離れて立つカルとカイローンのほうに、頭を揺すってみせた。ふたりは素知らぬふりを装ってはいたが、明らかに私たちの話に耳を傾けていた。エヴァンジェリンは片眉を上げ、楽しげにカイローンを見つめた。

彼女が何を言いたいのか、私はふと気づいた。「待って、そうじゃないのよ、カイローンは――」

「笑わせないでちょうだい」エヴァンジェリンが鼻で笑いながら、一歩下がった。「私が言ってるのは、他のニュー・ブラッドのことよ。モンフォートから来た、白い髪で、低い声の。痩せっぽちで背が高いあいつよ」

全身のほてりがさっと引いて、氷のように冷たくなった。うなじの毛が逆立つ。カルが壁際から離れた。私から目をそらし、仕上げの腕立て伏せを始める。乱れひとつない速いペースで、ひたすら腕立てを続ける。静寂の中、彼のリズミカルな息遣いと、激しく打つ気まずい私の心臓の鼓動だけが聞こえていた。

どうしてこんなに手のひらに汗をかくの？

エヴァンジェリンは、このうえなく満足そうに、流し目で私を見た。小さくうつむき、こくりとうなずく。そして声は出さず、やりなさいよ、と口だけを動かした。

「あいつはタイトンっていうの。ここにはいないわ」私は自分を呪いながら、声を絞り出した。部屋の向こうで、カルが腕立てのスピードを上げた。「さっき馬鹿げてるって言ったけど、そんなのさらに馬鹿げてるわ」

エヴァンジェリンは、ぷいと頭を上げた。「へえ、そう？」

答えようとしたとたん、私の鼻っ柱に彼女が頭突きを叩き込んできた。

目が見えなくなる。黒、赤、さまざまな色がぐるぐると渦を巻く。私は横にふらつき、床に膝をついた。まっ赤な血が顔を伝い、口に流れ込み、あごからしたたり落ちる。慣れ親しんだその味に、私の中で何かが目覚めた。倒れかけた私は両足に力を込め、ぱっと立ち上がった。

頭がエヴァンジェリンの胸に激突する。彼女が肺の空気を吐き出す音が聞こえる。エヴァンジェリンは両腕を回しながら、仰向けに床に倒れた。片手で顔を拭うとべっとり血がついたので、私は顔をしかめた。痛みをこらえ、必死に頭を回転させる。

カルは目を見開き、険しい顔をして、今にも立ち上がりそうな様子で片膝を立てていた。

私は彼に向けて首を横に振り、床に血を吐き出した。

いいからそこにいなさいよ、カロア。

彼は、その場を動かなかった。

一本目のナイフが私に警告するように、耳をかすめていった。滑りそうなほど磨き上げられた木の床に身をかがめ、二本目をかわす。耳の中に、エヴァンジェリンの笑い声が響いた。私はそれを振り払うと、彼女の首を摑もうと飛びかかった。だがエヴァンジェリンは私の手を逃れ、身をよじってうつ伏せになった。滑る床を利用して逃げる彼女を稲妻がかすめる。でも、私の稲妻は優しくない。エヴァンジェリンは逃れながらも、ひどくしつこい虫を払い落とそうとするかのように、体をよじり続けた。

「前よりもやるじゃないの」エヴァンジェリンは、数メートル先で息を切らしながら言った。

私は片手で鼻を押さえて流れる血を止めながら、もう一方の手を握りしめた。床にはもう赤い斑点ができていた。「その気になれば、あなたの足元を崩してやることだってできるのよ」エレクトリコンたちから学んだことが、頭に蘇ってくる。稲妻網（ウェブ・ライトニング）、稲妻嵐（ストーム・ライトニング）。

だが、タイトンの脳稲妻（ブレイン・ライトニング）だけは駄目だ。まだまったくコントロールできない。

エヴァンジェリンは、笑みを浮かべながら首を振った。楽しんでいるのだ。「じゃあやってみなさい」

私も同じ笑みを浮かべる。上等だ。

汗の湿気が立ち込める空気を、私の稲妻が貫く。白く燃え盛るまばゆい稲妻が、音をたてて飛んでいく。エヴァンジェリンが人並みはずれたスピードで避けながら、たくさんのナイフを一本の長い金属の槍にぱっと変形させる。床を貫いたその槍に私の稲妻が当たり、吸い込まれるように広がっていく。私自身まで目がくらむような、強烈な閃光が起きる。

そのとたん彼女の肘をあごに喰らい、私は後ろによろめいた。また目の前にちかちかと星が躍る。

「いい不意打ちだわ」私は、口元の血を拭いながらつぶやいた。血を吐くと、床に歯が落ちる音が聞こえた。舌先で、下の歯の合間にできた隙間に触れ、歯がないのを確かめる。

エヴァンジェリンは肩をぐるぐる回しながら、不規則に呼吸していた。「条件は平等にしなくっちゃね」小さく声を漏らしながら床に刺さった槍(やり)を引き抜き、手首に巻きつける。

「ウォーミングアップは済んだ？」

私はゆっくりと笑った。

「ええ、もういいわ」

私はエヴァンジェリンの顔をヒールするレンを見ながら、自分の番を待っていた。エヴァンジェリンの片目は腫れ上がり、ふさがっていた。黒と、気持ち悪い灰色がかった紫色の腫れが、みるみる濃くなっていくのが分かる。もう片方のまぶたは、数秒ごとにぴくぴくと痙攣していた。稲妻に神経をやられているのだ。エヴァンジェリンは肩で息をしながら、怒りの目で私を睨み、それから血まみれの手で脇腹を押さえて顔をしかめる。

「じっとしてて」レンが三回目の注意をした。彼女がエヴァンジェリンの横顔をなぞると、触れたところから腫れが引いていった。「あばらが折れてるわ」

エヴァンジェリンは、なんとか見えている片目で私を睨みつけた。「いいファイトだったわよ、バーロウ」

「あなたもいいファイトだったわ、セイモス」私も、なんとか答えた。裂けた唇と曲がった鼻、そしてあざのできたあごのせいで、喋るだけでも激痛が走る。左足をかばって、体を傾けていなくてはいけなかった。左脚は骨が剝き出しになり、どくどくと血が流れ出しているのだ。

三人の男たちは後ろに下がり、ぼろぼろになった私たちを眺めていた。

カイローンは呆気にとられたように口をぽかんと開け、私とエヴァンジェリンを見比べていた。もしかしたら、恐怖におののいていたのかもしれない。

「女っておっかねえな……」彼がつぶやいた。

タイベリアスとプトレイマスが、うんうんと深くうなずいた。それとも、思ったより痙攣がひどいのだろうか。エヴァンジェリンがウインクしようとしたように見えた。思わず笑いだしそうになってしまった。模擬戦のせいでくたくたただったが、彼女と一緒に笑いだしかけたのだ。それに気づいたとたん、彼女を見て笑いかけたんじゃない。同時に、しびれるようなアドレナリンの脈動が収まりはじめた。私はさっと醒めた。エヴァンジェリンが何者なのかを……彼女の家族が私の家族に何をしたかを忘れるわけにはいかない。ほんの数十センチしか離れていないところに座っている彼女の兄が、シェイドを殺したのだ。クララから父親を、ファーレイから夫を奪ったのだ。私から兄さんを奪ったのだ。

そして私は、同じことを彼女にしようとしたのだ。エヴァンジェリンは私の動揺に気づくと視線を落とし、また注意深く掘られた石像のような表情を顔に貼りつけた。

レン・スコノスは優秀だ。スキン・ヒーラーの能力を使い、ものの数分のうちにエヴァンジェリンをまた戦えるほどに回復させてしまった。ふたりは対照的だった。エヴァンジェリンは編んだ銀髪と白い肌で、レンは編んだ長い黒髪を、濃い藍色の肌をあらわにした肩に垂らしている。エヴァンジェリンのヒールを仕上げるレンをじっと見ているプトレイマスを、私は見逃さなかった。彼の視線がレンの首を、顔を、鎖骨を滑っていく。指も、仕事をする手も見てはいない。エレインと結婚したことなんて、私は忘れてしまいそうになった。たぶん妹のほうが、花嫁と一緒に長い時間を過ごしているのだ。彼のほうはレンと過ごしているのだろう。まったく、複雑な家族だ。

「さあ、あなたの番よ」レンがエヴァンジェリンのいた場所に私を手招きした。セイモスの王女が立ち上がり、猫のような優雅さでヒールしたばかりの体を伸ばす。

私はいつものように顔をしかめながら座り込んだ。

「まるで、でっかい赤ちゃんだな」カイローンがおかしそうに笑った。

私は血に濡れた新しい歯の隙間を見せつけながら、噛みつくような笑いを返してみせた。カイローンが、震え上がるふりをしてみせる。

それを見たプトレイマスが笑いだしたので、私たちはふたりで睨みつけてやった。

「何かおかしいか？」カイローンが、銀髪のプトレイマスに近寄りながら言った。マグネトロンの王子がその気になればカイローンなんてまっぷたつにできるというのに、私の友人はまったく勇敢だ。

「カイローン、すぐに行くから待って！」私は、争いが始まる前に止めようと、大声で呼びかけた。カイローンの血で濡れた訓練場の床掃除をするなんてごめんだ。彼は余計なお世話だと言わんばかりに私をちらりと見た。「いいからやめときなさいよ」

「ちぇっ、分かったよ」カイローンは舌打ちし、歩き去っていくプトレイマスの背中をじっと見送った。

やがてその足音が聞こえなくなると、エヴァンジェリンがすっと立ち上がった。どうしたいのかは分かっていた。かすかに冷ややかな笑みを浮かべて彼女も兄の後を追うと、別々の方向に分かれて去っていった。彼女が私たちのほうを振り向いた。その視線が私と、黙ったまますぐそばに突っ立っているタイベリアスを見ていた。その目に、希望が燃えていた。私はずんと胸が沈んだ。

馬鹿げた計画だと、もう一度言ってやりたかった。

レンの指から安らぎがとくとくと伝わってきて、筋肉の痛みやあざのうずきをなだめていった。私はまぶたを閉じ、反対側へとレンに促され、引っ張られていくに任せた。レンはサラ・スコノスの血筋だ。ふたりのカロア王に引き裂かれたハイ・ハウスの娘だ。前はメイヴンに仕え、アルケオンで私のヒーラーを務めていた。あのころはずっと、彼女が見ていてくれた。レンが生かしてくれなかったら、私は〈静寂の石〉の力で殺されていただろう。レンがいてくれなかったら、メイヴンの放送に出られるような顔でいられなかったろう。今日こんなことになろうとは、私にもレンにも想像すらできなかった。

とつぜん、痛みを消してほしくなくなった。胸の中にある欲求も、この痛みがあれば簡単に忘れられる。レンの指が私の指先で踊り、新しく歯を生やすために骨の成長を加速させていくのを感じつつ、私は頭の中からタイベリアスを追い出そうとした。でも、そんなのは不可能だった。そばにいる彼が発するあまりにも懐かしい暖かさが、絶え間なく私にも伝わってきていた。

前にエヴァンジェリンから、私は厄介な女だと言われた。でも、それは間違いだと思う。タイベリアスと私を同じ部屋に閉じ込めたなら、私なんてころりと落ちてしまうだろう。それは、そんなに悪いことだろうか？

「まっ赤になってるわよ」

まぶたを開くと、目の前にレンの顔があった。サラと同じ灰色の瞳で私を見て、瞬きをしている。

「ここ、暑くて」私は答えた。

タイベリアスも顔を赤くした。

私たちは黙ったまま、リッジ・ハウスを歩いていた。ガラスの壁の向こうにはのっぺりとした暗闇が広がっており、廊下を照らすいくつものライトが私たちに向けて反射していた。足並みを揃えて歩く私たちの姿が映っているのを見て、ふたり並んでいるのに気づき、私は愕然（がくぜん）とした。彼の背の高さをすっかり忘れていた。私たちは、本当に不釣り合いだ。訓練のせいでまだびっしょり汗をかいてはいても、タイベリアスは生まれついての王子なのだ。三世紀続く王家の子孫なのだ。誰よりも優れた者になるべく育てられ、実際に抜きん出てみせた。

彼のとなりにいると、いつになく自分がちっぽけに思えた。傷だらけで心を痛めた、汚い小娘の気分だった。

私の視線を感じ、彼が見下ろしてきた。「そうだ、ニュー・タウンのことだけど」

私はため息をつくと、その話をする覚悟を固めた。

「この戦争だけじゃなく、私たちのためなの。レッドのため。テチーたちは、奴隷とほとんど変わらないわ」中に足を踏み入れたことは一度もなかったが、グレー・タウンの光景は忘れられなかった。毒の川のほとりにごちゃごちゃと広がる、灰と煙の街だ。キャメロンと弟の首には、それぞれの持ち場を示すおぞましいタトゥーが入れられていた。ふたりの仕事が。ふたりの牢獄が。

「分かってるさ……」タイベリアスが、どんよりとした後悔が滲んだ声で答えた。私が見つめると、彼の目がどんよりと黒く濁った。私が本当に言いたいことが分かるのだ。もし私たちの間に冠さえなければ、私は彼の手を取り、肩にキスしていただろう。たとえわずかだろうと、支える気持ちを示してくれたお礼に。

唇を嚙み、手を触れたい衝動を急いで振り払う。「キャメロンが必要なの」

その名前を聞き、タイベリアスがはっとした。「あの子は……」

「生きてるのか?」質問とも希望ともつかぬ私の声が、廊下に響いた。「そのはずよ」

タイベリアスが、歩くスピードを緩めた。「ファーレイは、まだ何も連絡を受けてないのかい?」

「もうすぐ連絡を受けるでしょうね」

ピードモントにいた〈スカーレット・ガード〉の部隊が今はロウカントリーに展開し、基地から脱走した人々を助けているが、あとせいぜい何時間かのうちに連絡をしてくるだろう。それにラッシュが他の生存者たちを見つければ、アイバレムからもさらに多くの情報が届くはずだ。その中にキャメロンが含まれていないとは、とてもじゃないけど考えにくい。あの子は強いし、賢いし、おとなしく殺されるにはとにかく頑固すぎる。殺されるなんて、考えたくもない。

あの子の呪われたふるさと、ニュー・タウンを破壊するのに力が必要だからというだけじゃない。あの子が死んでしまえば、また私のせいだからだ。また私が死に向けて、友達の背中を押してしまったことになるからだ。

私はぎゅっとまぶたを閉じ、ブラッケンが基地を襲ったときにまだ残っていたみんなのことを考えないようにした。キャメロンの弟、モリーもあそこにいた。ダガー大隊所属でまだ十代だった彼が、せっかく救出されたというのにまた捕らえられてしまうなんて、想像もできない。

シェイドを失った怒りは何よりも強烈だったが、他の仲間たちを失ってしまうと思うと、同じくらい心がずたずたになった。いつまでこんなことが続くのだろう？　私たちは何人の仲間を失わなくてはいけないのだろう？

これは戦争なのよ、メア・バーロウ。毎日、誰かを危険に晒さなくちゃいけないの。私のとなりにいる人は、特にそうだ。

私は唇を血が滲むほど強く嚙み、タイベリアスが……カルが死んでしまう想像を頭から追い出した。

「なかなか楽にならないな」タイベリアスが、苦しそうに言った。

目を開いてみると、彼は戦場か軍事会議でしか見せないような鋭いまなざしで前を睨みつけていた。

「え？」

「人を失ってしまうことさ」彼がうめく。「何回味わっても、あの瞬間は忘れられない。絶対に慣れるもんじゃない」

遥か昔、まだメアリーナ・タイタノスだったころ、私は王子の寝室に立っていた。どこもかしこも本だらけだった。マニュアル、戦術論、戦略論、外交。巨大軍隊や兵士単体の戦略書や操作法。リスクと成果の計算法と判断法……。その書物の山は彼が何者であり、誰の側についているのかをまざまざと表していた。

人の命をやすやすと犠牲にする人間なのだと思うと、気分が悪くなった。たかだか数センチの前進のために、人に血を流させる男なのだと。でも今や、私が同じことをしているのだ。ファーレイも同じだ。デヴィッドソンもそうだ。私たちはもう誰も、潔白じゃない。

今自分たちが何をしているか、私たちは未来永劫（えいごう）忘れることができないだろう。

「忘れられないのなら、いつかその重みに押しつぶされるわ」

「そうだな」タイベリアスがつらそうに答えた。

彼はどれほどその一線に近づいているのだろう？　そして私は……？　いずれ私たちは修復不能なほど壊れてぼろぼろになり、一緒に歩き去っていくのだろうか？　それとも離れ離れになるのだろうか？

彼がぼんやりと私の顔を見た。たぶん、私と同じことを訊きたいのだろう。

私は身震いしながら、足を速めた。「ハーバー・ベイの計画は何かあるの？」私は、長い廊下の先を見ながら訊ねた。今は暗くてほとんど見えないが、この通路は木々や噴水のある庭園の上を通って、私たちのいる翼をリッジ・ハウスの本館とつないでいる。

タイベリアスは、さっさと私のペースに追いついてきた。「デヴィッドソンが戻ってくるまでは、何も決定できないんだ。でもファーレイには考えがある。ハーバー・ベイとは連絡が取れるし、役に立ってくれるだろう」

私はうなずいた。ハーバー・ベイはノルタ最古の街。レッドの罪人やならず者たちの巣窟だ。何ヶ月か前、ニュー・ブラッドを探していた私は、海兵（マリナー）と呼ばれるならず者たちの手でメイヴンに売り渡されかけた。でも、潮目は変わりつつある。〈スカーレット・ガード〉が力をつけて恐れられるようになるにつれ、ノルタのレッドたちの足並みも揃ってきたのだ。私たちが積み重ねてきた勝利にも、少しは意味があったということだ。

「一般市民にも犠牲者が出るだろう」タイベリアスが、考え込みながら言った。「コーヴィアムやピードモントとは違う。ハーバー・ベイは要塞があるとはいえ、普通の街なんだ。シルバーもレッドも問わず、罪もない人々が巻き込まれることになる」彼は片手を突き出すと長くしなやかな指を伸ばし、一本ずつ関節を鳴らした。「まず手始めに、フォート・パトリオットから叩く。あそこを掌握できれば街は勝手に落ちるだろう」

　フォート・パトリオットは遠くからしか見たことはなく、記憶はぼやけていた。ピードモント基地より小さかったが、装備はもっと充実しており、メイヴン軍にとってはずっと重要な拠点だ。

「ランボス知事とハウス・ランボスは、メイヴンに忠誠を誓ってるわ」私は答えた。「まだ結束は固いし、そうやすやすと降伏なんてしない」この固い結束には、私が知事の息子を処刑場で殺したことも大きく関わっている。もちろん、息子のほうも私を殺そうとしていたのだけれど。

　タイベリアスは、「それは誰だってそうさ」と冷ややかに笑った。

「街を落としたらどうするの?」私は彼の顔を見た。もし生き残ってたら?

「そのときは、メイヴンをテーブルに着かせることができるはずさ」

メイヴンの名前を聞いて、私はびくりとした。鎖骨に入れられた彼の焼印が、俺はここにいるぞとばかりにうずく。

「説得なんて無理よ。あいつは絶対に折れたりしない」メイヴンの虚ろな目と邪悪な笑みを思い出し、私はむかついた。「そんなことしても意味なんてないわ、タイベリアス」

彼はいい加減その呼びかたをやめてくれと言わんばかりに鬱陶しそうな目で私を見た。

「会いたい理由は、そういうことじゃないんだ」

何を言いたいかは明白だった。「へえ、そうなの」

「はっきりさせたいんだ。首相に、モンフォートのウィスパーのことを訊いてみたよ。エラーラみたいなニュー・ブラッドがいないかとね。誰かメイヴンを助けてやれるような人がさ」

「で？」

コーヴィアムで私が歩き去ったとき、彼は打ちひしがれ、苦しんでいるように見えた。今も、まったく同じだった。愛はどんなものよりも、私たちを引き裂く力を持っている。

「いないそうだ。でも、目を光らせて探してみると言ってくれたよ」

私は、まだ汗で湿った彼の腕に手を触れた。今の私はもう、自分の肌と同じくらい、この肌を知っている。彼はまるで流砂だ。長くとどまりすぎてしまえば、二度と逃げ出せなくなってしまう。

私は、声を和らげた。「今のあいつは、エラーラにだって治せないわ。たとえあいつが、治させようとしてもね」

彼の肌がさっと熱くなったので、私は我に返って手を離した。彼は何も反応しなかった。私に伝えるべき言葉も、すべきこともなかった。

目の前に延びる廊下はT字路の行き止まりになり、左右に分かれていた。彼の部屋と私の部屋は、別々の方向だった。私たちは黙ったまま動こうともせず、壁を見つめていた。彼に話しかけるのは、夢のような感じだった。苦痛をともなう夢だ。だけど、私はそれでも目を覚ましたくはなかった。

「どのくらいかかるの？」私は囁いた。

彼は私を見ようとはしなかった。「デヴィッドソンは一週間で戻ってくる。それから計画を立てるのに、また一週間だ」彼の喉が動く。「そう長くはかからないさ」

最後にハーバー・ベイに行ったのは、私たちが逃亡していたときのことだ。でも、兄さんはまだ生きていた。どんなにきつくても、あの日に帰れたらどんなにいいだろう。

「エヴァンジェリンが何をしようとしているかは、僕も分かってる」タイベリアスがとつぜん言った。その声には、あまりにも多くの感情が浮かんでいた。

私は横目で彼を見た。「あの子も、隠そうとなんてしてないみたいだったわね」

彼はやはり私のほうなど向かずに、目の前の壁を見つめ続けていた。「どこかに、何もかも関係のない場所があればいいのにな」

名前も、血も、そして過去も関係のない場所。重荷など何もない場所。どこにもあるはずがなく、これからも絶対に生まれない場所。

「おやすみなさい、タイベリアス」

彼は舌打ちをして、握り拳を固めた。「その呼びかた、やめてほしいんだ」

私は本当にあなたが欲しいの。

振り向いて、自分の部屋に歩きだした。私の足音だけが、こつこつと廊下に響いた。

17

アイリス

アルケオンが私の家になることは、絶対にない。寺院や神殿がないからでもなければ、生まれ場所のせいでも、街の大きさのせいでも、家族と一緒にいられない虚しさのせいでもない。つき私の骨に刻まれたノルタ人への嫌悪感のせいでもない。家族と一緒にいられない虚しさの前では、そんなのはどれもつまらないものばかりだ。

私はその虚しさの穴を、訓練や、祈りや、王妃としてのさまざまな務めで埋めようとしている。中にはひどく退屈なものもあるけど、どれも必要なものばかりだ。いちばん大事なのは、常に戦えるようにしておくことだ。シルクとヴェルヴェットに包まれたこの住居で、レッドの使用人たちに頼めばなんでも持ってきてもらえる暮らしを送っていると、簡単にふぬけになってしまう。それはレイクランドにいても同じだったけれど、今みたいに食事やお酒に慰めを求めたりなんて、絶対にしなかった。訓練の時間もいい働きをしてくれていた。おかげで私は、他の王族や貴族たちと同じ罠にはまらずに済んでいる。メイヴンの仕掛けた、巧妙な罠に。メイヴンを支持する多くの貴族たちは迫りくる危機なんかには目もくれず、パーティーや晩餐会に夢中になっている。馬鹿ばっかり。

神のいないこの国では、祈りを捧げるだけでもとても大変だった。私が知る限りアルケオンには聖堂がひとつもないし、私が頼んで建ててもらった寺院は小さく、住居の片隅に作られた豪華なクローゼット程度のものでしかない。名もなき神々と言葉を交わすには、もっと広々とした場所が必要だと言っているわけじゃない。けれど夏の盛りに、すっかりぐったりした面々とあの小部屋に詰め込まれていると、大気中の冷気を操ることができる私ですら、とても快適とは言いがたいのだ。私は他のところで祈ろうとしてみたり、せめて神の存在だけでも感じようとしてみたりしたけれど、家を離れて日々が過ぎるにつれて、そうしたことはどんどん難しくなっていった。私に神の声が聞こえないのなら、神にも私の声は届いていないのだろうか？

私は、完全にひとりぼっちなのだろうか？

そのほうが、ずっと気楽だった。ノルタで人付き合いなんて、私はごめんだ。メイヴンが自らの兄の手で玉座を追われてしまえば、私をこんな場所に縛りつけるものなど、もう何もありはしない。もっとも、先に母さんが手を下すかもしれないけれど。

私を孤独から連れ出すのは、王妃としての職務だけだった。今日私は、大きな橋を渡ってキャピタル川の向こう、東アルケオンに行くことになっている。メイヴンからどれだけ遠くに行こうとも、アルケオンを取り巻くダイヤモンド・ガラスの壁の外には出られないのだ。メイヴンは日に日に、宮殿の外に顔を見せることが少なくなり、延々と会議に出ているようになった。会議がないときには、ずっとひとりきりで過ごしていた。

使用人たちはひそひそと噂を囁き合っていた。メイヴンの服はだいたい毎日の終わりには、修繕できないほど黒焦げになっていた。彼は力をコントロールできなくなりつつあるか、自分を抑えることなんてどうでもよくなってきているのだ。おそらく、その両方なのだろう。

東アルケオンは西側とはまるで鏡に映したかのようで、川辺から崖のように岸がせり上がり、その先に緩やかな斜面が続いている。この季節には、何もかもが緑に包まれている。その緑だけが私にふるさとを思い出させてくれたが、他はどこを見回してもまったく違った。水ですら違う。真水ではなく塩を含み、テチーたちが住むスラムがある上流から、かすかに汚染臭が漂ってくる。人々は木々の障壁で汚染を除去できていると信じているけれど、ニンフならば誰でも、ちょっと嗅ぐだけで分かるだろう。

ここの建物は高く威圧的で、どれも御影石と大理石の柱を持ち、屋根のてっぺんには翼を広げて首を弓なりに曲げた鳥たちの像が飾られていた。白鳥、ハヤブサ、鷹(たか)。銅や鉄で作られた羽毛はまばゆいほどに磨き上げられている。

戦争のさなかだというのに、アルケオンは変わらぬきらびやかさを保ち続けていた。雇い主であるハウスのカラーをあしらった赤いブレスレットをつけたレッドたちが、通りを歩いている。シルバーたちは車に乗り、どこへ行くのか走っていく。博物館、美術館、劇場……何もかもが時間どおりに通常営業を続けている。

きっとレイクランドと同じで、戦争に慣れてしまっているのだろう。前線を遠く離れた、安全なところだというのに。

今日は、メイヴンの兄と反乱軍がコーヴィアムを落としたあの戦いで死んだ兵士たちの栄誉を讃える、追悼昼食会に出席する。私を守るセンチネルたちはいつものように炎のマントをまとい、私に付き従っていた。私はいつもどおり生まれ故郷の色、ブルーをまとっていたが、ブラウスにもジャケットにも、メイヴンの黒と赤の縁取りがされていた。まるで汚されたようで気分が悪かったが、誰にもそれを見抜くことはできなかった。

私はすべてを隠して微笑み、うなずき、新王妃に取り入ろうとする貴族たちと、くだらない会話に興じてみせた。役に立つようなことなど、誰ひとり口にしなかった。家族が命を落としたというのに、誰も彼も上辺だけ取り繕っていた。みんなこんなところになど来ず、静かに悲しみと向き合っていたかったのだ。だというのにまるで役者のようにせかせかと、演技をしにやってきたというわけだ。彼らはひとりひとり私の前に出ては、最愛なる家族がレッドのテロリストとモンフォートの野蛮人たちに殺されたことを説明した。中には、最後まで話しきることができない人もいた。

見事な戦略だ。私にはこの裏に夫がいるのが分かった。こんなものを見せられたなら、この戦争に反対する者や、メイヴンの兄を玉座に就かせたい者でも、気持ちがぐらつくだろう。そこに私も、たっぷりひと役買っているというわけだ。

「私たちが今日ここに集まったのは死者を悼むためですが、メッセージを送るためでもあります。私たちは絶対に、恐怖に支配されたりしないと」私は、部屋に集まった貴族たちを見回しながら、精一杯力強い声で言った。誰も彼も、ひたむきな目で私を見つめていた。礼節を示すために、そしてひび割れを見つけるために。弱さを見つけるために。私には分かっている。彼らはみな、自分のハウスのために必要になれば、メイヴンが支配するノルタなどすぐに見限るだろう。

そうさせないよう彼らを引き込むのが、私の仕事だ。とどまり、戦い、そして死ねと。

「私たちは、反乱者やテロリストには絶対に屈したりしません。そして、邪な誓約の裏に隠れた、権力を求める犯罪者どもにも。私たちの国も、私たちの理想も、投げ出したりはしません。この国や、私たちの暮らしの礎も」私は、演説の授業を思い出した。ティオラのように演説の才能に恵まれているわけではないけれど、それでもベストを尽くす。十数人の視線を一度に受け止めながら、決してうろたえたり、口ごもったりしてはいけない。私は体の横で手を握りしめ、スカートの中に隠した。「ノルタは私たちの強さから、力から、積み上げてきたものから、そして犠牲から生まれたシルバーの国です。その国をレッドに渡したり、私たちの暮らしを変えさせたりするわけにはいきません。どんな勢力と手を組もうと、レッドなど私たちの相手ではありません。メイヴン・カロアは勝利します。真のノルタが勝利するのです。強さと力を！」私は笑いを噛み殺しながら、前に大ウケしたスピーチにノルタの有名な言葉を織り交ぜた。「レッドたちに、思い知らせてやりましょう」

　レイクランド人の言葉に拍手喝采を送る人々を見て、私は思わず笑いだしそうになってしまった。このスピーチは、母さんのスピーチなのだ。よく憶えておきなさい、ノルタ人ども。もうすぐ私の色の前にひざまずくことになるのだから。

　熱波が消え去ったので、私は清々しい気持ちで自分を待っている車列へと歩いていった。新鮮な空気と優しい太陽の光を楽しんでいたかったので、できるだけゆっくりと歩いていった。センチネルたちは手袋をはめ、仮面を着け、訓練された動きで私のそばに従っていた。計算では、私たちはスケジュールに先行しているはずだ。あとは宮殿に戻り、今夜の夕食会の準備をするだけだ。

　だというのに、車のドアが早く来いとばかりに開いた。私はため息をつきながら乗り込み、視線を床に向けた。ドアが閉まる音が響く。

向かいの座席からふたつの顔が、私のほうを向いていた。片方は知った顔で、もう片方は、初めてだったが見当がついた。どちらも敵だ。

「ごきげんよう、王妃様」

私は短い悲鳴をあげ、革の座席の上をじりじりと後ずさった。とっさに、いつも持ち歩いている水筒に手をかけた。空いた片手で、座席の下にあるはずの拳銃を手探りする。

私のあごに指がかかり、無理やり上を向かされた。メイヴンの叔父……私の頭の中をすべて歌声で吹き飛ばしてしまう、シンガーの指だ。

しかし顔を上げてみると、そこにいたのは固い決意を浮かべたブロンズ色の瞳で私を見つめる彼の祖母の姿だった。アナベル・レロランが手を触れただけで何が起こるかを思い出し、私は凍りついた。彼女の指が動く様子を想像する。私の頭蓋骨が破裂し、脳や骨が車の中に飛び散るさまを。

「かつての王妃から今の王妃に、アドバイスを」アナベルは、私のあごを支えたまま言った。「馬鹿なまねはしないことよ」

「分かったわ」私は小声で答えて両手を広げ、何も持っていないのを見せた。拳銃も、水筒もない。彼女の背後に目をやると、運転手とセンチネルたちのシルエットが見えた。ふたりとも、こちら側と運転席を隔てるガラスの向こう側にいる。

ジュリアン・ジェイコスは私の視線を追ってため息をつくと、こつこつとガラスを叩いた。だが、私を守ってくれるはずのセンチネルたちは動かなかった。「申し訳ないけれど、彼らには何も聞こえないことがあるのさ。そして宮殿までは、景色のよい道を通るように指示を受けている」ジュリアンはそう言って、窓の外に広がる見知らぬ景色に目をやった。

「アイリス、私たちがここにいるのは、君を傷つけるためじゃない」

「よかった。そんなことをしようとするほど頭が悪いとは思っていないわ」私は言い返したが、アナベルにあごを押さえられているせいで喋りにくかった。「離してもらえる？」

アナベルは見下すように鼻を鳴らすと手を離したが、その場から下がろうとはしなかった。すぐに手の届く距離だ。私は服の中で、自分の肌の表面についた湿気を集めようとした。そして、全身から吹き出してくる冷たい恐怖の汗を。アナベルが私の指を吹き飛ばそうとしても、なんとか身を守ることができるかもしれない。

「メイヴンに言いたいことがあるなら、いちいち私を通さずに直接言えばいいじゃない」

私は彼女を睨みつけた。

アナベルは、嫌悪を顔に浮かべて鼻で笑った。「あの歪みきった小僧へのメッセージなんかじゃないわ」

「あなたの孫でしょう？」

アナベルは顔をしかめ、続けた。「あなたの母親への伝言を渡したくてね。あなたたちのやりかたをまねしようと思ったのよ」

私は鼻を鳴らして腕組みした。「なんの話をしてるのか、さっぱりだわ」

アナベルは呆れたように、ジュリアンと顔を見合わせた。彼は何かを探るように無表情で、ずっと心を読むのが難しい。

「君から話を聞き出すのに、私が唄うまでもない」平板な声で、ジュリアンが言った。

「だが、その気になればいつでもそうできる」

私は何も答えなかった。何もしなかった。静まり返った湖のように、表情ひとつ変えなかった。

アナベル・レロランは微動だにせず私を見下ろしていた。「レイクランド王妃に伝えなさい、ノルタの正統な王は、あなたとやり合うつもりなど毛頭ないとね。そして、玉座の強奪者が約束した平和も、私たちは全力をかけて守ると。もちろん、合意が得られれば、の話だけれど」

「私とメイヴンに玉座を明け渡せと?」私は鼻で笑った。「そんなのはありえない話だわ」

「いいえ、明け渡せなんて言わないわ。もちろん見てくれは今のままでいいのよ」アナベルは、おぞましい指を開きながら言った。「ただ私は、ふたりの王に戦を起こさせるのではなく、平和への道を見つけ出したいのよ」

もう一度、私はガラスの向こうにいるセンチネルたちを見た。シンガーの力で、こちらに気づかないふたりを。窓の外には、見知らぬ道が延びている。少なくとも、私は見たことがない道だ。私は歯ぎしりをした。「タイベリアス・カロアは王じゃないわ。私たちはあの男と同盟を結んだわけじゃない。タイベリアスは国と国民を裏切った男よ」

ジュリアン・ジェイコスは首をかしげ、絵画でも見るように私をじろじろと観察した。ゆっくりと瞬きする。「君の夫のほうが、ずっと上手に同じ嘘をつくよ」

夫――。今私が置かれている状況や、メイヴンの妻としての立場を思い出させる気だろうが、私にはまったくこたえなかった。「嘘だろうとなんだろうと、人々は信じているわ」私は彼を睨み返した。「レッドもシルバーも、国じゅうの人々が言われた言葉を信じ込んでるの。みんな、自分たちが信じているメイヴンのために戦うわ」

意外にも、アナベルはうなずいた。彼女の顔が不安に暗く曇る。「私たちはそれを恐れているのよ。だからここに来たの。流れる血をできるだけ少なくするためにね」

「アナベル・レロラン、あなたは女優にでもなるべきだったわね」私は笑みを浮かべた。

彼女は窓の外を見ながら、黙ってさっと手を振った。その唇に、冷たい笑いが浮かんでいた。「かつて、芸術のためにはかなり力を注いだものよ」

なぜか、ジュリアンが優しげなまなざしを彼女に向けた。彼女も見つめ返す。ふたりの間を何かが行き交うのが分かった。声なき言葉を交わし合っているのか、それとも懐かしい記憶をともに思い出しているのだろうか。

先にアナベルが真顔に戻ると、また私のほうを向いた。「タイベリアスは玉座を勝ち取ったなら、協力の見返りに土地とお金をレイクランドに与える用意をしているわ」と、まるで悪いことをした私を叱りつけるような声で言う。

私は片眉を上げ、興味があることを伝えた。何はともあれ、ここからどんなことが起こるのかは誰にも分からないのだ。選択肢を多く持っておくにこしたことはない。

アナベルは私が話を聞いているのを察すると、先を続けた。「チョークをすべて引き渡す予定よ」

私は思わず頭をのけぞらせ、また笑ってしまった。「使いみちなんてない土地だわ。地雷原じゃない。そんなものを押しつける気なの？」

老皇太后は、聞こえないふりをした。「そしてハウス・カロアとハウス・セイモスの間に生まれる、タイベリアスの後継者の許嫁の座を約束するわ。ふたつの国を継ぐ、とてつもなく高貴な身分を」

私は平気な顔を装い、笑い続けてみせた。しかし胃の底から強烈なむかつきが込み上げてきた。この女は、まだ生まれてもいない子供を取引材料にしようというのだ。私の子か、それともティオラの子か。いずれにしろ私たちの血と肉を分けた子を、そんな運命に引きずり込もうというのだ。私も、自分のことならばそんな取引だろうと受け入れてみせる。けれど、これから生まれてくる赤ちゃんにも同じことをしろというのだろうか？　まったく反吐が出る。

「で、あなたたちが飼っているレッドの犬たちはどうするの？」私は、彼女のほうに身を乗り出した。今度は私がやり返す番だ。「〈スカーレット・ガード〉のことよ。モンフォートの、血に飢えた野蛮人たち……メア・バーロウと一味はどうなるの？」

答えを探すアナベルより先に、ジュリアンが口を開いた。「我々が起こす革命の、次の段階の話かね？　王妃様、未来を恐れるのは賢明とは言えん。そんなことをしても、ろくな結末にたどり着けんよ」

「未来とは防ぐことができるものよ、ジェイコス卿」私は、メイヴンが失ったニュー・ブラッドの男のことを思い出した。ずっと先の未来まで見通すことができるという男だ。噂でしか聞いたことはないが、それだけでじゅうぶんだった。どんなふうに道筋が変わろうと、その男には見通すことができる。

「この未来は違うよ」ジュリアンは首を横に振った。楽しげなのか悲しげなのか、私には分からなかった。この男は風変わりな、悲しみに満ちた魂の持ち主だ。女に苦しみ続けたのが、はっきりと分かる。「今はそうじゃないんだ」

私はふたりの顔を見比べ、嫌な気分になった。このふたりがその気になれば、私など簡単に殺すことができる。私だってさんざん訓練を積んできたが、あっという間にやられてしまうだろう。でも、私を殺しに来たのなら、もうとっくにそうしていることだろう。

「ピードモントを失ったから、今度はレイクランドを狙おうっていうわけ？」私は小声でるのね？」

言った。「私とメイヴンのどちらかが汚れ仕事をやらない限り、手に入らないと知ってい

「汚れ仕事なら、自分たちでたっぷりやってきたのよ、王女」アナベルが、苛立ちを声に滲ませた。生まれつき私に与えられた称号を強調してみせる。メイヴンを国王とは認めない、だから私も王妃などではない、と言いたいのだ。

「モンフォートには、ずいぶんと戦力を蓄えているようね」私はふたりを見回した。「本当に私たちの三国を上回るほど、大勢のニュー・ブラッドがいるのかしら？」

ジュリアンはじっくりと考えるような顔で、両手を膝に乗せた。この男から落ち着きを奪うのは、簡単ではない。「誰もがそうだと思うが、私たちはレイクランドが全勢力をもってメイヴン・カロアに味方する気だとは考えていないよ」

この言葉に、胸がちくりとした。ピードモントの監獄にニュー・ブラッドたちと囚われていたメアに、私が漏らしてしまったのだ。自分の力を誇示するだけのために。間違いなく、メアがその情報を持ち帰ったのだ。じゃなきゃ、ただ単に私たちの考えなんてばればれだということだろう。私はむかついて言い返した。

「私たちだって、あなたたちとレッドの同盟なんて長く続かないって分かっているわ。今にも爆発しかけてる火薬庫みたいなものなんだってね」

ジュリアンはこれを聞くと、ばつが悪そうに身じろぎした。両頬に、さっと灰色が差す。

だが、アナベルは違った。まるで私が美味しい料理でも運んできたかのように、にんまりと笑みを浮かべている。わけも分からず、私はなんだか自分がへまをやらかしたような気持ちになった。

彼女が手を差し伸べてきたので、私はさっと身を引いて逃げた。私が怯えているのを見て、彼女が楽しげな顔をしてみせる。

「私たちにはまだ他に、差し出す用意があるのよ」

ジュリアンは顔をさらに濃い灰色にして顔をしかめた。私と合わせていた視線をそらし、下を向く。唯一の武器をしまったようなものだ。今ならば襲いかかり、有利に立つことだってできる。けれどすぐそばにはアナベルが控えていた。

そして私も、取引のために彼らが用意した最後の駒を、どうしても知りたい気持ちになっていた。

「続けて」私は、聞こえないほどかすかな声で言った。

アナベルの邪な笑みが、大きく広がった。メイヴンは母親の子供であると同時に、この女の子供でもあるのだと、私は悟った。この突き刺すような笑みも、悪巧みに長けた魂も、まったく同じだ。「サリン・アイラルは、あなたの父上の背中にナイフを突き立てたわ」アナベルが言った。その記憶に、私はびくりとした。「たぶんあなたは、彼と話がしてみたいんじゃないかしら？」

私はうっかり、考えるよりも先に答えてしまった。「ええ、言いたいことならいくつか思いつくわ」

「なぜあんなことが起きたのか、きっと分かっているわよね？」アナベルが言った。胸がずきりと痛む。父さんの死という傷はまだ生々しく口を開いているのだ。「戦争だからよ。戦争が起これば、人は死ぬものだわ」

彼女は、銅のような暗い色をした目を大きく見開いた。「サリン・アイラルが、命令されたとおりに行動したからよ」

喪失感から生まれる悲しみが、みるみる怒りへと変わっていった。炎のように熱く、体を駆け上がってくる。

「ヴォーロ……」思わず、歯ぎしりしながら口走った。セイモス王の名が、苦々しく口に広がった。

アナベルは、さらに詰め寄ってきた。「ヴォーロ・セイモスとも話がしたいのかしら？」私を誘惑するかのような声で言う。ジュリアンはそのとなりで唇をぎゅっと結び、また私へと視線を戻していた。顔に刻まれた皺が、深くなったように見えた。

歯を食いしばったまま、私は大きく息を吸い込んだ。

「ええ、そうさせてほしいわ。見返りに何が欲しいの？」

アナベルがにんまりと笑い、口を開いた。

ふたりはまるで幽霊のように、街に溶け込んで消えていった。人混みの街角で車を降りるやいなやレッドの使用人やシルバーの一般市民たちの間に紛れ、見えなくなっていったのだった。センチネルたちは気づいたり気にしたりする様子もなく、また予定されたルートに戻った。ジュリアン・ジェイコスめ、見事に仕事をしたものだ。宮殿に戻っても、おかしなことなど何も起きなかったかのように、みんなが振る舞っていた。センチネルたちも、自分があのシンガーによって二十分も操られていたことなど、まったく気づいていないようだ。

私は自分のために用意された区画の隅にある寺院へと、さっさと歩きだした。懐かしさと祝福に満ちた誰もいない部屋で、心を落ち着けないと、どうしようもなかった。

母さんにもできるだけ早く、今日の一部始終を伝えなくてはいけない。けれど、たとえどんな方法を使おうとも、メッセージを送れば誰かに傍受されてしまうような気がしていた。アナベルの申し出が明るみに出れば、私は首を刎ねられ、火炙りにされ、八つ裂きにされ、殺されてもおかしくはない。母さんに伝えるのならば、顔を合わせて直接じゃなくちゃ駄目だ。

なんとか無事に、自分の部屋に帰り着いた。いつもどおり戸口で手を振り、センチネルたちを追い払う。完全にひとりきりになると、自分が何をしたのか、いったい何が起きたのか、ようやく私にも分かってきた。

来客を迎えるためのサロンを歩きながら、私はがたがたと震えはじめた。心臓が早鐘のように打っている。私の両手に押さえつけられて溺れるサリン・アイラルとヴォーロ・セイモスの姿を想像する。父さんにしたことへの報いを受ける、ふたりの姿を。

「橋が渋滞でもしてたのかい？」

私は目を見開いて固まった。彼の声は、いつも私の心に恐怖を植えつける。私の寝室から聞こえてきたときには、なおさらそうだ。

本能が、逃げろと囁いた。なんとかして街を逃げ出し、ふるさとに帰れと。そんなことは、とても不可能だ。私はそのまま進み続けると、寝室へと続く両開きの扉をくぐった。私の棺（ひつぎ）となるかもしれない部屋の中へと。

メイヴンは片手で頬杖（ほおづえ）をつき、私のシルクの毛布の上にだらしなく寝そべっていた。もう片手は胸に乗せている。数え切れないほど持っている黒いシャツを着た胸元で、骨のように白い指がとんとんとリズムを刻んでいた。退屈と苛立ちが、顔に浮かんでいる。最悪の組み合わせだ。

「こんにちは、花嫁さん」メイヴンが言った。

私は部屋を見回し、いくつもある小さな噴水の位置を確認した。装飾のためではなく、身を守るために取りつけたものだ。それぞれから流れ出す水を、ひとつひとつ感じていく。

雲行きが怪しくなっても、これだけあればじゅうぶんだ。もし彼に、私がしたことがばれたとしても。私がどんなことに合意してきたかがばれても。

「ここで何しているの？」私はぶっきらぼうに訊ねた。ふたりきりなのだから、信頼し合う夫婦を演じる必要もない。取り繕おうとすれば、何か変だと彼に悟られてしまうだろう。もっとも、まだ何も気づいていなければの話だけれど。

ふと、私は寒気に襲われた。もしかしたらメイヴンは、ずっと棚上げし続けてきたけれど、ついに本当の夫婦になろうと思ってここで待っていたのかもしれない。それ以上恐ろしいものなど、私には他に思いつかなかった。自分で合意したというのに。それも取引のうちだと分かっていたのに。もしかしたら私は、彼がメアに抱く執着心を大げさに考えていただけなのかもしれなかった。いや、もしかしたらその執着心も擦り切れてしまったのだろうか。

彼は片方の頬をシルクに押しつけながら、頭を私のほうに向けた。額に黒髪が少しかかっていた。今日の彼は、いつもより若く見える。そしていつもより、何かに取り憑かれているように見える。黒々とした瞳孔が開き、青い目が黒く見えるほどだ。

「レイクランドに連絡を取ってほしいんだ。君の母上にね」

じっとしていろ。動くな。ほっとした顔をするな。

私は、力が抜けそうな膝を必死に支えながら、胸の中で自分に言い聞かせた。

「連絡を取るって、何を言えばいいの？」私は、そっけないふりを装って訊ねた。

彼は滑らかな動きで、ゆったりと立ち上がった。兄のタイベリアスは戦いの達人だけれど、メイヴンの身体能力もなかなかのものなのだ。「アイリス、一緒に散歩に行こう」鋭い笑みを浮かべ、メイヴンが言った。

私には従うしかなかった。けれど彼が差し出した腕を無視すると、せめて少しでも安全を確保しようと、数センチ彼から離れた。

メイヴンは何も言わなかった。私たちは押し黙ったまま、私の部屋から一緒に出た。まるで紐に吊るされて、奈落の上でぶらぶらと揺れているような気分だった。心臓は破裂しそうなほど激しく打ち続けていた。私は全身全霊を注ぎ、長い散歩の間じゅうずっと平気な顔をし続けていた。やがて、この時間には人のいない玉座の前に到着すると、メイヴンがやっと私の顔を見た。

私は攻撃されるものと思い、反撃のために身構えた。

「母上には、海軍と陸軍に準備をさせておくように伝えてくれ」まるで私のドレスのことでも話すような口ぶりで、メイヴンが言った。

驚きが、恐怖心をのみ込む。

彼は足を止めず、玉座の裏側へと壇を登っていった。私は〈静寂の石〉の力を嫌い、回り込みながら進んでいった。あの力をかすかに感じただけでも、息が止まりそうになる。

「そんな――今すぐに？」私は、喉を手で押さえた。取り乱しながらメイヴンを観察し、嘘ではないかと探る。ブラッケンがピードモントを取り戻してから、まだせいぜい一週間しか経っていない。タイベリアス・カロアたちの同盟軍は、まだ態勢を立て直している最中のはずだ。「攻撃されているの？」

「いや、今は違うよ」メイヴンは、そっけなく肩をすくめた。私を従えたまま、歩き続けている。「でも、もうすぐ来るさ」

私は目を細めた。胃の奥底に不安が渦巻いていた。

メイヴンは、玉座の裏手にあるドアのひとつに近づいていった。あの先には、王妃用の部屋があるはずだ。図書室に、書斎に、それに応接間。私は寺院のほうが好きだから、使ってはいないけれど。

彼がドアをくぐる。私もついていくしかなかった。

「どうして分かるの？」私は、怯えながら訊ねた。

彼はまた肩をすくめた。部屋は暗く、窓にはどっしりとカーテンが引かれていた。前の王妃の色、白とネイビー・ブルーのストライプが施されているはずだが、ほとんど見えなかった。空気は埃っぽく、ずっと使われていないようだ。

「兄さんのことならよく知ってる」メイヴンが口を開いた。「それにあいつが何を必要としているかも、この国があいつの何を必要としているかも分かってる」

「必要としているものって？」

彼はにやりと笑いながら、応接間の奥にある別のドアを開いた。薄闇の中、彼の歯がきらりと光った。まるで肉食獣のように獰猛な姿に見える。

奥の部屋にある何かが、私を立ち止まらせた。胸の奥が、ぎゅっと痛くなる。

私は、平気な顔を装いじっとしていた。だが、心臓は今にも破裂しそうだった。「メイヴン？」小さな声で呼びかける。

「カルには味方がいるけど、でもじゅうぶんじゃない。このノルタ国内ではね」若き国王は両手の指先をとんとんと叩くように合わせながら、目をぎらぎらさせた。戸口に立ったまま、中に入る気配はなかった。「だから僕の味方をもっと自分側に引き込みたいはずだけど、あいつは外交官じゃない。戦士だから、ハイ・ハウスの信頼を得るために戦うつもりだ。自分がどれだけ王冠を戴くにふさわしい男かを示すためにね。そうして天秤を、自分のほうに傾ける気なのさ」

メイヴンは馬鹿じゃない。敵の動向を予期できるのは彼の強みだし、その力があるからこそ、今までずっと生き延び、勝ち続けてこられたのだ。

私は戸口の奥を見つめたまま、中に目を凝らし続けていた。部屋の中はまっ暗だった。

「じゃあ、他の街を攻撃するはずだわ。もしかしたら、首都かもしれない」

メイヴンは、まるで教室にいる馬鹿な子供でも相手にしているかのように、何度か舌を鳴らした。手近な噴水に頭を突っ込んでやりたい衝動を、ぐっとこらえる。

「兄さんたち一味は、ハーバー・ベイを襲うつもりだ」

「なんで断言できるの？」

国王は唇を尖らせた。「最高の選択肢だからさ。要塞は目と鼻の先だし、港には船がある……そしてあいつにとっては特別な意味がある街だ」嫌悪感に言葉を吐き捨てるように、彼が言った。「あいつの母親が愛した街だからね」メイヴンは指先でドアのかんぬきをもてあそんだ。見るからに頑丈そうなかんぬきで、必要以上に複雑な作りになっている。

私は生唾をのみ込んだ。母さんにも私たちの軍隊にも、ハーバー・ベイを襲うとメイヴンが言うのなら、私は彼を信じる。母さんにも私たちの軍隊にも、争いのそばにいてほしくなんてなかった。とっさの言い訳を頭の中で紡ぎ出す。

「私たちの海軍はまだレイクランドにいるわ」私は、わざと申し訳なさそうな声で言った。

「時間がかかる」

その言葉を聞いても、メイヴンは驚きも心配も見せなかった。私に歩み寄ってくる。彼の肌が放つむかつくような熱が、私にも伝わった。「そうだと思ってたよ。だから君の母上には、少し発奮材料を与えよう」

「へえ？」私の胃がよじれた。

彼の顔にさっと笑みがよぎる。私の大嫌いな笑みが。

「アイリス、ハーバー・ベイに行ったことは？」

「ないわ、メイヴン」もし私が訓練も受けていない小者だったら、声が震えていたに違いない。彼が狙いどおりに私を恐怖させたせいじゃない。怒りのせいだ。その怒りが猛烈な嵐のように、私の全身を駆け巡っていたのだ。

メイヴンは、気づいていないようだった。いや、どうでもいいのかもしれない。「君がこの旅行を楽しんでくれるよう願っているよ」と、笑みを浮かべたまま彼が言った。

「私はおとりってわけね」

「おとりなんて言ってないよ。発奮材料って言ったのさ」彼が大げさにため息をついた。

「ああ、確かにそう言ったとも」

「よくもそんなことを――」

彼はさらに大きな声を出して、私を遮った。「君が街で防衛軍を率いていたら、君の母上はなんとしても同盟を守るため役割を果たそうと必死になるだろう。そうじゃないか？」そして私の返事も待たず、拳を握りしめてひたむきな声で言った。「約束どおりの軍が必要なんだよ。援軍が。ハーバー・ベイの街とそこに巣くってる連中を溺れさせるには、ニンフたちの力が必要なんだよ」

私は、なんとか彼の気持ちを鎮めなくてはと、慌ててうなずいた。「ええ、伝えるわ。でも約束は――」

メイヴンが距離を詰めてきたので、私は身をこわばらせた。彼が私の手首を握りしめ、自分のほうに引っ張る。私は、抗おうとする本能をなんとか食い止めた。そんなことをしても、苦痛を味わうのがおちだ。「僕がハーバー・ベイで君の身の安全を約束できないのと同じさ」暗い戸口で少し足を止め、彼が言った。その唇が楽しげに歪む。「いや、ここでの安全も……かな」

秘密の合図があったのだろう、背後の戸口にセンチネルが大勢押し寄せてきた。全員がきらめく黒い宝石をちりばめた仮面と、炎のマントを着けている。私の護衛……そして、私の看守。

ようやく、私は理解した。メイヴンが立つ戸口の先に広がる暗い部屋の正体が分かった。〈静寂の石〉でできているのは、玉座だけではなかったのだ。

首筋に鋭い刃が突きつけられた。手首を握る彼の冷たい指に、ぎゅっと力がこもる。もう絶対に逃げることなんてできない。

「さてと、勇敢で公正な王様。あなたはどうするの？」私は黒い部屋を見つめたまま、鼻で笑った。〈静寂の石〉の力が、ここまで伝わってきている。

メイヴンは私の挑発に乗らなかった。さすが、頭の切れる男だ。

「アイリス、鎧をまとっておきな。嵐が訪れる前に。そして、兄さんよりも早く母上が駆けつけてくれるように祈るんだね」

18

メア

ニュー・タウンのすぐ近くまで来ると、星はひとつも見えなくなった。スラム周辺の空は息が詰まるような汚染に霞み、決して晴れることがない。有毒な霧がもっとも薄い街外れにいてもなお、腐ったような毒気が鼻を突く。私は首に巻いたスカーフを引き上げ、その生地を通して呼吸をしていた。

周りの兵士たちも同じように、毒の空気に顔をしかめている。でも、キャメロンだけは違った。慣れているのだ。

キャメロンの姿を見るたびに、私は全身で安堵を感じた。彼女の引き締まった黒い体が、まっ暗な森を素早く進んでいく。仲間は十数人いたが、飛び抜けて背が高い彼女はひと目でどこにいるか分かった。見慣れたカイローンのシルエットが、彼女のすぐそばに付き添っている。ふたりの姿を目で追っていると、私の安堵は一瞬のうちに後悔に変わっていってしまった。

キャメロンはピードモント基地から逃げ出すと、弟と十数人の生存者たちと一緒に湿地帯へと逃げ込んだ。彼女は生き残ったが、たくさんの人たちが命を落とした。ダガー大隊のレッドの兵士たち……私たちが守ると約束した子供たちも。それにモンフォートのニュー・ブラッドや、ノッチのニュー・ブラッド。シルバー。レッド。あまりにも多い死者の数に、目まいすら感じるほどだ。

だというのに私は、彼女を危険のまん中へと連れ戻そうというのだ。

「キャメロン、ありがとうね」私は、聞こえないような小声で言った。その言葉だけで、すべてが伝わるとでもいうかのように。

彼女はにんまりと笑って、私のほうを振り向いた。私たちの弱いライトの光に、彼女の歯がきらりと光る。こんなにも差し迫った状況だというのに、今夜のような笑顔を彼女が見せたのは初めてだった。

「なんだか私なしでも大丈夫って感じの顔ね」彼女が、いたずらっぽく囁き返してきた。

「でもバーロウ、お礼は要らないわよ。子供のころから、こんな日が来るのをずっと夢見てたのよ。ニュー・タウンじゅうを驚かせてやりましょう」

「うん、そうね」私は、目の前に迫った夜明けを思いながらうなずいた。

リフトからのジェットで感じたのと同じように、恐怖と緊張が込み上げてくる。私たちはこれから壁と兵士たちに囲まれ、何十年も抑圧され続けてきたキャメロンのふるさと、テチーたちの住むスラム街を急襲しようとしているのだ。

それに、攻撃を仕掛けようとしているのは私たちだけじゃない。何キロも東ではメイヴンの同盟軍が、ハーバー・ベイへ向かっている。

リフト軍は、ハウス・レアリスの空挺(くうてい)部隊とともに海から攻める手はずだ。タイベリアスとファーレイは今ごろ本隊を引き連れ、街に向けて地下道を進んでいるはずだ。私は胸の中に、三方向からの攻撃を思い描こうとしてみた。これは私がこれまでに生き抜いてきた、どんな戦いとも違う。とりあえず、忠実なカイローンだけは私のそばにいる。なんだか、おことが、私はない。こんなにも炎の王子から、そしてファーレイから離れて戦ったことが、私はない。


似合いな気がした。昔の私たちに戻ったような気分だ。薄汚い服をまとい、裏路地をこそこそと駆け回っていたあのころに。私たちの顔がぼやけ、見知らぬ顔になる。影になる。そしてネズミに変わる。

鋭い牙と長い爪を持つネズミたちに。

「あそこの木はみんな腐ってるの」キャメロンが、防護森林の黒い木々を指差しながら言った。こんな呪われた森が無数にある。スラムから漏れ出す汚染を食い止めるために、グリーンワーデンが作った森だ。どのテチーたちの街を取り囲む壁の外にも、こんな森がぐるりと広がっている。「森を作った人たちも、生きながらえさせることまでは考えなかったのね。汚染を防ぐったって、もう役になんて立っちゃいないわ。あいつら、毒を吸ってるのは私たちだけだと思い込んでるけど、自分たちまで吸っちゃってるのよ」

私たちはハウス・ヘイヴンのシャドウに姿を隠させ、私がノッチで味方にしたニュー・ブラッド、ファラの力で物音を消しながら進んでいった。シャドウもファラも私たち五十人にひとりひとり能力を使うのではなく、まるまる毛布でくるむようにして姿も足音も消してしまった。これで能力の範囲外にいる人には姿も見られず、足音も聴かれず、素通りできる。中にいる私たちは互いの姿を見て話もできるが、ほんの数メートルも離れてしまえば、姿も声も消えてしまう。

デヴィッドソン首相は自分の衛士たちとともに、私の後ろで静かな足音を響かせていた。モンフォート軍のほとんどはハーバー・ベイ攻撃に加わっていたが、何人かの主要なニュー・ブラッドが、首相と一緒にこっちに来ていた。いつもの軍服姿じゃない。エラ、タイトン、レイフもスカーフや帽子で髪の毛を隠している。みんな私たちと同じように、つぎはぎだらけのジャケットやぼろのズボンに身を包んでいた。どれもこれもハーバー・ベイのホイッスルたちに頼んで手に入れた、テチーたちの装いだ。もしかしたら、泥棒から手に入れたものだろうか。盗みを働くことでしか生計を立てることができない、幼い少女から……。

街に近づくにつれて毒気が濃くなり、煙とガスを吸い込んだ何人かが咳き込みはじめた。

まるで地面に染み込んでいるかのように、ガソリンの甘い臭いが立ち込めている。見上げれば、油でねとついた木々の赤黒い葉が風に揺れているのが見えた。この暗闇の中でさえ、まるで血のような色がはっきりと分かる。

「メア」カイローンが私の腕をつついた。「もうすぐ壁だぜ」

私は黙ったままうなずき、木々の合間に目を凝らした。なるほど、がっしりとした分厚いニュー・タウンの壁が、前方にそびえ立っている。宮殿のダイヤモンド・ガラスの壁のように見事ではないし、シルバーたちの街で見かける高い石壁のような威圧感もない。それでも、乗り越えなくてはいけない障害物に変わりはなかった。

キャメロンは認めないけれど、彼女はリーダー向きだ。そびえる壁に負けじと勇ましく胸を張って壁に向かっていく。まだ十六歳にもなっていないんじゃないだろうか。それでも彼女みたいに穏やかで、落ち着き払い、恐れ知らずの十代なんて他にいやしない。

「足元に気をつけて」彼女が小声で、全員に注意した。かちりと音をたて、薄暗い赤の懐中電灯を点ける。ヘイヴンのシャドウを除き、みんなが彼女の後に続いた。不気味なその光に、全員の姿が覆われる。「地下道は木々に隠れてるわ。つま先で探って。怪しい茂みがあったらすぐに教えて」

私たちは言われたとおりにしはじめた。カイローンは、私よりもずっと広い範囲を捜索していた。枯れて腐りかけた葉を長い脚で蹴りながら、固い仕掛け扉を探す。「はっきりとした場所は憶えてないんだな？」彼が不満げに、キャメロンに声をかけた。

地面にしゃがみ込んで枯れ葉の中を手探りしていた彼女が顔を上げた。「私も地下道には行ったことがないのよ。大人になるまで密輸には関わらせてもらえないし、そもそもうちの家族のやりかたじゃないからね」彼女が、むっつりとした声で言った。「さあ、つべこべ言ってないで扉を探して。ちゃんと自分の仕事、分かってるの？」

「地面を掘って穴ぼこ探しをすることだろ？」カイローンが、からかうように言った。

「軍を率いることよ」私は口を挟んだ。「あなたの仕事はそれよ、キャメロン」

彼女はその言葉に、顔をこわばらせた。けれど、口元には笑みのような表情が浮かんでいた。前にコーヴィアムで彼女は、もう人殺しはやめたと言っていた。恐ろしいサイレンスの能力に縛られるのはもう嫌なのだと。今の彼女の目標は、守ることなのだ。怒りと復讐心に燃えるだけの理由は誰よりも持っているというのに、それを見ないようにする底知れぬ強さがキャメロンにはあるのだった。

私には、その強さがない。

地下道が赤いライトの光に輝き、私たちを深紅に染め上げていた。カルやリフトに忠誠を誓ったシルバーも、ヘイヴンのシャドウも、アイラルのシルクも、誰もが今だけは夜明けのような赤に染まっていた。

壁の地下を抜けるこの道を進みながら、私は彼らをずっと見張っていた。みんな、自分のハウスの長(おさ)や国王から命令を受けている。いつまでも信頼できると思うのは大間違いだが、彼らの忠誠心は本物だ。シルバーとは、血に忠実なものだ。血の命じるままに、彼らは行動する。

それに、私たちだって無力じゃない。

エラとレイフは、最後尾にいた。ふたりともこの使命に燃えていた。ピードモントでの敗北を忘れるため、早く次の戦いがしたくてうずうずしているのだ。タイトンはグループのエレクトリコンたちを均等に配置するため、私に先頭を任せ、自分は中央あたりを歩いていた。薄暗がりの中、瞳がまるで光っているかのようだ。

キャメロンは腰のあたりを軽く叩きながら、歩数をカウントしていた。穴が開くほど壁をじっと見て、観察している。やがて土がはがれてコンクリートの壁が出てくると、彼女はそこに指先を滑らせた。

「気持ちは分かるわ」私は囁きかけた。「別人になって戻ってくる気持ちがね」

彼女は私を振り向いて首をかしげた。「何言ってるの？」

「自分の正体を知ってから、たった一度だけ家に帰ったのよ」私は説明した。たった数時間の帰省だった。でもその数時間は、私の人生をふたたび変えてしまうにはじゅうぶんだった。シェイドはまだ生きていたけれど、私は死んでしまったのだと思い込んでいた。そして、彼のかたきを討ったため〈スカーレット・ガード〉に入った。その間タイベリアスは外で、自分でレストアしたバイクに寄りかかって待っていた。まだ王子だった。いや、いつもと変わらず王子だった。

私は、その記憶を頭から追い出そうと、首を振った。

「慣れ親しんでるものの中に見知らぬものを見るっていうのは、楽なことじゃないわ」

キャメロンは、険しい顔をした。「バーロウ、ここは私のふるさとなんかじゃないわ。牢獄がふるさとだったことなんて、一度もないのよ。このスラムは、ただの牢獄だわ」

「じゃあ、なんでみんな逃げ出さないんだ？」カイローンが首を突っ込んできた。あまりにひどい質問に、私はぶん殴ってやりたくなった。彼は私の視線に気づくと、ぶつぶつと言った。「だって、せっかくこんなトンネルだってあるんだしさ……」

キャメロンが笑うのを見て、私は驚いた。「説明したって分からないわよ、カイローン」彼女が呆れ顔をして、首を振る。「あんたもつらい思いをしてきたって思ってるんだろうけど、私たちはずっとつらい暮らしをしてきたの。川岸のみすぼらしい村で、ほんのちょっとのお金のために働かされて、いつでも監視されて、それだけでしょ？」彼女の言葉ひとつひとつに、カイローンの顔が赤くなっていく。「私たちはこうだったのよ」

キャメロンは襟に手をかけると引っ張り、首元のタトゥーをさらけ出した。仕事、場所、監獄の名前が決して消えることのないインクで刻まれている。

NT-ARSM-188907

「この上じゃあ、ひとり残らずこいつを入れられるのよ」キャメロンは、天井を指差して言った。「誰かが消えたら、次の番号を入れられた人も消えてしまう。消されてしまう。じゃあ家族みんなで逃げたらって？　どこに行けっていうの？　いったいどこに行けるっていうの？」

赤いシルエットの中に、彼女の声が響き、消えていった。

「そんなの、過去の話になればいいのに」彼女がひとりごとのようにつぶやいた。

「必ずそうなるとも」デヴィッドソンが静かに答えた。吊り目の目尻に皺を刻みながら、ほろ苦い笑みを浮かべてみせる。少なくともこの人は、私たちにも希望はあるという生きた証明なのだ。私たちみたいな人間でも上り詰められるのだということの。

キャメロンと私は見つめ合った。首相の言葉を信じたかった。

信じるしかなかった。

しっかりとスカーフを縛り直し、きつく目をつぶって涙を追い出す。空気そのものがまるで燃えるみたいで、肌がちりちりとうずいた。乾燥と湿気とが同時に入り混じり、あまりにも不自然なその感触に、わけが分からなくなった。

まだ夜明けでもないというのに、煙った空は太陽が東の地平へと近づくころよりもずいぶんと明るかった。路地の突き当たりに甲高いサイレンの音が鳴り響いた。そこかしこの工場から、同じ音が次々と聞こえはじめる。まるで大移民のようなシフトの入れ替えが始まろうとしているのだ。

「夜明けのお散歩ってところね」キャメロンがつぶやいた。

目の前の光景に、私は息をするのも忘れてしまった。何百人というレッドの労働者たちが、ニュー・タウンの通りへとあふれ出してきたのだ。男、女、子供たち、肌の黒い人、青白い顔の人、老人、若者……。毒の漂う空気を吸いながら、誰もが重い足取りで歩いている。まるで不気味なパレードみたいだ。ほとんどの人たちは仕事でぐったりと疲れ果て、足元を見つめながら歩いていた。

いつも私の胸で揺らめいている怒りの炎が、この光景を見て勢いを増した。

キャメロンはカイローンと私を連れて、その人混みに紛れ込んだ。後ろから仲間たちも、薄汚れた顔をした数え切れないほどの人々の波にすんなりと入ってくる。振り向くと、安全な距離を保ってついてくるデヴィッドソンが見えた。明るくなっていく光を浴びる彼の顔が険しく引き締まる。首相はジャケットの中に拳を突っ込み心臓の近くに置きながら、私に小さくうなずいた。

私たちをのみ込んだ人々の群れが、次の通りに出た。さっきの道よりも広く、沿道には質素なアパートが、よく訓練された兵士たちのようにずらりと並んでいる。道の反対側からは、次のシフトへと向かう人々の群れが急ぎ足でこちらに向かってきていた。

キャメロンがそっと私をつつくと、レッドのテチーたちと一緒に道の脇に移動していった。テチーたちは呼吸を合わせたように素早く、次のシフトの人々のために道を空けた。キャメロンが、デヴィッドソンのように拳を自分のジャケットに突っ込んだ。

私もそれをまねする。

これが味方を見分けるための目印になる。

手引をしてくれる手はずになっているのは、〈スカーレット・ガード〉じゃなかった。彼らはみんなこのスラム街でできるせめてもの抵抗を続ける、ここの住民たちだった。

私とキャメロンのほうに向かってきたのは黒い肌でキャメロンみたいにひょろ長い男だった。白髪の混ざった長髪をぴっちりと背中で束ねている。キャメロンはその姿を見ると、うずうずしたように地面をつま先で叩いた。

「パパ」彼女がそう言って、父親の腕に抱きしめられた。「ママはどこ？」

コール氏は、娘の手を自分の両手で包み込んだ。「シフトに出てるよ。目立たないようにして目を光らせとけって言ってある。最初の稲妻が走ったら逃げ出すようにな」

「よかった……」キャメロンはゆっくりと息を吐き出した。うつむき、こくこくとうなずく。周囲はだんだんと明るくなり、近づきつつある夜明けの光が青く差しはじめていた。

「モリーのやつは連れてきてないだろうな？」父親が、明るく、しかし咎めるような声で言った。懐かしい気持ちになる。お皿を割った私を父さんが叱るときの口調だ。キャメロンは顔を上げると、父親のまっ黒な目を見つめ返した。

「連れてくるわけないでしょう？」

再会の邪魔はしたくなかったが、そういうわけにもいかなかった。「発電所はどこに？」と、コール氏の顔を見上げる。

彼が私を見下ろした。こんなところで暮らしているというのに、優しげな顔だ。「ニュー・タウンには六箇所、各区画にひとつずつある。だが中央発電所をやれば、ぜんぶ止められるよ」

計画を聞いたキャメロンが、ぱっと顔を上げた。集中した瞳で「こっちよ」と鋭く言い、私たちを手招きする。

シフト交代は、スティルトの市場で味わった最悪の混雑よりも、さらに混み合っていた。軍服を着たシルバーの番人たちが、その様子に目を光らせている。地上で薄汚れた通りからじゃない。頭上にアーチを描く歩道橋や、威圧的な見張り台の窓から見張っているのだ。番人にもそうした見張り台にも、嫌というほど見覚えがあった。歩きながら彼らを観察する。興味なんてない、めんどくさそうな顔をしている。宮殿のシルバーたちが私たちに見せる無関心とは違う。番人たちはうんざりしているのだ。スラム街の見張りに割り当てられたのは、戦士や、重要な血統を持つ人々を見張るためじゃない。ここの見張りなんて、誰もやりたがらないような仕事なのだ。

ニュー・タウンの番人たちは、私が相手にしてきた敵に比べれば遥かに弱い。そのうえ、私たちがもう入り込んでいることすら、まったく知らないのだ。キャメロンの父親は歩きながら、感慨深そうに娘をじっと見つめていた。

「じゃあ本当だったんだな。お前が、その……違うってのは」

いったい何を聞いたのだろうか？〈スカーレット・ガード〉は、どんな話をこのニュー・タウンに潜り込ませている工作員に伝えたのだろうか？メイヴンのプロパガンダとあの忌まわしい放送で、ニュー・ブラッドの存在は広く知れ渡っている。この父親は、娘が持つ力を知っているのだろうか？

キャメロンは父親の視線を受け止めると、たじろぎもせず「そうよ」と答えた。

「となりにいるのは、あの稲妻娘かい？」

「うん、そう」彼女がうなずいた。

「じゃあ、こちらは……？」今度は、カイローンをちらりと見る。

カイローンは間抜けな笑みを浮かべ、軽く頭を下げた。「俺は用心棒っすよ」

コール氏は今にも笑いだしそうな顔で、背が高く引き締まった体のカイローンを見つめた。「ああそうだろうな」

周りの建物が高くなり、危ういほどに密集しはじめた。壁にも窓にもひび割れが走り、どこを見ても塗り直さなくちゃいけないほど汚れていた。大嵐で洗うのもいいかもしれない。周りの労働者たちは群れを離れ、手を振り合ったり声をかけ合ったりしながら別々のアパートに向かいはじめた。不自然なところは何もない。

「コール氏、お力添えに感謝します」私は前を見つめたまま、小声で伝えた。数メートル離れたアーチの上にシルバーの監視兵たちがいたので、私は顔が見えないようにうつむいた。

「お礼なら俺じゃなく、長老たちに言ってやりなよ」コール氏が答えた。監視兵たちから隠れようともしない。彼らにとって、コール氏はただの労働者に過ぎないのだ。「長老たちはずっと長いこと、この時を待っていたんだ」

後悔と恥ずかしさに、息が詰まった。「もっとずっと前に、誰かが何かをしなくちゃいけなかったんですよね」

タイベリアス、あなたみたいな誰かがね。あなたは、こういう街があるのを知っていた。誰のために、なんのために、人々がこうして働かされているのかを。

キャメロンが歯ぎしりした。「とにかく、今何かしようとしているじゃない」と言って、手をぎゅっと握りしめる。その気になれば力を使い、頭上の監視兵なんて殺してしまえるだろう。アーチからまっ逆さまに落としてしまえばいい。

でも私たちは何もせずに素通りすると、通りの突き当たりに傾いて立つ灰色のアパートが落とす影に入り込んだ。まるで巨人の子供がおもちゃのブロックで作ったような建物の群れが、ぼやけた青空へと伸びている。ひとつだけ、他よりも高い建物が並んでいる区画があった。上のほうの窓にぽつぽつと、薄汚れてくすんだ窓が見える。

私たちが目指しているのは、あそこに違いない。

コール氏が私を見て、それから建物に目をやった。「あそこに行きな、稲妻娘」と柔らかな声で言う。「そしたら思い切り暴れるんだ。作戦が分かったかい？」

「イエッサー」私は答えた。もう稲妻には呼びかけている。体の底から、稲妻が応えてくれるのを感じる。

建物の下に着いてみると、あたりにはほとんど人影がなかった。シフトからはぐれた人々が、ちらほらといるだけだ。キャメロンが父親の顔を見た。

「時間はどのくらいあるの？」

コール氏は手首をひねり、腕時計を見た。そして、深い皺を刻んで顔をしかめた。「ほとんどない。お前たちはもう行きなさい」

キャメロンは目をしばたたかせ、「分かった」と答えた。

「こいつはあんたのだよ」カイローンがジャケットに手を突っ込んだ。小さな拳銃と、ケースに綺麗にしまわれた予備の銃弾を差し出す。

コール氏は、今にも噛みつこうとしている蛇でも見るかのように、拳銃を見つめた。キヤメロンがカイローンの手から拳銃を受け取り、戸惑うコール氏の胸にそれを押しつける。お願いだから持ってて、と目で訴えかける。

「狙って、引き金を引くの。ためらっちゃ駄目よ、パパ」力のこもった声で、キャメロンが言う。「シルバーはためらったりしないわ」

ゆっくり、そしてしぶしぶ、コール氏は体の横に提げたカバンにそれをしまい込んだ。カバンを見下ろした瞬間、首元のタトゥーがちらりと見えた。

「分かったよ」コール氏が、ぼんやりと答えた。ようやく、娘を取り巻く現実が身に染みてきたのだろう。コール氏が咳払いをした。「今のシフトに入ってるテチーたちには、もう知らせてある。お前たちの第一撃と同時に街の電気を落とす手はずだ。合図が見えたら、君は嵐を起こせ。シルバーどもには、何が起きてるかなんて分かりゃしない。いくらか時間が稼げるはずだ」

計画のこの段階は、〈スカーレット・ガード〉と、この街に潜入している工作員が立てたものだ。

「攻撃については、みんな知っているってことね？」私は念を押した。一緒に来た〈スカーレット・ガード〉たちはもう街のあちこちに散らばり、爆薬を仕掛け、罠を敷いている。

コール氏は、深刻そうに顔をしかめた。「信用できる連中はね。俺たちも反乱に加わりたいところなんだが、そこらじゅうに密告者がいるんだよ」

私は生唾をのんだ。間違った人間の耳に入ったらどんなことになるか、考えないようにしながら。きっとメイヴンが自らニュー・タウンにやってきて、私たちの反乱を潰しにかかるだろう。毒と汚染にまみれたこの大地を崩し、私たちを生き埋めにするだろう。そして、私たちがここで失敗してしまったら、他のスラム街はどうなるのだろう？　すべてが無駄になってしまう。テチーたちを助けることができなくなってしまう。

カイローンは不安そうな私に気づくと、正気に戻そうとしてか、肩を小突いた。そうだ、キャメロンは父親のことを私なんかよりずっと心配しているのだ。

彼女がいきなり微笑むと、長い両腕を父親の首に巻きつけ、思い切り抱きしめた。「私の代わりに、ママにキスしてあげて」と囁くのが聞こえた。

「すぐに自分でキスしてやれるさ」コール氏が囁き返し、彼女を軽く抱き上げた。ハグを交わしながら、ふたりは一緒に目を閉じた。

自分の家族を思い出さずにはいられなかった。ずっと遠く、安全なところにいる家族を。みんなは今、山脈と、何千キロもの距離と、そして私たちとともに戦うと誓った国に守られている。長い長い年月の果てに、初めて希望を胸に暮らしているのだ。こんなのは不公平だ。特に、私なんかより遥かにひどい人生を生き抜いてきたキャメロンには。それでも私は、今背負っているすべての上に、さらに家族の安全という重荷まで背負わずに済んでいるのが嬉しかった。

キャメロンのほうが先にハグしていた腕をほどいて体を離した。それは、目には見えない強さの証だった。それは、娘を行かせることと同じだった。コール氏は鼻をすすり、足元を見つめながら一歩下がった。一気に赤くなった目元を隠していた。キャメロンもまた、涙を浮かべていた。地面を蹴って土埃を巻き上げ、ごまかす。

「さあ、もういい？」彼女が私のほうを向いた。目が濡れていた。

「うん、上りましょう」

地上遥か高くから私たちは、それぞれ別の窓に向かい、違う方向を眺めていた。袖でガラスを拭ってみる。でもただ汚れが広がり、べっとりと茶色い筋が残っただけだった。私たちが動くたびに、床から巻き上げられた埃が屋根裏にもうもうと舞い上がった。カイローンが手で口を押さえ、しゃがれた咳をする。

「あっちの工場の間に煙が見えたぜ」彼が言った。

キャメロンが窓辺で肩をいからせた。「自動車製造区画ね」と、振り向きもせずに答える。「三十分前に製造ラインを停止させたの。シフトも中断になったから、みんなゲートのあたりに集まって、今日の賃金のことで騒いでるころよ。まあ、現場監督は払わないと言い張るだろうけど。兵士たちが、必死に治めようとしてるはずよ」彼女がにやりと笑う。

「大混乱だわ」

「カイローン、煙の色は?」私は、自分の窓から地平線を眺めたまま訊ねた。この高さから見るニュー・タウンは、ずっと小さかった。けれど、相変わらず陰鬱だった。すべてが灰色で霞んでいる。猛烈な嵐をはらんだ雲が低く垂れ込めている。脈動しながらゆっくりと進む雲からは、圧倒的な電気の力が伝わってきている。

「ええと……普通かな。灰色だ」カイローンが言った。

私は、じれた気持ちを抑えながら、低くうめいた。

「その色なら普通だわ。工場の煙突から出る煙よ」キャメロンが答えた。「合図じゃない」

カイローンが、また咳払いをした。耳障りなその音に、私が顔をしかめる。

「じゃあ、どんなもんを探せばいいのさ?」

「なんでもいいから、普通じゃないものよ」私は歯ぎしりしながらぼやいた。

「へいへい」カイローンがため息をついた。

部屋の反対側で、キャメロンが脂でぎとついた窓を拳で叩いた。「いい? もし十代の子供をこんなにあてにしないで済むなら、この反乱はもっと簡単なのよ」そう言って、冷ややかな笑みをカイローンに向ける。「特に、字も読めない子供なんかにね」

カイローンは大笑いしながらエサに飛びついた。「字くらい読めるさ」

「なのに煙の色も区別できないっていうの?」キャメロンが、鞭のようにぴしゃりと言い返した。

カイローンは肩をすくめて両手を上げ、「ただ会話しようとしてるだけじゃないか」とため息をついた。

キャメロンは呆れ顔でため息をついた。「気を紛らわしてなきゃどうにかなりそうなのよ、カイローン」

私はふたりを見ながら笑いを噛み殺していた。「私とタイベリアスの口喧嘩もこんななの？　だったらほんと、謝るわ」

カイローンがさっと顔を赤らめ、キャメロンが慌てて窓のほうを向いてガラスに顔を押し当てる。

シェイドとファーレイの口喧嘩を思い出すと寂しくなる。カイローンたちのことも、やがてそう感じるようになるのだろうか？

「お前らの口喧嘩は十倍ひどいよ」カイローンが、哀れむように言った。

向かい側の窓で「いいえ、百倍だわ」とキャメロンが調子を合わせる。

私はにやにや笑いを浮かべながら、ふたりを見比べた。カイローンはまだ頬を赤らめたままだった。

「まあ、年季が違うわよ」キャメロンが続けた。

「まったくだ」カイローンが笑った。

と、キャメロンがはっとしたように、片手で窓を叩いた。「緑の煙だわ。武器製造区画からだ。くそっ」

カイローンが銃を引き抜き、彼女のとなりに駆けつけた。不安そうにキャメロンの顔を見る。「くそって、なんでだよ？」

「武器製造区画は警備がいちばん厳しいのよ」キャメロンは口早に答えた。窓の外に目をやったままジャケットをめくり、自分の拳銃と鋭いナイフをちらりと見せる。「まあ、当然よね」

私はゆっくりと息を吐き出した。体の中で稲妻がばちばちと弾ける。「吹き飛ばすのも簡単そうね」

カイローンがぐるぐると肩を回しながら、険しい顔つきになった。そっとキャメロンの腕に手をかけて窓から引き離す。「そんなことにならないようにしようぜ」と耳打ちすると、彼はガラスを蹴飛ばした。

ガラスが砕け散り、破片の雨が降る。カイローンは顔をしかめたまま、ジャケットに包まれた腕で、窓枠に残っているガラス片をぜんぶ払い落とした。彼が下がったので、私は窓から外に身を乗り出した。煙と遠くで燃える炎の臭いをはらんだ風が顔に吹きつけてくる。ためらいもせず、私は片足を窓枠にかけると、もう片足も踏み出した。カイローンが私のシャツをしっかりと摑み、支えてくれている。

空を見上げると、青とピンクが溶け合う夜明けの空が見えた。汚染まみれの雲が漂ってはいるけれど、おかげで見惚れるような色合いが生まれている。私の心臓はどきどきと一定のリズムで打っていた。街の電気を吸い込みながら、私の中の稲妻も一緒に脈動している。私はエラから教わったことを思い出しながら、ぎゅっと手を握りしめた。

私たちが操る稲妻の中で、ストーム・ライトニングはいちばん強い威力を持っている。力が一点に集まり、閃光を放ち、標的を破壊するのだ。頭上を覆う鮮やかな色の雲がだんだんと黒くなり、渦を巻き、私の力で嵐をはらんでいく。街の二箇所で、同じ黒雲が出来上がっていくのが見える。エラとレイフだ。ふたりと私で三角形を作って、中央発電所を包囲するのだ。私たちの前に、まるで街が処刑場みたいに広がっている。あのどこかにタイトンがいる。誰か近づく者があれば雷撃を浴びせてやろうと、手ぐすねを引いている。

最初に青い稲光が走り、左にもくもくと垂れ込める積乱雲を照らし出した。雷鳴が轟き、私のシャツを掴むカイローンの手を通して、彼がたじろいだのが伝わってくる。私は窓枠を掴んだまま、しっかりと踏んばっていた。

私たちの嵐も吹き荒れはじめ、紫と緑の雷光が加わった。標的に向けて、稲妻の雨が降り注いでいく。ドーム屋根の中央発電所が見える。街のあちこちに電線が伸びている。街じゅうの発電所をつなげ、工場へと電力を送り込んでいるのだ。スラム街に血液を行き渡らせている、まさに心臓部だと言える。かなりの距離があったが、電気の脈動が私にも伝わってきていた。

「雨を降らせてやれ」カイローンが叫んだ。

私はため息をこらえると、「そういうことはできないの」と言いながら空に稲妻を走らせた。エラとレイフが放った青と緑の稲妻が、私の紫を追いかける。

私たちの稲妻が中央発電所の上で弾け、目もくらむような光を放った。それを合図に内部に潜入していた仲間たちが発電所の電源を落とす。私たちなんかよりもずっと早く、犠牲者も少なく、彼らは仕事を成し遂げてしまった。

街じゅうの煙突から出ていた毒の煙が止まった。製造ラインも停止する。自力で走っているはずの車はどれもとつぜんの停電に驚き、速度を落としたり、止まったりしている。嵐が――三頭の怪物が――暴れ続け、空じゅうに稲妻を撒き散らしている。この距離からでは狙いもよく定まらないし、罪もない人々を危険に晒したくはなかった。何より、街のあちこちに仕掛けられた〈スカーレット・ガード〉の爆薬に命中させてしまうのは避けたい。私の稲妻一発で、死の爆発の連鎖が始まってしまうのだ。

「全停止したわ」となりのキャメロンがつぶやいた。驚きを浮かべた目で、自分の街を見回している。「電力がないということは、働けないっていうこと。シフトも終わりよ。労働者たちは日当を求めて押しかけるはず。職員は手一杯になるし、見張りの連中も他のことになんて構ってられなくなる」

つまり街に張り込んだ人殺しや犯罪者、そして兵士に気づくこともできなくなる。足元に眠っている爆弾にも。

「最初の爆発まであとどの――」

カイローンが言いかけたとたん、ぎくりとするほど近くで一発目の爆発が起こった。二本向こうの通りが吹き飛び、私たちの足元が揺れる。街のゲートのひとつがあるあたりだ。石と煙を巻き込んだ爆煙が上がっている。すぐに別のゲートで爆発が起きると、続けざまにさらにふたつの爆弾が破裂した。地下で次々と爆発の連鎖が始まる。見張り台、守衛塔、シルバーたちの兵舎、現場監督たちの本部。シルバーたちの居場所が、片っ端から吹き飛んでいく。爆発が起こるたび、私はいったい何人の血が流れることになるのか考えないようにしながら、顔をしかめた。レッドからだって怪我人は出る。どんな人が巻き添えになってしまうのだろう？

私たちはあまりの光景に呆然としながら、黙って眺めていた。どんどん煙が上がり、土埃が舞い、灰が積もっていく。キャメロンは息を荒らげ、胸を大きく上下させている。黒い目できょろきょろとあちこちを見ているが、結局は武器製造区画に視線を戻している。そこだけ、爆発が起きていないのだ。

「〈スカーレット・ガード〉だって、火薬庫の下に爆弾を仕掛けるほど馬鹿じゃないわ」

私は、せめて気を楽にしてあげられればと思い、そっと声をかけた。

その瞬間、武器製造区画が爆発した。

衝撃波で私たちは三人とも吹っ飛び、ガラス片と埃にまみれた屋根裏を転がった。額の切り傷から血を流しながら、キャメロンが最初に立ち上がった。「じゃあ今のは、〈スカーレット・ガード〉のしわざじゃないわね」と怒鳴りながら、私を引き起こす。

耳鳴りがして、すべての音がぼやけていた。自分の居場所を確かめようと、左右を見回す。キャメロンに手首を摑まれ、私は思わず飛び上がった。彼女の手の感触に耐えきれず「やめて!」と悲鳴をあげる。

キャメロンはそれには反応せずにカイローンに取りかかると、彼の腕を自分の肩にかけて助け起こした。カイローンは唇が裂け、割れたガラスのせいで両手に傷を作っていたけれど、それを除けば無事だった。

「下に降りたほうがいい気がするぜ」カイローンは、ひびの走る天井を見上げた。

「同感」妙にもつれた自分の声を聞きながら、私はふたりと一緒にドアに走った。

急な螺旋階段を、どんどん駆け下りていく。上るのもきつかったが下りはさらにひどくて、一歩踏み出すごとに膝に激痛が走った。私は指先に稲妻を宿らせて紫の閃光を踊らせ、目の前に誰かが現れたらすぐ攻撃できるよう準備した。

カイローンが一段飛ばしで階段を下りながら、楽々と私を追い越していった。それをされると私がむかつくのを知っているくせに。彼が私を振り向き、にやりと笑ってウインクをしてみせる。

その瞬間、シルバーの兵士たちが現れたのに気づいてキャメロンが叫んだ。兵士がさっと腕を振り、カイローンを横に、手すりの向こうに払い飛ばす。念動力（テレキネティック）の力を持っているのだ。宙を飛んでいくカイローンを見ながら、私は誰かの手で腹にナイフを突き立てられたような気持ちになった。耳鳴りがものすごい音になり、頭が破裂しそうだ。私の恐怖が高まると同時に、階段の電球がずっと先まで次々と弾け飛び、暗闇が広がっていく。

私たちに襲いかかろうとしていた兵士が倒れた。喉を掴み、目を白黒させながら膝から崩れ落ちる。キャメロンが指を鉤爪のようにして、手首をひねる。兵士の能力を殺しているのだ。心臓の鼓動を遅くさせ、視界を奪っているのだ。殺そうとしているのだ。

カイローンが下の手すりにぶつかる嫌な音がした。私とキャメロンは、こちらに向けて上ってこようとしているシルバーたちに向かい、全速力で突進した。敵のシャイヴァーに足元を凍らされ、危うく転びかける。私は、ストーンスキンの兵士がキャメロンの力でやられるのを横目に、稲妻を放ってシャイヴァーを切り裂いた。

まっ先に、カイローンのところに駆けつける。彼はふたつ下の階まで転がり落ち、階段の上に伸びていた。すぐに私は、胸が上下しているのを確かめた。小さくだが、確かに動いている。息をしている。でも、血で息が詰まっている。あふれ出る鮮やかな血の色を見て、私は目を閉じてしまいたくなった。カイローンが私たちに血しぶきを飛ばしながら、激しく咳き込んだ。熱い血のしずくが顔にかかる。

「起こさなくちゃ、早く」私はふらつきながら彼に駆け寄った。キャメロンが、恐ろしいほど静かについてくる。私は悲鳴をあげてしまいたかった。

カイローンは口もきけなかったが、それでもなんとか自力で立ち上がろうとした。私はぶん殴ってやりたい気持ちをこらえながら「任せなさいよ」と怒鳴り、彼の腕を自分の肩にかけた。「キャメロン、そっちをお願い」

キャメロンは、肩で息をしながらもうそこにいた。カイローンは、まるで錨（いかり）のようにずっしりと重かった。

彼がびくびくと痙攣しながら、自分の血で階段を染める。わざわざ傷の程度を調べようとは思わなかった。とにかくここから連れ出して、街に散らばったヒーラーのところに行かなくては。カイローンの体の重みを頭から追い出す。一歩踏み出すたびに、足がまるで燃えるように痛い。下りろ、下りろ、下りろ、下りろ……。

「メアー―」キャメロンがすすり泣いた。

「やめて」

カイローンはまだ生きていて、まだ呼吸をしていて、まだ自分の血で全身を濡らしている。私には、それだけでじゅうぶんだった。もしかしたら全身の骨が折れて、鋭い切っ先が内臓に刺さっているかもしれない。胃や、肺や、肝臓に。どうか心臓だけは避けて……

と私は胸の中で祈った。そんなことになっていたら、今は救う時間なんてとてもないのだ。涙の味がして、私は自分が泣いているのに気づいた。血と涙にまみれたカイローンの顔を拭う。

私たちはどんどん進んでいった。カイローンはごぼごぼと喉に血を詰まらせながら、荒く息をしている。顔も両手も、どんどん青白く変色していっている。私たちにできるのは、走ることだけだ。

大勢の兵士たちが、血の臭いを嗅ぎつけた猟犬のように、次から次へと階段を上ってきた。私はその姿などほとんど見もせずに、次々と稲妻の餌食にしていった。何人かが、両目と口、そして耳から血を流しながら倒れたところに、キャメロンの力が襲いかかる。だけど、次々と向かってくる敵はとにかく数が多すぎる。

「こっちよ！」キャメロンはまだ涙にむせぶ声で叫ぶと、体当たりするようにして次の踊り場に続くドアを開けた。

私は何も考えずに追いかけ、狭苦しくみすぼらしいアパートを突っ切っていった。キャメロンがどこに向かっているのかは分からなかった。私はカイローンを支えるのと稲妻を放つこと、そのふたつだけで手一杯になっていた。

「がんばるのよ」誰にも聞こえないような小声で、カイローンに囁きかける。

キャメロンは、また窓辺に私たちを連れていった。この窓もべとべとに汚れている。彼女が窓枠ごと蹴って窓をはずす。私の稲妻が追手のシルバーを食い止めて時間稼ぎをしているうちに、私たちは屋根の上に這いずり出た。

追手たちはずっと大柄のがっしりした体を壊れた窓に押し込むようにして、私たちを追いかけ、灰の積もった屋根に出てこようとしていた。見上げれば、稲妻が走る恐ろしい空が広がっている。

安全な距離まで追手を引き離すと、私はそっとカイローンを下ろしてコンクリートの上に横たえた。まつげがぴくぴく動き、目が潤んでいる。キャメロンは足を広げ、彼を守るように見下ろしていた。

私は彼女と背中合わせになり、屋根に出てこようとしているシルバーたちと向かい合った。六人までは数えたが、窓からはまだまだ這い出してくる。どんな能力を持っているのかも、私の知っているハウスの者なのかも、私には分からなかった。そして、どうでもよかった。

最後のシルバーが出てきた瞬間、私は力を解き放った。

紫色の暴力的な嵐が頭上で荒れ狂い、私の怒りを受けて目のくらむような閃光を放つ。私は雄叫びをあげていたが、ものすごい嵐が音も思考もすべてを掻き消していた。稲妻がシルバーたちをのみ込み、私が感じる間もなく次々と殺していく。神経も、骨も残さない。跡形もなく焼き尽くす。

稲妻が消え去ると、私は臭いで現実へと引き戻された。カイローンの血と、灰と、焦げた髪と、焼けた肉の臭い。背後から、吐くのをこらえようとしているキャメロンがあえぐのが聞こえた。焼け焦げた残骸から、思わず目をそむけた。シルバーたちのボタンと銃だけが屋根に転がり、煙を上げてくすぶっていた。

ひと息つく間もなく、焼け焦げた大気を貫いてものすごい轟音が響き渡り、屋根ががたがたと振動した。キャメロンがカイローンを守るように覆いかぶさった。建物全体が揺れだし、傾きはじめる。最初はゆっくりとだが、だんだんとスピードを上げながら……。

私は四つん這いになり、キャメロンとカイローンに手を伸ばした。あまりにも貧弱なアパートが、私が起こす嵐の威力に耐えられなかったのだ。片側の壁が崩れだし、三人ともひっくり返る。私にできるのは、着実に崩れ落ちていく屋根に必死でしがみついていることだけだった。手当たり次第摑めるものに手を伸ばし、なんとか握りしめる。カイローンの血に濡れた、熱いジャケットの襟を摑む。彼の息遣いは、さっきよりもさらに弱々しくなっていた。

地面はすぐそこだ。衝突から生き残ったら殺してやろうと、シルバーの兵士がこちらを狙って身構えているのが見えた。私は歯を食いしばって衝撃に備えた。こんなにも強烈な無力感と恐怖、初めてだ。

とつぜん目の前に青く透明な輝きが起こり、私は呆気にとられた。その光が屋根の端を支え、落下を食い止める。でも、私たちは止まらなかった。灰の積もった屋根を滑り落ち続け、青いシールドに激突する。すぐ下から銃声が聞こえ、私はとっさに目をつぶって体を丸めた。

銃弾はどれも私たちのすぐ下に波紋を立てながら、青いシールドに跳ね返されていった。デヴィッドソンだ。

片目を開いてみると、シールドの下で繰り広げられている虐殺の様子が見えた。青と緑、そして白の稲妻がシルバーたちを襲っている。一瞬のうちにタイトンの白い稲妻が四人を倒し、エラとレイフが鞭のようにしなる電撃で残りを倒していく。戦いのさなか、青いシールドは私たちごと屋根をゆっくりと下ろしていった。大きな音をたてて屋根が地面にぶつかり、灰色の土埃を派手に舞い上げる。

カイローンは背が高く、ひょろっとしているが重い。けれどアドレナリンのせいで、まるで羽のように軽く感じた。軽々と彼を抱え上げ直し、片腕を自分の肩にかける。まだ息がある、まだ息がある。キャメロンがもう一方を支えると、私たちは稲妻にも戦い続けているシルバーたちにも目をくれず走り出した。

「ヒーラー！」騒ぎの中、私は負けじと声を張りあげた。「ヒーラーはどこ！」

キャメロンも私に続けて叫んだ。私より力が強く背も高い彼女は、ほとんどひとりでカイローンを支えていた。それでも、まったくスピードが落ちない。

真正面の首相が私たちを見つけると、衛兵たちがばらばらと半円状に広がった。首相は、頬を血で汚していた。赤い血だ。いったい誰の血なのか考えるような猶予なんて、私にはなかった。

「どこかにヒーラーは――」私があえぎながら言ったとたん、カイローンががたがたと震えた。手が離れかけ、慌てて立ち止まる。また血が飛び散り、私のブーツを濡らす。

デヴィッドソンの兵士たちの中からヒーラーが向かってくるのを見て、私は気を失いそうになるほどほっとした。赤い髪のニュー・ブラッドの男だ。見覚えはあったが、名前を思い出すような気力はもう残っていなかった。

「そいつを寝かせるんだ」男が叫び、私たちは言われるままに従った。

私にできるのは、カイローンの手を握っていることだけだった。炎のように熱い私の手に、彼の手が冷たく感じられた。でもまだ生きている。間に合ったのだ。

キャメロンは彼のとなりにひざまずき、黙ったままじっと見つめていた。触るのが怖いように、膝に手を置いている。

「内出血がひどいな」ヒーラーがつぶやきながら、カイローンのシャツを破いた。体はあざだらけで、ほとんど黒くなってしまっていた。ヒーラーの指先が踊るにつれ、だんだんとその黒が引いていく。カイローンは歯を食いしばって顔を歪めながら、奇妙な感覚に耐えている。「まるであばらをハンマーで叩かれたみたいじゃないか」

「そのくらい痛いよ」カイローンが声を絞り出した。苦しげだけれど、命を感じる声だ。私はまぶたを閉じた。彼が助かったことへの感謝を伝える神々がいればいいのにと思いながら。彼の手が、私の指をぎゅっと握りしめた。自分の顔を見ろと、その手が言っている。

暗い緑色の目が、私の目と合った。今までずっと私を見つめてきた目。危うく、永遠に閉じてしまいそうだった目。

「大丈夫だよ、メア。俺は平気さ」彼が囁いた。「どこにも行きゃあしないよ」

仕事をするヒーラーを見ながら、私とキャメロンは黙ったまま付き添っていた。遠くで爆発音や砲撃音がするたびに、私はびくりとした。ニュー・タウンのずっと遠くから響いてくる、くぐもった轟音もあった。ハーバー・ベイへの三方向からの攻撃が始まったのだ。攻撃は成功するのだろうか？　私たちは勝利できるのだろうか？

ごろごろと道に転がるシルバーの死体を避けながら、エレクトリコンたちが私たちのほうに戻ってきた。タイトンが立ち止まって足でいくつかの死体を転がし、レイフがそれをじっと観察する。

エラはこっちに近づいてきながら、小さく手を振ってみせた。スカーフをなくしてしまったようで、青い髪が灰にまみれて、普段よりも老けて見える。彼女はゆっくりと片手をひねっていた。その動きに合わせ、今は鎮まっている積乱雲が空でぐるぐると渦を巻いた。

私を力づけようというのか、彼女が勇ましい顔で私にウインクしてみせる。レイフとタイトンは露骨に敵意を剝き出していた。ふたりとも両手を空け、いつでも反撃できるよう備えている。

だけど、敵が現れる様子はなかった。戦いが他のどこかに集中しているのだろうか。それとも、もう決着がついたのだろうか。

「ありがとう」私は、なんとかそれだけ口にした。

タイトンは「俺たちは自分の身を守っただけさ」と、あっさり答えた。

「まだ油断はできないけれど、山は越えたわ」

私は、カイローンを助け起こしているヒーラーのほうを振り返った。

彼の剝き出しの背中に手をあて、キャメロンがそれを手助けしている。ふと私は、邪魔してはいけないものを見ているような気持ちになった。手の甲で、血と汗と涙で汚れた顔をさっと拭う。

「ちょっと様子を確かめてくるわ」私はぼそりとつぶやき、誰かが口を開く前にさっと立ち上がった。

瓦礫を踏みしめる音をたてながら、エレクトリコンたちの間を抜けていく。レイフが、弱々しい笑みを私に向けた。頭にかけていた布を剝ぎ取り、短く刈り込んだ緑色の髪を手でなでる。

「あいつ、もう大丈夫なの?」レイフは、あごでカイローンをしゃくってみせた。

私はゆっくりと息を吐いた。「どうやらね。みんなも大丈夫?」

エラはまるで青い猫のように、するりと私に腕を回した。「あなたよりは楽させてもらったわ。この街を落とすにはじゅうぶん以上の火力を用意してきてたみたい」

「ノルタ軍は数でも劣っていたし、準備もできちゃいなかった」タイトンが道路に唾を吐いた。「シルバーの王様たちは、レッドたちが住むスラム街なんてどうでもいいと思ってるし、守るために戦おうとなんてしやしないのさ」

私は驚いて、目をぱちくりさせた。「じゃあ、勝ったってこと?」

「あいつらの様子じゃあ、そんな感じだな」タイトンは、通りを制圧しているモンフォート兵と〈スカーレット・ガード〉を指差した。マシンガンをぶら下げていなかったら、レッドのテチーたちと見間違えてしまいそうだ。笑いながら、彼らの中を歩いている首相と祝いの言葉を交わし合っている人たちもいる。

「ハーバー・ベイのほうはどうなってるかしら」エラが、土埃を蹴り上げた。

私は地面に視線を落とした。心臓はまだ激しく打ちながら、全身の血管にアドレナリンを送り込み続けていた。おかげで、目の前の通りのことしかほとんど考えられない。何キロか離れたところで戦い、もしかしたら命を落としている大切な人たちのことなんて、とても考える余裕がない。私はすべてを忘れて自分を落ち着かせ、深呼吸をして気を楽にしようとしてみた。だが、そんなことをしても無駄だった。

「首相！」私は、足音も荒く首相のほうに歩きながら、大声で呼びかけた。

首相は振り返ると、微笑んでみせた。私に向けて手を振ってみせる。「バーロウ。無事に使命を果たしてくれたね、おめでとう」

ヒーラーが癒やしてくれているとはいえ、すぐそこにカイローンが横たわっていたのでは、とてもおめでとうなんて気分にはなれなかった。

「街はどうなってるの？　ファーレイから何か連絡は？」

首相の笑みが固まった。「まあね」

何か嫌な予感がした。「どういう意味？　ファーレイは生きてるの？」私は詰め寄った。

デヴィッドソンが、そばにいる女兵士に合図した。兵士は、ケーブル類がたくさんつながった無線装置を背負っていた。「ええ、つい何分か前に、私が将軍と直接話をしましたから確かです」

じゃあタイベリアスは？　その質問をぐっとのみ込みながら、私は「計画は順調どおりなの？」と訊ねた。ハーバー・ベイ攻撃を思うと、いろんなことがとにかく気になった。

首相がまた、顔をこわばらせた。「そう思うかね？」

イライラする私の耳に、また遠くから砲撃音が響いてきた。

アドレナリンが引くと同時に体じゅうが冷え、麻痺していった。私は振り向くと、カイローンとひざまずくキャメロンをしばらく見つめた。ふたりとも、話をしてはいなかった。ふたりとも疲労と恐怖の名残のせいで、その場から動けなくなってしまっているのだ。それから私は、エレクトリコンたちのほうを向いた。三人が、分かったといった顔でこくりとうなずく。

ついていく、自分の身は自分で守ると言っているのだ。

決断は一瞬だった。

「車を用意して」

（下巻に続く）

訳者紹介　田内志文

1974年生まれ。翻訳家、文筆家、スヌーカー選手。シーランド公国男爵。主な訳書にエイヴヤード〈レッド・クイーン〉シリーズ（ハーパー BOOKS）、コルファー〈ザ・ランド・オブ・ストーリーズ〉シリーズ（平凡社）、ジャクソン『こうしてイギリスから熊がいなくなりました』（東京創元社）がある。

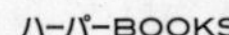

レッド・クイーン 4

暁の嵐 上

2020年6月20日発行　第1刷

著　者　ヴィクトリア・エイヴヤード

訳　者　田内志文

発行人　鈴木幸辰

発行所　株式会社ハーパーコリンズ・ジャパン
東京都千代田区大手町1-5-1
03-6269-2883（営業）
0570-008091（読者サービス係）

印刷・製本　中央精版印刷株式会社

定価はカバーに表示してあります。
造本には十分注意しておりますが、乱丁（ページ順序の間違い）・落丁（本文の一部抜け落ち）がありました場合は、お取り替えいたします。ご面倒ですが、購入された書店名を明記の上、小社読者サービス係宛ご送付ください。送料小社負担にてお取り替えいたします。ただし、古書店で購入されたものはお取り替えできません。

この書籍の本文は環境対応型の植物油インクを使用して印刷しています。

ISBN978-4-596-54135-2